Rowohlt Verlag GmbH, Kirchenallee 19, 20099 Hamburg

Kontaktadresse nach EU-Produktsicherheitsverordnung:
produktsicherheit@rowohlt.de

Paul Auster wurde 1947 in Newark, New Jersey, geboren. Er studierte Anglistik und Vergleichende Literaturwissenschaft an der Columbia University und verbrachte nach dem Studium einige Jahre in Frankreich. International bekannt wurde er mit seinen Romanen *Im Land der letzten Dinge* und der *New-York-Trilogie*. Sein umfangreiches, vielfach preisgekröntes Werk umfasst neben zahlreichen Romanen auch Essays und Gedichte sowie Übersetzungen zeitgenössischer Lyrik. Am 30. April 2024 ist Paul Auster im Alter von 77 Jahren gestorben.

PAUL AUSTER
Die Brooklyn-Revue

Roman

Aus dem Englischen von Werner Schmitz

Rowohlt Taschenbuch Verlag

Die Originalausgabe erschien 2005
unter dem Titel «The Brooklyn Follies»
bei Henry Holt, New York.

3. Auflage Juli 2023
Neuausgabe Januar 2012
Veröffentlicht im Rowohlt Taschenbuch Verlag,
Reinbek bei Hamburg, Oktober 2007
Copyright © 2006 by Rowohlt Verlag GmbH,
Reinbek bei Hamburg
«The Brooklyn Follies»
Copyright © 2005 by Paul Auster
Umschlaggestaltung
HAUPTMANN & KOMPANIE Werbeagentur, Zürich
(Abbildung: HAUPTMANN & KOMPANIE Werbeagentur, Zürich)
Satz Pinkuin Satz und Datentechnik, Berlin
Druck und Bindung BoD – Books on Demand GmbH, Bad Hersfeld
Printed in Germany
ISBN 978-3-499-25792-6

Für meine Tochter
Sophie

OUVERTÜRE

Ich suchte nach einem ruhigen Ort zum Sterben. Jemand empfahl mir Brooklyn, und so brach ich am nächsten Morgen von Westchester aus auf, um das Terrain zu sondieren. Ich war seit sechsundfünfzig Jahren nicht mehr dort gewesen und erinnerte mich an nichts. Meine Eltern waren aus der Stadt fortgezogen, als ich drei war, und doch fand ich instinktiv in die Gegend zurück, in der wir damals gewohnt hatten: Wie ein verprügelter Hund schlich ich mich nach Hause, zurück an den Ort meiner Geburt. Ein Makler führte mir sechs oder sieben Apartments in Brownstonehäusern vor, und am Ende des Nachmittags hatte ich eine Zweizimmer-Gartenwohnung in der First Street gemietet, nur einen halben Block vom Prospect Park entfernt. Ich hatte keine Ahnung, wer meine Nachbarn waren, und es kümmerte mich auch nicht. Sie arbeiteten alle ganztags, keiner von ihnen hatte Kinder, daher würde es in dem Gebäude relativ ruhig sein. Und danach sehnte ich mich mehr als nach irgendetwas sonst. Nach einem stillen Ende meines traurigen, lächerlichen Lebens.

Das Haus in Bronxville war bereits verkauft, Ende des Monats sollte es geräumt werden, und Geld wäre dann kein Problem. Meine Exfrau und ich hatten vor, den Erlös unter uns aufzuteilen, und mit vierhunderttausend Dollar würde ich mehr auf der Bank haben, als ich bis zu meinem letzten Atemzug benötigte.

Anfangs wusste ich nicht, was ich mit mir anfangen sollte. Einunddreißig Jahre lang hatte ich ein Pendlerleben zwischen den Vorstädten und den Manhattaner Büros der Mid-Atlantic Accident & Life geführt, und jetzt, ohne Arbeit, hatte mein Tag zu viele Stunden. Etwa eine Woche nach meinem Einzug kam meine verheiratete Tochter Rachel aus New Jersey herüber, um mich zu besuchen. Sie sagte, ich müsse irgendetwas tun, Pläne machen, mir etwas vornehmen. Rachel ist kein Dummkopf. Sie hat an der University of Chicago in Biochemie promoviert und arbeitet in der Forschungsabteilung eines großen Pharmakonzerns in der Nähe von Princeton, doch ähnlich wie bei ihrer Mutter vergeht selten ein Tag, an dem sie etwas anderes als Platituden von sich gibt – all diese ausgelaugten Phrasen von den Müllhalden zeitgenössischer Weisheit.

Ich erklärte, bis zum Jahresende sei ich wahrscheinlich längst tot, also scheiß auf irgendwelche Pläne. Einen Augenblick lang sah es so aus, als wollte Rachel zu weinen anfangen, aber sie verkniff sich die Tränen und nannte mich stattdessen einen grausamen und egoistischen Menschen. Kein Wunder, dass «Mom» sich endlich von mir habe scheiden lassen, fügte sie hinzu, kein Wunder, dass sie das nicht mehr ausgehalten habe. Die Ehe mit einem wie mir müsse eine endlose Qual gewesen sein, die Hölle auf Erden. *Die Hölle auf Erden.* Ach, arme Rachel – sie kann einfach nicht anders. Seit neunundzwanzig Jahren bewohnt mein einziges Kind diese Erde, und nicht ein einziges Mal in dieser Zeit hat sie eine originelle Bemerkung von sich gegeben, irgendetwas, das eindeutig und uneingeschränkt von ihr gestammt hätte.

Ja, ich glaube auch, dass ich zuweilen fies sein kann. Aber nicht immer – und nicht aus Prinzip. An guten Tagen bin ich so nett und freundlich wie nur irgendwer. Wer seine Kunden ständig vor den Kopf stößt, kann nicht so erfolgreich Lebensversicherungen verkaufen, wie ich es immerhin drei Jahrzehnte lang getan habe. Da muss man einfühlsam sein. Da muss man zuhören können. Da muss man die Menschen zu bezaubern wissen. Das alles und mehr vermag ich. Ich bestreite nicht, dass ich auch meine schlechten Augenblicke hatte, aber jeder weiß doch, welche Gefahren hinter den geschlossenen Türen des Familienlebens lauern. Es kann für alle Beteiligten Gift sein, besonders wenn man dahinter kommt, dass man wahrscheinlich von vornherein nicht für die Ehe geschaffen war. Ich hatte sehr gern Sex mit Edith, aber nach vier oder fünf Jahren war die Leidenschaft verbraucht, und von da an war ich sicher kein perfekter Gatte mehr. Und wenn ich Rachel so höre, habe ich auch als Vater nicht viel getaugt. Ich möchte ihren Erinnerungen nicht widersprechen, aber die Wahrheit ist, dass ich den beiden auf meine Weise sehr zugetan war, und wenn ich mich gelegentlich in den Armen anderer Frauen fand, habe ich diese Affären doch nie ernst genommen. Die Scheidung war nicht meine Idee. Trotz allem hatte ich vor, bis zum Ende mit Edith zusammenzubleiben. Sie war es, die nicht mehr wollte, und in Anbetracht der Sünden und Fehltritte, die ich im Lauf der Jahre beging, konnte ich ihr daraus keinen Vorwurf machen. Dreiunddreißig Jahre hatten wir unter einem Dach gelebt, und als wir schließlich auseinander gingen, war unterm Strich kaum noch etwas übrig.

Ich hatte Rachel erklärt, meine Tage seien gezählt, aber das war nur eine hitzköpfige Erwiderung auf ihre unerwünschten Ratschläge gewesen, jähzornig und völlig übertrieben. Mein Lungenkrebs befand sich in Remission, und nach dem, was der Onkologe mir bei der letzten Untersuchung gesagt hatte, bestand Grund zu verhaltenem Optimismus. Das hieß jedoch nicht, dass ich ihm traute. Der Krebs hatte mir einen solchen Schock versetzt, dass ich immer noch nicht daran glaubte, die Krankheit überleben zu können. Ich hatte mich aufgegeben, und nachdem mir der Tumor entfernt worden war und ich die lähmenden Torturen von Strahlenbehandlung und Chemo, die langwierigen Zustände von Übelkeit und Benommenheit, den Verlust meiner Haare, den Verlust meiner Willenskraft, den Verlust meiner Arbeit und den Verlust meiner Frau überstanden hatte, konnte ich mir kaum vorstellen, wie es weitergehen sollte. Daher Brooklyn. Daher meine unbewusste Rückkehr an den Ort, wo meine Geschichte angefangen hatte. Ich war fast sechzig Jahre alt und wusste nicht, wie viel Zeit mir noch blieb. Vielleicht noch zwanzig Jahre, vielleicht nur noch ein paar Monate. Unabhängig von der ärztlichen Prognose meines Zustands galt für mich die Devise, nichts mehr als selbstverständlich zu betrachten. Solange ich am Leben war, musste ich einen Weg finden, damit noch einmal von vorn anzufangen, aber selbst wenn ich nicht mehr lange zu leben hatte, konnte ich nicht bloß herumsitzen und auf das Ende warten. Wie üblich hatte meine wissenschaftlich ausgebildete Tochter Recht, auch wenn ich zu störrisch gewesen war, das zuzugeben. Ich musste mich beschäftigen. Ich musste meinen lahmen Hintern hochkriegen und etwas tun.

Mein Einzug fand zu Beginn des Frühjahrs statt, und in den ersten Wochen füllte ich meine Zeit mit Erkundungsgängen in der Nachbarschaft aus, machte lange Spaziergänge im Park und pflanzte Blumen in meinem Garten – einem kleinen, mit Unrat übersäten Stückchen Erde, um das sich seit Jahren niemand gekümmert hatte. Ich ließ mir im Park Slope Barbershop an der Seventh Avenue die nachgewachsenen Haare schneiden, lieh mir Videos im Movie Heaven und sah mich häufig in Brightman's Attic um, einem voll gestopften, schlecht organisierten Antiquariat, das einem schillernden Homosexuellen namens Harry Brightman gehörte (mehr über ihn später). Das Frühstück machte ich mir meistens selbst in meiner Wohnung, aber da ich ungern koche und auch gar kein Talent dafür habe, aß ich mittags und abends in Restaurants – immer allein, immer mit einem aufgeschlagenen Buch vor mir, immer mit großem Bedacht kauend, um die Mahlzeit so lange wie möglich hinzuziehen. Nachdem ich einige Alternativen in der Nähe ausprobiert hatte, wählte ich den Cosmic Diner zu meinem Stammlokal. Das Essen dort war bestenfalls mittelmäßig, aber es gab eine entzückende Kellnerin, eine Puertoricanerin namens Marina, in die ich mich sofort verknallt hatte. Sie war halb so alt wie ich und schon verheiratet, weshalb eine Affäre mit ihr für mich nicht in Frage kam, aber sie war so herrlich anzuschauen, so freundlich im Umgang mit mir, und sie lachte so bereitwillig über meine nicht sehr komischen Witze, dass ich mich an ihren freien Tagen buchstäblich nach ihr verzehrte. Streng anthropologisch betrachtet, stellte ich fest, dass Brooklyner weniger abgeneigt sind, mit Fremden zu sprechen, als jedes andere Völkchen, dem ich je begegnet war. Sie mischen sich nach Belieben in anderer Leute Angelegenheiten ein (alte Frauen, die junge Mütter schelten, weil sie ihre Kinder nicht warm genug anziehen; Passanten, die Hundebesitzer anschnauzen, weil sie zu fest an der Leine zerren); sie zanken sich wie geistesgestörte Vierjährige um einen Parkplatz; sie verblüffen einen aus heiterem Himmel mit geistreichen Sprüchen. Eines Sonntagmorgens betrat ich ein überfülltes Deli mit dem absurden Namen La Bagel Delight. Ich wollte einen Zimt-Rosinen-Bagel verlangen, aber die Zunge gehorchte mir nicht, und es kam etwas heraus wie *Zimt-Reagan*. Postwendend erwiderte der junge Mann hinter der Theke: «Tut mir Leid, die führen wir nicht. Wie wär's stattdessen mit einem Pumpernixon?» Fix. So verdammt fix, ich hätte mir fast in die Hose gemacht.

Nach diesem unabsichtlichen Versprecher kam ich schließlich auf eine Idee, die Rachel gutgeheißen hätte. Nun, vielleicht war es nicht direkt eine Idee, aber es war doch immerhin etwas, und wenn ich so rigoros und gewissenhaft daran festhielt, wie es meine Absicht war, dann hatte ich mein Projekt, das kleine Steckenpferd, nach dem ich gesucht hatte und das mich aus der Trägheit meines einschläfernden Tagesablaufs heraustragen sollte. Mein Projekt war bescheiden, aber ich taufte es auf einen hochtrabenden, etwas pompösen Namen – um in mir die Illusion zu wecken, dass ich mit einer wichtigen Arbeit beschäftigt sei. Ich nannte es *Das Buch menschlicher Torheiten*, und ich wollte darin in möglichst einfacher und klarer Sprache jeden Fehler festhalten, jede Blamage, jede Peinlichkeit, jede Idiotie, jede Schwäche und jede Albernheit, die ich im Lauf meiner langen, buntscheckigen Karriere als Mann begangen hatte. Wenn mir keine Geschichten mehr von mir selber einfielen, wollte ich Dinge aufschreiben, die Bekannten von mir passiert waren, und wenn auch dort nichts mehr zu holen wäre, wollte ich mich historischen Ereignissen zuwenden und die Torheiten meiner Mitmenschen durch sämtliche Zeitalter hindurch aufzeichnen, angefangen bei den untergegangenen Zivilisationen der Antike bis zu den ersten Monaten des einundzwanzigsten Jahrhunderts. Wenn es auch sonst nichts taugt, dachte ich, habe ich wenigstens etwas zu lachen. Es ging mir nicht darum, meine Seele bloßzulegen oder mich in düsterer Selbstbetrachtung zu ergehen. Mir schwebte ein durchweg leichter, possenhafter Tonfall vor, und Zweck des Ganzen war allein, mich zu unterhalten und mir damit so viele Stunden des Tages wie möglich zu vertreiben.

Ich nannte das Projekt ein Buch, tatsächlich aber konnte von einem Buch keine Rede sein. Ich schrieb auf Notizblöcke, auf lose Zettel, auf die Rückseiten von Briefumschlägen und Reklamebriefen für Kreditkarten und Hausrenovierungsdarlehen; ich trug eine ganze Kollektion von einzelnen Notaten zusammen, ein Sammelsurium unverbundener Anekdoten, die ich, sobald eine fertig war, in eine Pappschachtel warf. Mein Wahnsinn hatte wenig Methode. Manche dieser Notate waren nur ein paar Zeilen lang, und einige, vor allem die Schüttelreime und Wortverdrehungen, die ich so gern hatte, bestanden nur aus einem einzigen Satz. *Öko-Scheiß* statt *Schoko-Eis*, zum Beispiel, was mir als Kind manchmal herausgerutscht war, oder die unbeabsichtigt tiefsinnige, gleichsam mystische Bemerkung, die ich bei einem bösen Streit mit Edith einmal fallen ließ: *Das seh ich erst, wenn ich's glaube.* Wenn ich mich zum Schreiben hinsetzte, schloss ich zunächst die Augen und ließ meine Gedanken einfach nach Belieben schweifen. Auf diese Weise gezwungen, mich zu entspannen, gelang es mir, ziemlich viel Material aus der fernen Vergangenheit auszugraben, Dinge, von denen ich bis dahin angenommen hatte, sie seien für immer verloren. Ein Augenblick (um einmal eine solche Erinnerung zu zitieren) aus dem sechsten Schuljahr, als ein Junge aus unserer Klasse, Dudley Franklin hieß er, mitten in der Geographiestunde in einer plötzlich eingetretenen Stille einen lang gezogenen, trompetenschrillen Furz fahren ließ. Natürlich lachten wir alle (nichts ist für ein Klassenzimmer voller Elfjähriger komischer als ein lautstark abgelassener Darmwind), aber was diesen Vorfall von anderen kleinen Peinlichkeiten unterschied und zum Klassiker machte, zu einem bleibenden Meisterwerk in den Annalen der Schande und Demütigung, war der Umstand, dass Dudley in seiner Naivität den fatalen Fehler beging, sich zu entschuldigen. «Verzeihung», sagte er, senkte den Blick auf sein Pult und errötete, bis seine Wangen mit einem frisch lackierten Feuerwehrwagen konkurrieren konnten. Einen Furz darf man niemals eingestehen. So lautet das ungeschriebene Gesetz, die strengste protokollarische Vorschrift der amerikanischen Etikette. Fürze kommen von niemandem und nirgendwo; es sind anonyme Emanationen, die einer Gruppe als Ganzes gehören, und selbst wenn jeder im Raum auf den Schuldigen zeigen kann, ist das Dementi die einzig vernünftige Verhaltensweise. Der unbedarfte Dudley Franklin war dafür jedoch zu aufrichtig, und das ist er nie mehr losgeworden. Von diesem Tag an war er der Verzeihung-Franklin, und diesen Spitznamen trug er bis ans Ende der High School.

Die Geschichten schienen in mehrere verschiedene Rubriken zu gehören, und nachdem ich etwa einen Monat lang an dem Projekt gearbeitet hatte, gab ich mein aus einer einzigen Schachtel bestehendes Ordnungssystem auf und benutzte fortan mehrere Schachteln, in denen ich meine fertigen Texte nach Themen sortieren konnte. Eine für Versprecher, eine für körperliche Missgeschicke, eine für gescheiterte Pläne, eine für Ausrutscher in Gesellschaft und so weiter. Mit der Zeit konzentrierte sich mein Interesse auf die Slapsticksituationen des Alltagslebens. Nicht nur auf die unzähligen Male, wo ich über irgendetwas gestolpert war oder mir irgendwo den Kopf gestoßen hatte, nicht nur darauf, dass mir immer wieder die Brille aus der Hemdtasche rutschte, wenn ich mich bückte, um mir die Schuhe zu binden (gefolgt von der zusätzlichen Demütigung, die Brille durch einen ungeschickten Schritt nach vorn zu zertrampeln), sondern auch auf die selten dämlichen Patzer, die mir seit frühester Kindheit immer wieder unterlaufen waren. Zum Beispiel, wie ich 1952 bei einem Picknick am Labor Day gähnen musste und mir eine Biene in den aufgerissenen Mund flog, die ich, von Panik und

Ekel überwältigt, heruntergeschluckte, statt sie auszuspucken; oder, noch unwahrscheinlicher, wie ich vor sieben Jahren, geschäftlich unterwegs, meine Bordkarte auf dem Weg ins Flugzeug locker zwischen Daumen und Mittelfinger haltend, von hinten angestoßen wurde, sodass mir die Karte entglitt und genau auf den Schlitz zwischen Gangway und Flugzeugtür zutrudelte – die denkbar schmalste Lücke, höchstens ein paar Millimeter breit –, um sodann zu meiner äußersten Verblüffung geradewegs durch diesen engen Spalt zu segeln und sieben Meter tiefer auf der Rollbahn zu landen.

Das sind nur ein paar Beispiele. In den ersten zwei Monaten schrieb ich Dutzende solcher Geschichten auf, und sosehr ich mich um einen launigen, leichten Ton bemühte, stellte ich bald fest, dass das nicht immer möglich war. Jeder Mensch hat seine düsteren Anwandlungen, und ich gestehe, dass ich nicht selten von Einsamkeit und Niedergeschlagenheit heimgesucht wurde. Ich hatte den Großteil meines Berufslebens mit dem Tod zu tun gehabt und dabei wahrscheinlich so viele schlimme Dinge zu hören bekommen, dass ich mir die Gedanken daran, wenn ich ohnehin schon gedrückter Stimmung war, nicht einfach aus dem Kopf schlagen konnte. Die vielen Menschen, die ich im Lauf der Jahre aufgesucht hatte, die vielen Policen, die ich verkauft hatte, die Angst und Verzweiflung, die ich beim Gespräch mit meinen Kunden kennen gelernt hatte. Schließlich fügte ich meiner Sammlung eine weitere Schachtel hinzu. Auf das Etikett schrieb ich «Grausame Schicksale», und die erste Geschichte, die dort hineinkam, war die von Jonas Weinberg, dem ich 1976 eine Lebensversicherung über eine Million Dollar verkauft hatte – damals ein außerordentlich hoher Betrag. Ich erinnere mich, dass er gerade seinen sechzigsten Geburtstag gefeiert hatte, dass er Internist am Columbia-Presbyterian Hospital war und Englisch mit leicht deutschem Akzent sprach. Wer Lebensversicherungen verkauft, muss sich auf Emotionen gefasst machen, und ein guter Vertreter sollte in der Lage sein, bei den oftmals schwierigen, quälenden Diskussionen mit seinen Kunden einen klaren Kopf zu behalten. Die Aussicht auf den Tod lenkt die Gedanken automatisch auf ernste Dinge, und mag es bei dem Job auch hauptsächlich ums Geld gehen, kommt man doch an den damit verbundenen schwerwiegenden metaphysischen Fragen nicht vorbei. Was ist der Sinn der Existenz? Wie lange habe ich noch zu leben? Was kann ich nach meinem Tod für die Menschen tun, die ich liebe? Dr. Weinberg hatte aufgrund seines Berufs ein scharfes Gespür für die Zerbrechlichkeit des menschlichen Lebens, dafür, wie wenig es braucht, unseren Namen aus dem Buch der Lebenden zu streichen. Wir trafen uns in seiner Wohnung am Central Park West, und nachdem ich ihm die Vor- und Nachteile der verschiedenen Policen erläutert hatte, begann er mir aus seiner Vergangenheit zu erzählen. Er war 1916 in Berlin zur Welt gekommen, erfuhr ich; sein Vater fiel in den Gräben des Ersten Weltkriegs, und so wuchs er bei seiner Mutter auf, einer Schauspielerin, einziges Kind einer enorm auf Unabhängigkeit bedachten und manchmal sehr eigenwilligen Frau, der es nie mehr in den Sinn gekommen war, sich wieder zu verheiraten. Falls ich seine Bemerkungen nicht überinterpretiere, schien mir Dr. Weinberg andeuten zu wollen, dass seine Mutter lieber mit Frauen als mit Männern zusammen war, und in den chaotischen Jahren der Weimarer Republik hat sie dieser Neigung offenbar ziemlich freien Lauf gelassen. Im Gegensatz zu seiner eigenwilligen Mutter war der kleine Jonas ein stiller Junge, der gern las, ein guter Schüler war und davon träumte, Wissenschaftler oder Arzt zu werden. Er war siebzehn, als Hitler an die Macht kam, und wenige Monate später traf seine Mutter Vorbereitungen, ihn außer Landes zu bringen. In New York lebten Verwandte seines Vaters, und die waren einverstanden, ihn bei sich aufzunehmen. Im Frühjahr 1934 reiste er ab, während seine Mutter, die doch so frühzeitig die den Nichtariern im Dritten Reich drohenden Gefahren erkannt hatte, sich hartnäckig weigerte, diese Gelegenheit zu nutzen und selbst das Land zu verlassen. Ihre Familie sei seit Jahrhunderten deutsch gewesen, erklärte sie ihrem Sohn, und sie werde den Teufel tun, sich von irgendeinem hergelaufenen Tyrannen ins Exil jagen zu lassen. Komme, was da wolle, sie sei entschlossen, das durchzustehen.

Wie durch ein Wunder gelang ihr das tatsächlich. Dr. Weinberg erwähnte wenig Einzelheiten (möglich, dass er die Geschichte selbst nie vollständig erfahren hat), aber anscheinend gab es eine Gruppe von Christen, die seiner Mutter aus mehreren kritischen Situationen half, und 1938 oder 1939 gelang es ihr, sich falsche Ausweispapiere zu beschaffen. Sie veränderte ihr Aussehen radikal – nicht schwer für eine Schauspielerin, deren Spezialität exzentrische Charakterrollen waren; verkleidet als unscheinbare Blondine mit Brille, gelangte sie mit ihrem neuen Namen an einen Job als Buchhalterin in einem Textilgeschäft in einer Kleinstadt vor den Toren Hamburgs. Als der Krieg im Frühjahr 1945 endete, hatte sie ihren Sohn seit elf Jahren nicht mehr gesehen. Jonas Weinberg war inzwischen Ende zwanzig, ein fertig ausgebildeter Arzt, der gerade seine Assistenzzeit am Bellevue Hospital abschloss; sobald er erfuhr, dass seine Mutter den Krieg überlebt hatte, begann er mit den Vorbereitungen, sie zu einem Besuch nach Amerika zu holen.

Alles war bis ins kleinste Detail geplant. Das Flugzeug würde um die und die Zeit landen, an dem und dem Gate parken, und dort würde Jonas Weinberg seine Mutter abholen. Gerade als er zum Flughafen fahren wollte, wurde er jedoch zu einer Notoperation ins Krankenhaus gerufen. Er hatte keine Wahl. Er war Arzt, und sosehr er sich danach sehnte, seine Mutter nach so vielen Jahren wiederzusehen, galt doch seine erste Pflicht den Patienten. In aller Eile wurde ein neuer Plan eingefädelt. Er rief bei der Fluggesellschaft an und bat darum, man möchte seine Mutter in New York in Empfang nehmen, ihr erklären, dass er in letzter Minute fortgerufen worden sei, und sie in ein Taxi nach Manhattan setzen. Er werde einen Schlüssel beim Portier deponieren, und sie solle schon in seine Wohnung gehen und dort auf ihn warten. Frau Weinberg hörte sich das alles an und stieg in ein Taxi. Der Fahrer raste los, und zehn Minuten später auf dem Weg in die Stadt verlor er die Kontrolle über den Wagen und stieß frontal mit einem anderen zusammen. Er und seine Passagierin wurden schwer verletzt.

Unterdessen war Dr. Weinberg bereits im Krankenhaus und operierte. Der Eingriff dauerte etwas über eine Stunde, und als der junge Arzt fertig war, wusch er sich die Hände, zog sich um und eilte aus dem Umkleidezimmer, um zum verspäteten Wiedersehen mit seiner Mutter nach Hause zu fahren. Als er auf den Flur trat, wurde gerade der nächste Patient in den Operationssaal geschoben.

Es war seine Mutter. Nach dem, was Jonas Weinberg mir erzählte, ist sie gestorben, ohne noch einmal das Bewusstsein zu erlangen.

EINE UNERWARTETE BEGEGNUNG

Jetzt quassele ich schon ein Dutzend Seiten, dabei hatte ich nur vor, mich den Lesern vorzustellen und die Kulissen für die Geschichte aufzubauen, die ich eigentlich erzählen möchte. Nicht ich bin die Hauptfigur dieser Erzählung. Die Ehre, als Held dieses Buches aufzutreten, gebührt meinem Neffen Tom Wood, dem einzigen Sohn meiner verstorbenen Schwester June. Little June-Bug, wie wir sie nannten, kam zur Welt, als ich drei war, und meine Eltern nahmen ihre Geburt zum Anlass, aus der engen Wohnung in Brooklyn in ein Haus in Garden City auf Long Island umzuziehen. Wir kamen immer gut miteinander aus, meine Schwester und ich, und als sie vierundzwanzig Jahre später heiratete (sechs Monate nach dem Tod unseres Vaters), führte ich sie zum Altar und gab sie ihrem Mann, Christopher Wood, der als Wirtschaftsjournalist für die *New York Times* arbeitete. Die beiden zeugten zwei Kinder (meinen Neffen Tom und meine Nichte Aurora), aber nach fünfzehn Jahren zerbrach die Ehe. Ein paar Jahre später heiratete June erneut, und wieder begleitete ich sie zum Altar. Ihr zweiter Mann war Philip Zorn, ein wohlhabender Börsenmakler aus New Jersey, der zwei Exfrauen und seine fast erwachsene Tochter Pamela im Gepäck hatte. Und dann, im empörend jungen Alter von neunundvierzig Jahren, erlitt June eine massive Hirnblutung, als sie eines brütend heißen Nachmittags Mitte August in ihrem Garten arbeitete, und starb noch vor Sonnenaufgang des nächsten Tages. Für ihren großen Bruder war das mit Abstand der schlimmste Schlag, den er je hat einstecken müssen, und nicht einmal, als er einige Jahre später an Krebs erkrankte und dem Tod ins Auge sah, war er auch nur annähernd so unglücklich wie damals.

Nach ihrer Beerdigung verlor ich den Kontakt zur Familie, und als ich Tom am 23. Mai 2000 zufällig in Harry Brightmans Antiquariat begegnete, hatte ich ihn seit fast sieben Jahren nicht mehr gesehen. Ihn hatte ich immer besonders gern gehabt, und schon als kleiner Knirps hatte er mich beeindruckt als jemand, der über dem Durchschnitt stand, als jemand, der dazu bestimmt war, im Leben Großes zu erreichen. Den Tag von Junes Beisetzung ausgenommen, hatte unser letztes Gespräch im Haus seiner Mutter in South Orange, New Jersey, stattgefunden. Tom hatte gerade seinen Abschluss in Cornell mit Auszeichnung gemacht und stand jetzt am Beginn eines vierjährigen Stipendiums an der University of Michigan, wo er amerikanische Literatur studieren wollte. Alles, was ich ihm prophezeit hatte, war eingetreten, und ich erinnere mich noch gut an dieses Familienessen und die schöne Szene, als wir alle die Gläser hoben und auf Toms Erfolg anstießen. Als ich in seinem Alter war, hatte ich gehofft, einmal einen ähnlichen Weg einzuschlagen wie mein Neffe. Wie er hatte auch ich am College Englisch als Hauptfach gehabt, mit der heimlichen Absicht, danach Literatur zu studieren oder mich als Journalist zu versuchen, hatte aber für beides keinen Mut aufgebracht. Das Leben kam mir in die Quere – zwei Jahre bei der Armee, Arbeit, Ehe, Familienpflichten, die Notwendigkeit, immer mehr Geld zu verdienen, der ganze Sumpf, der uns verschlingt, wenn wir nicht den Mumm haben, unsere eigenen Belange durchzusetzen –, aber mein Interesse an Büchern hatte ich nie verloren. Lesen war meine Unterhaltung und mein Trost, mein Labsal, mein liebster Genuss: Lesen zum puren Vergnügen, wegen der wunderbaren Ruhe, die einen umgibt, wenn man die Worte eines Autors in seinem Kopf widerhallen hört. Tom hatte diese Liebe immer mit mir geteilt, und als er mit fünf oder sechs damit anfing, hatte ich es mir zum Prinzip gemacht, ihm Jahr für Jahr mehrere Bücher zu schicken – nicht nur zum Geburtstag oder zu Weihnachten, sondern wann immer ich auf etwas stieß, von dem ich annahm, es könnte ihm gefallen. Als er elf war, hatte ich ihn mit Poe bekannt gemacht, und da Poe einer der Schriftsteller war, die er in seiner Magisterarbeit behandelte, war es nur natürlich, dass er mir davon erzählen wollte – und nur natürlich, dass ich ihm gern zuhörte. Die Mahlzeit war inzwischen beendet, und während alle anderen schon im Garten saßen, blieben Tom und ich im Esszimmer und schenkten uns den restlichen Wein ein.

«Auf deine Gesundheit, Onkel Nat», sagte Tom und hob sein Glas.

«Auf deine, Tom», antwortete ich. «Und auf ‹Imaginäre Paradiese: Das amerikanische Geistesleben vor dem Bürgerkrieg›.»

«Ein prätentiöser Titel, muss ich leider sagen. Aber was Besseres ist mir nicht eingefallen.»

«Prätentiös ist gut. Da horchen die Professoren auf. Du hast eine Eins plus bekommen, richtig?»

Bescheiden wie immer machte Tom eine abwehrende Handbewegung, als wollte er die Bedeutung der Note herunterspielen. Ich fuhr fort: «Da geht's auch um Poe, sagst du. Und worum sonst noch?»

«Thoreau.»

«Poe und Thoreau.»

«Edgar Allan Poe und Henry David Thoreau. Ein unglücklicher Reim, findest du nicht auch? Die vielen O, die man da im Mund hat. Ich muss dabei immer an jemanden denken, der im Zustand ewiger Überraschung verharrt. Oh! Oh, Poe! Oh, Thoreau!»

«Eine unbedeutende Misslichkeit, Tom. Aber ein Bravo dem Mann, der Poe liest und Thoreau nicht vergisst. Stimmt's?»

Tom lächelte breit und hob noch einmal sein Glas. «Auf deine Gesundheit, Onkel Nat.»

«Und auf deine, Dr. Thumb», sagte ich. Wir tranken noch einen Schluck Bordeaux. Ich stellte mein Glas auf den Tisch und bat ihn, mir den Inhalt seiner Arbeit zu skizzieren.

«Es geht um nicht existierende Welten», sagte mein Neffe. «Es geht um die Flucht ins Innere, um den Ort, an den sich ein Mensch zurückzieht, wenn ihm das Leben in der realen Welt nicht mehr möglich ist.»

«Die Welt im Schädel.»

«Genau. Ich beginne mit Poe und einer Analyse dreier seiner am wenigsten beachteten Werke. ‹Die Philosophie der Einrichtung›, ‹Landschaft mit Haus› und ‹Der Park von Arnheim›. Für sich allein genommen ist jeder dieser Texte nur seltsam, verschroben. Nimmt man sie zusammen, hat man ein vollständiges System menschlicher Sehnsucht.»

«Ich habe diese Sachen nie gelesen. Ich glaube, ich habe sogar noch nie davon gehört.»

«Poe beschreibt dort das ideale Zimmer, das ideale Haus und die ideale Landschaft. Danach wechsle ich zu Thoreau und untersuche das Zimmer, das Haus und die Landschaft, die er in *Walden* beschreibt.»

«Also eine vergleichende Studie.»

«Kein Mensch nennt Poe und Thoreau im selben Atemzug. Die beiden bilden die Extreme des amerikanischen Denkens. Aber das ist gerade das Schöne daran. Ein Säufer aus dem Süden – reaktionär in seinen politischen Überzeugungen, aristokratisch in seiner Haltung, chimärenhaft in seiner Phantasie. Und ein Abstinenzler aus dem Norden – radikal in seinen Ansichten, puritanisch in seinem Verhalten, hellsichtig in seiner Arbeit. Poe lebte in einer artifiziellen Welt, in mitternächtlicher Schwermut. Thoreau lebte in einer einfachen Welt, im hellen Sonnenschein. So verschieden, und doch wurden sie im Abstand von nur acht Jahren geboren, waren also im strengsten Sinne Zeitgenossen. Und beide sind jung gestorben – mit vierzig beziehungsweise fünfundvierzig. Zusammen haben sie gerade mal so lange gelebt wie ein alter Mann, und beide hatten keine Kinder. Thoreau ist sehr wahrscheinlich als Jungfrau ins Grab gegangen. Poe hat seine minderjährige Cousine geheiratet, aber ob diese Ehe vor Virginia Clemms Tod überhaupt vollzogen wurde, ist bis heute nicht geklärt. Man kann hier von Parallelen sprechen, man kann von Zufällen sprechen, aber diese äußeren Umstände sind weniger wichtig als die innere Wahrheit des Lebens dieser beiden. Jeder von ihnen fühlte sich in seiner extrem eigensinnigen Haltung dazu berufen, Amerika neu zu erfinden. In seinen Rezensionen und Kritiken kämpft Poe für eine neue bodenständige Literatur, eine amerikanische Literatur frei von englischen und europäischen Einflüssen. Thoreaus Werk ist eine unaufhörliche Attacke auf den Status quo, ein Kampf für ein neues Leben in Amerika. Beide haben an Amerika geglaubt, und beide haben geglaubt, Amerika sei zum Teufel gegangen, das Land sei von einem ständig wachsenden Berg aus Maschinen und Geld zu Tode gequetscht worden. Wie sollte man bei diesem Lärm noch denken können? Beide wollten da raus. Thoreau zog sich in die Umgebung von Concord zurück, stellte sich die Wildnis als sein Exil vor – einzig und allein, um zu beweisen, dass so etwas möglich war. Solange jemand den Mut hat, nein zu sagen zu dem, was die Gesellschaft von ihm verlangt, kann er zu seinen eigenen Bedingungen leben. Und warum? Um frei zu sein. Aber frei wozu? Bücher zu lesen, Bücher zu schreiben, zu denken. Frei, um ein Buch wie *Walden* zu schreiben. Poe auf der anderen Seite hat sich in einen Traum von Vollkommenheit zurückgezogen. Sieh dir ‹Die Philosophie der Einrichtung› an, da wirst du feststellen, dass sein imaginäres Zimmer genau zu diesem Zweck entworfen wurde. Als ein Ort, an dem man lesen, schreiben und denken kann. Eine Stätte der Besinnung, ein stilles Heiligtum, wo die Seele endlich ein gewisses Maß an Frieden finden kann. Unmöglich? Utopisch? Ja. Aber auch eine vernünftige Alternative zu den damaligen Lebensbedingungen. Denn es stimmt ja, Amerika war tatsächlich zum Teufel gegangen. Das Land war gespalten, und wir alle wissen, was ein Jahrzehnt später geschah. Vier Jahre lang Tod und Zerstörung. Ein Blutbad, angerichtet von ebenden Maschinen, die uns alle reich und glücklich machen sollten.»

Der Junge war so klug, so wortgewandt, so belesen, dass ich mich geehrt fühlte, mich zu seiner Familie zählen zu dürfen. Die Woods hatten in den letzten Jahren allerhand durchgemacht, aber Tom schien dank seiner nüchternen, überlegten, ziemlich nachdenklichen Einstellung zum Leben die Katastrophe der Scheidung seiner Eltern gut überstanden zu haben – ebenso die stürmische Pubertät seiner jüngeren Schwester, die sich gegen die zweite Ehe ihrer Mutter aufgelehnt hatte und mit siebzehn von zu Hause weggelaufen war –, und ich konnte nur bewundern, wie fest er mit den Füßen auf dem Boden geblieben war. Er hatte wenig oder keinen Kontakt zu seinem Vater, der gleich nach der Scheidung nach Kalifornien gezogen war und einen Job bei der *Los Angeles Times* angenommen hatte, und empfand, ähnlich wie seine Schwester (wenn auch in stark gedämpfter Form), keine sonderliche Zuneigung oder Respekt für Junes zweiten Ehemann. Er und seine Mutter verstanden sich aber gut, und die beiden hatten das Drama von Auroras Verschwinden als gleichberechtigte Partner durchlebt, dieselbe Verzweiflung durchlitten und dieselben Hoffnungen gehegt, dieselben bösen Erwartungen, dieselben nie aufhörenden Sorgen geteilt. Rory war eins der lustigsten, bezauberndsten Mädchen gewesen, die ich je gekannt habe: ein Wirbelwind, vorlaut, frech und neunmalklug, impulsiv und mutwillig bis zum Gehtnichtmehr. Seit ihrem zweiten oder dritten Lebensjahr hatten Edith und ich sie nur noch das Lachende Mädchen genannt; sie war die hauseigene Entertainerin der Woods, ein Clown, der mit den Jahren immer pfiffiger und wilder wurde. Tom war nur zwei Jahre älter als sie, aber er hatte sich immer um sie gekümmert, und seine bloße Anwesenheit hatte nach dem Fortgang des Vaters ihrem Leben Halt gegeben. Dann aber ging er aufs College, und Rory geriet außer Kontrolle – erst entwich sie nach New York, und dann, nach einer kurzzeitigen Versöhnung mit ihrer Mutter, verschwand sie ins Unbekannte. Als Toms Examen mit jenem Essen gefeiert wurde, hatte sie bereits ein außereheliches Kind geboren (ein Mädchen namens Lucy), war gerade lange genug nach Hause zurückgekommen, um meiner Schwester das Baby in den Schoß zu werfen, und dann aufs Neue verschwunden. Als June vierzehn Monate später starb, erfuhr ich von Tom auf der Beerdigung, dass Aurora vor kurzem wieder aufgetaucht war und das Kind zurückverlangt hatte – nur um nach zwei Tagen wiederum zu verschwinden. Zur Beerdigung ihrer Mutter erschien sie nicht. Vielleicht wäre sie gekommen, sagte Tom, aber sie hätten nicht gewusst, wie oder wo man mit ihr Kontakt habe aufnehmen können.

Trotz dieser familiären Schwierigkeiten und obwohl er seine Mutter schon mit dreiundzwanzig verlor, hatte ich nie daran gezweifelt, dass Tom seinen Weg machen würde. Mit seinen Anlagen konnte er nicht scheitern, einen starken Charakter wie ihn konnten die unvorhersehbaren Stürme des Schicksals nicht aus der Bahn werfen. Bei der Beerdigung seiner Mutter war er, von Trauer überwältigt, wie betäubt umhergelaufen. Wahrscheinlich hätte ich mehr mit ihm reden sollen, aber ich war selbst viel zu erschüttert, als dass ich ihm irgendwie hätte beistehen können. Ein paar Umarmungen, ein paar gemeinsame Tränen, mehr aber auch nicht. Dann ging er nach Ann Arbor zurück, und der Kontakt riss ab. Ich gebe hauptsächlich mir die Schuld daran, aber Tom war alt genug, selbst die Initiative zu ergreifen, und hätte sich jederzeit bei mir melden können. Oder wenn nicht bei mir, dann bei seiner Cousine Rachel, die inzwischen in Chicago studierte und also ebenfalls im Mittleren Westen lebte. Sie kannten sich seit frühester Kindheit und waren immer gut miteinander ausgekommen, aber auch von ihr schien er nichts wissen zu wollen. Die Jahre vergingen, und gelegentlich beschlichen mich leise Schuldgefühle, aber ich hatte selbst eine schwierige Phase (Eheprobleme, Gesundheitsprobleme, Geldprobleme) und war zu abgelenkt, um groß über ihn nachzudenken. Und wenn ich einmal an ihn dachte, stellte ich ihn mir als fleißigen Studenten vor, der systematisch seine Karriere verfolgte und auf der akademischen Leiter immer höher stieg. Im Frühjahr 2000 war ich mir sicher, dass er längst eine Stelle an einer prestigeträchtigen Uni wie Berkeley oder Columbia angetreten hatte – ein erfolgreicher junger Intellektueller, der bereits an seinem zweiten oder dritten Buch arbeitete.

Man stelle sich daher meine Überraschung vor, als ich an diesem Dienstagmorgen im Mai in Brightman's Attic hineinspazierte und dort hinter der Kasse meinen Neffen erblickte, der gerade einer Kundin Wechselgeld herausgab. Zum Glück sah ich Tom, bevor er mich sah. Gott weiß, was für bedauerliche Worte mir entschlüpft wären, hätte ich nicht diese zehn oder zwölf Sekunden gehabt, den Schrecken aufzufangen. Ich rede nicht nur von dem rätselhaften Umstand, dass er als Aushilfe in einem Antiquariat arbeitete, sondern auch von seinem völlig veränderten Äußeren. Tom hatte immer zur Korpulenz geneigt. Er war mit der grobknochigen Statur eines Bauern geplagt, die mühelos große Gewichte tragen konnte – ein genetisches Geschenk seines verschwundenen, mehr oder weniger alkoholsüchtigen Vaters –, aber trotzdem war er, als ich ihn das letzte Mal gesehen hatte, relativ gut in Form gewesen. Stämmig, das ja, aber doch muskulös und kräftig, mit athletisch federndem Gang. Jetzt, sieben Jahre später, hatte er gut fünfzehn bis zwanzig Kilo zugelegt und machte einen ausgesprochen pummeligen Eindruck. Wo früher ein Kinn gewesen war, hatte er jetzt zwei, und sogar seine Hände waren dick und rund, wie man es oft bei älteren Klempnern sieht. Wahrlich ein trauriger Anblick. Das Funkeln in den Augen meines Neffen war erloschen, seine ganze Erscheinung ein Bild des Scheiterns.

Als die Kundin ihr Buch bezahlt hatte, schob ich mich dorthin, wo sie eben gestanden hatte, legte meine Hände auf die Theke und beugte mich vor. Tom bückte sich gerade nach einer Münze, die auf den Boden gefallen war. Ich räusperte mich und sagte: «Hallo, Tom. Lange nicht gesehen.»

Mein Neffe sah auf. Anfangs schien er völlig verwirrt, und ich fürchtete schon, er hätte mich nicht erkannt. Dann aber trat ein Lächeln auf sein Gesicht, und als es immer breiter wurde, erkannte ich erleichtert, dass es noch sein altes Lächeln war. Mit einer kleinen Beimischung von Melancholie, mag sein, aber ich sah, dass er doch nicht so verändert schien, wie ich befürchtet hatte.

«Onkel Nat!», rief er. «Was zum Teufel treibst du in Brooklyn?»

Ehe ich antworten konnte, stürzte er hinter der Theke hervor und schlang seine Arme um mich. Zu meiner nicht geringen Verwunderung füllten sich meine Augen mit Tränen.

ABSCHIED VOM HOF

Noch am selben Tag lud ich ihn zum Essen im Cosmic Diner ein. Die prächtige Marina brachte uns Truthahn-Sandwiches und Eiskaffee, und ich flirtete ein wenig aggressiver mit ihr als gewöhnlich, vielleicht weil ich Tom beeindrucken wollte, vielleicht auch einfach, weil ich so überschwänglich war. Mir war nicht bewusst gewesen, wie sehr ich den guten Dr. Thumb vermisst hatte, und jetzt stellte sich heraus, dass wir Nachbarn waren – der Zufall wollte es, dass wir nur zwei Blocks voneinander entfernt im alten Königreich Brooklyn, New York, lebten.

Er arbeite seit fünf Monaten in Brightman's Attic, erzählte er, und ich hätte ihn nur deshalb nicht schon früher gesehen, weil er sonst immer oben an den monatlichen Katalogen der Rara arbeite, was ein wesentlich lukrativeres Geschäft sei als der Handel mit gebrauchten Büchern im Erdgeschoss. Tom war kein Verkäufer, und er saß sonst nie an der Kasse, aber der eigentliche Verkäufer hatte an diesem Vormittag einen Arzttermin, und Harry hatte Tom gebeten, solange für ihn einzuspringen.

Der Job sei nichts Besonderes, fuhr Tom fort, aber immer noch besser als Taxi fahren, was er gemacht habe, seit er nach dem Abbruch seines Studiums nach New York zurückgekehrt sei.

«Wann war das?», fragte ich und suchte meine Enttäuschung so gut es ging zu verbergen.

«Vor zweieinhalb Jahren», sagte er. «Ich habe meine Kurse alle abgeschlossen und die mündlichen Prüfungen absolviert, aber dann bin ich in der Dissertation stecken geblieben. Ich habe mich übernommen, Onkel Nat.»

«Sag nicht dauernd *Onkel Nat*, Tom. Sag einfach Nathan zu mir, wie jeder andere auch. Seit deine Mutter tot ist, komme ich mir nicht mehr wie ein Onkel vor.»

«Also gut, Nathan. Aber mein Onkel bist du trotzdem, ob du willst oder nicht. Tante Edith ist wohl nicht mehr meine Tante, nehme ich an, aber selbst wenn sie jetzt zur Extante degradiert ist, ist Rachel immer noch meine Cousine, und du bist immer noch mein Onkel.»

«Sag einfach Nathan zu mir, Tom.»

«Mach ich, Onkel Nat, versprochen. Von jetzt an werde ich immer Nathan zu dir sagen. Zum Ausgleich möchte ich, dass du Tom zu mir sagst. Nicht mehr Dr. Thumb. Abgemacht? Das ist mir peinlich.»

«Aber so habe ich dich immer genannt. Schon als du ein kleiner Junge warst.»

«Und ich habe dich immer Onkel Nat genannt.»

«Du hast Recht. Ich gebe mich geschlagen.»

«Glass und Wood sind in ein neues Zeitalter eingetreten, Nathan. Das post-familiäre, post-studentische, post-historische Zeitalter.»

«Post-historisch?»

«Das *Jetzt*. Und auch das *Später*. Aber kein Verweilen mehr beim *Damals*.»

«Schnee von gestern, Tom.»

Der ehemalige Dr. Thumb schloss die Augen, legte den Kopf nach hinten und stieß den Zeigefinger in die Luft, als versuchte er sich an etwas zu erinnern, das er schon vor langer Zeit vergessen hatte. Dann rezitierte er mit düsterer, pseudo-theatralischer Stimme die ersten Zeilen von Walter Raleighs «Abschied vom Hof»:

Wie falsche Träume, alle Freuden vergangen,
Unwiederbringlich die vertändelten Tage,
Das Falsche geliebt, erstorben das Verlangen:
Von dem, was gewesen, bleibt nur die Klage.

FEGEFEUER

Niemand wächst mit der Vorstellung auf, es sei ihm bestimmt, Taxifahrer zu werden, aber in Toms Fall hatte der Job als besonders harte Buße gedient, als eine Möglichkeit, das Scheitern seiner ehrgeizigsten Ziele zu betrauern. Er hatte vom Leben nicht viel erwartet, doch selbst das wenige hatte sich als unerreichbar erwiesen: seinen Doktor zu machen, eine Englisch-Professur an irgendeiner Universität anzutreten und die nächsten vierzig oder fünfzig Jahre in Forschung und Lehre zu arbeiten. Mehr hatte er nie haben wollen, allenfalls noch eine Frau und ein paar Kinder dazu. Das war doch nicht zu viel verlangt, aber nachdem Tom sich drei Jahre lang mit seiner Dissertation herumgeschlagen hatte, musste er schließlich einsehen, dass die Arbeit über seine Kräfte ging. Oder falls sie das nicht tat, konnte er sich jedenfalls nicht mehr davon überzeugen, dass sie noch irgendeinen Wert besaß. Also verließ er Ann Arbor und kehrte nach New York zurück, achtundzwanzig Jahre alt, ein Versager, der keine Ahnung hatte, wohin die Reise ging und was das Leben noch für ihn bereithielt.

Zu Beginn war das Taxi bloß eine zeitweilige Notlösung, ein Provisorium, wovon er die Miete finanzierte, während er nach etwas anderem Ausschau hielt. Er suchte wochenlang, aber die Dozentenstellen an Privatschulen waren zu der Zeit gerade alle besetzt, und je mehr er sich an die Schinderei seiner täglichen Zwölfstundenschichten gewöhnte, desto geringer wurde seine Motivation, sich nach einer anderen Arbeit umzusehen. Das Provisorium wurde zum Dauerzustand, und wenn ihm auch bewusst war, dass er vor die Hunde ging, glaubte er andererseits, dass dieser Job ihm vielleicht nützen könnte, dass er, wenn er darauf achtete, was er tat und warum er es tat, in seinem Taxi etwas lernen würde, das anderswo nicht zu lernen war.

Was das sein sollte, war ihm nicht immer klar, aber dass er, wenn er sechs Tage die Woche von fünf Uhr nachmittags bis fünf Uhr morgens in seinem klapprigen gelben Dodge durch die Straßen schlich, etwas lernte, stand außer Frage. Die Nachteile dieser Arbeit waren so offensichtlich, so allgegenwärtig, so niederschmetternd, dass man, wenn man sie nicht zu ignorieren lernte, zu einem Leben voller Verbitterung und Trübsal verurteilt war. Die endlosen Schichten, die schlechte Bezahlung, die physischen Gefahren, der Bewegungsmangel – das waren die feststehenden Begleitumstände, an denen sich so wenig ändern ließ wie am Wetter. Wie oft hatte seine Mutter, als er noch klein war, zu ihm gesagt: «Am Wetter kann man nichts ändern, Tom.» Womit sie meinte, dass manche Dinge eben sind, wie sie sind, und dass wir sie nur akzeptieren können. Tom verstand das Prinzip, aber das hatte ihn nie daran gehindert, die Schneestürme und eisigen Winde zu verfluchen, die gegen seinen zitternden kleinen Körper wüteten. Jetzt schneite es wieder einmal. Sein Leben war zu einem einzigen Kampf gegen die Elemente geworden, und falls er jemals mit Recht auf das Wetter hätte schimpfen dürfen, dann jetzt. Aber Tom schimpfte nicht. Und er suhlte sich auch nicht in Selbstmitleid. Er hatte einen Weg gefunden, für seine Dummheit zu büßen, und wenn er diese Periode überlebte, ohne vollständig den Mut zu verlieren, gab es vielleicht doch noch Grund zur Hoffnung. Dass er am Taxifahren festhielt, hatte nichts mit dem Wunsch zu tun, aus einer schlimmen Situation das Beste zu machen. Vielmehr suchte er nach einer Möglichkeit, irgendetwas in Gang zu bringen, und bis er begriffen hätte, was das eigentlich war, glaubte er, nicht das Recht zu haben, sich von dieser Fessel zu befreien.

Er lebte in einem Einzimmer-Apartment an der Kreuzung Eighth Avenue und Third Street; das Zimmer hatte er vom Freund eines Freundes untergemietet, der aus New York fortgezogen war, um in einer anderen Stadt zu arbeiten – Pittsburgh oder Plattsburgh, Tom wusste es nicht mehr genau. Die Bude war schäbig und klein, ausgestattet mit einer Metalldusche im Bad, zwei Fenstern, die auf eine Backsteinmauer sahen, sowie einer winzigen Kochnische mit Minikühlschrank und einem zweiflammigen Gasherd. Ein Bücherregal, ein Stuhl, ein Tisch, auf dem Fußboden eine Matratze. Es war die kleinste Wohnung, in der er je gelebt hatte, aber mit der auf vierhundertsiebenundzwanzig Dollar im Monat festgesetzten Miete konnte Tom zufrieden sein. Im ersten Jahr nach dem Einzug verbrachte er dort ohnehin nicht sehr viel Zeit. Meist war er unterwegs, besuchte alte Freunde von der High School und vom College, die es nach New York verschlagen hatte, lernte durch die alten Bekannten neue kennen, vertrank sein Geld in Bars, ging, wenn sich die Gelegenheit ergab, mit Frauen aus, kurz, er versuchte, sich ein Leben zu basteln – oder etwas, das einem Leben ähnlich sah. Häufig endeten diese Versuche, sich ein gesellschaftliches Umfeld zu schaffen, in quälendem Schweigen. Seine alten Freunde, die ihn als hervorragenden Schüler und ungeheuer komischen Unterhalter in Erinnerung hatten, sahen entsetzt, was aus ihm geworden war. Tom war aus den Reihen der Gesalbten ausgeschieden, und nun schien sein Sturz ihr eigenes Selbstvertrauen zu erschüttern und sie, was ihre Aussichten betraf, mit neuem Pessimismus zu erfüllen. Es half auch nicht gerade, dass Tom so stark zugenommen hatte, dass seine frühere Stämmigkeit einer fast peinlichen Korpulenz gewichen war. Aber noch verstörender wirkte, dass er offenbar keine Pläne hatte, dass er nie davon sprach, wie er den Schaden, den er sich angetan hatte, beheben und sich wieder aufrappeln wollte. Wenn er von seinem neuen Job erzählte, sprach er in seltsamen, geradezu religiösen Wendungen und erging sich in Spekulationen über spirituelle Stärke und darüber, wie wichtig es sei, mit Geduld und Demut seinen Weg zu finden; das verwirrte sie so, dass sie unruhig auf ihren Stühlen herumrutschten. Toms Intelligenz war durch den Job nicht beeinträchtigt, aber niemand wollte mehr hören, was er zu sagen hatte, am wenigsten die Frauen, mit denen er sprach und die davon ausgingen, dass junge Männer immerzu kühne Ideen und kluge Pläne hatten, wie sie die Welt erobern würden. Tom vergrätzte sie mit seinen Zweifeln und Selbstanalysen, seinen verworrenen Erörterungen über das Wesen der Realität und seiner Zögerlichkeit. Schlimm genug, dass er sein Geld mit Taxifahren verdiente, aber ein philosophierender Taxifahrer, der in Armeeklamotten herumlief und einen dicken Wanst vor sich her trug, ging doch ein bisschen zu weit. Natürlich war er ein liebenswürdiger Mensch, und keine hatte direkt etwas gegen ihn, aber ein ernsthafter Kandidat war er nicht – weder für die Ehe noch auch nur für ein Abenteuer.

Tom zog sich zunehmend in sich selbst zurück. Ein weiteres Jahr verging, und inzwischen war er so gründlich isoliert, dass er seinen dreißigsten Geburtstag ganz allein verbrachte. Die Wahrheit ist, dass er den Tag verschwitzt hatte, und da niemand anrief, um ihm zu gratulieren oder alles Gute zu wünschen, geschah es, dass es ihm erst am nächsten Morgen um zwei endlich einfiel. Da war er irgendwo draußen in Queens, wo er zwei betrunkene Geschäftsleute zu einem Stripclub namens Garden of Earthly Delights gebracht hatte, und um den Beginn der vierten Dekade seines Daseins zu feiern, fuhr er zum Metropolitan Diner am Northern Boulevard, nahm am Tresen Platz und genehmigte sich einen Schoko-Milkshake, zwei Hamburger und eine Portion Fritten.

Unmöglich zu sagen, wie lange Tom ohne Harry Brightman noch in diesem Fegefeuer geblieben wäre. Harrys Laden lag in der Seventh Avenue, nur wenige Blocks von Toms Wohnung entfernt, und Tom hatte sich angewöhnt, täglich einmal in Brightman's Attic vorbeizugehen. Er kaufte nur selten etwas, stöberte nur gern vor Schichtbeginn eine halbe oder ganze Stunde in den Büchern im Erdgeschoss herum. Zu Tausenden drängten sie sich da – alles Mögliche, von vergriffenen Wörterbüchern über vergessene Bestseller bis hin zu ledergebundenen Shakespeare-Ausgaben. Solche Papiergrüfte hatten es ihm schon immer angetan; hier konnte er in Stapeln ausrangierter Bücher blättern und den schönen alten Staubgeruch genießen. Bei einem seiner ersten Besuche hatte er Harry nach einer bestimmten Kafka-Biographie gefragt, und so waren die beiden ins Gespräch gekommen. Das war die erste von vielen kleinen Plaudereien, und obwohl Harry nicht immer unten im Laden war, wenn Tom hereinschneite (meist hatte er oben zu tun), unterhielten sie sich in den folgenden Monaten doch oft genug, dass Harry nicht nur den Namen von Toms Heimatstadt und das Thema seiner abgebrochenen Dissertation erfuhr (*Clarel* – Melvilles gigantischer und unlesbarer Versroman), sondern auch die Erkenntnis zu verdauen hatte, dass Tom an Sex mit Männern nicht interessiert war. Trotz dieser letzteren Enttäuschung wurde Harry bald klar, dass Tom den idealen Gehilfen für sein Geschäft mit seltenen Büchern und Manuskripten im Obergeschoss abgeben würde. Er bot ihm den Job einmal an, er bot ihm den Job ein Dutzend Mal an, und obwohl Tom das Angebot immer wieder ausschlug, gab Harry die Hoffnung nicht auf, dass er eines Tages ja sagen würde. Er begriff, dass Tom sich im Winterschlaf befand, blind mit einem dunklen Engel der Verzweiflung rang und dass es früher oder später ein Ende damit haben würde. Das stand fest, auch wenn Tom selbst es noch nicht wusste. Aber wenn er es erst einmal wüsste, würde er den Unsinn mit dem Taxifahren auf der Stelle einstellen.

Tom unterhielt sich gern mit Harry, weil Harry so drollig und unverblümt war, ein Mann, der eine solche Fülle hinreißender Sprüche und herrlicher Spitzfindigkeiten auf Lager hatte, dass man nie wusste, was er als Nächstes von sich geben würde. Vom Aussehen her hätte man ihn für irgendeinen nicht mehr ganz taufrischen New Yorker Schwulen gehalten. Das ganze äußerliche Brimborium diente allein diesem einen Zweck – die gefärbten Haare und Augenbrauen, die Seidenkrawatten und Segelclub-Blazer, die tuntenhafte Ausdrucksweise –, aber wenn man ihn ein bisschen näher kennen lernte, erwies er sich als höchst scharfsinniger und faszinierender Zeitgenosse. Seine Art, jemanden anzugehen, hatte etwas Provozierendes und kündete von einer Intelligenz, der man gute Antworten schuldig zu sein glaubte, wenn er einen mit seinen durchtriebenen, oft allzu persönlichen Fragen löcherte. Einfach nur antworten, das reichte bei Harry nicht. Was man sagte, musste funkeln und glänzen, musste beweisen, dass man mehr war als irgendein Dummkopf, der sich nur so durchs Leben schleppte. Für genau das aber hielt Tom sich in jener Zeit, und so musste er sich schon besondere Mühe geben, wenn er im Gespräch mit Harry nicht den Kürzeren ziehen wollte. Und ebendiese Mühe reizte ihn so an ihren Unterhaltungen. Tom gefiel es, schnell denken zu müssen, es belebte ihn, seine Gedanken zur Abwechslung einmal auf ungewohnte Bahnen zu lenken und immer hellwach zu sein. Drei oder vier Monate nach ihrem ersten Plausch – zu einer Zeit, als sie noch nicht einmal richtige Bekannte waren, geschweige denn Freunde oder Partner – wurde Tom klar, dass es unter allen Menschen, die er in New York kannte, niemanden gab, weder Mann noch Frau, mit dem er so offen sprach wie mit Harry Brightman.

Und doch blieb Tom standhaft bei seinem Nein. Über sechs Monate lang wehrte er das Anerbieten des Buchhändlers ab, in sein Geschäft einzusteigen, kam mit so vielen Ausreden, nannte so viele Gründe, warum Harry sich einen anderen suchen sollte, dass sein Widerstreben zum Anlass immer neuer Witze zwischen den beiden wurde. Anfangs bot Tom alle Kräfte auf, die Vorteile seiner aktuellen Beschäftigung herauszustreichen, und entwickelte komplizierte Theorien über den ontologischen Nutzen des Taxifahrens. «Das ebnet einen direkten Weg in die Formlosigkeit des Seins», sagte er zum Beispiel und gab sich alle Mühe, nicht zu grinsen, als er den Jargon seiner akademischen Vergangenheit nachäffte, «einen großartigen Einstieg in die chaotischen Substrukturen des Universums. Man fährt die ganze Nacht in der Stadt herum, und man weiß nie, wo man als Nächstes hinkommt. Ein Kunde steigt hinten zu dir in den Wagen, sagt dir, wohin er gefahren werden will, und da fährst du hin. Riverdale, Fort Greene, Murray Hill, Far Rockaway, die erdabgewandte Seite des Mondes. All diese Ziele sind willkürlich, jede Entscheidung wird vom Zufall herbeigeführt. Du fädelst dich in den Verkehr, du steuerst das Ziel so schnell an wie möglich, aber ein Mitspracherecht hast du nie. Du bist ein Spielball der Götter, du hast keinen eigenen Willen. Du bist nur dazu da, den Launen anderer Leute zu dienen.»

«Und was für Launen», erwiderte Harry mit einem boshaften Funkeln in den Augen, «was für unartige Launen müssen das sein. Ich wette, du hast in deinem Rückspiegel schon einiges zu sehen bekommen.»

«Allerdings, Harry, du sagst es. Masturbation, Unzucht, Rauschzustände aller Art. Kotze und Sperma, Scheiße und Pisse, Blut und Tränen. Im Lauf der Zeit hat sich jede menschliche Körperflüssigkeit auf meine Rückbank ergossen.»

«Und wer wischt das auf?»

«Ich. Das gehört zum Job.»

«Lass es dir gesagt sein, junger Mann», hauchte Harry, den Handrücken divenhaft an die Stirn legend, als wollte er in Ohnmacht sinken, «wenn du für mich arbeitest, wirst du feststellen, dass Bücher nicht bluten. Und dass sie ganz gewiss nicht *defäzieren.*»

«Es gibt auch schöne Momente», ergänzte Tom, der Harry nicht das letzte Wort lassen wollte. «Unvergesslich charmante Augenblicke, winzige Glanzpunkte, unerwartete Wunder. Morgens um halb vier auf dem Times Square, kein anderes Auto in Sicht, und du plötzlich ganz allein im Zentrum der Welt, und aus allen Schleusen des Himmels regnet Neon auf dich herab. Oder wenn du kurz vor Sonnenaufgang mit über hundert Sachen den Belt Parkway runterfährst und den Geruch des Ozeans in die Nase bekommst, der durchs offene Fenster zu dir hereinströmt. Oder wenn du über die Brooklyn Bridge fährst, und genau vor dir erscheint der Vollmond im Brückenbogen, und du siehst nur noch diese strahlend gelbe, erschreckend große Scheibe, und du vergisst, dass du hier unten auf der Erde lebst, und stellst dir vor, du fliegst, das Taxi hat Flügel, und du schwebst wahrhaftig durch die Luft. Kein Buch kann so etwas wiedergeben. Das ist für mich wahre Transzendenz.

Den Körper hinter sich lassen und in den ganzen Reichtum der Welt eintauchen.»

«Dafür muss man nicht Taxi fahren, Junge. Das geht mit jedem anderen Auto auch.»

«Nein, das ist was anderes. In einem normalen Auto hat man nicht das Gefühl, sich abzurackern, und das ist ein wesentliches Element dieser Erfahrung. Die Erschöpfung, die Langeweile, die geisttötende Eintönigkeit. Und plötzlich, wie aus dem Nichts heraus, überkommt dich dieses Gefühl von Freiheit, und für einige Sekunden bist du vollkommen selig. Aber man muss dafür bezahlen. Ohne Plackerei keine Seligkeit.»

Tom wusste selbst nicht, warum er Harry solchen Widerstand leistete. Er glaubte nicht ein Zehntel von dem, was er ihm erzählte, aber sobald sie auf das Thema Jobwechsel zu sprechen kamen, wurde er störrisch und fing mit seinen abstrusen Gegenargumenten und Selbstrechtfertigungen an. Natürlich war ihm klar, dass es ihm bei Harry besser gehen würde, aber die Vorstellung, als Gehilfe eines Buchhändlers zu arbeiten, war auch nicht gerade umwerfend, kaum das, was ihm vorgeschwebt hatte, als er davon träumte, sein Leben einer gründlichen Revision zu unterziehen. Der Schritt schien ihm irgendwie zu klein, zu kümmerlich, als dass er sich damit begnügen wollte, nachdem er so viel verloren hatte. Und so ging das Werben weiter, und je mehr ihm sein Job zuwider war, desto hartnäckiger verteidigte er seine Trägheit; und je träger er wurde, desto mehr war er sich selbst zuwider. Der Schock, unter so trostlosen Umständen dreißig zu werden, entfaltete einige Wirkung, aber nicht genug, um ihn zum Handeln zu bewegen, und obwohl seine Mahlzeit am Tresen des Metropolitan Diner mit dem Entschluss geendet hatte, sich spätestens innerhalb eines Monats einen neuen Job zu besorgen, arbeitete er, als der

Monat abgelaufen war, immer noch für die 3-D-Taxigesellschaft. Tom hatte sich immer gefragt, wofür diese drei D stehen mochten, und jetzt glaubte er es zu wissen. Dunkelheit, Destruktion und Dämmerzustand. Mit einem Wort: Tod. Er sagte Harry, er wolle sich das Angebot durch den Kopf gehen lassen, und dann tat er nichts mehr, wie immer. Hätte ihm nicht in einer eisigen Januarnacht irgendein stotternder, zugedröhnter Cracksüchtiger eine Kanone in den Hals gerammt – wer weiß, wie lange dieser unentschiedene Zustand noch angehalten hätte? Aber Tom hatte endlich kapiert, und als er am nächsten Morgen in Harrys Laden trat und ihm sagte, er habe sich entschlossen, den Job anzunehmen, waren seine Tage als Taxifahrer mit einem Schlag vorbei.

«Ich bin dreißig Jahre alt», sagte er seinem neuen Boss, «und habe vierzig Pfund Übergewicht. Ich habe seit über einem Jahr nicht mehr mit einer Frau geschlafen, und in den letzten zwölf Tagen habe ich jeden Morgen von Staus in zwölf verschiedenen Teilen der Stadt geträumt. Ich könnte mich irren, aber ich meine, es ist Zeit für einen Wechsel.»

EINE MAUER STÜRZT EIN

Nun arbeitete Tom also für Harry Brightman, ohne recht zu merken, dass es diesen Harry Brightman gar nicht gab. Der Name war bloß ein Name, und das Leben, das dazu gehörte, war nie gelebt worden. Das hielt Harry nicht davon ab, ihm Geschichten aus seiner Vergangenheit zu erzählen, aber da es sich bei dieser Vergangenheit um eine Erfindung handelte, war nahezu alles, was Tom über Harry zu wissen glaubte, falsch. Nichts da mit Kindheit in San Francisco, die Mutter eine Dame der feinen Gesellschaft, der Vater Arzt. Nichts da mit Exeter und Brown. Nichts da mit Enterbung und dem Flug nach Greenwich Village im Sommer 1954. Nichts da mit Vagabundenjahren in Europa. Harry war aus Buffalo, New York, und er hatte niemals als Maler in Rom gelebt, hatte niemals in London ein Theater geleitet und war niemals Berater eines Auktionshauses in Paris gewesen. Das einzige Geld in der Familie kam aus der Lohntüte, die sein Vater wöchentlich von seinem Job als Briefsortierer in der Hauptpost nach Hause brachte, und als Harry mit achtzehn Buffalo verließ, ging er nicht aufs College, sondern zur Marine. Vier Jahre später entlassen, begann er – an der De Paul University in Chicago – tatsächlich mit einigem Erfolg ein Studium, fühlte sich aber längst zu alt zum Studieren und hörte nach drei Semestern wieder auf. Er blieb jedoch vorerst in Chicago, und die Geschichte, wie er vor neun Jahren nach New York gekommen war (nachdem er durch einen Börsenschwindel in London sein ganzes Geld verloren hatte), war wieder einmal von vorn bis hinten erfunden. Es stimmte allerdings, dass er seit neun Jahren in New York lebte, und es stimmte auch, dass er vom Buchhandel keinen Schimmer gehabt hatte, als er in die Stadt gekommen war. Aber damals hatte er nicht Harry Brightman geheißen, sondern Harry Dunkel. Und er war nicht über London nach New York gekommen, sondern vom Chicagoer O'Hare Airport. Und seine Postanschrift war zweieinhalb Jahre lang das Bundesgefängnis in Joliet, Illinois, gewesen.

Das erklärte, warum Harry nicht gern mit der Wahrheit herausrückte. Es ist keine Kleinigkeit, mit siebenundfünfzig noch einmal ein neues Leben anzufangen, und wer nichts anderes besitzt als sein Gehirn im Schädel und eine Zunge im Mund, muss sorgfältig überlegen, ehe er sich entschließt, etwas aus diesem Mund herauszulassen. Harry schämte sich seiner Taten nicht (man hatte ihn erwischt, das war alles, und seit wann ist es ein Verbrechen, Pech zu haben?), aber er hatte sicher nicht die Absicht, davon zu erzählen. Zu hart und zu lange hatte er daran gearbeitet, die kleine Welt aufzubauen, in der er jetzt lebte, und er dachte gar nicht daran, irgendjemanden wissen zu lassen, was er alles durchgemacht hatte. Tom blieb also im Dunkeln über Harrys Zeit in Chicago, erfuhr nichts von der Exfrau, der einunddreißig Jahre alten Tochter und der Kunstgalerie in der Michigan Avenue, die Harry neunzehn Jahre lang betrieben hatte. Ob Tom den Job bei Harry angenommen hätte, wenn er von dem Betrug und Harrys Verhaftung gewusst hätte? Möglicherweise. Vielleicht aber auch nicht. Harry konnte sich nicht sicher sein, daher biss er sich auf die Zunge und erzählte nie ein Wort von alldem.

Und dann, eines verregneten Morgens Anfang April, keinen Monat nachdem ich in die Gegend gezogen war und dreieinhalb Monate nachdem Tom in Brightman's Attic angefangen hatte, stürzte die große Mauer der Verschwiegenheit ein.

Es begann mit einem unangekündigten Besuch von Harrys Tochter. Tom war zufällig gerade unten, als sie den Laden betrat – völlig durchnässt, das Wasser troff ihr von Kleidern und Haaren; eine seltsame, zerzauste Person mit unstetem Blick, von der ein stechend übler Geruch ausging. Tom kannte diesen Geruch: So roch jemand, der sich niemals wusch, so rochen Geisteskranke.

«Ich will zu meinem Vater», sagte sie, verschränkte die Arme und umklammerte ihre Ellbogen mit zitternden, nikotinfleckigen Fingern.

Da Tom nichts von Harrys früherem Leben wusste, hatte er keine Ahnung, wovon sie redete. «Sie müssen sich irren», sagte er.

«Nein», fuhr sie ihn an, plötzlich sehr erregt, bebend vor Zorn. «Ich bin Flora!»

«Nun, Flora», sagte Tom, «hier sind Sie wohl nicht richtig.»

«Wissen Sie, dass ich Sie festnehmen lassen kann? Wie heißen Sie?»

«Tom», sagte Tom.

«Ja, sicher. Tom Wood. Ich weiß alles über Sie. Es war in unseres Lebensweges Mitte, als ich mich fand in einem dunklen Walde. Aber so etwas kennen Sie ja nicht. Sie sind einer dieser kleinen Männer, die den Wald vor lauter Bäumen nicht sehen.»

«Hören Sie», sagte Tom in sanftem, beruhigendem Tonfall. «Kann sein, dass Sie mich kennen, aber ich kann Ihnen ganz bestimmt nicht weiterhelfen.»

«Werden Sie bloß nicht frech, Mister. Sie heißen Wood, aber Sie sind nicht gut. Comprendo? Ich bin hier, weil ich zu meinem Vater will, und zwar *auf der Stelle!*»

«Ich glaube, der ist nicht da», sagte Tom, indem er jäh die Taktik änderte.

«Und ob der da ist. Der Knastbruder hockt im ersten Stock. Halten Sie mich für blöd?»

Flora fuhr sich mit den Fingern durch die nassen Haare und spritzte einen Stapel kürzlich angekaufter Bücher voll, der auf einem Tisch neben der Ladenkasse stand. Dann zog sie hustend eine Marlboro-Packung aus einer Tasche ihres zerrissenen, viel zu weiten Kleids. Nachdem sie sich eine angezündet hatte, warf sie das brennende Streichholz auf den Boden. Tom verbarg seine Verblüffung und trat es gelassen aus. Er machte sich nicht die Mühe, sie darauf hinzuweisen, dass Rauchen in dem Laden nicht gestattet war.

«Von wem reden Sie?», fragte er.

«Harry Dunkel. Was dachten Sie denn?»

«Dunkel?»

«Dunkel wie finster, falls Ihnen das was sagt. Mein Vater ist ein Dunkelmann, und er lebt in einem dunklen Wald. Jetzt nennt er sich Brightman, aber mit dem Trick kommt er nicht durch. Er ist immer noch dunkel. Er wird immer dunkel sein – bis an sein Lebensende.»

BEUNRUHIGENDE ENTHÜLLUNGEN

Harry musste Flora zweiundsiebzig Stunden lang zureden, bis sie wieder ihre Medikamente nahm – und eine ganze Woche, bis sie zu ihrer Mutter nach Chicago zurückging. Am Tag nach ihrer Abreise lud er Tom zum Abendessen in Mike & Tony's Steak House an der Fifth Avenue ein, und zum ersten Mal seit seiner Entlassung aus dem Gefängnis vor neun Jahren packte er über seine Vergangenheit aus – die ganze brutale, idiotische Geschichte seines vergeudeten Lebens –, wobei er abwechselnd lachte und weinte, als er seinem ungläubig staunenden Gehilfen sein Herz ausschüttete.

Angefangen hatte er in Chicago als Verkäufer in der Parfümabteilung von Marshall Field's. Nach zwei Jahren stieg er zu der etwas höheren Position eines Schaufensterdekorateursgehilfen auf, und ohne seine unwahrscheinliche Verbindung mit Bette (sprich *Bet*) Dombrowski, der jüngsten Tochter des gemeinhin als Windel-Service-König des Mittleren Westens bekannten Multimillionärs Karl Dombrowski, wäre er dort auch zweifellos geblieben. Die Kunstgalerie, die Harry im Jahr darauf eröffnete, wurde vollständig von Bette finanziert; ihr Geld verhalf ihm überdies zu bis dahin unvorstellbarem Luxus und gesellschaftlichem Rang, aber es wäre falsch, anzunehmen, dass er sie nur heiratete, weil sie reich war, oder dass er unter Vorspiegelung falscher Tatsachen in sein neues Leben eingetreten war. Was seine sexuellen Neigungen betraf, war er immer absolut offen zu ihr, aber nicht einmal das konnte Bette daran hindern,

Harry für den begehrenswertesten Mann zu halten, den sie je gekannt hatte. Sie war damals schon Mitte dreißig, eine schlichte, unerfahrene Frau, auf dem besten Weg, zur alten Jungfer zu werden, und wusste, wenn sie bei Harry nicht landete, würde sie den Rest ihrer Tage als Objekt der Verachtung im väterlichen Haushalt verbringen müssen, die täppische, unverheiratete Tante der Kinder ihrer Brüder und Schwestern, eine Verbannte im Schoß der eigenen Familie. Zum Glück war sie mehr an Kameradschaft als an Sex interessiert und träumte davon, ihr Leben mit einem Mann zu teilen, der ihr ein wenig von dem Glanz und Selbstvertrauen abgeben konnte, an dem es ihr so mangelte. Falls Harry der Sinn nach einem gelegentlichen diskreten Abenteuer stünde, hätte sie nichts dagegen. Hauptsache, sie seien verheiratet, sagte sie, und Hauptsache, er wisse, wie sehr sie ihn liebe.

Es hatte auch vorher schon Frauen in Harrys Leben gegeben. Seit den frühesten Jahren seiner Pubertät hatte er, gehetzt von ziellosen Trieben und Begierden, unterschiedslos Sexualpartner beiderlei Geschlechts gesammelt. Harry war froh, dass er so war, froh, immun gegen das Vorurteil zu sein, das ihn gezwungen hätte, lebenslänglich auf die Reize einer Hälfte der Menschheit zu verzichten, aber bis Bette ihm 1967 einen Heiratsantrag machte, war es ihm nie in den Sinn gekommen, eine feste Beziehung einzugehen, geschweige denn, dass er sich als Ehemann wiederfinden könnte. Harry hatte in der Vergangenheit viele Menschen geliebt, war aber selbst nur selten geliebt worden, und Bettes Leidenschaft erstaunte ihn. Sie bot ihm nicht nur ohne Vorbehalte ihre Hand an, sondern gewährte ihm im gleichen Atemzug auch noch vollkommene Freiheit.

Natürlich musste er auch gewisse Nachteile in Kauf nehmen. Da waren zum einen Bettes Familie und die tyrannischen Einmischungen ihres aufgeblasenen Vaters, der immer wieder damit drohte, seine Tochter zu enterben, wenn sie sich nicht von «diesem widerwärtigen Schwulen» scheiden ließe. Und dann war da, womöglich noch beunruhigender, Bette selbst. Nicht der Mensch oder das Wesen Bette, sondern ihr Körper, ihre äußere Erscheinung, die kleinen, schielenden Augen und die abstoßenden schwarzen Härchen, die ihre fleischigen Unterarme zierten. Harry besaß von Natur aus einen hoch entwickelten Schönheitssinn, und noch nie hatte es ihm jemand angetan, der kein attraktiver Mensch war. Wenn irgendetwas ihn zögern ließ, sie zu heiraten, dann ihr Aussehen. Aber Bette war so liebenswürdig und stets so sehr darauf bedacht, ihn zufrieden zu stellen, dass Harry den Sprung wagte, im vollen Bewusstsein, dass seine erste Aufgabe als Ehemann darin bestehen würde, seine Frau zum Faksimile einer Frau zu modellieren, die – im rechten Licht und unter angemessenen Umständen – einen Funken Verlangen in ihm wecken konnte. Einige Verbesserungen waren ziemlich einfach zu bewerkstelligen. Ihre Brille wurde durch Kontaktlinsen ersetzt, ihre Garderobe aufgepeppt; ihre Arme und Beine wurden in regelmäßigen Abständen einer schmerzhaften Enthaarung unterzogen. Andere Faktoren freilich konnte Harry nicht beeinflussen; da galt es Anstrengungen zu unternehmen, bei denen seine frisch gebackene Braut auf sich allein gestellt war. Und Bette tat ihm den Gefallen. Mit der ganzen Disziplin und Selbstverleugnung einer frommen Schwester Gottes brachte sie es zuwege, im ersten Jahr ihrer Ehe ein Fünftel ihres Körpergewichts wegzuhungern – von unansehnlichen 70 auf schlanke 55 Kilo zu gelangen. Das zähe Ringen seiner willensstarken Galatea rührte ihn, und während Bette unter der Obhut und dem fürsorglichen Blick ihres Gatten aufblühte, entwickelte sich ihre zunehmende Bewunderung füreinander zu einer soliden, dauerhaften Freundschaft. Floras Geburt im Jahre 1969 war nicht das Ergebnis einer eigens geplanten einmaligen Nacht. Harry und Bette schliefen in den ersten Jahren ihrer Ehe so oft miteinander, dass eine Schwangerschaft nahezu unausweichlich war – ein *fait accompli* a priori. Wer von Harrys Freunden hätte eine solche Wandlung vorhergesehen? Er hatte Bette geheiratet, weil sie versprochen hatte, ihm seine Freiheit zu lassen, aber als sie dann zusammen waren, stellte er fest, dass er wenig oder gar kein Interesse daran hatte, sie zu nutzen.

Im Februar 1968 öffnete die Galerie ihre Pforten. Für den vierunddreißigjährigen Harry erfüllte sich damit ein lange gehegter Traum, und um ihn zum Erfolg zu machen, scheute er keine Mühe. Chicago war gewiss nicht das Zentrum der Kunstwelt, aber auch kein Provinznest, und in der Stadt war genug Geld in Umlauf, dass ein kluger Mensch einen Teil davon in die eigene Tasche lenken konnte. Nach einiger Zeit gründlichen Nachdenkens wusste er, wie die Galerie heißen sollte: Dunkel Frères. Harry hatte zwar keine Brüder, fand aber, der Name verleihe dem Unternehmen ein gewisses europäisches Flair und lasse zudem auf eine lange Familientradition im Kunsthandel schließen. Wie er es sah, führte der deutsche Eigenname in Verbindung mit dem französischen Beiwort zu einer bestrickenden, alles in allem positiven Verwirrung in den Köpfen seiner Kunden. Die einen würden die Vermengung der beiden Sprachen als Hinweis auf einen elsässischen Ursprung deuten. Andere würden ihn für den Spross einer deutsch-jüdischen Familie halten, die nach Frankreich emigriert war. Wieder anderen würde er vollkommen rätselhaft erscheinen. Niemand würde über Harrys Herkunft Gewissheit haben – und ein Mann, der sich mit einer geheimnisvollen Aura zu umgeben weiß, hat in der Öffentlichkeit immer ein paar Pluspunkte.

Er spezialisierte sich auf Arbeiten junger Künstler – hauptsächlich Gemälde, aber auch Skulpturen und Installationen und dazu ein paar Happenings, die Ende der Sechziger noch in Mode waren. Die Galerie sponserte Dichterlesungen und *soirées musicales*, und da Harry am Schönen in jeder Form Gefallen hatte, ließ Dunkel Frères sich in ästhetischen Dingen nie auf eine bestimmte Position festlegen. Pop und Op, Minimalismus und abstrakte Kunst, Pattern Painting und Fotografien, Videokunst und Neoexpressionismus – im Lauf der Jahre zeigten Harry und sein Phantombruder Werke sämtlicher Trends und Richtungen der Epoche. Die meisten Ausstellungen waren Flops. Das stand zu erwarten, gefährlicher für die Zukunft der Galerie waren jedoch die Abgänge des halben Dutzends echter Künstler, die Harry nach und nach entdeckt hatte. Er verhalf irgendeinem jungen Menschen zum Durchbruch, förderte seine Arbeit mit viel Gespür und Aufschneiderei, erschloss den Markt, begann ordentliche Profite zu machen, und dann, nach zwei oder drei Ausstellungen, sprang der Künstler ab und ging nach New York. Das war das Problem, wenn man seinen Sitz in Chicago hatte, und Harry begriff, dass die wahrhaft Talentierten an diesem Schritt gar nicht vorbeikamen.

Aber Harry war ein Glückspilz. 1976 erschien ein zweiunddreißigjähriger Maler namens Alec Smith in der Galerie und gab ein Päckchen Dias ab. Harry war an diesem Tag nicht da; erst am folgenden Nachmittag gab ihm seine Mitarbeiterin den Umschlag, und als er die Dias herausnahm, um sie – auf nichts, allenfalls auf eine Enttäuschung gefasst – rasch einmal vor dem Fenster durchzusehen, merkte er sofort, dass er große Kunst vor sich hatte. Smiths Arbeiten besaßen alles: Kühnheit, Farbe, Energie und Licht. Figuren wirbelten durch klatschend aufgetragene Farbbahnen, vibrierende Ausbrüche glühender Emotionen, ein Schrei aus tiefster Seele, so wahr, so voller Leidenschaft, dass Lebensfreude und Verzweiflung gleichermaßen aus diesen Bildern zu sprechen schienen. Gemälde dieser Art hatte Harry noch nie zuvor gesehen, und ihr Eindruck war so gewaltig, dass ihm plötzlich die Hände zitterten. Er setzte sich hin, studierte jedes einzelne der siebenundvierzig Bilder auf seinem kleinen Diabetrachter, und dann griff er zum Telefon und bot Smith eine Ausstellung an.

Im Gegensatz zu den anderen jungen Künstlern, die Harry gefördert hatte, wollte Smith mit New York nichts zu tun haben. Er hatte bereits sechs Jahre dort gelebt und war, von jeder einzelnen Galerie in der Stadt abgewiesen, verbittert und zornig nach Chicago zurückgekehrt. Er schäumte vor Verachtung für die Kunstwelt und all die blutsaugerischen und raffgierigen Huren, die sie bevölkerten. Harry nannte Smith sein «mürrisches Genie», doch seiner Barschheit und gelegentlichen Streitsucht zum Trotz verbarg sich unter Smiths rauer Schale doch ein weicher Kern. Er wusste, was Loyalität bedeutete, und hatte, einmal im Stall der Dunkel Frères untergekommen, nicht die Absicht, dort wieder auszubrechen. Harry war der Mann, der ihn vor dem Vergessen bewahrt hatte, und daher sollte Harry sein Leben lang derjenige sein, der Smiths Bilder unter die Leute brachte.

Harry hatte seinen ersten Künstler von wahrem Format entdeckt, und in den folgenden acht Jahren blieb die Galerie dank Smiths Bildern in den schwarzen Zahlen. Nach dem Erfolg der Ausstellung von 1976 (alle siebzehn Bilder und einunddreißig Zeichnungen waren am Ende der zweiten Woche verkauft) verschwand Smith mit Frau und kleinem Sohn wie der geölte Blitz aus der Stadt und kaufte sich ein

Haus in Oaxaca in Mexiko. Von da an rührte sich der Künstler nicht mehr vom Fleck, nie wieder setzte er einen Fuß nach Amerika – nicht einmal, um die jährlichen Ausstellungen seiner Arbeiten in Chicago zu besuchen, geschweige denn die Retrospektiven, die, als sein Ruhm wuchs, von Museen im ganzen Land veranstaltet wurden. Wenn Harry ihn sehen wollte, musste er nach Mexiko fliegen – das tat er etwa zweimal im Jahr –, im Übrigen aber hielt er Kontakt durch Briefe und gelegentliche Anrufe. Das alles stellte für den Leiter von Dunkel Frères kein Problem dar. Smiths Produktivität war erstaunlich, alle paar Monate trafen Kisten mit neuen Gemälden und Zeichnungen in der Galerie in Chicago ein, die zu immer erfreulicheren Preisen Absatz fanden. Die Konstellation war ideal und hätte zweifellos noch viele Jahrzehnte Bestand gehabt, aber dann pumpte Smith sich drei Tage vor seinem vierzigsten Geburtstag mit Tequila voll und sprang vom Dach seines Hauses. Seine Frau sprach von einer albernen Torheit, die leider schief gegangen sei; seine Geliebte sprach von Selbstmord. So oder so, Alec Smith war tot, und das stolze Schiff Harry Dunkel begann zu sinken.

Auftritt des jungen Künstlers Gordon Dryer. Sechs Monate vor der Katastrophe mit Smith hatte Harry seine erste Ausstellung veranstaltet – nicht weil Dryers Werk ihn beeindruckte (strenge, allzu rationale abstrakte Gemälde, von denen kein einziges verkauft wurde und die insgesamt keine einzige positive Besprechung erhielten), sondern weil Dryer selbst eine unwiderstehliche Persönlichkeit war, ein Einunddreißigjähriger, der aussah wie achtzehn, mit einem zierlichen, femininen Gesicht, schmalen, marmorweißen Händen und einem Mund, den Harry am liebsten sofort geküsst hätte, als er ihn zum ersten Mal erblickte. Nach sechzehn Ehejahren mit Bette wurde Toms zukünftiger Arbeitgeber schließlich schwach. Das war kein flüchtiges kleines Abenteuer, sondern ein Rausch, ein ausgewachsenes Delirium, eine Feuersbrunst an Liebe. Und der ehrgeizige Dryer, dem so sehr daran lag, sein Werk bei Dunkel Frères auszustellen, ließ sich bereitwillig von dem vierschrötigen, fünfzig Jahre alten Harry verführen. Vielleicht war es auch umgekehrt, und Dryer selbst war der Verführer. Wie auch immer es dazu kam, es geschah, als der Galeriebesitzer das Atelier des Künstlers besuchte, um sich dessen neueste Bilder anzusehen. Der schöne Jüngling erriet Harrys Absichten schnell, und nach zwanzig Minuten belanglosen Geplauders über die Verdienste des geometrischen Minimalismus ging er lässig vor dem Händler in die Knie und zog ihm den Reißverschluss der Hose auf.

Nach der lauen Reaktion auf Dryers Ausstellung geriet der Reißverschluss immer öfter in Bewegung, und bald suchte Harry mehrmals die Woche das Atelier des Malers auf. Dryer machte sich Sorgen, dass Harry ihn von der Liste seiner Künstler streichen könnte, und hatte zum Ausgleich nichts als seinen Körper anzubieten. Harry bekam in seiner Verliebtheit nicht mit, dass er benutzt wurde, und wenn er es mitbekommen hätte, wäre es ihm wahrscheinlich egal gewesen. So töricht ist des Menschen Herz. Er hielt die Affäre vor Bette geheim, und da sich bei der fünfzehnjährigen Flora bereits die ersten Symptome einer fortschreitenden Schizophrenie bemerkbar machten, verbrachte er so viel Zeit zu Hause bei seiner Familie, wie sein Terminplan zuließ. Die Nachmittage waren für Gordon reserviert, abends jedoch schlüpfte er in die Rolle des pflichtgetreuen Gatten und Vaters zurück. Dann kam die niederschmetternde Nachricht vom Tode Smiths, und Harry geriet in Panik. Er hatte noch etliche Bilder von ihm zu verkaufen, aber nach sechs Monaten oder einem Jahr wäre der Vorrat aufgebraucht. Und was dann? Dunkel Frères arbeitete auch so schon kaum kostendeckend, und Bette hatte bereits so viel Geld in die Galerie gesteckt, dass Harry sie unmöglich um weitere Unterstützung bitten konnte. Der plötzliche Ausfall Smiths bedeutete das Aus für seine Galerie. Wenn nicht heute, dann morgen, und wenn nicht morgen, dann übermorgen. Denn die Wahrheit sah so aus, dass Harry von Geschäften nicht die geringste Ahnung hatte. Er hatte sich darauf verlassen, dass der streitsüchtige Smith seine Ausschweifungen und Exzesse schon irgendwie finanzieren würde (die opulenten Partys und Festessen für zweihundert Leute, die Privatjets, die Autos mit Chauffeur, die schwachsinnigen Spekulationen mit zweit- und drittklassigen Talenten, die monatlichen Stipendien für Künstler, deren Werke sich nicht verkauften), aber die Gans hatte in Mexiko den Abflug gemacht und würde ihm künftig keine goldenen Eier mehr legen.

Hier nun kam Dryer mit seinem Plan, der Harry von seinen Sorgen erlösen sollte. Das mit dem Sex war ja gut und schön, aber wenn er sich wirklich unentbehrlich machen konnte, wäre seine Karriere als Künstler gesichert. Dryers Arbeiten mochten von kaltem Intellektualismus geprägt sein, aber er besaß ein enormes natürliches Talent für Komposition und Farbgebung. Dieses Talent hatte er zugunsten einer Idee unterdrückt, zugunsten einer Auffassung von Kunst, die Strenge und Genauigkeit über alles stellte. Er hasste Smiths überschwänglichen Sinn für das Romantische mit seinen blumigen Gesten und schwülstigen Anwandlungen, aber das bedeutete nicht, dass er diesen Stil nicht nachahmen konnte, wenn er wollte. Warum also sollte er nach Smiths Tod nicht dessen Werk fortsetzen? Die letzten Gemälde des jungen Meisters, den es in der Blüte seiner Jahre dahingerafft hatte? Eine öffentliche Ausstellung wäre natürlich zu riskant (Smiths Witwe würde davon erfahren und die Sache auffliegen lassen), aber Harry könnte die Bilder im Hinterzimmer seiner Galerie an besonders leidenschaftliche Smith-Sammler verkaufen, und solange Valerie Smith nichts davon mitbekam, würde ihnen der Schwindel einen Profit von hundert Prozent einbringen.

Anfangs sträubte sich Harry. Sicher, Gordons Idee war brillant, aber er schreckte davor zurück – nicht weil er dagegen war, sondern weil er nicht glaubte, dass der Junge das Zeug dazu hatte. Und alles andere als perfekte, absolut einwandfreie Imitate von Smiths Arbeiten würden ihn wahrscheinlich ins Gefängnis bringen. Dryer zuckte die Achseln, als sei das nur so ein flüchtiger Gedanke gewesen, und lenkte das Gespräch auf ein anderes Thema. Als Harry fünf Tage später mal wieder zu einem seiner nachmittäglichen Besuche ins Atelier kam und Dryer ihm das erste seiner Alec-Smith-Originale enthüllte, musste der Kunsthändler verblüfft zugeben, dass er die Fähigkeiten seines jungen Schützlings weit unterschätzt hatte. Dryer hatte sich tatsächlich zu Smiths Wiedergänger gemausert, hatte seine eigene Persönlichkeit vollständig abgelegt und sich ins Denken und Fühlen eines Toten versetzt. Eine bemerkenswerte Verwandlung, eine psychologische Hexerei, die den armen Harry mit Schrecken und Ehrfurcht erfüllte. Dryer hatte nicht nur Ausdruck und Stimmung der Gemälde Smiths exakt getroffen, die groben Spachtelstriche, den dichten Farbauftrag und die hingeklecksten Spritzer, sondern war sogar noch einen winzigen Schritt weiter gegangen, als Smith sich je vorgewagt hatte. Das war Smiths *nächstes Bild*, erkannte Harry, das Bild, das er am Morgen des zwölften Januar angefangen hätte, wäre er nicht in der Nacht des elften vom Dach seines Hauses in den Tod gesprungen.

In den nächsten sechs Monaten schuf Dryer siebenundzwanzig weitere Gemälde, dazu einige Dutzend Tuschzeichnungen und Kohleskizzen. Dann erst machte sich Harry, der seine Begeisterung zu dämpfen wusste und sich ungewohnt verschlossen gab, systematisch und mit viel Bedacht daran, die Fälschungen bei verschiedenen Sammlern überall auf der Welt an den Mann zu bringen. Nach gut einem Jahr waren zwanzig Bilder für insgesamt fast zwei Millionen Dollar verkauft. Da Harry den Kopf hinhalten musste und sein guter Ruf dabei auf dem Spiel stand, einigten sich die beiden auf eine Aufteilung von siebzig zu dreißig. Als er Tom fünfzehn Jahre später bei dem Essen in Brooklyn sein Geständnis ablegte, schilderte Harry diese Monate als die amüsanteste und grauenvollste Epoche seines Lebens. Er habe ständig in Angst gelebt, sagte er, aber trotz seiner Panik, trotz der Gewissheit, eines Tages erwischt zu werden, sei er glücklich gewesen, so glücklich wie noch nie zuvor. Jedes Mal, wenn es ihm gelungen sei, einen weiteren gefälschten Smith an einen japanischen Manager oder argentinischen Bauunternehmer zu verhökern, habe sein pochendes überanstrengtes Herz siebenundvierzig Freudensprünge gemacht.

Im Frühjahr 1986 verkaufte Valerie Smith das Haus in Oaxaca und zog mit ihren drei Kindern in die Staaten zurück. In ihrer stürmischen Ehe mit dem notorisch untreuen Smith mochte es oft heiß hergegangen sein, aber seine Arbeit hatte sie immer standhaft verteidigt, und natürlich war ihr jedes Bild vertraut, das er seit seiner Jugend bis zu seinem Tod 1984 gemalt hatte. Nach der ersten Ausstellung bei Dunkel Frères hatten sie und ihr Mann sich mit einem Schönheitschirurgen namens Andrew Levitt angefreundet, einem betuchten Sammler, der erstmals 1976 zwei Bilder von Harry erworben hatte und schließlich insgesamt vierzehn Smiths sein Eigen nannte, als Valerie ihn zehn Jahre später zum Essen in seinem Haus in Highland Park besuchte. Wie hätte Harry ahnen können, dass sie nach Chicago zurückziehen würde? Wie hätte er ahnen können, dass Levitt sie in sein Haus einladen würde – derselbe Levitt, dem er gerade erst drei Monate zuvor einen großartigen gefälschten Smith angedreht hatte? Selbstredend machte der reiche Arzt sie voller Stolz auf seine Neuanschaffung an der Wohnzimmerwand aufmerksam, und selbstredend erkannte die scharfsichtige Witwe das Werk sofort als das, was es war. Sie hatte Harry nie gemocht, jedoch Alec zuliebe immer ein Auge zugedrückt, denn auch ihr war klar, dass die Karriere ihres Mannes ohne den Geschäftsleiter von Dunkel Frères niemals eine solche Wende genommen hätte. Jetzt aber war ihr Mann tot, und Harry führte nichts Gutes im Schilde. Erzürnt sann Valerie Denton Smith auf Wege, ihn zu vernichten.

Harry stritt alles ab. Aber da im Lager der Galerie noch sieben Fälschungen übrig waren, hatte die Polizei keine Schwierigkeiten, ihn vor Gericht zu bringen. Er berief sich weiter auf seine Ahnungslosigkeit, doch dann machte sich Gordon aus dem Staub, und angesichts dieses Verrats verließ Harry der Mut. Verzweifelt und voller Selbstmitleid brach er schließlich zusammen und erzählte Bette die ganze Wahrheit. Wieder ein Fehler, wieder ein falscher Schritt in einer langen Reihe von Irrtümern und Fehleinschätzungen. Zum ersten Mal in all den Jahren, die er sie kannte, geriet sie in Zorn – und überschüttete ihn mit Beschimpfungen, in denen Wörter wie *krank*, *unersättlich*, *widerwärtig* und *pervers* die Hauptrolle spielten. Sie entschuldigte sich zwar umgehend dafür, aber da war der Schaden bereits angerichtet, und dass sie zu seiner Verteidigung die besten Anwälte der Stadt anheuerte, hinderte Harry nicht an der Erkenntnis, dass sein Leben in Trümmern lag. Die Ermittlungen zogen sich zehn Monate lang hin, schleppend trug man aus weit entfernten Orten wie New York und Seattle, Amsterdam und Tokio, London und Buenos Aires die Beweise zusammen, und am Ende klagte der Bezirksstaatsanwalt von Cook County ihn des Betrugs in neununddreißig Fällen an. Die Presse meldete die Nachricht in fetten Schlagzeilen. Harry musste sich auf zehn bis fünfzehn Jahre Gefängnis gefasst machen, falls er den Prozess verlor. Auf Anraten seines Anwalts bekannte er sich schuldig und nannte, um die Strafe noch weiter zu verringern, Gordon Dryer als seinen Mittäter; der habe sich den ganzen Schwindel ausgedacht, und er (Harry) habe sich gezwungen gesehen, zu Dryers Komplizen zu werden, als der ihm gedroht habe, ihr Verhältnis öffentlich zu machen. Der Lohn für dieses kooperative Verhalten war eine Strafe von maximal fünf Jahren mit der Aussicht auf vorzeitige Entlassung bei guter Führung. Die Polizei verfolgte Dryers Spur nach New York und verhaftete ihn nur wenige Minuten vor Beginn des Jahres 1988 auf einer Silvesterparty in einer Kneipe in der Christopher Street. Auch er bekannte sich schuldig, aber da er keine Namen nennen konnte und auch sonst nichts anzubieten hatte, wurde Harrys Exlover zu sieben Jahren Gefängnis verurteilt.

Aber es sollte noch schlimmer kommen. Gerade als Harry sich anschickte, ins Gefängnis zu gehen, hatte der alte Dombrowski Bette endlich so weit, dass sie die Scheidung einreichte. Er gebrauchte dieselbe Einschüchterungstaktik wie in der Vergangenheit – drohte ihr mit Enterbung, drohte, ihr das Taschengeld zu streichen –, aber diesmal meinte er es ernst. Bette liebte Harry nicht mehr, aber sie hatte nicht vorgehabt, ihn zu verlassen. Trotz des Skandals, trotz der Schande, die er auf sein Haupt gehäuft hatte, war es ihr nicht ein einziges Mal in den Sinn gekommen, ihre Ehe zu beenden. Das Problem war Flora. Mit knapp neunzehn hatte sie bereits Aufenthalte in zwei privaten Nervenheilanstalten hinter sich, und ihre Aussichten auf eine auch nur partielle Genesung waren gleich null. Eine Behandlung auf diesem Niveau verschlang enorme Summen, weit über hunderttausend Dollar für jeden Aufenthalt, und ohne den monatlichen Scheck ihres Vaters wäre Bette beim nächsten Zusammenbruch ihrer Tochter nichts anderes übrig geblieben, als sie in eine staatliche Einrichtung zu geben – eine Vorstellung, die sie schlichtweg nicht akzeptieren konnte. Harry verstand ihr Dilemma, und da er selbst keine Lösung anzubieten hatte, erklärte er sich widerstrebend mit der Scheidung einverstanden, schwor sich dabei jedoch, ihren Vater umzubringen, sobald er aus dem Gefängnis entlassen würde.

Er war jetzt ein armer Mann, ein mittelloser Sträfling, der weder Rücklagen noch Pläne hatte, und wenn er seine Zeit in Joliet abgesessen hätte, würde er wie eine Hand voll Konfetti in alle vier Winde geworfen werden. Seltsamerweise war es ausgerechnet sein viel geschmähter Schwiegervater, der ihn rettete – freilich zu einem Preis, einem so rücksichtslosen, unverschämten Preis, dass Harry sich nie von der Schmach und Verbitterung erholte, die ihn überkamen, als er das Angebot des Alten akzeptierte. Aber er tat es. Er war zu schwach, es auszuschlagen, hatte zu große Angst vor der Zukunft, um nein zu sagen, wusste aber schon in dem Augenblick, da er seine Unterschrift unter den Vertrag setzte, dass er seine Seele verkauft hatte und von nun an in ewiger Verdammnis leben würde.

Zu dem Zeitpunkt hatte er bereits knapp zwei Jahre abgesessen, und Dombrowskis Bedingungen waren denkbar einfach. Harry sollte in einen anderen Teil des Landes ziehen, und als Gegenleistung für einen Geldbetrag, der ihm den Aufbau eines neuen Geschäfts ermöglichen würde, musste er sich verpflichten, sich nie mehr in Chicago blicken zu lassen und jeglichen Kontakt mit Bette und Flora abzubrechen. Dombrowski betrachtete Harry als sittlich verkommen, als Exemplar einer minderwertigen Subspezies einer Lebensform, die man nicht vollauf als menschlich gelten lassen konnte, und gab ihm persönlich die Schuld an Floras Krankheit. Sie war verrückt, weil Harry Bette mit seinem ungesunden, schadhaften Sperma geschwängert hatte, und jetzt, da er sich als Schwindler und Verbrecher erwiesen habe, erwarte ihn nach seiner Entlassung ein Leben in Armut und Leid, es sei denn, er verzichte auf alle Ansprüche aus seiner Vaterschaft. Harry verzichtete. Er beugte sich Dombrowskis schmutzigen Forderungen, und diese Kapitulation machte ihm ein neues Leben möglich. Er entschied sich für Brooklyn, weil das New York und doch nicht New York war und weil er dort kaum Gefahr lief, einem seiner früheren Kollegen aus der Kunstszene zu begegnen. An der Seventh Avenue in Park Slope stand eine Buchhandlung zum Verkauf; in der Buchbranche kannte Harry sich nicht aus, aber der Laden kam seinem Sinn für Krimskrams und antiquarisches Durcheinander entgegen. Dombrowski kaufte ihm das komplette vierstöckige Gebäude, und im Juni 1991 wurde Brightman's Attic aus der Taufe gehoben.

Hier habe Harry zu weinen begonnen, erzählte Tom, und bis zum Ende der Mahlzeit nur noch von Flora gesprochen, von dem letzten qualvollen Tag, den er vor Antritt seiner Gefängnisstrafe mit ihr verbracht hatte. Sie befand sich wieder einmal in einer sehr kritischen Phase, kurz vor Ausbruch des Wahnsinns, der sie schließlich zum dritten Mal in die Anstalt bringen sollte, aber noch war sie so weit bei

Verstand, dass sie Harry als ihren Vater erkennen und in zusammenhängenden Sätzen mit ihm reden konnte. Irgendwo war sie auf eine Statistik gestoßen, der zu entnehmen war, wie viele Menschen pro Sekunde auf der Welt geboren werden und sterben. Die Zahlen waren gewaltig, aber in Mathe war Flora immer gut gewesen, und schnell hatte sie die Gesamtmengen in Zehnergruppen umgerechnet: zehn Geburten alle einundvierzig Sekunden, zehn Todesfälle alle achtundfünfzig Sekunden (oder was auch immer die Zahlen ergeben mochten). Das sei die Wahrheit über die Welt, erklärte sie ihrem Vater an jenem Morgen beim Frühstück, und um diese Wahrheit in den Griff zu bekommen, habe sie beschlossen, diesen Tag auf dem Schaukelstuhl in ihrem Zimmer zu verbringen; sie wolle alle einundvierzig Sekunden das Wort *Freude* und alle achtundfünfzig Sekunden das Wort *Trauer* rufen und auf diese Weise das Ableben der zehn Verstorbenen beklagen und die Ankunft der zehn Neugeborenen feiern.

Harry mochte es schon oft das Herz zerrissen haben, aber jetzt war es nur noch ein Klumpen Asche in seiner Brust. Am letzten Tag in Freiheit saß er zwölf Stunden bei seiner Tochter auf dem Bett und sah zu, wie sie auf ihrem Stuhl vor und zurück schaukelte und abwechselnd *Freude* und *Trauer* rief, während sie den Sekundenzeiger des Weckers auf ihrem Nachttisch nicht aus den Augen ließ. «Freude!», rief sie. «Freude über die zehn, die alle einundvierzig Sekunden zur Welt kommen, kommen werden und gekommen sind. Freut euch über sie und lasst nicht nach. Freut euch unaufhörlich, denn so viel ist sicher, so viel ist wahr, und so viel steht fest: Zehn Menschen leben jetzt, die vorher nicht gelebt haben. Freut euch!»

Und dann packte sie die Lehnen des Stuhls fester, schaukelte schneller, sah ihrem Vater in die Augen und rief: «Trauer! Trauert um die zehn, die von uns gegangen sind. Trauert um die zehn, deren Leben beendet ist, die ihre Reise ins große Unbekannte angetreten haben. Trauert endlos um die Toten. Trauert um die Männer und Frauen, die schlechte Menschen waren. Trauert um die Alten, deren Körper sie im Stich gelassen haben. Trauert um die Jungen, die vor ihrer Zeit gestorben sind. Trauert um eine Welt, die dem Tod erlaubt, uns aus der Welt zu holen. Trauert!»

ÜBER SCHURKEN

Bis ich Tom in Brightman's Attic kennen lernte, hatte ich mit Harry höchstens erst zwei- oder dreimal gesprochen – und auch das waren nur flüchtige, kurz angebundene Wortwechsel gewesen. Nachdem ich mir Toms Erzählung von der Vergangenheit seines Chefs angehört hatte, wollte ich gern mehr über diesen eigentümlichen Menschen erfahren, den Halunken von Angesicht zu Angesicht sehen und mit eigenen Augen in Aktion erleben. Tom hatte nichts dagegen, mich mit ihm bekannt zu machen, und als wir unser zweistündiges Mahl im Cosmic Diner beendet hatten, fand ich, ich könnte jetzt gleich mit meinem Neffen zum Laden gehen und mir meinen Wunsch noch an diesem Nachmittag erfüllen. Ich zahlte vorn an der Kasse, ging noch einmal an den Tisch zurück und legte zwanzig Dollar Trinkgeld für Marina hin. Ein absurd übertriebener Betrag – fast doppelt so viel, wie das Essen gekostet hatte –, aber das war mir egal. Meine Angebetete strahlte mich dankbar an, und der Anblick ihrer Beglückung versetzte mich in so prächtige Laune, dass ich mich auf der Stelle entschloss, am Abend Rachel anzurufen und ihr zu erzählen, dass ihr verloren geglaubter Vetter wieder aufgetaucht war. Seit ihrem unerfreulichen, feindseligen Besuch Anfang April in meiner Wohnung hatte ich bei meiner Tochter verschissen, aber nun, da ich Tom wiedergefunden und Marina Gonzalez mir, als ich das Restaurant verließ, lächelnd eine Kusshand zugeworfen hatte, wollte ich mit der Welt wieder ganz ins Reine kommen. Ich hatte Rachel bereits einmal angerufen, um mich für meine groben Worte zu entschuldigen, aber da hatte sie nach dreißig Sekunden einfach aufgelegt. Jetzt wollte ich sie noch einmal anrufen, und diesmal würde ich so lange vor ihr zu Kreuze kriechen, bis die Atmosphäre zwischen uns wieder bereinigt war.

Die Buchhandlung lag fünfeinhalb Blocks von dem Restaurant entfernt, und während Tom und ich in der milden Luft dieses Mainachmittags die Seventh Avenue hinunterschlenderten, sprachen wir weiter über Harry, den ehemaligen Dunkel von Dunkel Frères, der aus dem dunklen Wald seines früheren Ich geflohen war, um als helle Sonne am Firmament des falschen Spiels wieder aufzutauchen.

«Ich hatte schon immer eine Schwäche für Gauner», sagte ich. «Als Freunde sind sie vielleicht nicht die zuverlässigsten, aber man stelle sich vor, wie eintönig das Leben ohne sie wäre.»

«Ich bin mir nicht sicher, ob Harry noch ein Gauner ist», antwortete Tom. «Dafür zeigt er zu viel Reue.»

«Einmal ein Gauner, immer ein Gauner. Die Menschen ändern sich nie.»

«Ansichtssache. Ich sage, sie ändern sich doch.»

«Du hast ja auch noch nicht in der Versicherungsbranche gearbeitet. Die Lust am Betrug ist universal, mein Junge, und wer einmal Geschmack daran gefunden hat, ist nicht mehr zu retten. Schnelles Geld – das ist die größte Versuchung von allen. Denk an all die Schlaumeier mit ihren getürkten Autounfällen und fingierten Personenschäden, denk an die Geschäftsleute, die ihre eigenen Läden und Kaufhäuser abfackeln, die Leute, die ihren eigenen Tod vortäuschen. Ich habe so etwas dreißig Jahre lang erlebt und bin seiner nie überdrüssig geworden. Das große Schauspiel der menschlichen Unehrlichkeit. Überall und ständig wird es gegeben, und ob es dir gefällt oder nicht, es ist das fesselndste Spektakel von allen.»

Tom stieß die Luft aus, es klang wie eine Mischung aus Kichern und schallendem Gelächter. «Ich liebe es, wenn du solchen Blödsinn erzählst, Nathan. Bis jetzt war mir das gar nicht bewusst, aber es hat mir gefehlt. Es hat mir sehr gefehlt.»

«Du glaubst, ich scherze», sagte ich, «aber ich sage nur, wie es ist. Die Perlen meiner Weisheit. Ein paar Erkenntnisse, nachdem ich ein Leben lang in den Gräben der Erfahrung geschuftet habe. Betrüger und Schwindler regieren die Welt. Schurken allenthalben. Und weißt du warum?»

«Erzähl's mir, Meister. Ich bin ganz Ohr.»

«Weil sie hungriger sind als wir. Weil sie wissen, was sie wollen. Weil sie mehr an das Leben glauben als wir.»

«Das denkst du auch bloß, Sokrates. Wenn ich nicht ständig Hunger hätte, würde ich wohl kaum mit so einem Riesenwanst herumlaufen.»

«Du liebst das Leben, Tom, aber du glaubst nicht daran. Und ich auch nicht.»

«Ich komme nicht mehr mit.»

«Denk an Jakob und Esau. Du weißt doch?»

«Ah. Okay. Jetzt kapier ich.»

«Eine furchtbare Geschichte, oder?»

«Ja, wirklich furchtbar. Hat mir als Kind ungeheuer zu schaffen gemacht. Damals war ich so ein tugendhafter, aufrichtiger kleiner Mann. Ich habe nie gelogen, nie gestohlen, nie betrogen, nie ein böses Wort gesagt. Und plötzlich dieser Esau, ein täppischer Einfaltspinsel, genau wie ich. Von Rechts wegen sollte er den Segen Isaaks empfangen. Aber Jakob trickst ihn aus – und ausgerechnet mit Hilfe seiner Mutter.»

«Schlimmer noch, Gott scheint die Sache gutzuheißen.

Der unehrliche, hinterhältige Jakob wird zum Anführer der Juden, und Esau muss zusehen, wo er bleibt, ein Vergessener, ein nichtswürdiger Niemand.»

«Meine Mutter hat mich immer gelehrt, gut zu sein. ‹Gott möchte, dass du gut bist›, hat sie mir oft erklärt, und da ich noch jung genug war, an Gott zu glauben, habe ich ihr geglaubt. Dann stieß ich in der Bibel auf diese Geschichte und verstand überhaupt nichts mehr. Der Schlechte setzt sich durch, und Gott bestraft ihn nicht. Das kam mir nicht richtig vor. Das kommt mir immer noch nicht richtig vor.»

«Aber natürlich ist es richtig. Jakob war ein heller Bursche, und Esau war ein dummer Tropf. Gutmütig, das schon, aber dumm. Und wenn du einen der beiden zum Führer deines Volkes machen willst, nimmst du den Kämpfer, den Verschlagenen, den Raffinierten, den, der die Kraft hat, sich gegen alle Widerstände durchzusetzen. Du nimmst den Starken und Klugen, nicht den Schwachen und Freundlichen.»

«Ganz schön brutal, Nathan. Wenn du mit deiner Argumentation noch einen Schritt weiter gehst, erzählst du mir als Nächstes, dass man Stalin als großen Mann verehren sollte.»

«Stalin war ein Verbrecher, ein psychotischer Mörder. Ich rede vom Überlebensinstinkt, Tom, dem Willen zu leben. Ein gerissener Schurke ist mir jederzeit lieber als ein frommer Trottel. Er mag sich nicht immer an die Regeln halten, aber er hat Schwung. Und solange noch jemand Schwung hat, gibt es Hoffnung für die Welt.»

IN NATURA

Als wir noch einen Block vom Laden entfernt waren, kam mir plötzlich der Gedanke, dass Floras Besuch in Brooklyn nur bedeuten konnte, dass Harry noch Kontakt zu seiner Exfrau und seiner Tochter hatte – ein klarer Verstoß gegen den von ihm unterschriebenen Vertrag mit Dombrowski. Warum aber hatte der Alte sich dann nicht auf ihn gestürzt und das Haus in der Seventh Avenue zurückverlangt? Wie ich den Handel verstanden hatte, wäre Bettes Vater dadurch berechtigt gewesen, Harry achtkantig aus Brightman's Attic rauszuschmeißen und den Laden selbst zu übernehmen. Ich fragte Tom, ob ich was überhört hätte oder ob es eine Fortsetzung der Geschichte gebe, die er mir noch nicht erzählt habe?

Nein, Tom hatte nichts ausgelassen. Der Vertrag galt nicht mehr aus dem schlichten Grund, dass Dombrowski gestorben war.

«Ist er eines natürlichen Todes gestorben», fragte ich, «oder hat Harry ihn umgebracht?»

«Sehr witzig», sagte Tom.

«Du hast das Thema aufgebracht, nicht ich. Weißt du nicht mehr? Du hast gesagt, Harry habe geschworen, Dombrowski umzubringen, sobald er aus dem Gefängnis kommt.»

«Die Leute reden viel, aber das heißt noch lange nicht, dass sie alles tun, was sie sagen. Dombrowski hat vor drei Jahren ins Gras gebissen. Er war einundneunzig, er ist an einem Schlaganfall gestorben.»

«Sagt Harry.»

Tom lachte über die Bemerkung, aber gleichzeitig spürte ich, dass mein spaßhafter, sarkastischer Ton ihm allmählich auf die Nerven ging. «Lass das, Nathan. Ja, Harry sagt das. Alles was ich dir erzählt habe, hat Harry gesagt. Das weißt du genauso gut wie ich.»

«Du brauchst keine Schuldgefühle zu haben, Tom. Ich werde dich nicht verraten.»

«Mich nicht verraten? Was soll das denn heißen?»

«Du weißt nicht, ob es richtig war, mich in Harrys Geheimnisse einzuweihen. Er hat dir seine Geschichte im Vertrauen erzählt, und jetzt hast du sie mir erzählt und damit das Vertrauen gebrochen. Keine Sorge, mein Lieber. Kann sein, dass ich mich manchmal schwer danebenbenehme, aber meine Lippen sind versiegelt. Angekommen? Harry Dunkel ist mir unbekannt. Der Einzige, dem ich heute die Hand geben werde, ist Harry Brightman.»

Wir fanden ihn in seinem Büro im ersten Stock, dort saß er hinter einem großen Mahagonischreibtisch und telefonierte. Ich weiß noch, er trug ein violettes Samtjackett, aus dessen linker Brusttasche ein buntes Seidentüchlein spross. Es sah aus wie eine seltene Tropenblume, eine Blüte, die in der braungrauen Umgebung des mit Büchern gefüllten Zimmers sofort ins Auge stach. Auf andere Details seiner Kleidung kann ich mich momentan nicht besinnen, aber die interessierten mich auch nicht so sehr wie sein breites, fleischiges Gesicht, seine außerordentlich runden, ein wenig hervortretenden blauen Augen und die eigenartige Stellung seiner oberen Schneidezähne – die mit Lücken dazwischen schräg auswärts standen wie bei einer Kürbislaterne. Was für ein seltsames kugelrundes Männlein, dachte ich, dieser Fatzke mit seinen vollkommen unbehaarten Händen. Allein seine Stimme, ein sanfter, volltönender Bariton, untergrub den Gesamteindruck seiner Geckenhaftigkeit.

Während er weiter ins Telefon sprach, grüßte er Tom mit einer Handbewegung und hob dann einen Zeigefinger, womit er ihm schweigend bedeutete, dass er gleich für uns da sein werde. Worum genau es in dem Telefonat ging, bekam ich nicht mit, da Brightman weniger zu sagen hatte als sein unsichtbarer Gesprächspartner, aber aus dem wenigen schloss ich, dass er mit einem Kunden oder Kollegen über den Verkauf einer Erstausgabe aus dem 19. Jahrhundert verhandelte. Der Titel des Buchs wurde jedoch nicht erwähnt, und bald schweiften meine Gedanken ab. Um nicht untätig herumzustehen, trat ich an die Regale und sah mir die Bücher an. Grob geschätzt standen dort, sehr ordentlich aufgereiht, etwa sieben- bis achthundert Bände, von relativ alten (Dickens und Thackeray) bis zu relativ neuen (Faulkner und Gaddis). Die älteren Bücher waren meist in Leder gebunden, wohingegen die zeitgenössischen über den eigentlichen Schutzumschlägen noch transparente Hüllen trugen. Verglichen mit dem chaotischen Durcheinander des Ladens unten war der erste Stock ein Paradies der Stille und Ordnung, und der Gesamtwert der Sammlung lag sicher im hohen sechsstelligen Bereich. Für jemanden, der noch vor zehn Jahren nichts zu beißen gehabt hatte, war der ehemalige Mr. Dunkel nicht schlecht vorangekommen, wirklich nicht schlecht.

Das Telefonat wurde beendet, und als Tom mich ihm vorstellte, stand Harry Brightman von seinem Schreibtisch auf, gab mir die Hand und ließ seine Kürbislaternenzähne zu einem freundlichen Lächeln aufblitzen: die Herzlichkeit in Person, der Inbegriff von Anstand und guten Manieren.

«Ah», sagte er, «der berühmte Onkel Nat. Tom hat oft von Ihnen gesprochen.»

«Jetzt nur noch Nathan», sagte ich. «Den Onkel haben wir vor ein paar Stunden gestrichen.»

«*Nur noch Nathan*», wiederholte Harry und legte in gespielter Bestürzung die Stirn in Falten, «oder schlicht und einfach *Nathan*? Ich bin ein wenig verwirrt.»

«Nathan», sagte ich. «Nathan Glass.»

Harry legte einen Finger ans Kinn – Pose eines Nachdenkenden. «Wie interessant. Tom Wood und Nathan Glass. Holz und Glas. Wenn ich meinen Namen in Steel ändern würde, könnten wir ein Architekturbüro aufmachen und uns Wood, Glass & Steel nennen. Ha ha. Gefällt mir. Holz, Glas und Stahl. *Sie wollen ein Haus, wir bauen es Ihnen.*»

«Oder ich könnte meinen Namen in Dick ändern», sagte ich, «dann könnten die Leute uns Tom, Dick und Harry nennen.»

«Das Wort *dick* verwendet man in anständiger Gesellschaft nicht», sagte Harry, als sei er tatsächlich schockiert, dass ich dieses Wort verwendet hatte. «Man sagt *männliches Geschlechtsorgan*. Im Notfall ist der neutrale Ausdruck *Penis* akzeptabel. Aber *dick* geht nicht, Nathan. Das ist viel zu vulgär.»

Ich wandte mich an Tom und sagte: «Muss Spaß machen, für einen solchen Mann zu arbeiten.»

«Ja, langweilig wird's bei ihm nie», antwortete Tom. «Ein Sack voll Flöhe ist gar nichts dagegen.»

Harry grinste und warf Tom einen zärtlichen Blick zu. «Ja, ja», sagte er. «Der Buchhandel ist so amüsant, dass wir ständig Bauchschmerzen vom Lachen haben. Und Sie, Nathan, in welcher Branche arbeiten Sie? Nein, ich ziehe die Frage zurück. Tom hat es mir schon erzählt. Sie verkaufen Lebensversicherungen.»

«Ich *habe* einmal Lebensversicherungen verkauft», sagte ich. «Bin vorzeitig in den Ruhestand gegangen.»

«Noch ein Ex», seufzte Harry wehmütig. «Männer in unserem Alter, Nathan, haben jede Menge Ex aufzuweisen. *N'est-ce pas?* In meinem Fall könnte ich sicher ein Dutzend oder mehr aufzählen. Exmann. Exkunsthändler. Exmatrose. Exschaufensterdekorateur. Exparfümverkäufer. Exmillionär. Exbewohner von Buffalo. Exbewohner von Chicago. Exsträfling. Ja, ja, Sie haben recht gehört. Exsträfling. Auch ich habe, wie die meisten, meine dunklen Flecken. Ich habe keine Schwierigkeiten, das zuzugeben. Tom weiß alles über meine Vergangenheit, und was Tom weiß, sollen Sie auch wissen. Tom gehört für mich zur Familie, und da Sie mit Tom verwandt sind, gehören Sie für mich auch zur Familie. Sie, der Exonkel Nat, jetzt bekannt als Nathan, schlicht und einfach. Ich habe meine Schulden an die Gesellschaft beglichen, mein Gewissen ist rein. Ex ist das Entscheidende, mein Freund, ein für alle Mal, auf das Ex kommt es an.»

Darauf war ich nicht gefasst, dass Harry mit einem so unverblümten Eingeständnis seiner Schuld kommen würde. Tom hatte mich gewarnt, sein Boss stecke voller Widersprüche und Überraschungen, aber im Kontext eines so burlesken, so ausgelassenen Wortwechsels fand ich es verblüffend, dass er es plötzlich für angebracht halten sollte, einem vollkommen Fremden so vertrauliche Dinge zu erzählen. Vielleicht tut er das, weil er Tom vor kurzem alles gebeichtet hat, dachte ich. Er hat den Mut aufgebracht, die sprichwörtliche Katze aus dem Sack zu lassen, und nachdem er es einmal getan hat, fällt es ihm vielleicht nicht mehr schwer, es ein zweites Mal zu tun. Ich konnte mir nicht sicher sein, aber fürs Erste schien mir das die einzige brauchbare Hypothese. Ich hätte lieber noch ein wenig länger über diese Frage nachgedacht, aber das ließen die Umstände nicht zu. Die Unterhaltung stürmte weiter voran, der spaßige Ton blieb immer derselbe, die grotesken Witzeleien, Ulk, Gefrotzel und pseudotheatralischen Wendungen, und alles in allem musste ich zugeben, dass der kugelköpfige Schurke einen recht vorteilhaften Eindruck auf mich machte. Er mochte ein wenig anstrengend sein, aber eine Enttäuschung war er nicht. Als ich seinen Laden verließ, hatte ich Tom und Harry bereits für Samstagabend zum Essen eingeladen.

Es war kurz nach vier, als ich in meine Wohnung zurückkam. Ich war mit den Gedanken noch bei Rachel, aber für einen Anruf war es noch zu früh (sie kam erst um sechs von der Arbeit nach Hause), und als ich mir vorstellte, wie ich den Hörer abnahm und ihre Nummer wählte, fand ich, dass ich es genauso gut auch lassen könnte. Wir standen auf so schlechtem Fuß miteinander, dass sie sehr wahrscheinlich einfach wieder auflegen würde, und die Aussicht, mir noch eine Abfuhr von meiner Tochter zu holen, machte mir Angst. Statt anzurufen wollte ich lieber schreiben. Das war weniger riskant, und wenn ich keinen Absender auf den Umschlag schrieb, standen die Chancen nicht schlecht, dass sie den Brief aufmachen und lesen und nicht zerreißen und in den Müll werfen würde.

Ich hatte das für einfach gehalten, brauchte aber sechs oder sieben Anläufe, bis ich den richtigen Ton gefunden zu haben glaubte. Jemanden um Verzeihung bitten ist eine komplizierte Angelegenheit, ein heikler Balanceakt zwischen halsstarrigem Stolz und tränenreicher Reue, und wenn man sich dem anderen gegenüber nicht wirklich öffnen kann, klingt jede Entschuldigung leer und falsch. Als ich an den verschiedenen Entwürfen des Briefs arbeitete (und dabei immer niedergeschlagener wurde, mir alles vorwarf, was in meinem Leben schief gelaufen war, und meine arme, kaputte Seele geißelte wie ein mittelalterlicher Büßer), musste ich an ein Buch denken, das Tom mir vor acht oder neun Jahren – im goldenen Zeitalter, als June noch lebte und Tom noch der brillante und viel versprechende Dr. Thumb war – zum Geburtstag geschenkt hatte. Es war eine Biographie von Ludwig Wittgenstein, einem Philosophen, von dem ich gehört, den ich aber nie gelesen hatte, was nicht ungewöhnlich war, da meine Lektüre sich hauptsächlich auf Romane erstreckte und mich so gut wie nie auf andere Felder führte. Das Buch war fesselnd und gut geschrieben, aber vor allem eine Geschichte darin hatte mich so beeindruckt, dass ich sie nie mehr vergessen habe. Dem Autor Ray Monk zufolge glaubte Wittgenstein, nachdem er als Soldat im Ersten Weltkrieg seinen *Tractatus* geschrieben hatte, alle Probleme der Philosophie gelöst und das Thema für immer erledigt zu haben. Er trat eine Lehrerstelle in einem abgelegenen österreichischen Bergdorf an, erwies sich aber als ungeeignet für eine solche Tätigkeit. Streng, übellaunig, zuweilen brutal, schalt er seine Schüler unablässig und schlug sie, wenn sie ihren Stoff nicht gelernt hatten. Und es ging hier nicht um Prügel, wie sie an Schulen üblich waren, es ging um wütende Schläge ins Gesicht, derbe Fausthiebe, die einer Reihe von Kindern ernsthafte Verletzungen zufügten. Dieses empörende Verhalten sprach sich herum, und Wittgenstein sah sich gezwungen, aus dem Dienst zu scheiden. Jahre vergingen, mindestens zwanzig Jahre, wenn ich nicht irre; inzwischen lebte Wittgenstein in Cambridge, ein berühmter und angesehener Mann, der sich wieder mit Philosophie beschäftigte. Aus Gründen, die mir entfallen sind, machte er eine geistige Krise durch und erlitt einen Nervenzusammenbruch. Während er sich davon erholte, kam er zu dem Schluss, dass er seine Gesundheit nur wiederherstellen konnte, wenn er in seine Vergangenheit zurückkehrte und sich bei jedem einzelnen Menschen entschuldigte, dem er jemals Schaden oder Unrecht zugefügt hatte. Er wollte sich von der Schuld reinigen, die in ihm schwärte, wollte sein Gewissen erleichtern und noch einmal von vorn anfangen. Naturgemäß gelangte er so auch in das kleine österreichische Bergdorf zurück. Seine ehemaligen Schüler waren jetzt erwachsen, Männer und Frauen Mitte bis Ende zwanzig, und doch war bei keinem von ihnen in all den Jahren die Erinnerung an den grausamen Lehrer verblasst. Bei einem nach dem anderen klopfte Wittgenstein an und bat um Verzeihung für die unverzeihlichen Grausamkeiten, die er zwei Jahrzehnte zuvor begangen hatte. Vor einigen fiel er buchstäblich auf die Knie und flehte sie um Vergebung für seine Sünden an. Man sollte meinen, dass angesichts einer so aufrichtigen Zerknirschung jeder Mensch Mitleid für den leidenden Pilger empfinden und sich erweichen lassen müsste, doch tatsächlich war kein einziger seiner alten Schüler bereit, ihm zu verzeihen. Der Schmerz, den er ihnen bereitet hatte, war zu tief gegangen, und ihr Hass auf ihn überstieg jede Möglichkeit der Exkulpation.

Trotz allem war ich mir einigermaßen sicher, dass Rachel keinen Hass auf mich empfand. Sie war sauer auf mich, stocksauer, sie war frustriert, aber ich glaubte nicht, dass ihre Erbitterung stark genug war, uns auf Dauer zu spalten. Dennoch konnte ich nichts riskieren, und als ich schließlich die endgültige Fassung des Briefs beisammenhatte, war ich von tiefster Bußfertigkeit erfüllt. «Verzeih deinem Vater, dass er dir mit blöden Sprüchen gekommen ist», fing ich an, «und dir Dinge gesagt hat, die er jetzt zutiefst bedauert. Du bist von allen Menschen auf der Welt derjenige, der mir am meisten bedeutet. Du bist Blut von meinem Blut, du bist mein Augapfel, und mich zerreißt der Gedanke, dass meine idiotischen Bemerkungen böses Blut zwischen uns gestiftet haben könnten. Ohne dich bin ich nichts. Ohne dich bin ich niemand. Meine liebe, geliebte Rachel, bitte gib deinem schwachsinnigen Alten eine Chance, seinen Fehler wieder gutzumachen.»

In diesem Ton fuhr ich noch einige Absätze fort, um den Brief mit der guten Neuigkeit zu beenden, dass ihr Vetter Tom auf wundersame Weise in Brooklyn aufgetaucht sei und sich darauf freue, sie wiederzusehen und Terrence (ihren aus England stammenden Ehemann, der an der Rutgers Biologie lehrte) kennen zu lernen. Vielleicht könnten wir uns alle einmal in der Stadt zum Essen treffen. Möglichst bald, hoffte ich. In den kommenden Tagen oder Wochen – wann immer sie Zeit habe.

Über drei Stunden hatte ich für die Arbeit gebraucht, und jetzt war ich physisch und psychisch vollkommen erschöpft. Da es mir jedoch nicht weiterhalf, den Brief in der Wohnung herumliegen zu lassen, ging ich sofort los und warf ihn in einen der Briefkästen vor dem Postamt in der Seventh Avenue. Inzwischen war es Zeit zum Abendessen, aber ich verspürte kein bisschen Hunger. Stattdessen ging ich noch ein paar Straßen weiter zu Shea's, unserem Schnapsladen, und kaufte mir eine Flasche Scotch und zwei Flaschen Rotwein. Ich trinke nicht viel, aber es gibt im Leben eines Mannes Augenblicke, da ist Alkohol einfach nahrhafter als feste Kost. Das war jetzt mal einer. Die Begegnung mit Tom hatte meiner Moral enormen Auftrieb gegeben, aber nun war ich wieder allein, und plötzlich traf mich die Erkenntnis, was für ein jämmerlicher, isolierter Mensch aus mir geworden war – ein zielloser, beziehungsloser Klumpen Menschenfleisch. Ich neige sonst nicht dazu, mich zu bemitleiden, aber nun gab ich mich für eine Stunde einem Selbstmitleid hin wie ein verzweifelter Heranwachsender. Schließlich, nach zwei Gläsern Scotch und einer halben Flasche Wein, lichtete sich das Dunkel ein wenig, und ich setzte mich an den Schreibtisch und fügte meinem *Buch menschlicher Torheiten* ein weiteres Kapitel hinzu, eine deftige Anekdote, in der es um eine Toilettenschüssel und einen Elektrorasierer ging. Die Geschichte spielte zu der Zeit, als Rachel auf die High School ging und noch zu Hause wohnte; es war gegen halb vier an einem frostigen Thanksgiving-Donnerstag, in einer halben Stunde erwarteten wir ein Dutzend Gäste. Edith und ich hatten vor kurzem mit nicht geringen Kosten das Bad im Obergeschoss renovieren lassen, und alles darin war nagelneu: die Kacheln, die Schränke, das Medizinschränkchen, das Waschbecken, die Wanne, die Dusche, die Toilette, alles von A bis Z. Ich stand im Schlafzimmer vor dem Schrankspiegel und band mir die Krawatte; Edith war unten in der Küche, begoss den Truthahn und widmete sich den letzten Kleinigkeiten; und die sechzehn oder siebzehn Jahre alte Rachel, die den ganzen Tag an einer Physikarbeit geschrieben hatte, war im Bad und wollte sich noch schnell zurechtmachen, bevor die Gäste eintrafen. Sie hatte in der neuen Dusche geduscht, und jetzt stand sie vor der neuen Toilette, den rechten Fuß auf dem Rand der Schüssel, und rasierte sich mit einem batteriegetriebenen Rasierer den Unterschenkel. Plötzlich glitt ihr der Apparat aus der Hand und fiel ins Wasser. Sie griff hinein und versuchte das Ding herauszuholen, aber es hatte sich im Abfluss verklemmt, und sie bekam es einfach nicht richtig zu fassen. Also machte sie die Tür auf und rief: «Daddy» (damals sagte sie noch *Daddy* zu mir), «ich brauche Hilfe.»

Daddy kam. Am meisten amüsierte mich, dass der Rasierer da unten im Wasser immer noch vor sich hin brummte. Ein seltsam beharrliches und aufreizendes Geräusch, eine groteske akustische Begleitung zu einem ohnehin schon bizarren, womöglich so noch nie da gewesenen Problem. Durch das Geräusch wurde die Situation gleichermaßen bizarr wie komisch. Als ich die Bescherung sah, musste ich lachen, und als Rachel begriffen hatte, dass ich nicht über sie lachte, lachte sie mit. Wenn ich einen Augenblick aus den neunundzwanzig Jahren nennen sollte, die ich mit ihr verbracht habe, eine Erinnerung, die ich nicht missen möchte, dann wäre es wahrscheinlich diese Szene.

Rachels Hände waren viel kleiner als meine. Wenn sie den Rasierer nicht herausholen konnte, bestand nur wenig Hoffnung, dass es mir besser ergehen würde, aber der Form halber wollte ich es wenigstens einmal versuchen. Ich zog mein Jackett aus, krempelte mir die Ärmel hoch, warf mir die Krawatte über die linke Schulter und langte hinein. Keine Chance. Das brummende Gerät steckte bombenfest.

Eine Rohrspirale hätte uns weiterhelfen können, aber da wir keine Rohrspirale besaßen, bog ich einen Drahtbügel auseinander und schob den hinein. So dünn der Draht war, er passte dennoch nicht dazwischen.

Unterdessen klingelte es an der Tür, und die ersten von Ediths vielen Verwandten kamen ins Haus. Rachel, noch im Bademantel, kniete am Boden und sah meinen vergeblichen Versuchen zu, den Rasierer mit dem Draht herauszulocken, aber die Zeit drängte allmählich, und ich meinte, es sei wohl besser, wenn sie sich jetzt anziehen würde. «Ich baue die Toilette aus und stelle sie auf den Kopf», sagte ich. «Vielleicht kann ich das Ding ja von der anderen Seite rausstoßen.» Rachel grinste, klopfte mir auf die Schulter, als wäre ich nicht mehr ganz richtig im Kopf, und stand auf. Als sie aus dem Bad ging, sagte ich: «Sag deiner Mutter, ich komme gleich runter. Wenn sie fragt, was ich mache, sag ihr, das geht sie nichts an. Wenn sie nachfragt, sag ihr, ich bin hier oben und kämpfe für den Weltfrieden.»

Im Wäscheschrank neben dem Schlafzimmer stand ein Werkzeugkasten, und nachdem ich den Zulauf zur Toilette abgesperrt hatte, nahm ich eine Zange und schraubte die Toilette vom Boden ab. Ich weiß nicht, wie viel das Ding wog. Zwar gelang es mir, es anzuheben, aber es war so schwer, dass ich mir, zumal auf so engem Raum, nicht zutraute, es umzudrehen, ohne es fallen zu lassen. Ich musste es aus dem Bad schaffen, und da ich fürchtete, den Holzfußboden zu beschädigen, wenn ich es im Flur abstellte, beschloss ich, es nach unten zu tragen und in den Garten zu bringen.

Mit jedem Schritt schien die Toilette ein paar Pfund schwerer zu werden. Als ich den Fuß der Treppe erreicht hatte, kam es mir vor, als trüge ich einen kleinen weißen Elefanten in den Armen. Zum Glück war gerade einer von Ediths Brüdern angekommen, und als er mich sah, bot er mir gleich seine Hilfe an.

«Was treibst du denn da, Nathan?», fragte er.

«Ich trage eine Toilette», sagte ich. «Wir bringen sie in den Garten.»

Inzwischen waren die Gäste vollzählig eingetroffen, und alle begafften das skurrile Spektakel zweier Männer in weißem Hemd und Krawatte, die an Thanksgiving eine singende Toilettenschüssel durch die Zimmer eines vorstädtischen Eigenheims schleppten. Truthahnduft erfüllte das ganze Haus. Edith servierte Drinks. Im Hintergrund sang Frank Sinatra («My Way», wenn ich mich recht erinnere), und die reizende, arg verlegene Rachel verfolgte das alles mit gedemütigter Miene in dem Bewusstsein, dass sie für diese Störung der von ihrer Mutter so sorgfältig geplanten Party verantwortlich war.

Wir brachten den Elefanten nach draußen und stellten ihn kopfüber in das braune Herbstgras. Ich kann mich nicht erinnern, wie viele verschiedene Werkzeuge wir aus der Garage holten, aber keins davon half uns weiter. Weder der Harkenstiel noch der Schraubenzieher, weder die Ahle noch der Hammer – nichts. Und der Rasierer sang noch immer seine eintönige Endlosarie. Einige Gäste waren uns in den Garten gefolgt, bekamen aber bald Hunger, froren oder langweilten sich und gingen einer nach dem anderen wieder ins Haus zurück. Nur ich nicht, nicht Nathan Glass, der sich durch nichts von seinem Ziel abbringen ließ. Als ich schließlich begriff, dass alle Hoffnung vergeblich war, nahm ich den Vorschlaghammer und schlug die Toilette in Stücke. Der obstinate Rasierer plumpste ins Gras. Ich schaltete ihn aus, schob ihn mir in die Tasche, ging ins Haus und überreichte ihn meiner errötenden Tochter. Soweit ich weiß, funktioniert das verdammte Ding noch heute.

Ich warf die Geschichte in die mit «Missgeschicke» beschriftete Schachtel, verputzte den Rest der Flasche und kletterte ins Bett. Um ehrlich zu sein (wie kann ich dieses Buch schreiben, wenn ich nicht ehrlich bin?), masturbierte ich mich in den Schlaf. Indem ich mir angestrengt ausmalte, wie Marina Gonzalez ohne Kleider aussehen mochte, versuchte ich in mir die Illusion zu wecken, gleich werde sie ins Zimmer treten und zu mir unter die Decke schlüpfen, um sich mit ihrem glatten warmen Leib fest an mich zu schmiegen.

ÜBERRASCHUNG
IN DER SAMENBANK

Wie der Zufall es wollte, kamen Tom und ich tags darauf beim Mittagessen (diesmal in einem japanischen Restaurant, da Marina im Diner ihren freien Tag hatte) unter anderem auf das Thema Masturbation zu sprechen. Es begann mit meiner Frage, ob es ihm gelungen sei, den Kontakt zu seiner Schwester wiederherzustellen. Soweit ich wusste, war sie das letzte Mal vor Junes Tod gesehen worden, als sie nach New Jersey gekommen war, um die kleine Lucy zurückzuholen. Das war 1992, vor gut acht Jahren, und da Tom sie tags zuvor nicht erwähnt hatte, nahm ich an, meine Nichte sei irgendwie vom Erdboden verschwunden, und niemand habe mehr etwas von ihr gehört.

Falsch. Ende 1993, kein Jahr nach der Beerdigung meiner Schwester, tüftelten Tom und zwei seiner Kommilitonen einen Plan aus, wie sie schnell an Geld kommen konnten. Am Stadtrand von Ann Arbor gab es eine Klinik, an der künstliche Befruchtungen durchgeführt wurden, und die drei beschlossen, der Samenbank ihre Dienste als Spender anzubieten. Sie hätten das als Jux aufgefasst, sagte Tom, keiner von ihnen habe sich Gedanken gemacht, was das für Konsequenzen haben könnte: Phiolen mit Ejakulat zu füllen, mit dem Frauen geschwängert wurden, die sie niemals sehen oder in den Armen halten würden und die wiederum Kinder zur Welt brachten – *ihre Kinder* –, von deren Namen, Leben und Schicksalen sie niemals etwas erfahren würden.

Jeder der drei wurde in einen kleinen, separaten Raum geführt, und um die Spender auf ihr Vorhaben einzustimmen, hatte die Klinik ihnen fürsorglich einen Stapel Sexmagazine bereitgelegt – jede Menge Fotos von nackten jungen Frauen in aufreizenden erotischen Posen. Wie das Tier im Manne nun einmal ist, kommt es selten vor, dass der Anblick solcher Bilder keine heftige Erektion auslöst. Ernsthaft wie in allen Dingen, setzte Tom sich gewissenhaft aufs Bett und begann in den Magazinen zu blättern. Nach zwei Minuten hingen ihm Hose und Unterhose um die Knöchel, mit der Rechten hatte er seinen Schwanz gepackt, mit der Linken schlug er weiter die Seiten um, und es war nur noch eine Frage der Zeit, bis die Sache erledigt war. Dann aber erblickte er in einem Heft, das er später als *Midnight Blue* identifizierte, seine Schwester. Kein Zweifel, das war Aurora – ein Blick, und Tom hatte sie erkannt. Sie hatte sich nicht einmal einen anderen Namen zugelegt. Die sechs Seiten mit über einem Dutzend Fotos standen unter dem Motto «Rory die Prachtfrau» und zeigten sie in verschiedenen Stadien der Entblößung: auf einem Bild im durchsichtigen Nachthemd, auf einem anderen in Strapsen und schwarzen Strümpfen, auf einem dritten in kniehohen Lackstiefeln, ab der vierten Seite aber war Rory nackt von Kopf bis Fuß, ihre kleinen Brüste streichelnd, ihre Genitalien berührend, den Hintern rausgestreckt, die Beine so weit gespreizt, dass nichts mehr der Phantasie überlassen blieb, und auf jedem Bild grinste sie, lachte sie, und ihre Augen leuchteten wie vor unbändigem Glück, vollkommen hingegeben, ohne Spur von Unlust oder Ängstlichkeit, als habe sie sich noch nie so wohl gefühlt.

«Das war ein unglaublicher Schock», erzählte Tom. «In zwei Sekunden war mein Schwanz weich wie ein Marshmallow. Ich zog mir die Hose hoch, schnallte den Gürtel zu und verschwand von dort, so schnell ich konnte. Das hat mich umgehauen, Nathan. Meine kleine Schwester, nackt in einem Sexmagazin. Und auf so schreckliche Art davon zu erfahren – aus heiterem Himmel, in dieser verdammten Klinik, genau in dem Moment, wo ich mir einen runterhole. Mir ist buchstäblich schlecht geworden. Nicht nur, weil ich Rory nie so sehen wollte, sondern auch, weil ich seit Jahren nichts mehr von ihr gehört hatte, und diese Bilder schienen meine schlimmsten Albträume zu bestätigen, was aus ihr geworden sein mochte. Sie war erst zweiundzwanzig, und schon war sie an die niedrigste, die erniedrigendste Arbeit geraten: verkaufte ihren Körper für Geld. Das war alles so traurig, dass ich einen ganzen Monat lang hätte heulen können.»

Wenn man so lange gelebt hat wie ich, neigt man zu der Annahme, alles schon mal gehört zu haben und dass einen nichts mehr schockieren kann. Man wird ein wenig selbstgefällig mit seiner so genannten Weltkenntnis, und dann ergibt sich ab und zu einmal etwas, das einen aus dem blasierten Kokon der Überlegenheit herausstößt, das einen daran erinnert, dass man vom Leben noch absolut nichts verstanden hat. Meine arme Nichte. Die genetische Lotterie hatte es so gut mit ihr gemeint, immer nur hatte sie Gewinne gezogen. Anders als Tom, der seine Figur von den Woods geerbt hatte, war Aurora durch und durch eine Glass, und als Familie sind wir im Allgemeinen schlank, knochig und groß. Sie hatte sich zu einer Kopie ihrer Mutter entwickelt – eine langbeinige, dunkelhaarige Schönheit, so biegsam und geschmeidig wie June selbst. Natascha aus *Krieg und Frieden*, im Gegensatz zu ihrem grobschlächtigen, ungeschickten Bruder Pierre. Es versteht sich von selbst, dass jeder Mensch schön sein will, für eine Frau aber kann Schönheit zuweilen ein Fluch sein, besonders für eine junge Frau wie Aurora: die High School abgebrochen, keinen Mann, dafür eine dreijährige Tochter; ausgestattet mit einer wilden, rebellischen Ader, immer bereit, der Welt eine lange Nase zu machen und jedes Risiko einzugehen. Wenn du knapp bei Kasse bist und dein Aussehen das Einzige ist, womit du was verdienen kannst – warum solltest du Bedenken haben, dich auszuziehen und vor der Kamera zu posieren? Solange du die Situation im Griff behältst, kann das Eingehen auf ein solches Angebot den Unterschied zwischen essen und nicht essen bedeuten, den Unterschied zwischen gut leben und fast nicht mehr leben.

«Vielleicht hat sie es nur dieses eine Mal getan», versuchte ich Tom zu trösten, so gut es ging. «Verstehst du, sie kann die Rechnungen nicht bezahlen, und plötzlich kommt ein Fotograf daher und bietet ihr diese Sache an. Einen Tag arbeiten für ein dickes Bündel Bares.»

Tom schüttelte den Kopf, und seine deprimierte Miene sagte mir, dass meine Bemerkung bloß eine vergebliche Übung in Wunschdenken war. Er hatte nicht alles über sie herausgefunden, war aber überzeugt davon, dass diese Fotosession für *Midnight Blue* weder der Anfang noch das Ende der Geschichte gewesen waren. Aurora hatte als Oben-ohne-Tänzerin in Queens gearbeitet (ausgerechnet im Garden of Earthly Delights, dem Club, vor dem Tom in der Nacht seines dreißigsten Geburtstags die betrunkenen Geschäftsleute abgesetzt hatte), sie hatte in über einem Dutzend Pornofilmen mitgewirkt und sechs- oder siebenmal für Nacktmagazine posiert. Gut achtzehn Monate war sie im Sexbusiness tätig gewesen, und angesichts der guten Bezahlung wäre sie wahrscheinlich noch wesentlich länger dabeigeblieben, aber dann, nur neun oder zehn Wochen nachdem Tom sie in *Midnight Blue* entdeckt hatte, passierte etwas.

«Hoffentlich nichts Schlimmes», sagte ich.

«Schlimmer als schlimm», antwortete Tom und hatte plötzlich Tränen in den Augen. «Sie wurde bei Dreharbeiten vergewaltigt. Vom Regisseur, vom Kameramann, von der halben Crew.»

«O Gott.»

«Die haben sie übel zugerichtet, Nathan. Am Ende hat sie so stark geblutet, dass sie ins Krankenhaus musste.»

«Diese Schweine könnte ich glatt umbringen.»

«Ich auch. Oder wenigstens dafür sorgen, dass sie ins Gefängnis kommen, aber sie hat auf eine Anzeige verzichtet. Sie wollte nur noch weg, nur noch raus aus New York. Sie hat sich bei mir gemeldet. Hat mir über die englische Fakultät der Uni einen Brief geschrieben, und als mir klar wurde, in was für Schwierigkeiten sie steckte, rief ich sie an und sagte, sie könne mit Lucy nach Michigan kommen und bei mir wohnen. Sie ist ein guter Mensch, Nathan. Das weißt du. Das weiß ich. Das weiß jeder, der je in ihre Nähe gekommen ist. Sie ist absolut in Ordnung. Ein bisschen überdreht vielleicht, ein bisschen eigensinnig, aber von Grund auf harmlos und vertrauensvoll, weniger zynisch als sie kann kein Mensch sein. Gut für sie, dass sie sich nicht geschämt hat, in der Pornobranche zu arbeiten. Ihr hat das Spaß gemacht. Spaß! Kannst du dir das vorstellen? Sie hat gar nicht mitbekommen, dass in diesem Geschäft nur Schweine arbeiten, der übelste Abschaum des Universums.»

So gelangten Aurora und die dreijährige Lucy in den Mittleren Westen und zogen zu Tom in die beiden oberen Stockwerke des von ihm gemieteten Hauses. Aurora hatte vorher gutes Geld verdient, aber das meiste war für Miete, Kleider und das Kindermädchen für Lucy draufgegangen, und jetzt waren ihre Ersparnisse praktisch erschöpft. Tom hatte sein Stipendium, aber mehr als ein beschränktes Studentenleben war nicht drin, und damit es überhaupt reichte, hatte er einen Teilzeitjob an der Unibibliothek angenommen. Sie überlegten, ob sie ihren Vater in Kalifornien anrufen und um ein Darlehen bitten sollten, entschieden sich aber am Ende dagegen. Das Gleiche mit ihrem Stiefvater in New Jersey, Philip Zorn. Rorys Aggressivität als Teenager hatte sich verheerend auf das Familienleben ausgewirkt, und sie wollten sich nicht an einen Mann wenden, der seit den Schlachten jener Tage nichts als Verachtung für seine Stieftochter empfand. Tom erwähnte das seiner Schwester gegenüber nie, aber er wusste, dass Zorn Aurora insgeheim für den Tod ihrer Mutter verantwortlich machte. Sie hatte June lange Zeit in Aufruhr und Verzweiflung versetzt, und die einzige Wiedergutmachung für all dieses Leid war das unverhoffte Geschenk gewesen, ihre kleine Enkelin bei sich aufnehmen zu können. Dann wurde ihr auch die wieder genommen, und Zorn glaubte, der Schmerz über die Trennung von dem Kind habe sie umgebracht. Eine sentimentale Deutung, mag sein, aber ebenso gut konnte er auch Recht haben. Um ganz ehrlich zu sein, mir ist dieser Gedanke am Tag der Beerdigung auch gekommen.

Statt um Almosen zu betteln, besorgte Rory sich einen Job als Kellnerin im teuersten französischen Restaurant der Stadt. Sie hatte keine Erfahrung, gewann den Inhaber aber mit ihrem Lächeln, ihren langen Beinen und ihrem hübschen Gesicht, und da sie ein kluges Mädchen war, lernte sie rasch und hatte den Bogen schon nach wenigen Tagen raus. Das mochte im Vergleich zu ihrem Hochspannungsleben in New York ein großer Abstieg sein, aber Aufregung war jetzt das Letzte, was Aurora suchte. Ernüchtert und zerschlagen, noch immer verfolgt von dem Abscheulichen, das man ihr angetan hatte, ersehnte sie nichts mehr als eine langweilige, ereignislose Atempause, eine Chance, wieder zu Kräften zu kommen. Tom erzählte von Albträumen, von plötzlichen Weinkrämpfen, von Phasen, in denen sie nur noch schwieg. Trotz alledem waren ihm die Monate, die sie bei ihm wohnte, auch als glückliche Zeit in Erinnerung, als eine Zeit großer Solidarität und gegenseitiger Anteilnahme, und jetzt, wo er seine Schwester zurückhatte, erwartete ihn das nie nachlassende Vergnügen, wieder einmal die Rolle des großen Bruders übernehmen zu können. Er war ihr Freund und Beschützer, ihr Ratgeber, ihre Stütze, ihr Fels.

Als Aurora mit der Zeit ihren alten Schwung und Elan wiedererlangte, begann sie davon zu reden, dass sie den High-School-Abschluss nachmachen und aufs College gehen wolle. Tom ermutigte sie, den Plan zu verfolgen, und versprach ihr, bei der Arbeit zu helfen, falls ihr irgendetwas über den Kopf wachsen sollte. Es ist nie zu spät, sagte er immer wieder, es ist nie zu spät, noch einmal von vorn anzufangen, aber in gewisser Hinsicht war es das doch. Wochen vergingen, und als Rory die Entscheidung immer weiter hinauszögerte, musste Tom allmählich einsehen, dass sie nicht mit dem Herzen dabei war. An ihren freien Tagen nahm sie jetzt oft an Open-Mike-Veranstaltungen in einem Club in der Nähe teil, sang Blues mit drei Musikern, die sie eines Abends als Gäste des Restaurants kennen gelernt hatte, und schon nach kurzer Zeit beschlossen die vier, eine Band zu gründen. Sie nannten sich Brave New World, und als Tom sie einmal auf der Bühne sah, erkannte er, dass Rorys flüchtige Regung, ihre Ausbildung fortzusetzen, längst wieder erloschen war. Seine Schwester konnte singen. Eine gute Stimme hatte sie schon immer gehabt, aber jetzt, da sie älter war, da ihre Lungen mit fünfzigtausend Zigaretten geteert und geräuchert waren, klang sie noch besser, neu und aufregend – tief und kehlig und sinnlich, voller Schmerz und Bedrängnis, sodass man unwillkürlich aufhorchen musste. Tom freute sich für sie, fürchtete aber auch um sie. Nach einem Monat hatte sie sich mit dem Bassisten zusammengetan, und Tom wusste, es war nur noch eine Frage der Zeit, bis sie und Lucy mit ihm und den beiden anderen in eine größere Stadt ziehen würden – Chicago oder New York, Los Angeles oder San Francisco, egal wohin; in Ann Arbor, Michigan, würde sie jedenfalls nicht bleiben. Ob mit Recht oder nicht, Aurora sah sich bereits als Star, und Freude und Erfüllung würde sie nur finden, wenn die ganze Welt ihre Blicke auf sie richtete. Tom sah das jetzt deutlich und unternahm nur noch pro forma einen schwachen Versuch, ihr das auszureden. Gestern Pornofilme, heute Blues, weiß Gott, was morgen kam. Er betete, dass der Bassist, der übrigens zufällig auch Tom hieß, nicht so dumm war, wie er aussah.

Der unvermeidliche Augenblick kam, und Brave New World und ihr kleines Maskottchen kletterten in einen gebrauchten Plymouth, der schon achtzigtausend Meilen auf dem Tacho hatte, und machten sich auf den Weg nach Berkeley, Kalifornien. Erst sieben Monate später hörte Tom wieder von ihr: Mitten in der Nacht rief sie an, und ihre Stimme am anderen Ende sang «Happy Birthday», so lieb und unschuldig wie immer.

Dann nichts mehr. Aurora verschwand so vollständig und auf so rätselhafte Weise, wie sie zuvor in Michigan aufgetaucht war, und Tom verstand beim besten Willen nicht, warum. War er nicht ihr Freund? War er nicht einer, auf den sie zählen konnte, egal in was für Schwierigkeiten sie steckte? Er war gekränkt, dann wütend, dann unglücklich, und als die langen Monate ihres Schweigens sich zu einem Jahr und mehr summierten, wurde aus seinem Elend eine tiefe, zunehmende Verzweiflung, und er gelangte zu der Überzeugung, dass ihr irgendetwas Schreckliches zugestoßen sein musste. Im Herbst 1997 brach er seine Doktorarbeit ab. Am Abend vor seiner Abreise aus Ann Arbor suchte er all seine Notizen, Diagramme und Listen zusammen, die zahllosen Entwürfe seines dreizehnteiligen Debakels, und verbrannte jedes einzelne Blatt in einem Ölfass im Garten. Sobald das große Melville'sche Freudenfeuer erloschen war, fuhr ihn einer seiner Mitbewohner zum Busbahnhof, und eine Stunde später war er auf dem Weg nach New York. Drei Wochen nach seiner Ankunft nahm er seine Arbeit als Taxifahrer auf, und dann, nur sechs Wochen später, rief völlig unerwartet Aurora an. Sie war weder verzagt noch aufgeregt, erzählte Tom, sie war weder in der Klemme noch wollte sie Geld – sie wollte ihn einfach nur sehen.

Am nächsten Tag trafen sie sich zum Mittagessen, und in den ersten zwanzig oder dreißig Minuten konnte er sie nur ansehen. Sie war jetzt sechsundzwanzig und immer noch reizend, so reizend, wie eine Frau nur sein konnte, aber ihre Erscheinung hatte sich vollkommen gewandelt. Sie sah noch aus wie Aurora, aber die da vor ihm saß, war eine andere Aurora, und Tom war sich nicht sicher, ob ihm die neue lieber war als die alte. In der Vergangenheit hatte sie sich geschminkt und ihr üppiges, gelocktes Haar lang getragen, dazu auffälligen Schmuck, Ringe an jedem Finger; hatte Talent gehabt, sich mit originellen, ungewöhnlichen Kleidern herauszuputzen: grüne Lederstiefel und chinesische Pantoffeln, Motorradjacken und Seidenröcke, Spitzenhandschuhe und grelle Schultertücher, eine Stilmischung, halb Punk und halb Glamour, die ihrer Jugend und ihrem provokanten Geist Ausdruck zu verleihen schien. Jetzt sah sie ausgesprochen spröde aus. Die Haare trug sie kurz; sie war ungeschminkt, von einem Hauch Rouge auf den Lippen einmal abgesehen, und ihre Kleidung war geradezu übertrieben konventionell: blauer Faltenrock, weißer Kaschmirpullover, unauffällige braune Pumps. Keine Ohrringe, überhaupt nur ein einziger Ring am Ringfinger ihrer rechten Hand, und nichts um den Hals. Tom zögerte, das Thema anzusprechen, hätte aber gern gewusst, ob sie noch das große Adlertattoo auf der linken Schulter hatte oder ob sie, aus dem Drang heraus, sich zu läutern, alle Spuren ihres früheren Lebens auszulöschen, die schmerzliche Prozedur auf sich genommen und den verschnörkelten bunten Vogel hatte entfernen lassen.

Keine Frage, sie freute sich, ihn zu sehen, zugleich aber spürte er, wie sehr es ihr widerstrebte, von irgendetwas anderem als der Gegenwart zu sprechen. Sie entschuldigte sich nicht dafür, dass sie sich so lange nicht gemeldet hatte, und als er fragte, wie es ihr seit Ann Arbor ergangen sei, huschte sie mit wenigen Sätzen darüber hinweg. Brave New World hatten sich nach weniger als einem Jahr getrennt; danach sang sie bei zwei anderen Bands in Nordkalifornien; sie hatte Männer, viele Männer, und nahm Drogen, viele Drogen. Schließlich gab sie Lucy bei zwei Freundinnen in Oakland ab – einem lesbischen Pärchen, beide Ende vierzig – und ging in eine Rehabilitationsklinik, wo sie es binnen sechs Monaten schaffte, clean zu werden. Das ganze Epos erzählte sie in knapp zwei Minuten, und da es so verwirrend schnell an ihm vorbeirauschte, kam Tom gar nicht dazu, sie nach Einzelheiten zu fragen. Dann sprach sie von einem David Minor, ihrem Gruppenleiter in der Klinik, der zu der Zeit, als sie aus dem Entzug kam und in das Programm einstieg, bereits geheilt war. Er ganz allein habe sie gerettet, sagte sie, ohne ihn hätte sie das niemals durchgehalten. Mehr noch, außer ihm kenne sie keinen einzigen anderen Mann, der sie nicht für blöd halte, der nicht vierundzwanzig Stunden am Tag an Sex denke, der nicht nur hinter ihrem Körper her sei. Abgesehen von Tom natürlich, aber Schwestern dürften ja nun mal nicht ihre Brüder heiraten, oder?

Das verstoße gegen die Gesetze, und deshalb werde sie eben David heiraten. Sie seien bereits nach Philadelphia gezogen und wohnten, solange sie beide noch Arbeit suchten, bei seiner Mutter. Lucy gehe auf eine gute Schule, und nach der Hochzeit wolle David sie adoptieren. Deswegen sei sie nach New York gekommen: Sie wolle sich Toms Segen erbitten und ihn fragen, ob er bereit sei, zu der Feier zu kommen und sie zum Altar zu führen. Ja, sagte Tom, natürlich sei er bereit, er fühle sich geehrt. Aber was war mit ihrem Vater, müsste eigentlich nicht er seine Tochter zum Altar führen? Schon möglich, sagte Aurora, aber der interessiere sich für sie beide nicht, oder? Der sei zu sehr mit seiner neuen Frau und den neuen Kindern beschäftigt, und außerdem sei er zu geizig, den Flug von L. A. nach Philadelphia zu bezahlen. Nein, sagte sie, Tom sei der Richtige. Tom und sonst niemand.

Er bat sie, ihm etwas mehr von David Minor zu erzählen, aber sie äußerte sich nur in vagsten Gemeinplätzen, was darauf hinzudeuten schien, dass sie nicht so viel über ihren künftigen Mann wusste, wie sie hätte wissen sollen. David liebe sie, er respektiere sie, er sei nett zu ihr und so weiter; aber nichts in diesen Phrasen war handfest genug, dass Tom sich ein Bild von dem Mann machen konnte. Dann senkte Aurora die Stimme fast zu einem Flüstern und fügte hinzu: «Er ist sehr religiös.»

«Religiös? Auf welche Religion bezieht sich das?», fragte Tom und gab sich Mühe, nicht allzu beunruhigt zu erscheinen.

«Das Christentum. Na ja, Jesus und so.»

«Was heißt das genau? Ist er Angehöriger einer bestimmten Konfession, oder reden wir von einem spätberufenen Fundamentalisten?»

«Spätberufen, nehme ich an.»

«Und was ist mit dir, Rory? Glaubst du daran?»

«Ich versuch's, aber ich bin wohl nicht sehr gut in so was. David sagt, ich muss Geduld haben, eines Tages gehen mir die Augen auf, und ich sehe das Licht.»

«Aber du bist zur Hälfte Jüdin. Nach jüdischem Gesetz bist du zur Gänze Jüdin.»

«Ich weiß. Wegen Mom.»

«Und?»

«David sagt, das spielt keine Rolle. Jesus war auch Jude, und er war Gottes Sohn.»

«David scheint ja viel zu sagen. Hat er dich auch dazu gebracht, dir die Haare zu schneiden und dich anders anzuziehen?»

«Er zwingt mich nie zu irgendetwas. Ich hab das getan, weil ich es wollte.»

«Mit Davids Unterstützung.»

«Für eine Frau ziemt sich Bescheidenheit. David sagt, das fördert meine Selbstachtung.»

«David sagt.»

«Bitte, Tommy, sei lieb. Ich weiß, du magst so was nicht, aber ich habe endlich Aussicht auf ein wenig Glück gefunden, und das will ich mir nicht durch die Finger rinnen lassen. Wenn David will, dass ich mich so anziehe – na und? Früher bin ich rumgelaufen wie eine Schlampe. Das hier ist besser für mich. Ich fühle mich sicherer, ordentlicher. Nach dem ganzen Mist, den ich gebaut habe, bin ich froh, dass ich noch am Leben bin.»

Tom hielt sich zurück und schlug einen anderen Ton an, und als sie später unter heftigen Umarmungen und aufrichtigen Küssen voneinander Abschied nahmen, schworen sie sich, den Kontakt nie mehr abreißen zu lassen. Tom war überzeugt davon, dass Aurora es diesmal ernst meinte, doch der Tag der Hochzeit rückte näher, und er hatte immer noch keine Einladung erhalten – keinen Brief, keinen Anruf, keine Nachricht, nichts. Als er die Nummer mit der Vorwahl von Philadelphia anrief, die sie ihm beim Essen auf eine Papierserviette gekritzelt hatte, erklärte ihm eine Automatenstimme, dass der Anschluss nicht mehr in Betrieb sei. Dann versuchte er sie über die Auskunft aufzuspüren, aber nicht einer von den drei David Minors, mit denen er sprach, hatte je von einer Aurora Wood gehört. Wie zu erwarten, gab Tom sich selbst die Schuld daran. Wahrscheinlich hatte er Aurora mit seinen abfälligen Bemerkungen über die Frömmigkeit ihres Verlobten verletzt, und wenn sie ihm von ihrem atheistischen Bruder in New York erzählt hatte, hatte er ihr womöglich verboten, ihn zur Hochzeit einzuladen. Das wenige, was Tom über Minor gehört hatte, ergab genau das Bild eines solchen Mannes: einer dieser anmaßenden Eiferer, die anderen immerzu Vorschriften machen müssen, ein scheinheiliger Saukerl.

«Seither was von ihr gehört?», fragte ich.

«Nichts», sagte Tom. «Diese letzte Begegnung war vor ungefähr drei Jahren, und ich habe keine Ahnung, wo sie steckt.»

«Was hältst du von der Telefonnummer, die sie dir gegeben hat? Meinst du, die war echt?»

«Rory hat manche Fehler, aber eine Lügnerin ist sie nicht.»

«Falls die beiden umgezogen sind, hättest du sie vielleicht über die Mutter erreichen können.»

«Hab ich versucht, ebenfalls vergeblich.»

«Seltsam.»

«Nicht unbedingt. Vielleicht heißt sie ja gar nicht mehr Minor. Auch Ehemänner können sterben. Oder sie sind längst geschieden. Und sie hat nochmal geheiratet und trägt jetzt den Namen ihres zweiten Mannes.»

«Das tut mir sehr Leid für dich, Tom.»

«Nicht doch. Das ist es nicht wert. Wenn Rory mich sehen wollte, würde sie anrufen. Ich hab mich inzwischen ziemlich damit abgefunden. Natürlich fehlt sie mir, aber was soll ich denn sonst noch machen?»

«Und dein Vater? Wann hast du den das letzte Mal gesehen?»

«Vor ungefähr zwei Jahren. Er war in New York wegen eines Artikels, an dem er schrieb, und hat mich zum Essen eingeladen.»

«Und?»

«Na, du kennst ihn ja. So richtig reden kann man mit ihm nicht.»

«Und die Zorns? Hast du zu denen noch Kontakt?»

«Gelegentlich. Philip lädt mich jedes Jahr zu Thanksgiving nach New Jersey ein. Solange er mit meiner Mutter verheiratet war, habe ich ihn nicht besonders gemocht, aber inzwischen habe ich meine Meinung geändert. Ihr Tod hat ihn wirklich schwer getroffen, und als ich begriff, wie sehr er sie geliebt hatte, konnte ich ihm nicht mehr böse sein. Jetzt sind wir ganz gut befreundet, wir respektieren uns. Mit Pamela ist es genauso. Ich hatte sie immer für eine hirnlose Wichtigtuerin gehalten, für eine dieser Frauen, die sich nur dafür interessieren, welches College man besucht und wie viel Geld man verdient, aber sie scheint sich mit den Jahren gebessert zu haben. Sie ist jetzt fünfunddreißig oder sechsunddreißig und mit einem Anwalt verheiratet, die beiden leben mit ihren zwei Kindern in Vermont. Wenn du mich dieses Jahr zu Thanksgiving nach New Jersey begleiten willst, werden sie dich sicher gern kennen lernen.»

«Ich denk drüber nach, Tom. Du und Rachel, ihr reicht mir fürs Erste an Familie. Noch ein Ex-Verwandter mehr, und ich halt's nicht mehr aus.»

«Wie geht's Cousine Rachel eigentlich? Ich hab mich noch gar nicht erkundigt.»

«Gute Frage, mein Junge. Ihr selbst geht es anscheinend gut. Guter Job, anständiger Mann, schöne Wohnung. Aber wir hatten vor ein paar Monaten eine kleine Meinungsverschiedenheit, und die Sache ist noch längst nicht ausgebadet. Mit einem Wort, es kann gut sein, dass sie nie mehr mit mir reden will.»

«Das tut mir sehr Leid für dich, Nathan.»

«Nicht doch. Das ist es nicht wert. Wenn du nichts dagegen hast, würde ich lieber dich bedauern.»

DIE KÖNIGIN VON BROOKLYN

Als Tom und ich uns am nächsten Mittag wieder zum Essen trafen, taten wir das im Bewusstsein, ein kleines Ritual ins Leben zu rufen. Wir sprachen nicht darüber, aber es stand für uns fest, dass wir, abgesehen von den Tagen, an denen wir anderweitig verpflichtet waren, so oft wie möglich gemeinsam zu Mittag essen wollten. Dass ich doppelt so alt war wie er und einmal sein Onkel Nat gewesen war, spielte keine Rolle. Wie Oscar Wilde sagt, sind Menschen über fünfundzwanzig alle gleich alt, und tatsächlich waren unsere gegenwärtigen Umstände ja nahezu identisch. Wir lebten beide allein, keiner von uns hatte mit einer Frau zu tun, und keiner von uns hatte viele Freunde (ich selbst überhaupt keine). Konnte man die Monotonie der Einsamkeit besser aufbrechen, als sich mit seinem Amtsbruder, seinem Mitmenschen, seinem verloren geglaubten Tomassino am Futternapf zu treffen und beim gemeinsamen Spachteln miteinander zu plaudern?

An diesem Tag hatte Marina Dienst, und sie sah phantastisch aus in ihren hautengen Jeans und der orangefarbenen Bluse. Eine herrliche Kombination, an der ich mich weidete, als sie zu uns an den Tisch kam (die Vorderansicht ihrer üppigen, rührenden Brüste), und dann wieder, als sie sich von uns entfernte (die Rückansicht ihres runden, fast zu prallen Hinterns). Nach meiner Träumerei von unserem nächtlichen Schäferstündchen war ich ihr gegenüber ein wenig zurückhaltender als sonst, aber mein unerhörtes Trinkgeld vom letzten Mal war noch nicht vergessen, und sie nahm unsere Bestellung mit einem so strahlenden Lächeln entgegen, als wisse sie (bildete ich mir ein), dass sie mein Herz auf ewig erobert hatte. Ich kann mich an kein Wort erinnern, das wir miteinander gewechselt haben, aber am Ende hatte ich offenbar ein ziemlich dämliches Grinsen im Gesicht, denn als sie in Richtung Küche verschwand, meinte Tom, ich sähe aber merkwürdig aus – ob mir etwas fehle? Ich versicherte ihm, mir gehe es blendend, und dann, im nächsten Atemzug, brach das Geständnis aus mir heraus, und ich hörte mich sagen, ich sei irrsinnig verknallt, aber sie erwidere meine Liebe nicht. «Ich würde Himmel und Hölle für dieses Mädchen in Bewegung setzen», sagte ich, «aber das würde mir auch nichts nützen. Sie ist verheiratet und außerdem zu hundert Prozent katholisch. Aber immerhin kann ich von ihr träumen.»

Ich machte mich darauf gefasst, von Tom ausgelacht zu werden, aber das tat er keineswegs. Mit vollkommen ernster Miene griff er über den Tisch und klopfte mir auf die Hand. «Ich weiß, wie du dich fühlst, Nathan», sagte er. «So was ist furchtbar.»

Jetzt war er an der Reihe, mir etwas zu gestehen. Jetzt hörte ich ihn sagen, dass auch er eine Frau liebte, die unerreichbar war.

Er nannte sie S.p.M. Das stand für Schöne perfekte Mutter, und er hatte nicht nur noch nie ein Wort mit ihr gewechselt, sondern wusste noch nicht einmal ihren Namen. Sie wohnte in einem Brownstone auf halbem Weg zwischen seinem Apartment und Harrys Buchladen, und jeden Morgen, wenn er zum Frühstück ging, sah er sie mit ihren zwei Kindern auf der Eingangstreppe ihres Hauses sitzen und auf den gelben Bus warten, mit dem die beiden zur Schule fuhren. Sie sei außerordentlich attraktiv, sagte Tom, sie habe langes schwarzes Haar und leuchtend grüne Augen, aber was ihn am meisten an ihr berühre, sei die Art, wie sie ihre Kinder in den Armen halte und streichele. Nie zuvor habe er eine so beredte und doch so einfache, so zärtliche und vorbehaltlos glückliche Bekundung von Mutterliebe gesehen. An den meisten Morgen saß die S. p. M. zwischen den beiden Kindern, die sich an sie lehnten, hielt jedes in einem Arm und drückte und küsste sie abwechselnd; manchmal schaukelte sie die beiden auch auf ihren Knien und hielt sie eng umschlungen, und alle drei herzten einander, sangen und lachten – ein magischer Zirkel. «Ich gehe da immer so langsam vorbei wie möglich», fuhr Tom fort. «Einen solchen Anblick muss man genießen, und oft tue ich so, als sei mir etwas hingefallen, oder ich bleibe stehen und mache mir eine Zigarette an – Hauptsache, ich kann das Vergnügen ein paar Sekunden ausdehnen. Sie ist so schön, Nathan, und wenn ich sie mit diesen Kindern sehe, möchte ich glatt wieder anfangen, an die Menschheit zu glauben. Ich weiß, das ist absurd, aber ich denke bestimmt zwanzigmal am Tag an sie.»

Ich behielt meine Gedanken für mich, aber was er da sagte, gefiel mir nicht. Tom war gerade erst dreißig, in den besten Jahren seines noch jungen Erwachsenenlebens, aber wenn es um Frauen ging, um das Streben nach Liebe, hatte er sich praktisch schon aufgegeben. Seine letzte feste Freundin war eine seiner Kommilitoninnen gewesen, Linda Soundso, aber die Beziehung war zerbrochen, sechs Monate bevor er aus Ann Arbor fortgegangen war, und seither hatte er so viel Pech gehabt, dass er sich nach und nach aus dem Verkehr gezogen hatte. Zwei Tage zuvor hatte er mir erzählt, seit über einem Jahr sei er nicht mehr mit einer Frau ausgegangen, woraus ich schloss, dass sein gesamtes Liebesleben sich jetzt auf die stumme Anbetung der S. p. M. beschränkte. Ich fand das kläglich. Der Junge musste seinen Mut zusammennehmen und sich wieder auf die Suche machen. Wenn er eines brauchte, dann war es Sex – er durfte seine Nächte nicht damit verplempern, von irgendeinem glückseligen Urweib zu träumen. Sicher, ich saß mit ihm im selben Boot, aber ich kannte immerhin den Namen meiner Traumfrau, und wenn ich mit ihr reden wollte, brauchte ich nur in den Cosmic Diner zu gehen und an meinem Stammtisch Platz zu nehmen. Einem alten Knacker wie mir reichte das. Meine große Zeit war abgelaufen, ich hatte mein Vergnügen gehabt, und was aus mir wurde, war eher nebensächlich. Wenn sich die Chance ergäbe, mir noch einen Sieg an die Fahnen zu heften, würde ich nicht nein sagen, aber bei mir ging es längst nicht mehr um Leben und Tod. Bei Tom kam alles darauf an, dass er den Mut aufbrachte, sich wieder ins Getümmel zu stürzen. Andernfalls würde er weiter in der Finsternis seiner kleinen Privathölle schmachten, im Lauf der Jahre immer mehr verbittern und ein Schicksal erleiden, für das er nicht bestimmt war.

«Dieses Geschöpf würde ich gern einmal mit eigenen Augen sehen», sagte ich. «Nach deiner Schilderung kommt mir diese Frau wie eine Erscheinung aus einer anderen Welt vor.»

«Jederzeit, Nathan. Komm einfach mal morgens um Viertel vor acht zu mir, dann gehen wir zusammen bei ihr vorbei. Du wirst nicht enttäuscht sein, garantiert nicht.»

Und so kam es, dass wir uns am nächsten Morgen trafen und durch Toms Lieblingsstraße in Brooklyn spazierten. Ich hielt es für übertrieben, als er von der «hypnotischen Macht» der Schönen perfekten Mutter sprach, musste aber einsehen, dass ich mich getäuscht hatte. Die Frau war in der Tat perfekt, der Inbegriff des Engelhaften und Schönen, und sie auf den Eingangsstufen ihres Hauses sitzen zu sehen, die Arme um ihre beiden kleinen Kinder geschmiegt, das konnte selbst das Herz eines alten Griesgrams in Unruhe versetzen. Tom und ich standen auf der anderen Straßenseite, diskret hinterm Stamm einer großen Robinie, und was mich an der Geliebten meines Neffen am meisten bewegte, war die vollkommene Freiheit ihrer Gesten, eine unbefangene Selbstvergessenheit, die ihr erlaubte, voll und ganz im Augenblick zu leben, in einem sich ständig entfaltenden Jetzt. Ich schätzte sie auf ungefähr dreißig, aber ihre Haltung war so unbeschwert und unprätenziös wie die eines jungen Mädchens, und nicht weniger erfrischend wirkte auf mich, dass eine so reizende Frauengestalt sich in weißer Latzhose und kariertem Flanellhemd auf der Straße blicken ließ. Das zeugte von Selbstbewusstsein, fand ich, von einer Gleichgültigkeit gegen das Gerede der anderen, wie sie nur die stabilsten, bodenständigsten Charaktere besitzen. Ich hatte nicht vor, meine heimliche Schwärmerei für Marina Gonzalez aufzugeben, aber dass sie nach allen objektiven Maßstäben weiblicher Schönheit der S. p. M. nicht das Wasser reichen konnte, war auch mir sofort klar.

«Ich wette, sie ist Künstlerin», sagte ich zu Tom.

«Wie kommst du darauf?», fragte er.

«Wegen der Latzhose. Maler kleiden sich habituell in Latzhosen. Schade, dass es Harrys Galerie nicht mehr gibt. Da hätten wir eine Ausstellung für sie organisieren können.»

«Könnte auch sein, dass sie wieder schwanger ist. Ich habe sie ein paarmal mit ihrem Mann gesehen. Großer Blonder mit breiten Schultern und schütterem Bart. Zu dem ist sie genauso liebevoll wie zu den Kindern.»

«Vielleicht ist sie beides.»

«Beides?»

«Schwanger und Künstlerin. Eine schwangere Künstlerin in Mehrzweck-Latzhose. Andererseits, sieh mal hin, wie schlank sie ist. Ich betrachte ihren Bauch, vermag aber keine Wölbung zu erkennen.»

«Deswegen trägt sie ja die Latzhose. Die ist so weit, dass man eben nichts sieht.»

Während Tom und ich noch über die Latzhose diskutierten, hielt drüben vor dem Haus der Schulbus, und die S. p. M. und ihre beiden Kleinen verschwanden kurzzeitig außer Sicht. Ich erkannte, dass ich keine Zeit zu verlieren hatte. In wenigen Sekunden fuhr der Bus ab, und die S. p. M. würde ins Haus zurückgehen. Ich hatte nicht vor, der Frau noch ein zweites Mal aufzulauern (es gibt Dinge, die tut man einfach nicht), und wenn das hier meine einzige Chance war, musste ich sofort handeln. Der geistigen Gesundheit meines schüchternen, liebeskranken Neffen zuliebe fühlte ich mich verpflichtet, den Bann zu brechen, unter dem er stand, den Gegenstand seiner Sehnsucht zu entmystifizieren und ihm die Frau als das vorzuführen, was sie wirklich war: eine glücklich verheiratete Brooklyner Hausfrau mit zwei Kindern und vermutlich bald einem dritten. Keine Heilige, keine unnahbare Göttin, sondern eine Frau aus Fleisch und Blut, die aß und schiss und vögelte wie jede andere auch.

In Anbetracht der Umstände gab es nur eine Möglichkeit. Ich musste über die Straße und mit ihr reden. Nicht nur ein paar Worte, sondern ein richtiges Gespräch, das sich so lange hinzog, dass ich Tom rüberwinken und ihn zum Mitreden zwingen konnte. Zum allermindesten sollte er ihr die Hand geben, sie berühren, damit endlich in seinen dicken Schädel eindrang, dass sie ein greifbares Lebewesen war, keine körperlose Seele, die in den Wolken seiner Einbildung hauste. Und schon ging ich los – unbesonnen, impulsiv, ohne die leiseste Vorstellung, was ich zu ihr sagen wollte. Der Bus fuhr gerade wieder an, als ich auf die andere Straßenseite gelangte, und da stand sie auf dem Bordstein unmittelbar vor mir und warf ihren zwei Lieblingen, die sich bereits gesetzt hatten und jetzt Teil einer Schar von drei Dutzend kreischenden Knirpsen geworden waren, noch eine letzte Kusshand zu. Ich setzte mein freundlichstes, beruhigendstes Vertretergesicht auf, trat auf sie zu und sagte: «Entschuldigen Sie, darf ich Ihnen eine Frage stellen?»

«Eine Frage?» Sie schien ein wenig verblüfft, vielleicht auch nur erschrocken, weil da plötzlich ein Mann vor ihr stand, wo eben noch der Bus gewesen war.

«Ich wohne erst seit kurzem hier in der Gegend», fuhr ich fort, «und bin auf der Suche nach einem vernünftigen Künstlerbedarfsladen. Als ich Sie in Ihrer Latzhose hier stehen sah, dachte ich, vielleicht sind Sie ja selbst Künstlerin. Und schon kam mir die Idee, Sie danach zu fragen.»

Die S. p. M. lächelte. Ob sie lachte, weil sie mir nicht glaubte, oder weil meine lahme Frage sie amüsierte, konnte ich nicht erkennen, aber als ich ihr Gesicht betrachtete und die Fältchen um Mund und Augen entstehen sah, erkannte ich, dass sie doch ein wenig älter war, als ich anfangs vermutet hatte. Vierunddreißig, fünfunddreißig vielleicht – nicht dass das irgendetwas ausmachte oder ihren jugendlichen Glanz in irgendeiner Weise beeinträchtigte. Bis jetzt hatte sie nur zwei Worte zu mir gesprochen – *Eine Frage?* –, aber schon in diesen vier kurzen Silben hatte ich den Tonfall eines in Brooklyn geborenen Menschen vernommen, diesen unverkennbaren Akzent, über den man sich in anderen Teilen des Landes oft lustig macht und der für mich der anheimelndste, menschlichste von ganz Amerika ist. Und als ich diese Stimme hörte, sprang in meinem Kopf der Motor an, und bis sie wieder etwas sagte, hatte ich die Geschichte ihres Lebens bereits fertig entworfen. Hier geboren, das stand fest, und auch hier aufgewachsen, vielleicht sogar in ebendem Haus, vor dem sie jetzt stand. Eltern aus der Arbeiterklasse, denn die Gentrifizierung Brooklyns hatte erst Mitte der Siebziger angefangen; zur Zeit ihrer Geburt (Mitte bis Ende der Sechziger) war das Viertel noch schäbig und heruntergekommen und von mittellosen Einwanderern und Arbeiterfamilien bewohnt (das Brooklyn meiner eigenen Kindheit), und das vierstöckige Brownstone-Haus hinter ihr, das jetzt mindestens acht- bis neunhunderttausend Dollar wert war, hatte damals so gut wie nichts gekostet. Sie besucht die örtlichen Schulen, geht in der Stadt aufs College, liebt einige Männer und bricht mehr als ein paar Herzen, heiratet schließlich, und als ihre Eltern sterben, erbt sie das Haus, in dem sie schon als kleines Mädchen gelebt hat. Wenn es nicht exakt so war, dann immerhin sehr ähnlich. Die S. p. M. fühlte sich zu wohl in ihrer Umgebung, als dass sie eine Fremde sein konnte; sie wirkte zu zufrieden mit sich selbst, als dass sie von woanders stammen konnte. Das war ihre Straße, und sie herrschte darüber, als wäre das seit der ersten Minute ihres Lebens ihr Reich gewesen.

«Beurteilen Sie die Menschen immer nach dem, was sie anhaben?», fragte sie.

«Das war kein Urteil», sagte ich, «nur eine Vermutung. Eine dumme Vermutung, mag sein, aber wenn Sie keine Malerin oder Bildhauerin oder sonst irgendwie Künstlerin sind, ist dies das erste Mal, dass ich jemanden falsch eingeschätzt habe. Das ist meine Spezialität. Ich brauche mir die Menschen nur anzusehen, und schon weiß ich, wer oder was sie sind.»

Wieder lächelte sie, dann lachte sie laut auf. Wer ist dieser alberne Mensch, wird sie sich gefragt haben, und warum redet er so mit mir? Ich hielt es für an der Zeit, mich vorzustellen. «Ich heiße übrigens Nathan», sagte ich. «Nathan Glass.»

«Hallo, Nathan. Ich bin Nancy Mazzucchelli. Und ich bin keine Künstlerin.»

«Ach?»

«Ich mache Schmuck.»

«Das ist gemogelt. Dann sind Sie ja doch Künstlerin.»

«Die meisten Leute würden das ein Handwerk nennen.»

«Ich finde, das hängt davon ab, wie gut Ihre Arbeit ist. Verkaufen Sie die Sachen, die Sie herstellen?»

«Sicher. Ich habe einen eigenen Betrieb.»

«Ist der Laden hier in der Gegend?»

«Einen Laden habe ich nicht. Aber ein paar Geschäfte an der Seventh Avenue führen meine Sachen. Und zu Hause verkaufe ich auch manchmal was.»

«Ah, verstehe. Wohnen Sie schon lange hier?»

«Mein ganzes Leben. Hier in diesem Haus bin ich geboren und aufgewachsen.»

«Also eine waschechte Brooklynerin.»

«Ja. Bis in die Knochen.»

Da hatten wir's: ein ausführliches Geständnis. Sherlock Holmes hatte mal wieder zugeschlagen; ich staunte über meine unerhörten deduktiven Fähigkeiten und hätte mich am liebsten in zwei Personen aufgespalten, um mir selbst auf die Schulter klopfen zu können. Ich weiß, das klingt anmaßend, aber wie oft erringt man schon einen geistigen Triumph solcher Größenordnung? Nur zwei Worte von ihr hatten mir gereicht, mitten ins Schwarze zu treffen. Wäre Watson dabei gewesen, hätte er den Kopf geschüttelt und leise vor sich hin gemurmelt.

Unterdessen stand Tom noch immer auf der anderen

Straßenseite, und natürlich hätte ich ihn schon längst mit ins Gespräch ziehen sollen. Während ich mich umdrehte und ihn herüberwinkte, erklärte ich der S. p. M., er sei mein Neffe und leite die Abteilung für seltene Bücher und Manuskripte von Brightman's Attic.

«Harry kenne ich», sagte Nancy. «Vor meiner Hochzeit habe ich sogar mal einen Sommer lang für ihn gearbeitet. Ein prima Kerl.»

«Ja, ein prima Kerl. Solche wie ihn gibt's heute nicht mehr.»

Ich wusste, Tom war sauer auf mich, weil ich ihn in etwas hineinzog, woran er nicht teilhaben wollte, aber er kam trotzdem rüber und stellte sich zu uns – errötend, den Kopf gesenkt wie ein Hund, der Prügel erwartet. Plötzlich gefiel mir selber nicht mehr, was ich ihm da antat, aber nun war es zu spät, die Sache zu beenden, zu spät, um Verzeihung zu bitten, und so machte ich tapfer weiter und stellte ihn der Königin von Brooklyn vor, wobei ich mir beim Grab meiner Schwester schwor, mich niemals mehr in anderer Leute Angelegenheiten einzumischen.

«Tom», sagte ich, «das ist Nancy Mazzucchelli. Wir haben uns über Künstlerbedarfsgeschäfte hier in der Gegend unterhalten, aber dann sind wir auf das Thema Schmuck gekommen. Ob du's glaubst oder nicht, sie lebt schon ihr ganzes Leben in diesem Haus.»

Ohne den Blick vom Boden zu heben, streckte Tom den rechten Arm aus und gab Nancy die Hand. «Es freut mich, Sie kennen zu lernen», sagte er.

«Nathan sagt, Sie arbeiten für Harry Brightman», antwortete sie, ohne etwas von dem folgenschweren Ereignis zu ahnen, das sich soeben zugetragen hatte. Endlich hatte Tom sie berührt, endlich hatte er ihre Stimme gehört, und gleichgültig, ob das reichte, den Bann seiner Verzauberung zu brechen, war jetzt eine Verbindung hergestellt, und das hieß, dass Tom ihr künftig auf neuer Grundlage begegnen würde. Sie war nicht mehr die S. p. M. Sie war Nancy Mazzucchelli, und so hübsch sie auch anzusehen sein mochte, sie war bloß eine gewöhnliche junge Frau, die davon lebte, dass sie Schmuck machte.

«Ja», sagte Tom. «Ich arbeite dort seit ungefähr sechs Monaten. Es gefällt mir.»

«Nancy hat früher selbst in dem Laden gearbeitet», sagte ich. «Bevor sie geheiratet hat.»

Statt auf meine Bemerkung zu antworten, sah Tom auf die Uhr und erklärte, er müsse gehen. Noch immer nichts ahnend, hob der Gegenstand seiner Anbetung ruhig die Hand zum Abschied. «War nett, Sie kennen zu lernen, Tom», sagte sie. «Bis irgendwann mal, hoffe ich.»

«Das hoffe ich auch», sagte er, und dann drehte er sich zu meiner nicht geringen Überraschung zu mir herum und schüttelte mir die Hand. «Wir treffen uns doch zum Lunch?»

«Aber sicher», sagte ich erleichtert, dass er nicht so aufgebracht war, wie ich mir eingebildet hatte. «Gleiche Zeit, gleicher Ort.»

Und damit ging er, watschelte mit seinem schwerfälligen Gang die Straße hinunter, bis er zu einem Punkt geschrumpft war.

Als er außer Hörweite war, sagte Nancy: «Er ist sehr schüchtern, oder?»

«Ja, sehr schüchtern. Aber ein guter und anständiger Mensch. Einer der besten auf der Welt.»

Die S. p. M. lächelte. «Soll ich Ihnen immer noch einen Künstlerladen nennen?»

«Ja, bitte. Aber ich würde mir auch gern Ihren Schmuck ansehen. Meine Tochter hat bald Geburtstag, und ich habe noch kein Geschenk für sie. Vielleicht können Sie mir helfen, etwas für sie auszusuchen.»

«Möglich. Gehen wir doch rein und sehen uns die Sachen mal an.»

VON DER DUMMHEIT
DER MENSCHEN

Am Ende kaufte ich eine Halskette, die mich rund hundertsechzig Dollar kostete (dreißig Dollar Preisnachlass, weil ich bar bezahlte). Eine schöne, zierliche Arbeit: Topas, Granat und Kristall, alles auf ein dünnes Goldkettchen gezogen, und ich war mir sicher, dass es um Rachels schlanken Hals recht attraktiv wirken würde. Dass sie Geburtstag hatte, war gelogen – bis dahin dauerte es noch drei Monate –, aber ich fand, es konnte nicht schaden, ihr nach dem Brief vom Dienstag noch ein weiteres Friedensangebot zu schicken. Wenn alles andere versagt, überschütte sie mit Zeichen deiner Liebe.

Nancys Werkstatt befand sich in einem hinteren Raum im Erdgeschoss des Hauses, die Fenster gingen auf einen Garten, der freilich eher ein winziger Spielplatz als ein Garten war, in einer Ecke eine Schaukel, in einer anderen eine Plastikrutsche, dazwischen jede Menge Spielzeug und Gummibälle. Während ich mir die verschiedenen Ringe, Ketten und Ohrringe ansah, die sie zu verkaufen hatte, plauderten wir ziemlich entspannt über Gott und die Welt. Man konnte gut mit ihr reden; sie war sehr offen, sehr weitherzig, eine durch und durch freundliche Person – nur leider nicht sehr klug, wie ich bald erkannte, denn sie glaubte eifrig an Astrologie, an die Macht der Kristalle und alle möglichen anderen New-Age-Mätzchen. Na schön. Niemand ist vollkommen, wie es in dem alten Film heißt – nicht einmal die Schöne perfekte Mutter. Wirklich schade für Tom, dachte ich. Er wäre schwer enttäuscht, wenn es ihm je gelänge, ein ernsthaftes Gespräch mit ihr anzufangen. Andererseits war es so vielleicht auch besser.

Einige wesentliche Tatsachen ihres Lebens hatte ich herausgefunden, und nun war ich neugierig, ob meine anderen Holmes'schen Schlussfolgerungen ebenfalls zutrafen oder nicht. Ich fragte sie daher weiter aus – nicht sehr gezielt, sondern möglichst unauffällig, immer nur dann, wenn sich eine Gelegenheit ergab. Die Ergebnisse waren nicht ganz einheitlich. Richtig vermutet hatte ich, was ihre schulische Ausbildung betraf (Public School 321, Midwood High, Brooklyn College, das sie nach zwei Jahren abbrach, um ihr Glück als Schauspielerin zu versuchen, woraus aber nichts wurde), als falsch hingegen erwies sich meine Annahme, dass sie das Haus von ihren verstorbenen Eltern geerbt hatte. Ihr Vater war tot, ihre Mutter aber noch sehr lebendig. Sie bewohnte das größte Zimmer im obersten Stockwerk, fuhr jeden Sonntag mit dem Fahrrad im Prospect Park spazieren und arbeitete mit achtundfünfzig noch immer als Sekretärin einer Anwaltskanzlei in Midtown Manhattan. So viel zu meinem unfehlbaren Genie. So viel zu Glass' untrüglichem Blick.

Nancy war seit sieben Jahren verheiratet, ihren Mann nannte sie mal Jim, mal Jimmy. Als ich fragte, ob er Mazzucchelli heiße oder ob sie ihren Mädchennamen behalten habe, lachte sie und sagte, dass er ein waschechter Ire sei. Na ja, antwortete ich, immerhin fangen Italien und Irland beide mit I an. Auch darüber musste sie lachen, und lachend erzählte sie mir, der Vorname ihrer Mutter sei identisch mit dem Nachnamen ihres Mannes.

«Oh», sagte ich. «Und wie lautet dieser Name?»

«Joyce.»

«Joyce?» Ich unterbrach mich kurz, ein wenig verwirrt.

«Sie wollen mir sagen, Sie sind mit einem Mann namens James Joyce verheiratet?»

«Mhm. Genau wie der Schriftsteller.»

«Unglaublich.»

«Das Komische ist, dass Jims Eltern sich kein bisschen für Literatur interessieren. Die hatten von James Joyce noch nie gehört. Sie haben Jim nach dem Vater seiner Mutter benannt, James Murphy.»

«Na, hoffentlich ist Ihr Jim kein Schriftsteller. Mit dem Namen ist es bestimmt kein Spaß, ein Buch herauszubringen.»

«Nein, nein, mein Jim schreibt nicht. Er ist Geräuschemacher.»

«Was?»

«Geräuschemacher.»

«Darunter kann ich mir gar nichts vorstellen.»

«Er macht Geräusche für Filmproduktionen. Nachträglich. Die Mikrophone erfassen bei den Dreharbeiten ja nicht alles. Und dann braucht der Regisseur zum Beispiel das Geräusch von Schritten auf einem Kiesweg, verstehen Sie? Oder wie jemand ein Buch umblättert oder eine Schachtel Kekse aufmacht – und das tut Jimmy. Ein cooler Job. Sehr anspruchsvoll, sehr interessant. Es ist wirklich harte Arbeit, so etwas richtig hinzubekommen.»

Als Tom und ich uns um eins zum Essen trafen, teilte ich ihm pflichtgetreu alles mit, was ich von Nancy in Erfahrung hatte bringen können. Er war ungewöhnlich guter Laune und dankte mir mehr als einmal, dass ich vorhin die Initiative ergriffen und ihn so gezwungen hatte, der S. p. M. von Angesicht zu Angesicht gegenüberzutreten.

«Ich war mir nicht sicher, wie du reagieren würdest», sagte ich. «Als ich auf der anderen Straßenseite ankam, war ich überzeugt, du bist wütend auf mich.»

«Du hast mich überrumpelt, das ist alles. Du hast etwas Gutes getan, Nathan, das war mutig, ganz großartig.»

«Das will ich hoffen.»

«Ich hatte sie noch nie aus solcher Nähe gesehen. Sie ist absolut umwerfend, findest du nicht?»

«Ja, sehr hübsch. Das hübscheste Mädchen im ganzen Viertel.»

«Und freundlich. Das vor allem. Die Freundlichkeit strömt ihr aus allen Poren. Das ist keine von diesen hochnäsigen, unnahbaren Schönheiten. Sie mag die Menschen.»

«Eine unkomplizierte Frau.»

«Ja, genau. Unkompliziert. Jetzt fühle ich mich nicht mehr eingeschüchtert. Wenn ich sie das nächste Mal sehe, kann ich Hallo zu ihr sagen und mit ihr reden. Mit der Zeit könnten wir vielleicht sogar Freunde werden.»

«Ich möchte dir deine Illusionen nicht nehmen, aber seit ich heute früh mit ihr gesprochen habe, glaube ich kaum, dass ihr sonderlich viel gemeinsam habt. Ja, sie ist ein reizendes Geschöpf, aber in ihrem Oberstübchen spielt sich nicht viel ab, Tom. Sie ist bestenfalls durchschnittlich intelligent. Hat das College abgebrochen. Kein Interesse an Büchern oder Politik. Wenn du sie fragst, wie unsere Außenministerin heißt, wird sie dir keine Antwort geben können.»

«Na und? Ich habe wahrscheinlich mehr Bücher gelesen als jeder andere hier in diesem Restaurant, und was hat es mir genützt? Intellektuelle sind doof, Nathan. Die langweiligsten Leute der Welt.»

«Schon möglich. Aber sie wird als Erstes dein Sternzeichen wissen wollen. Und dann wirst du dich zwanzig Minuten lang mit ihr über Horoskope unterhalten müssen.»

«Das ist mir egal.»

«Armer Tom. Du bist wirklich sehr in sie verknallt, oder?»

«Ich kann doch nichts dafür.»

«Und wie soll es weitergehen? Willst du sie heiraten, oder soll es nur eine gute alte Affäre werden?»

«Wenn ich nicht irre, ist sie bereits verheiratet.»

«Kleinigkeit. Wenn du ihn loswerden willst, brauchst du es nur zu sagen. Ich habe gute Beziehungen, Junge. Aber für dich würde ich den Job wahrscheinlich selbst übernehmen. Ich sehe schon die Schlagzeilen. EX-LEBENSVERSICHERUNGSVERTRETER ERMORDET JAMES JOYCE.»

«Ha ha.»

«Eins muss ich deiner Nancy aber lassen. Sie macht sehr schönen Schmuck.»

«Hast du die Kette dabei?»

Ich griff in meine Brusttasche und zog die lange schmale Schachtel mit meiner Anschaffung vom Morgen heraus. Gerade als ich den Deckel abhob, kam Marina mit unseren Sandwiches an den Tisch. Da ich sie von der feierlichen Enthüllung nicht ausschließen wollte, schob ich die Schachtel in ihre Richtung, damit sie auch etwas sehen konnte. Die Halskette war der Länge nach auf einer Unterlage aus weißer Watte drapiert; Marina beugte sich darüber, betrachtete sie und hatte ihr Urteil bald gefällt. *Ah, qué linda*», sagte sie, «die ist aber hübsch.» Tom bestätigte ihre Meinung mit einem stummen Nicken, zweifellos zu bewegt, um etwas zu sagen, da er nur an seine geliebte Nancy denken konnte, deren himmlische Hände dieses kleine funkelnde Gebilde geschaffen hatten.

Ich nahm die Kette aus der Schachtel und hielt sie Marina hin. «Legen Sie die doch einmal an», sagte ich. «Damit wir sehen können, wie sie wirkt.»

Das war meine ursprüngliche Absicht – dass sie sie uns einfach mal vorführte –, aber als sie die Kette in die Hände nahm und an ihre hellbraune Haut legte (die kleine Fläche unbedeckten Fleischs unmittelbar unter dem geöffneten obersten Knopf ihrer türkisfarbenen Bluse), überlegte ich es mir plötzlich anders. Ich wollte ihr die Kette schenken. Für Rachel konnte ich jederzeit eine neue kaufen, aber diese hier stand Marina so gut, dass sie ihr bereits zu gehören schien. Anderseits, wenn ich den Eindruck erweckte, dass ich sie anmachen wollte (natürlich wollte ich das, machte mir aber keine Hoffnungen), fühlte sie sich von mir womöglich in eine peinliche Lage gebracht und lehnte das Geschenk ab.

«Nein, nein», sagte ich. «Nicht nur dranhalten. Legen Sie sie um, damit wir sehen, ob sie auch richtig hängt.» Während sie hinten an der Schließe herumfummelte, versuchte ich mir hektisch etwas auszudenken, das ihren Widerstand überwinden könnte. «Jemand hat mir erzählt, Sie haben heute Geburtstag», sagte ich. «Stimmt das, Marina, oder hat man mich auf den Arm genommen?»

«Nicht heute», antwortete sie. «Nächste Woche.»

«Diese Woche, nächste Woche – was macht das für einen Unterschied? Er steht jedenfalls kurz bevor, und das heißt, Sie befinden sich bereits in der Geburtstagsaura. Das steht Ihnen ins Gesicht geschrieben.»

Marina hatte die Kette jetzt umgelegt und lächelte. «Geburtstagsaura? Was ist das?»

«Ich habe diese Halskette heute ohne besonderen Grund gekauft. Ich wollte sie jemandem schenken, aber ich wusste nicht, wer das sein sollte. Jetzt sehe ich, wie gut sie Ihnen steht, und möchte, dass Sie sie behalten. Das macht die Geburtstagsaura. Die ist so stark, dass sie die Leute dazu bringt, alle möglichen seltsamen Dinge zu tun. Als ich die

Kette gekauft habe, wusste ich es noch nicht, aber ich habe sie für Sie gekauft.»

Anfangs schien sie glücklich, und ich dachte, es werde keine Probleme geben. Der Ausdruck ihrer lebhaften braunen Augen sagte mir deutlich, dass sie sie behalten wollte, dass sie gerührt war, dass ihr die Geste schmeichelte; dann aber, als die erste Woge der Freude vorüber war, begann sie ein wenig darüber nachzudenken, und ich sah Zweifel und Verwirrung in ebendiese braunen Augen treten. «Sie sind ein toller Mann, Mr. Glass», sagte sie, «und ich bin Ihnen wirklich sehr dankbar. Aber ich kann von Ihnen keine Geschenke annehmen. Das ist nicht richtig. Sie sind ein Kunde.»

«Darüber machen Sie sich keine Sorgen. Wer kann mich daran hindern, meiner Lieblingskellnerin ein Geschenk zu machen? Ich bin ein alter Mann, und alte Männer können tun und lassen, was sie wollen.»

«Sie kennen Roberto nicht», sagte sie. «Der ist sehr eifersüchtig. Er will bestimmt nicht, dass ich Geschenke von anderen Männern annehme.»

«Ich bin kein Mann», sagte ich. «Ich bin nur ein Freund, der Sie glücklich machen will.»

An dieser Stelle gab nun endlich Tom seinen Senf dazu. «Er meint das ganz bestimmt nicht böse», sagte er. «Sie kennen Nathan doch, Marina. Er ist ein kleiner Spinner – ständig muss er was Verrücktes anstellen.»

«Gut, er ist ein Spinner», sagte sie. «Und sehr nett. Ich möchte bloß keinen Ärger haben. Sie wissen doch, wie das ist. Eins führt zum anderen, und bumm.»

«Bumm?», sagte Tom.

«Ja, bumm», bestätigte sie. «Und sagen Sie jetzt nicht, ich soll Ihnen das erklären.»

«Also schön», sagte ich, als mir plötzlich klar wurde, dass

ihre Ehe längst nicht so friedlich war, wie ich angenommen hatte. «Ich glaube, ich weiß eine Lösung. Marina behält die Kette, nimmt sie aber nicht mit nach Hause. Sie bleibt immer hier im Restaurant. Sie trägt sie zur Arbeit, und über Nacht bewahrt sie sie in der Kasse auf. Auf die Weise können Tom und ich die Kette täglich bewundern, und Roberto wird nie etwas davon erfahren.»

Das Ansinnen war so grotesk, so hinterhältig, die vorgeschlagene List so abwegig und dürftig, dass Tom und Marina vor Lachen aufbrüllten.

«Wow», sagte Marina. «Was sind Sie nur für ein verschlagener alter Mann, Nathan.»

«So alt nun auch wieder nicht», sagte ich.

«Und was passiert, wenn ich mal vergesse, dass ich die Kette trage?», fragte sie. «Was passiert, wenn ich eines Abends nach Hause komme und sie noch anhabe?»

«Das würden Sie niemals tun», sagte ich. «Dafür sind Sie zu klug.»

Und so zwang ich der jungen, treuherzigen Marina Luisa Sanchez Gonzalez das Geburtstagsgeschenk auf und erhielt für meine Mühe einen Kuss auf die Wange, einen lang gedehnten, zärtlichen Kuss, an den ich bis ans Ende meiner Tage denken werde. Das sind die Vergünstigungen, die dummen Männern zugestanden werden. Und ich bin wahrlich ein dummer, dummer Mann. Ich bekam meinen Kuss und ein strahlendes Dankeslächeln, und später bekam ich unerwartet noch viel mehr. Nämlich Ärger. Wenn ich zu dem Punkt meiner Geschichte komme, wo ich mit dem Ärger persönlich Bekanntschaft machte, werde ich ausführlich darauf zurückkommen. Aber jetzt ist erst einmal Freitagnachmittag, und ich habe mich um andere, dringendere Dinge zu kümmern. Das Wochenende naht, und keine dreißig Stunden nachdem Tom und ich den Cosmic Diner verlassen hatten, saßen wir zusammen mit Harry Brightman beim Abendessen in einem anderen Restaurant, tranken Wein und rangen mit den Rätseln des Universums.

EIN GEMÜTLICHER ABEND

Samstagabend, 27. Mai 2000. Ein französisches Restaurant in der Smith Street in Brooklyn. Hinten links in der Ecke des Raums sitzen an einem runden Tisch drei Männer: Harry Brightman (vormals bekannt als Dunkel), Tom Wood und Nathan Glass. Sie haben gerade beim Kellner ihre Bestellungen abgegeben (drei verschiedene Vorspeisen, drei verschiedene Hauptspeisen, zwei Flaschen Wein – roten und weißen) und wenden sich jetzt wieder den Aperitifs zu, die ihnen kurz nach ihrem Eintritt in das Restaurant an den Tisch gebracht wurden. Toms Glas ist mit Bourbon gefüllt (Wild Turkey), Harry nippt an einem Wodka-Martini, und während Nathan sich den nächsten Schluck seines Single Malt Scotch hinter die Binde kippt (zwölf Jahre alter Macallan), fragt er sich, ob er nicht noch einen zweiten Drink vor dem Essen nehmen sollte. So viel zur Szenerie. Sobald das Gespräch beginnt, werden weitere Regieanweisungen auf ein Minimum beschränkt bleiben. Der Autor ist der Meinung, nur die von den oben erwähnten Figuren gesprochenen Sätze seien von Belang für die Erzählung. Aus diesem Grund gibt es keine Beschreibung der Kleider, die sie tragen, keine Bemerkungen zu dem Essen, das sie verzehren, keine Pausen, wenn einer von ihnen einmal aufsteht, um die Toilette aufzusuchen, keine Unterbrechungen durch den Kellner und kein einziges Wort über das Glas Rotwein, das Nathan sich über die Hose schüttet.

TOM: Mir geht es nicht darum, die Welt zu retten. Ich will mich hier nur selber retten. Und ein paar Leute, die mir wichtig sind. Dich zum Beispiel, Nathan. Und dich, Harry.

HARRY: Warum so niedergeschlagen, Junge? Du hast das beste Essen vor dir, das du seit Jahren gegessen hast, du bist der Jüngste hier am Tisch, und soweit ich weiß, hast du dir noch keine ernsthafte Krankheit zugezogen. Sieh dir Nathan an. Er hatte Lungenkrebs, und er hat nie geraucht. Und ich habe zwei Herzinfarkte hinter mir. Siehst du uns schimpfen? Wir sind die glücklichsten Menschen der Welt.

TOM: Nein, das seid ihr nicht. Ihr seid genauso unglücklich wie ich.

NATHAN: Harry hat Recht, Tom. So schlimm ist das alles gar nicht.

TOM: Doch, ist es. Es ist höchstens sogar noch schlimmer.

HARRY: Definiere bitte «es». Ich weiß überhaupt nicht mehr, wovon wir eigentlich reden.

TOM: Von der Welt. Dem großen schwarzen Loch, das wir Welt nennen.

HARRY: Ah, die Welt. Ja natürlich. Selbstverständlich. Die Welt stinkt. Das weiß jeder. Aber wir tun unser Bestes, uns von ihr fern zu halten, oder?

TOM: Stimmt nicht. Wir stecken mittendrin, ob es uns gefällt oder nicht. Die Welt ist überall um uns herum, und jedes Mal, wenn ich den Kopf hebe und mir das genau ansehe, befällt mich Ekel. Trauer und Ekel. Man sollte meinen, der Zweite Weltkrieg hätte wenigstens für ein paar hundert Jahre für Ruhe gesorgt. Aber wir zerfleischen uns immer noch. Wir hassen uns immer noch so sehr wie eh und je.

NATHAN: Das meinst du also. Die Politik.

TOM: Unter anderem, ja. Und die Wirtschaft. Und die Habgier. Und das abscheuliche Monstrum, zu dem sich dieses Land entwickelt hat. Die Irren von der christlichen Rechten. Die zwanzigjährigen Internetmillionäre. Den Golf-Sender im Fernsehen. Den Fick-Sender. Den Kotz-Sender. Den Sieg des Kapitalismus, dem sich nichts mehr entgegenstellt. Und wir sind alle so clever, so selbstzufrieden, während die halbe Welt verhungert und wir absolut nichts dagegen tun. Ich kann das nicht mehr ertragen, meine Herren. Ich will da raus.

HARRY: Raus? Und wo willst du hin? Zum Jupiter? Pluto? Auf einen Asteroiden in der nächsten Galaxis? Tom so ganz allein wie der Kleine Prinz auf diesem Stein mitten im Weltraum.

TOM: Sag du mir, wo ich hingehen soll, Harry. Ich bin für jeden Vorschlag offen.

NATHAN: Du suchst einen Ort, wo du zu deinen eigenen Bedingungen leben kannst, richtig? Die «Imaginären Paradiese», wieder einmal. Aber um das zu tun, musst du bereit sein, auf jede Gesellschaft zu verzichten. Das hast du selbst gesagt. Es ist lange her, aber ich glaube, du hast auch das Wort *Mut* benutzt. Hast du den Mut dazu, Tom? Hat irgendeiner von uns den Mut, das zu tun?

TOM: Du erinnerst dich noch an diesen alten Aufsatz?

NATHAN: Der hat mich sehr beeindruckt.

TOM: Damals hatte ich gerade zu studieren angefangen. Ich wusste nicht viel, war aber vermutlich klüger, als ich jetzt bin.

HARRY: Worum geht es?

NATHAN: Das innere Exil, Harry. Um den Ort, an den ein Mann sich zurückzieht, wenn ihm das Leben in der wirklichen Welt nicht mehr möglich ist.

HARRY: Oh. So was hatte ich auch mal. Hat das nicht jeder?

TOM: Nicht unbedingt. Man braucht viel Phantasie, und wie viele Leute haben das schon?

HARRY *(schließt die Augen; drückt sich die Zeigefinger an die*

Schläfen): Mir fällt jetzt alles wieder ein. Das Hotel Existenz. Ich war damals erst zehn, aber ich erinnere mich noch genau an den Moment, als mir die Idee dazu kam, den Moment, als ich den Namen fand. Es war an einem Sonntagnachmittag im Krieg. Das Radio lief, ich saß im Wohnzimmer unseres Hauses in Buffalo und sah mir im *Life Magazine* Bilder von amerikanischen Soldaten in Frankreich an. Ich war noch nie in einem Hotel gewesen, aber ich war auf den Gängen in die Stadt mit meiner Mutter an so vielen vorbeigekommen, dass ich wusste, das sind besondere Häuser, Festungen, die einen vor dem Elend und der Gemeinheit des Alltagslebens beschützen. Ich mochte die Männer in den blauen Uniformen, die vor dem Remington Arms standen. Ich mochte die glänzenden Messingbeschläge an den Drehtüren des Excelsior. Ich mochte den gewaltigen Kronleuchter im Foyer des Ritz. Der einzige Zweck eines Hotels bestand darin, es einem behaglich zu machen, und sobald man sich eingetragen hatte und zu seinem Zimmer ging, brauchte man nur noch um etwas zu bitten, und schon wurde es einem gewährt. Ein Hotel war die Verheißung einer besseren Welt, ein Ort, der mehr war als nur ein Ort: eine Gelegenheit, eine Chance, in seinen Träumen zu leben.

NATHAN: Das erklärt die Sache mit dem Hotel. Wo bist du auf das Wort *Existenz* gestoßen?

HARRY: Das habe ich an jenem Sonntagnachmittag im Radio gehört. Ich hörte zwar nur mit halbem Ohr zu, aber da sprach jemand von der *menschlichen Existenz*, und der Klang dieses Worts hat mir gefallen. *Die Gesetze der Existenz*, sagte die Stimme, *und die Gefahren, denen wir uns im Lauf unserer Existenz stellen müssen*. Existenz war größer als bloß Leben. Sie umschloss das Leben aller Menschen auf Erden, und selbst wenn man in Buffalo, New York, lebte und noch nie weiter als zehn Meilen von zu Hause weg gewesen war, war man selbst auch ein Teil dieses Puzzles. Es spielte keine Rolle, wie klein das eigene Leben war. Was einem selbst passierte, war so wichtig wie das, was allen anderen passierte.

TOM: Ich kann dir immer noch nicht folgen. Du erfindest einen Ort, das Hotel Existenz, aber wo ist das? Und wozu dient es?

HARRY: Wozu? Eigentlich zu nichts. Es war ein Rückzugsort, eine Welt, die ich im Kopf besuchen konnte. Davon reden wir doch, oder? Wir reden von Flucht.

NATHAN: Und wohin ist der zehnjährige Harry geflohen?

HARRY: Ah. Das ist eine schwierige Frage. Von diesem Hotel Existenz gab es nämlich zwei. Das erste, das ich an diesem Sonntagnachmittag während des Kriegs erfunden habe, und dann ein zweites, das erst aufkam, als ich auf der High School war. Nummer eins war der reine Kitsch, sentimentaler Kinderkram. Aber damals war ich ja auch noch wirklich klein, und an allen Ecken und Enden war immer nur vom Krieg die Rede. Zum Kämpfen war ich noch viel zu jung, aber wie die meisten dicken, dummen kleinen Jungen träumte ich davon, Soldat zu werden. Widerlich. Absolut widerlich. Was für hirnlose Hohlköpfe wir Sterblichen sind. Jedenfalls phantasierte ich von diesem Hotel Existenz und machte es zu einem Heim für Waisenkinder. Europäische Kinder, natürlich. Ihre Väter waren in der Schlacht gefallen, ihre Mütter lagen unter den Trümmern zerbombter Kirchen und Häuser, und die Kinder irrten im eisigen Winter durch die Ruinen zerstörter Städte, suchten in den Wäldern nach Nahrung, einzeln, zu zweit, in Gruppen von vier und sechs und zehn, statt Schuhen Lumpen um die Füße gewickelt, die hageren Gesichter mit Schlamm bespritzt. Sie lebten in einer Welt ohne Erwachsene, und weil ich eine so furchtlose, altruistische Seele war, salbte ich mich zu ihrem Erlöser. Das war meine Mission, mein Lebenszweck, und bis zum Ende des Krieges sprang ich täglich mit dem Fallschirm über irgendeinem zerstörten Winkel Europas ab, um verwaiste und hungernde Jungen und Mädchen zu retten. Ich kämpfte mich brennende Berghänge hinab, schwamm durch explodierende Seen, bahnte mir mit dem Maschinengewehr einen Weg in feuchte Weinkeller, und immer wenn ich ein Waisenkind entdeckte, nahm ich es bei der Hand und brachte es in mein Hotel Existenz. In welchem Land ich war, spielte keine Rolle. Belgien oder Frankreich, Polen oder Italien, Holland oder Dänemark – das Hotel war immer in der Nähe, und immer gelang es mir, die Kinder dort unterzubringen, bevor es dunkel wurde. Sobald ich eins durch die Formalitäten am Empfang geschleust hatte, machte ich kehrt und ging. Meine Aufgabe war es nicht, das Hotel zu leiten – sondern nur, die Kinder zu finden und dort hinzubringen. Helden ruhen sich bekanntlich nicht aus. Sie dürfen nicht in weichen Betten mit Daunendecken und drei Kopfkissen schlafen, und sie haben nicht die Zeit, sich in die Hotelküche zu setzen und eine dampfende Portion Lammragout mit saftigen Kartoffeln und Möhren zu verspeisen. Sie müssen wieder in die Nacht hinaus und ihre Arbeit machen. Und meine Aufgabe war, die Kinder zu retten. Bis die letzte Kugel abgefeuert, bis die letzte Bombe abgeworfen war, musste ich hinaus und sie suchen.

TOM: Und als der Krieg vorbei war?

HARRY: Habe ich meine Träume von männlichem Mut und edler Selbstaufopferung aufgegeben. Das Hotel

Existenz schloss seine Pforten, und als es sie ein paar Jahre später wieder öffnete, stand es nicht mehr auf einer Wiese irgendwo in Ungarn und sah auch nicht mehr aus wie ein Barockschloss von den Prachtstraßen in Baden-Baden. Das neue Hotel Existenz war viel kleiner und schäbiger, und wenn man es jetzt finden wollte, musste man in eine der Großstädte, wo das wirkliche Leben erst nach Einbruch der Dunkelheit begann. New York zum Beispiel, oder Havanna, oder irgendeine schmutzige Seitenstraße in Paris. Jetzt stand das Hotel Existenz für Begriffe wie *intime Atmosphäre*, *Chiaroscuro* und *Schicksal*. Hier wurde man im Foyer diskret von Männern und Frauen gemustert. Hier herrschten Parfüm, Seidenkostüme und warme Haut vor, und jeder lief ständig mit einem Highball in der einen Hand und einer brennenden Zigarette in der anderen herum. Ich hatte das alles im Kino gesehen, ich wusste, wie es auszusehen hatte. Die Stammgäste unten in der Pianobar mit ihren trockenen Martinis. Das Casino im ersten Stock mit dem Roulettetisch und den gedämpften Geräuschen der Würfel auf dem grünen Filz, der ölige fremdländische Akzent, mit dem der Dealer beim Bakkarat seine Ansagen flüsterte. Der Tanzsaal unten mit den feudalen Ledersitzecken, im Scheinwerferlicht die Sängerin mit der rauchigen Stimme im silbrig schimmernden Kleid. Mit diesen Requisiten war das Haus eingerichtet, aber niemand kam hierhin, nur um zu trinken, zu spielen oder sich die Musik anzuhören, auch wenn die Sängerin an diesem Abend Rita Hayworth war, eigens für diesen einen Auftritt aus Buenos Aires eingeflogen von ihrem aktuellen Ehemann und Manager George Macready. Man musste sich erst einmal eingewöhnen, ein paar Schnäpse gekippt haben, bevor man zur Sache kommen konnte. Nicht Sache, ich

meine das Spiel, das unendlich vergnügliche Spiel, zu entscheiden, mit welcher Person man später am Abend nach oben gehen würde. Der erste Schritt geschah immer mit den Augen – mit nichts anderem, nur mit den Augen. Man ließ den Blick minutenlang von einem zum andern schweifen, nippte gelassen an seinem Glas, rauchte seine Zigarette, überdachte die Möglichkeiten, suchte nach einem Blick, der auf einen selbst gerichtet sein mochte, oder lenkte vielleicht gar mit einem leisen Lächeln oder einer Schulterbewegung den Blick eines anderen auf sich selbst. Männer oder Frauen, mir war beides recht. Ich war damals noch Jungfrau, kannte mich aber schon gut genug, um zu wissen, dass es mir gleichgültig war. Einmal setzte sich Cary Grant in der Pianobar neben mich und langte mir ans Bein. Ein andermal kam die tote Jean Harlow aus ihrem Grab, und wir liebten uns leidenschaftlich in Zimmer 427. Es kam aber auch meine Französischlehrerin, Mademoiselle Des Forêts aus Quebec, eine schlanke Frau mit hübschen Beinen, knallrotem Lippenstift und feuchten braunen Augen. Und nicht zu vergessen Hank Miller, unser Quarterback und größter Frauenheld unter den älteren Studenten. Hank hätte mich wahrscheinlich totgeschlagen, wenn er erfahren hätte, was ich in meinen Träumen mit ihm machte, aber natürlich hat er es nie erfahren. Ich war damals noch neu an der Uni, und bei hellem Tageslicht hätte ich nie den Mut gehabt, eine so erhabene Gestalt wie Hank Miller anzusprechen, aber nachts traf ich ihn in der Bar des Hotels Existenz, und nach ein paar Drinks und einigem freundlichen Smalltalk führte ich ihn nach oben auf Zimmer 301 und machte ihn mit den Geheimnissen der Welt bekannt.
TOM: Pubertäre Wichsvorlagen.

HARRY: So könnte man sagen. Ich sehe es freilich lieber als Produkt eines reichen Innenlebens.

TOM: Das führt uns nirgendwohin.

HARRY: Wohin möchtest du uns denn führen, mein Lieber? Wir sitzen hier und warten auf den nächsten Gang, trinken einen vorzüglichen Sancerre und unterhalten uns mit sinnlosen Geschichten. Daran ist doch nichts Falsches. In den meisten Gegenden der Welt gilt so etwas als Gipfel zivilisierten Verhaltens.

NATHAN: Der Junge ist deprimiert, Harry. Er will reden.

HARRY: Das sehe ich selbst. Ich habe doch Augen im Kopf, oder? Wenn Tom mein Hotel Existenz nicht gutheißen kann, sollte er uns vielleicht etwas von seinem erzählen. Jeder Mensch hat eins. Und so, wie keine zwei Menschen einander gleich sind, ist auch jedes Hotel Existenz von allen anderen verschieden.

TOM: Tut mir Leid. Ich will euch nicht langweilen. Das sollte ein lustiger Abend werden, und jetzt bin ich der Spielverderber.

NATHAN: Vergiss es. Beantworte einfach Harrys Frage.

TOM (*er schweigt lange; dann, mit leiser Stimme, als spräche er zu sich selbst*): Ich möchte mein Leben ändern, das ist alles. Wenn ich schon nicht die Welt verändern kann, dann vielleicht wenigstens mich selbst. Aber ich will das nicht alleine machen. Ich bin auch so schon viel zu allein, und ob das meine Schuld ist oder nicht: Nathan hat Recht. Ich bin deprimiert. Seit wir neulich über Aurora gesprochen haben, habe ich immerzu an sie denken müssen. Sie fehlt mir. Meine Mutter fehlt mir. Mir fehlen alle, die ich verloren habe. Manchmal bin ich so traurig, dass ich es nicht fassen kann, warum ich unter der Last, die mich niederdrückt, nicht einfach tot zusammenbreche. Wie mein Hotel Existenz aussieht, Harry? Ich weiß es nicht, aber vielleicht geht es in meinem darum, mit anderen zu leben, aus diesem Rattenloch von einer Stadt fortzukommen und mein Leben mit Menschen zu verbringen, die ich liebe und achte.

HARRY: Eine Kommune.

TOM: Nein, keine Kommune – eine Gemeinschaft. Das ist ein Unterschied.

HARRY: Und wo soll dein kleines Utopia zu finden sein?

TOM: Irgendwo auf dem Land, nehme ich an. Ein Anwesen mit großen Ländereien und genug Gebäuden für alle, die dort leben wollen.

NATHAN: An wie viele Leute denkst du da so?

TOM: Keine Ahnung. Ich habe doch noch nichts konkret geplant. Aber ihr beide wärt mir mehr als willkommen.

HARRY: Ich fühle mich geschmeichelt, dass ich bei euch so gut angeschrieben bin. Aber was soll aus meinem Geschäft werden, wenn ich aufs Land ziehe?

TOM: Das zieht mit. Du machst ja auch jetzt schon neunzig Prozent deines Umsatzes durch die Post. Ist es nicht gleichgültig, zu welchem Postamt du gehst? Ja, Harry, natürlich möchte ich, dass du mitmachst. Und Flora vielleicht auch.

HARRY: Meine geliebte, geisteskranke Flora. Aber wenn du sie mitnimmst, müsste auch Bette eingeladen werden. Sie ist ziemlich krank. Mit Parkinson an den Rollstuhl gefesselt, die Ärmste. Ich kann nicht sagen, wie sie reagieren würde, aber am Ende sagt ihr die Idee womöglich zu. Und schließlich noch Rufus.

NATHAN: Wer ist Rufus?

HARRY: Der junge Mann, der im Buchladen hinter der Kasse sitzt. Der große hellhäutige Jamaikaner mit der rosa Boa. Ich habe ihn vor ein paar Jahren vor einem Haus im West Village entdeckt, da stand er und heulte wie ein

Schlosshund, und ich habe ihn nach Hause mitgenommen. Inzwischen habe ich ihn praktisch adoptiert. Der Job im Buchladen hilft ihm, seine Miete zu zahlen, aber er ist auch einer der besten Transvestiten der Stadt. An den Wochenenden arbeitet er unter dem Namen Tina Hott. Er ist fabelhaft, Nathan. Du solltest dir seine Show mal ansehen.

NATHAN: Warum sollte er die Stadt verlassen wollen?

HARRY: Zunächst einmal, weil er mich liebt. Und weil er HIV-positiv ist und in schrecklichen Ängsten lebt. Ein Tapetenwechsel könnte ihm gut tun.

NATHAN: Schön. Aber wie sollen wir das Geld auftreiben, um uns ein Anwesen auf dem Land zu kaufen? Ich könnte schon etwas beisteuern, aber längst nicht genug.

TOM: Wenn Bette mitkommen will, lässt sie vielleicht was springen.

HARRY: Ausgeschlossen. Ein Mann hat seinen Stolz, Sir, und ich würde lieber zehnmal hintereinander abkratzen, ehe ich diese Frau noch um einen einzigen Penny bitte.

TOM: Angenommen, du verkaufst dein Haus in Brooklyn; das bringt doch wohl genug.

HARRY: Ein Tropfen auf den heißen Stein. Wenn ich meine letzten Jahre schon in der Pampa verbringe, dann aber bitte in großem Stil. Primitiv wie ein Bauer will ich nicht leben, Tom. Entweder ich werde zum Gutsherrn, oder ich steige aus.

TOM: Also ein bisschen hier und ein bisschen da. Wir überlegen uns, wer sonst noch mitmachen könnte, und wenn wir unsere Mittel zusammenlegen, kriegen wir's vielleicht hin.

HARRY: Keine Sorge, Leute. Onkel Harry wird sich um alles kümmern. Hofft er jedenfalls. Wenn alles nach Plan verläuft, können wir in naher Zukunft mit einer ordentlichen Geldspritze rechnen. Genug, dass wir unseren Traum wahr machen können. Davon reden wir doch, oder? Von einem Traum, einem wilden Traum, uns von den Sorgen und Kümmernissen dieser elenden Welt zu verabschieden und uns eine eigene zu erschaffen. Ein sehr riskantes Unternehmen, ja, aber wer weiß, ob es uns nicht doch gelingt?

TOM: Und wo soll diese «Geldspritze» herkommen?

HARRY: Sagen wir einfach, ich habe was Geschäftliches am Laufen, und warten erst einmal ab. Wenn ich meine Schäfchen im Trockenen habe, ist das neue Hotel Existenz gesichert. Wenn nicht, bin ich wenigstens mit fliegenden Fahnen untergegangen. Mehr kann man von einem Mann nicht erwarten, oder? Ich bin sechsundsechzig Jahre alt, und nach dem ganzen Auf und Ab meiner ... meiner etwas dubiosen Karriere ist das wahrscheinlich meine letzte Chance, einen dicken Batzen Geld an Land zu ziehen. Und wenn ich sage, einen dicken Batzen, dann meine ich einen sehr dicken Batzen. Mehr, als ihr beide euch überhaupt vorstellen könnt.

ZIGARETTENPAUSE

Damals habe ich nichts von diesem Gerede ernst genommen. Tom war gedrückter Stimmung, mehr nicht, und Harry versuchte bloß, ihn aufzuheitern und aus seinem Trübsinn zu holen, ihm den Rücken zu stärken. Ich muss sagen, es gefiel mir an Harry, wie er auf Tom und sein Hirngespinst einging, aber die Vorstellung, dass Harry tatsächlich aus Brooklyn fortgehen und in irgendeinen abgelegenen Landstrich ziehen würde, schien mir vollkommen absurd. Sein Element war die Stadt. Er brauchte Menschen um sich, Handel und Wandel, gute Restaurants und teure Kleidung, und mochte er auch nur halb schwul sein, war doch sein bester Freund ein schwarzer Transvestit, der mit glitzernden Klunkern am Ohr und einer rosa Federboa um den Hals zur Arbeit erschien. Wollte ein Mann wie Harry Brightman sich in ländlichen Gefilden niederlassen, würden die umliegenden Bauern ihn mit Mistgabeln und Messern zum Teufel jagen.

Andererseits war ich mir relativ sicher, dass das von Harry erwähnte geschäftliche Vorhaben nichts Unseriöses war. Der alte Halunke hatte irgendein Eisen im Feuer, und ich brannte vor Neugier, was das wohl sein mochte. Vor Tom hatte er nicht davon reden wollen, aber bei mir würde er ja vielleicht eine Ausnahme machen. Eine Gelegenheit ergab sich, kurz nachdem wir das Dessert bestellt hatten, als Tom sich entschuldigte und in die Bar ging, um eine Zigarette zu rauchen (die neueste Taktik in seinem permanenten Feldzug gegen überzählige Pfunde).

«Ein dicker Batzen», sagte ich zu Harry. «Klingt interessant.»

«Die Chance meines Lebens», sagte er.

«Hat es einen bestimmten Grund, warum du nicht darüber reden willst?»

«Ich möchte Tom nur nicht enttäuschen, das ist alles. Da sind noch ein paar Kleinigkeiten auszuarbeiten, und solange das Geschäft nicht unter Dach und Fach ist, ist es sinnlos, allzu große Erwartungen zu hegen.»

«Ich habe ein wenig Geld auf der hohen Kante. Genau genommen eine ganze Menge. Falls du noch einen Investor brauchst, würde ich vielleicht einsteigen.»

«Das ist sehr großzügig von dir, Nathan. Zum Glück bin ich nicht auf einen Teilhaber angewiesen. Aber das heißt nicht, dass mir dein Rat nicht willkommen wäre. Ich bin einigermaßen von der Ehrlichkeit meiner Geschäftspartner überzeugt – aber eben nicht hundertprozentig. Und Zweifel sind eine große Last, besonders wenn so viel auf dem Spiel steht.»

«Wie wär's dann, wenn wir zwei uns nochmal allein zum Essen treffen? Dann erklärst du mir die Sache ganz ausführlich, und ich sage dir, was ich davon halte.»

«Nächste Woche?»

«Nenn einfach einen Tag, und ich komme.»

VON DER DUMMHEIT DER MENSCHEN (2)

Am nächsten Morgen um elf betrat ich ein Schmuckgeschäft bei mir in der Nähe, um eine Ersatzkette für Rachel zu kaufen. Es war ein Sonntag, und ich wollte die S. p. M. nicht stören, bat aber die Verkäuferin ausdrücklich, mir alles zu zeigen, was sie von Nancy Mazzucchelli anzubieten habe. Die Frau erklärte lächelnd, sie sei eine alte Freundin von Nancy, und öffnete eine Vitrine, nahm acht oder zehn ihrer Arbeiten heraus und legte sie mir nacheinander zur Ansicht vor. Wie der Zufall es wollte, war die letzte Halskette nahezu identisch mit der, die jetzt nachts in der Kasse des Cosmic Diner schlummerte.

Ich hatte vor, direkt wieder in meine Wohnung zurückzukehren. Beim Gang zu dem Laden waren mir ein paar Anekdoten eingefallen, und ich wollte unbedingt an den Schreibtisch, um sie meinem stetig wachsenden *Buch menschlicher Torheiten* einzuverleiben. Ich hatte mir nicht die Mühe gemacht, die Einträge zu zählen, die ich bis dahin verfasst hatte, aber es dürften inzwischen um die hundert gewesen sein, und so, wie sie mir zuliefen, mich zu allen Tages- und Nachtstunden bestürmten (manchmal sogar im Traum), nahm ich an, dass ich noch genug Material für einige Jahre vor mir hatte. Wer jedoch musste mir über den Weg laufen, kaum dass ich den Laden verlassen hatte? Natürlich Nancy Mazzucchelli, die S. p. M. persönlich. Ich lebte jetzt seit zwei Monaten in der Gegend, hatte jeden Vor- und Nachmittag ausgedehnte Spaziergänge unternommen, hatte zahllose Geschäfte und Restaurants aufgesucht, hatte vor dem Circle Café gesessen und Hunderte von Leuten beobachtet, aber sie hatte ich bis zu diesem Sonntagmorgen noch nie in der Öffentlichkeit gesehen. Ich will nicht darauf hinaus, dass sie meiner Aufmerksamkeit entgangen war. Ich schaue mir jeden an, und hätte ich diese Frau (immerhin keine Geringere als die Königin von Park Slope) schon einmal gesehen, wäre sie mir im Gedächtnis geblieben. Jetzt, nach unserer improvisierten Begegnung letzten Freitag vor ihrem Haus, war mit einem Schlag alles anders. Wie ein Wort, das man spät im Leben seinem Wortschatz hinzufügt – und das man dann plötzlich an jeder Ecke vernimmt –, sah ich jetzt plötzlich Nancy Mazzucchelli an jeder Ecke. Es begann mit dieser sonntäglichen Begegnung, und von da an verging kaum ein Tag, an dem ich sie nicht irgendwo sah – in der Bank, in der Post, auf der Straße, überall. Schließlich wurde ich ihren Kindern vorgestellt (Devon und Sam); ihrer Mutter, Joyce; und ihrem Mann, dem Geräuschemacher Jim, dem James Joyce, der nicht James Joyce war. Aus einer vollkommen Fremden entwickelte sich die S. p. M. rapide zu einem Fixpunkt meines Lebens. Auch wenn sie im weiteren Verlauf dieses Buchs nur noch selten erwähnt wird, ist sie doch immer anwesend. Man findet sie zwischen den Zeilen.

An diesem ersten Sonntag wurde nichts Wesentliches gesprochen. Hi, Nathan; hi, Nancy; wie geht's; nicht schlecht; was macht Tom; herrliches Wetter; schön, Sie zu sehen, und so weiter. Kleinstadtgeplauder im Herzen der großen Stadt. Das einzige erwähnenswerte Detail wäre die Tatsache, dass sie nicht ihre Latzhose trug. Es war ein ungewöhnlich warmer Tag, und Nancy trug eine Jeans und ein weißes Baumwoll-T-Shirt. Da sie das Hemd in die Hose gesteckt hatte, konnte ich sehen, dass ihr Bauch flach war. Das bedeutete natürlich nicht, dass sie nicht schwanger war, aber selbst wenn sie sich im ersten oder zweiten Monat befand, hatte sie die Latzhose am Freitag jedenfalls nicht getragen, um ihren Bauch zu verbergen. Ich nahm mir vor, Tom bei nächster Gelegenheit davon zu erzählen.

Am Montag ging ich als Erstes zur Post und schickte Rachel die Kette, zusammen mit einer kleinen Nachricht *(Ich denke an dich – Alles Liebe, Dad)*, aber gegen neun Uhr abends begann ich mir Sorgen zu machen. Meinen Brief an sie hatte ich am Dienstagabend abgeschickt. Angenommen, er hatte seine Reise am frühen Mittwochmorgen angetreten, hätte er bis Samstag bei ihr eintreffen müssen – spätestens am Montag. Meine Tochter war nie eine große Briefschreiberin gewesen (sie kommunizierte hauptsächlich per E-Mail, aber so etwas hatte ich nicht), und daher rechnete ich damit, dass sie anrufen würde. Samstag und Sonntag waren bereits vergangen, ohne dass sie sich gemeldet hatte, also musste ihr Anruf ja wohl am Montag kommen. Irgendwann nach sechs Uhr abends, wenn sie von der Arbeit nach Hause kam und meinen Brief gelesen hatte. Ganz gleich, wie sehr ich sie gekränkt haben mochte, hielt ich es für unvorstellbar, dass Rachel auf meine Zeilen nicht reagieren könnte. Ich saß in meiner Wohnung und wartete auf das Läuten des Telefons, aber bis neun hatte sich nichts getan. Selbst wenn sie beschlossen hatte, erst nach dem Essen anzurufen, war es jetzt schon reichlich spät. Ein wenig verzweifelt, ein wenig besorgt, mehr als ein wenig verwirrt darüber, wie verzweifelt und besorgt ich war, brachte ich endlich den Mut auf, ihre Nummer zu wählen. Niemand da. Der Anrufbeantworter klickte nach dem vierten Klingeln, aber ich legte noch vor dem Piepton auf.

Dasselbe am Dienstag.

Dasselbe am Mittwoch.

Da mir nichts Besseres einfiel, beschloss ich, Edith anzurufen und sie zu fragen, was da los war. Sie und Rachel hatten regelmäßigen Kontakt, und wenngleich es mich beklommen machte, mit meiner Ex reden zu müssen, bestand doch kein Grund zu der Annahme, dass sie mir eine offene Antwort verweigern würde. Ex ist das Entscheidende, wie Harry es so beredt formuliert hatte. Kontakt zu meiner ehemaligen Gefährtin hatte ich inzwischen nur noch, wenn ich ihre Unterschrift auf den Rückseiten meiner entwerteten Unterhaltszahlungsschecks betrachtete. Im November 1998 hatte sie die Scheidung eingereicht, und einen Monat später, lange bevor das Urteil rechtskräftig wurde, wurde bei mir Krebs diagnostiziert. Zu ihrer Ehre sei gesagt, dass Edith mir erlaubte, so lange wie nötig im Haus zu bleiben, was erklärt, warum wir es erst so spät inseriert haben. Nach dem Verkauf erwarb sie von einem Teil ihres Geldes eine Eigentumswohnung in Bronxville – von der Rachel mir mit ihrer üblichen Vorliebe für anschauliche Ausdrucksweise erzählt hatte, sie sei «sehr nett». Außerdem hatte sie Fortbildungskurse an der Columbia besucht, war mindestens einmal nach Europa gereist und hatte, falls die Gerüchte zutrafen, eine Affäre mit einem alten Freund von uns angefangen, dem Rechtsanwalt Jay Sussman. Seine Frau war zwei Jahre zuvor gestorben, und da er schon immer auf Edith scharf gewesen war (Ehemänner sind darauf geeicht, so etwas zu bemerken), war es nur natürlich, dass er sich an sie heranmachte, sobald ich vom Schauplatz abgetreten war. Der lustige Witwer und die fröhliche Geschiedene. Na, schön für die beiden. Jay ging freilich schon auf die siebzig zu, aber was sollte ich gegen ein Tango-Dinner für zwei oder ein gelegentliches Schäferstündchen einzuwenden haben? Um ganz offen zu sein, ich selbst hätte auch nichts dagegen gehabt.

«Hallo, Edith», sagte ich, als sie sich meldete. «Hier spricht der Geist der vergangenen Weihnacht.»

«Nathan?» Sie schien überrascht, von mir zu hören – und auch ein wenig entrüstet.

«Tut mir Leid, wenn ich störe, aber ich brauche eine Information, und du bist die Einzige, die sie mir geben kann.»

«Das ist jetzt nicht einer deiner schlechten Scherze?»

«Schön wär's.»

Sie stöhnte laut in den Hörer. «Ich hab zu tun. Also mach schnell, okay?»

«Du hast Gäste, nehme ich an?»

«Nimm an, was du willst. Ich bin dir keine Auskunft schuldig.» Sie stieß ein seltsames, schrilles Lachen aus – ein Lachen, das so bitter war, so triumphierend, so voller schwelender, widerstreitender Gefühle, dass ich es mir kaum zu deuten wusste. Das Lachen einer befreiten Exfrau vielleicht. Das letzte Lachen.

«Nein, natürlich nicht. Du kannst tun, was du willst. Ich bitte dich nur um eine Information.»

«Worum geht es?»

«Um Rachel. Ich versuche seit Montag, sie zu erreichen, aber sie ist anscheinend nicht zu Hause. Ich möchte mich nur vergewissern, dass mit ihr und Terrence alles in Ordnung ist.»

«Du bist so ein Idiot, Nathan. Was weißt du eigentlich?»

«Nichts, wie es aussieht.»

«Die beiden sind am zwanzigsten Mai nach England gereist und kommen erst am fünfzehnten Juni wieder. Semesterferien an der Rutgers. Rachel hatte eine Einladung nach London, um dort auf einer Konferenz einen Vortrag zu halten, und jetzt sind sie bei Terrences Eltern in Cornwall.»

«Davon hat sie mir kein Wort erzählt.»

«Warum sollte sie dir auch was erzählen?»

«Weil sie meine Tochter ist, darum.»

«Wenn du dich mehr wie ihr Vater aufführen würdest, würde sie es vielleicht tun. Das war mies von dir, Nathan, wie du sie angefahren hast. Wer gibt dir das Recht dazu? Sie war so gekränkt ... so ungeheuer gekränkt.»

«Ich hab sie angerufen, um mich zu entschuldigen, aber sie hat einfach aufgelegt. Jetzt habe ich ihr einen langen Brief geschrieben. Ich versuche ja, den Schaden wieder gutzumachen, Edith. Ich liebe sie doch, das weißt du.»

«Dann fall auf die Knie und bettle um Gnade. Aber erwarte nicht, dass ich dir helfe. Meine Tage als Vermittlerin sind vorbei.»

«Ich bitte dich nicht um Hilfe. Aber falls sie mal aus England anruft, könntest du vielleicht erwähnen, dass sie zu Hause ein Brief erwartet. Und eine Halskette.»

«Vergiss es, Mann. Ich sage kein Wort. Kein gottverdammtes Wort. Kapiert?»

So viel zum Mythos von Toleranz und gutem Willen unter geschiedenen Paaren. Als das Gespräch beendet war, hatte ich nicht übel Lust, in den nächsten Zug nach Bronxville zu springen und Edith mit bloßen Händen zu erwürgen. Andererseits war mir zum Kotzen. Aber das musste ich dem alten Mädchen lassen: Ihr Zorn war so heftig gewesen, so sengend in seiner Aggressivität und Verachtung, dass er mir tatsächlich zu einem Entschluss verhalf. Ich würde sie nie mehr anrufen. Nie mehr, bis an mein Lebensende nicht. Unter keinen Umständen. Die Scheidung hatte uns vor dem Gesetz voneinander gelöst, die Ehe getrennt, die uns so viele Jahre zusammengehalten hatte, aber trotzdem hatten wir noch etwas gemeinsam, und da wir beide lebenslänglich Rachels Eltern sein würden, hatte ich angenommen, diese Verbindung würde dafür sorgen, dass wir nicht in einen Zustand dauerhafter Feindschaft geraten konnten. Aber jetzt nicht mehr. Dieses Telefonat war das Ende, und von jetzt an wäre Edith nur noch ein Name für mich – fünf kleine Buchstaben, die für eine Person standen, die es nicht mehr gab.

Tags darauf, am Donnerstag, aß ich allein zu Mittag. Tom und Harry waren in Manhattan und verhandelten mit der Witwe eines kürzlich verstorbenen Schriftstellers über die von ihm hinterlassenen Bücher. Tom hatte erzählt, dieser Schriftsteller habe anscheinend jeden wichtigen Autor der vergangenen fünfzig Jahre gekannt, seine Regale seien voll gestopft mit Büchern, die seine berühmten Freunde ihm signiert oder gewidmet hatten. Solche so genannten «Widmungsexemplare» seien bei Sammlern sehr begehrt, sagte Tom, und erzielten daher stets gute Preise. Ausflüge dieser Art, sagte er, gefielen ihm an seiner Arbeit für Harry am besten. Sie erlaubten ihm nicht nur, den engen Bezirk seines Arbeitsplatzes in Brooklyn zu verlassen, sondern gäben ihm auch die Möglichkeit, seinen Chef in Aktion zu erleben. «Er zieht eine ziemliche Show ab», sagte er. «Redet unaufhörlich. Feilscht unaufhörlich. Schmeichelt, verunglimpft, säuselt – ein Feuerwerk von Tricks und Täuschungsmanövern. Ich glaube nicht an die Reinkarnation, aber wenn ich es täte, würde ich schwören, dass er in einem früheren Leben ein marokkanischer Teppichhändler war.»

Mittwoch war Marinas freier Tag. Ohne Toms Begleitung freute ich mich besonders darauf, sie am Donnerstag zu sehen, aber als ich um ein Uhr den Cosmic Diner betrat, war sie nicht da. Ich sprach mit Dimitrios, dem Betreiber des Restaurants, und erfuhr von ihm, dass sie sich am Morgen telefonisch krank gemeldet hatte und wahrscheinlich die nächsten Tage nicht kommen würde. Es war geradezu lächerlich, wie sehr mich das niederschlug. Nach der Standpauke, die meine Exfrau mir am Abend zuvor gehalten hatte, musste ich meinen Glauben an das weibliche Geschlecht dringend wieder aufrichten, und wer konnte mir dabei besser helfen als die sanftmütige Marina Gonzalez? Auf dem Weg zum Restaurant hatte ich mir ausgemalt, dass sie die Halskette tragen würde (wie sie es am Montag und Dienstag getan hatte) und dass allein ihr Anblick Balsam für meine Seele wäre. Nun also setzte ich mich schweren Herzens an einen freien Tisch und gab meine Bestellung bei Dimitrios auf, der meine abwesende Liebe vertreten musste. Wie immer hatte ich ein Buch in der Jackentasche (*Zenos Gewissen*, das ich mir auf Toms Empfehlung angeschafft hatte), und da ich an diesem Tag niemanden zum Reden hatte, schlug ich Svevos Roman auf und begann zu lesen.

Nach zwei Absätzen klopfte der Ärger bei mir an die Tür. Ich habe bereits fünfzehn oder zwanzig Seiten zuvor darauf angespielt, und jetzt, da der Augenblick gekommen ist, wo ich davon zu sprechen habe, schaudert es mich bei der Erinnerung daran. Diese Person, dieses Etwas, das ich Ärger nenne, dieser Albtraum, der sich aus den Tiefen des Nichts erhob, erschien in Gestalt eines dreißigjährigen UPS-Boten, muskulös, gut gebaut und mit Zorn in den Augen. Nein, *Zorn* erfasst nicht ganz, was ich in dieser Miene sah. *Rage* trifft es vielleicht genauer, oder *Raserei*, wenn nicht gar *mörderische Wut*. Wie auch immer, als er ins Restaurant gestürmt kam und mit lauter, hitziger Stimme von Dimitrios zu wissen verlangte, ob Nathan da sei, Nathan Glass, war mir sofort klar, dass dieser personifizierte Ärger den Namen Roberto Gonzalez trug. Ebenso wusste ich, dass die Kette nicht mehr in der Kasse lag. Die arme Marina hatte vergessen, sie abzunehmen, als sie am Dienstagabend nach

Hause ging. Ein kleiner Fehler, mag sein, aber ich musste unwillkürlich daran denken, wie sie das Wort *bumm* benutzt hatte, als sie mein Geschenk abzulehnen versuchte, und als ich das mit Dimitrios' Erklärung zusammenhielt, dass sie «die nächsten Tage nicht kommen» werde, konnte ich mich nur noch fragen, wie übel dieser Mistkerl sie zusammengeschlagen hatte.

Marinas Mann pflanzte sich auf die Bank mir gegenüber und beugte sich über den Tisch. «Sind Sie Nathan?», fragte er. «Nathan Drecksau Glass?»

«Richtig», sagte ich. «Aber mein zweiter Vorname ist nicht Drecksau. Sondern Joseph.»

«Okay, Klugscheißer. Warum hast du das getan?»

«Was denn?»

Er griff in seine Tasche und knallte die Kette auf den Tisch. «Das.»

«Das war ein Geburtstagsgeschenk.»

«Für meine Frau.»

«Ja. Für Ihre Frau. Was ist schon dabei? Marina serviert mir jeden Tag das Mittagessen. Sie ist eine wunderbare Frau, und ich wollte ihr meinen Dank erweisen. Trinkgeld bekommt sie auch jedes Mal von mir. Betrachten Sie die Kette einfach als ein besonders großes Trinkgeld.»

«So was tut man nicht, Mann. Man macht nicht mit verheirateten Frauen rum.»

«Ich mache nicht mit ihr rum. Ich habe ihr nur ein Geschenk gemacht, nichts weiter. Ich bin so alt, ich könnte ihr Vater sein.»

«Einen Schwanz hast du aber, ja? Und Eier bestimmt auch.»

«Als ich das letzte Mal nachgesehen habe, war noch alles da.»

«Ich warne dich, Mister. Finger weg von Marina. Die

Schlampe gehört mir, und ich bring dich um, wenn du sie noch einmal anquatschst.»

«Sagen Sie nicht Schlampe zu ihr. Sie ist eine Frau. Und Sie haben verdammtes Glück, mit ihr verheiratet zu sein.»

«Ich sage zu ihr, was ich will, Arschloch. Und das hier», sagte er, hob das Goldkettchen auf und ließ es vor meinen Augen baumeln, «diesen Scheiß kannst du morgen zum Frühstück essen.» Er packte es mit beiden Händen und riss es mit einem scharfen Ruck entzwei. Einige Perlen glitten von der Kette und sprangen auf dem Resopaltisch herum; andere blieben an seiner Handfläche kleben, und als er aufstand, schleuderte er sie mir ins Gesicht. «Das nächste Mal bring ich dich um!», brüllte er und stach wie eine geistesgestörte Marionette mit dem Finger auf mich ein. «Finger weg von ihr, du Schwein, oder du bist tot!»

Inzwischen starrten alle im Restaurant uns an. Es geschah nicht jeden Tag, dass man sich zum Essen setzte und ein solch fesselndes Schauspiel geboten bekam, aber nachdem Gonzalez mir Bescheid gestoßen hatte, schien die Sache beendet. Dachte ich jedenfalls. Er hatte sich bereits von mir abgewandt und stapfte in Richtung Ausgang, aber der Weg zwischen den Tischen war eng, und bevor er endgültig verschwinden konnte, hatte sich der breite Hüne Dimitrios vor ihm aufgebaut. Damit begann der zweite Akt. In die Enge getrieben, noch wutentflammt und völlig überreizt, kreischte Gonzalez mit sich überschlagender Stimme: «Diesen Drecksack lässt du hier nicht mehr rein!» (Er meinte mich.) «Du lässt ihn nicht mehr hier rein, oder Marina arbeitet hier nicht mehr. Sie kündigt!»

«Dann kündigt sie eben», sagte der Inhaber des Cosmic Diner. «Das ist mein Restaurant, und ich lasse mir von niemand sagen, was ich in *meinem Restaurant* zu tun habe. Ohne meine Kundschaft habe ich nichts. Also schwing deinen Arsch hier raus und sag Marina, sie ist gefeuert. Ich will sie nicht mehr sehen. Und du – wenn du dich nochmal hier blicken lässt, hol ich die Polizei.»

Nun kam es zu einer kleinen Schubserei, aber so kräftig und muskulös Gonzalez auch sein mochte, Dimitrios war einfach eine Nummer zu groß für ihn, und so suchte Marinas Mann nach einem abschließenden Hin und Her von Drohungen und Gegendrohungen dann endlich das Weite. Der Idiot hatte seine Frau um ihren Job gebracht. Aber was für mich noch schwerer wog – sehr viel schwerer: Ich würde sie wahrscheinlich nie wiedersehen.

Als die Ruhe im Lokal wiederhergestellt war, kam Dimitrios an meinen Tisch und setzte sich. Er bat um Entschuldigung für die Störung und sagte, mein Essen ginge diesmal aufs Haus, doch als ich ihn zu überreden versuchte, Marina nicht rauszuschmeißen, blieb er hart. Die Nummer mit der Kette in der Kasse habe er gern mitgemacht, aber Geschäft sei Geschäft, sagte er, und obwohl er «verdammt viel» von Marina halte, sei ihm die Sache mit ihrem durchgeknallten Ehemann zu brenzlig. Dann sagte er etwas, das mich traf wie ein Brandeisen. «Machen Sie sich keine Gedanken», sagte er. «Das ist nicht Ihre Schuld.»

Aber es war meine Schuld. Die Verantwortung für diese Schweinerei lag bei mir, und ich konnte für das, was ich der armen Marina angetan hatte, nur Abscheu vor mir selbst empfinden. Sie hatte das Geschenk instinktiv nicht annehmen wollen. Sie kannte ihren Mann, aber statt mir ihre Worte zu Herzen zu nehmen, hatte ich sie gezwungen, die Kette zu behalten, und diese Dummheit, diese riesengroße Dummheit hatte den ganzen Ärger heraufbeschworen. Der Teufel soll mich holen, dachte ich, er soll mich in die Hölle stoßen und tausend Jahre schmoren lassen.

Das war meine letzte Mahlzeit im Cosmic Diner. Bei

meinen Spaziergängen auf der Seventh Avenue komme ich immer noch täglich daran vorbei, aber bis heute habe ich nicht den Mut gefunden, wieder dort einzukehren.

KRUMME TOUREN

Am Abend dieses Donnerstags traf ich mich mit Harry in Mike & Tony's Steak House an der Kreuzung Fifth Avenue und Carroll Street. In diesem Restaurant hatte er Tom zwei Monate zuvor seine beunruhigenden Geständnisse gemacht, und er schlug es wohl deswegen vor, weil er sich dort wohl fühlte. Die vordere Hälfte des Lokals war eine einfache Kneipe, wo man geradezu aktiv zum Rauchen von Zigaretten und Zigarren ermuntert wurde und auf einem großen, an der Wand neben dem Eingang angebrachten Fernseher Sportübertragungen verfolgen konnte. Durchquerte man diesen Raum und öffnete die mit dicken Scheiben verglaste Doppeltür, fand man sich in einer vollkommen anderen Umgebung wieder. Das Restaurant bei Mike & Tony's war ein kleines Zimmer, mit Teppichen auf dem Boden, Bücherregalen, ein paar Schwarzweißfotos an der Wand und acht bis zehn Tischen. Mit anderen Worten: ein stilles, intimes Plätzchen, das noch den zusätzlichen Vorteil einer leidlichen Akustik bot, die einem erlaubte, sich selbst mit gedämpfter Stimme vernehmlich zu machen. Für Harry war dieses gemütliche Zimmer offenbar so etwas wie ein Beichtstuhl. Auf alle Fälle schüttete er hier gern sein Herz aus – erst Tom und jetzt mir.

Er konnte nicht wissen, dass mir von seinem Leben in der Zeit vor Brooklyn mehr als ein paar grobe Fakten bekannt waren: geboren in Buffalo, Exmann von Bette, Vater von Flora, Gefängnisstrafe. Er wusste nichts davon, dass ich von Tom bereits eine Menge Einzelheiten erfahren hatte, und ich hatte nicht vor, ihm das mitzuteilen. Also stellte ich mich ahnungslos, als Harry mir von der längst bekannten Gaunerei mit den Alec-Smith-Bildern und seinem Zerwürfnis mit Gordon Dryer erzählte. Anfangs begriff ich gar nicht, warum er mir das alles anvertraute. Was hatte das mit seinem aktuellen Geschäft zu tun? Ich grübelte hin und her, und als ich zu keinem Ergebnis kam, fragte ich Harry schließlich ganz direkt danach. «Nur Geduld», sagte er. «Das wird dir schon noch klar werden.»

Zu Beginn unserer Mahlzeit sagte ich nicht viel. Der Eklat am Mittag im Cosmic Diner hatte mich schwer erschüttert, und während Harry mit seiner Geschichte vorankam, schweiften meine Gedanken immer wieder zu Marina, ihrem schwachsinnigen Ehemann und der Kette von Ereignissen ab, die mich dazu gebracht hatten, der S. p. M. diesen verfluchten Tinnef abzukaufen. Aber Toms Boss war an diesem Abend gut in Form, und unterstützt von einem Scotch vor dem Essen und dem Wein, den ich zu meinen Blue-Point-Austern trank, kam ich allmählich aus meiner finsteren Laune heraus und konzentrierte mich auf die Gegenwart. Harrys Bericht von seinen Chicagoer Verbrechen deckte sich mit dem, was Tom mir erzählt hatte, von einer denkwürdigen und amüsanten Ausnahme einmal abgesehen. Bei Tom war Harry weinend zusammengebrochen; von Reue überwältigt, hatte er mit sich gehadert, weil er seine Ehe, seine Existenz, seinen Namen ruiniert hatte. Bei mir hingegen zeigte er keine Spur von Reue, prahlte vielmehr mit dem großartigen Coup, den er volle zwei Jahre lang durchgezogen hatte, und betrachtete sein Abenteuer in der Welt der Kunstfälscher rückblickend als eine der schönsten Phasen seines Lebens. Wie war dieser radikale Wandel zu erklären? Hatte er Tom etwas vorgemacht, um sein Mitgefühl und Verständnis zu gewinnen? Oder war diese erste

Beichte, unmittelbar nach Floras unheilvollem Besuch in Brooklyn, eine echte Herzensergießung gewesen? Schon möglich. Jeder Mann hat mehrere Seelen in seiner Brust, und die meisten von uns fahren ständig von einer in die andere, ohne je genau zu wissen, wo sie gerade sind. Am einen Tag himmelhoch jauchzend, am nächsten zu Tode betrübt; mürrisch und wortkarg am Morgen, munter Witze reißend am Abend. Als er mit Tom gesprochen hatte, war Harry niedergeschlagen, und jetzt bei mir, belebt von seinen geschäftlichen Plänen, sprudelte er vor Tatendrang.

Unsere T-Bone-Steaks wurden gebracht, wir gingen zu einer Flasche Roten über, und dann machte Harry der Spannung endlich ein Ende. Er hatte mich ja schon auf eine Überraschung vorbereitet, aber selbst wenn ich hundertmal hätte raten dürfen, wäre ich niemals auf die verblüffende Neuigkeit gekommen, die er jetzt in aller Seelenruhe verkündete.

«Gordon ist wieder da», sagte er.

«Gordon», wiederholte ich, so perplex, dass mir nichts anderes einfiel. «Du meinst Gordon Dryer?»

«Gordon Dryer. Mein alter Gefährte in Sünde und Übermut.»

«Wie hat er dich denn bloß aufgespürt?»

«Du sagst das, als sei das etwas Schlechtes, Nathan. Ist es aber nicht. Ich bin sehr, sehr glücklich.»

«Nach dem, was du ihm angetan hast, würde ich annehmen, dass er dich umbringen will.»

«Das habe ich zuerst auch gedacht, aber das alles ist längst ausgestanden. Der Groll, die Verbitterung. Der arme Kerl hat sich in meine Arme geworfen und mich um Vergebung angefleht. Kannst du dir das vorstellen? Er wollte, dass *ich ihm* vergebe.»

«Aber du hast ihn doch ins Gefängnis gebracht.»

«Sicher, aber der Plan für das Ganze stammte ja von ihm. Wenn er das nicht ins Rollen gebracht hätte, wäre keiner von uns in den Bau gewandert. Das wirft er sich vor. Er hat in den Jahren viel nachgedacht, und er sagt, am Ende habe er die Vorstellung nicht mehr aushalten können, dass ich denken könnte, er sei deswegen immer noch sauer auf mich. Gordon ist kein Kind mehr. Er ist jetzt siebenundvierzig und seit den Chicagoer Zeiten sehr viel erwachsener geworden.»

«Wie viele Jahre hat er im Gefängnis gesessen?»

«Dreieinhalb. Dann ist er nach San Francisco und hat wieder zu malen angefangen. Leider ziemlich erfolglos. Er hat sich mit Zeichenunterricht und anderen Gelegenheitsjobs über Wasser gehalten, und dann hat er sich in einen Mann verliebt, der in New York lebt. Deswegen ist er jetzt in der Stadt. Er ist aus San Francisco weg und Anfang letzten Monats bei ihm eingezogen.»

«Und der Mann hat Geld, nehme ich an.»

«Einzelheiten sind mir nicht bekannt. Aber ich vermute, er verdient genug, dass es für sie beide reicht.»

«Gordon, der Glückspilz.»

«Na ja, geht so. Wenn man bedenkt, was er alles durchgemacht hat. Dazu kommt noch, dass er mich liebt. Er mag seinen Freund schon sehr, aber mich liebt er. Und ich liebe ihn auch.»

«Ich möchte mich ja nicht in dein Privatleben einmischen – aber was ist mit Rufus?»

«Rufus habe ich sehr gern, aber unsere Beziehung ist rein platonisch. Wir kennen uns seit vielen Jahren, haben aber noch nie eine Nacht miteinander verbracht.»

«Und mit Gordon ist es anders.»

«Ganz anders. Auch wenn er nicht mehr der Jüngste ist, ist er immer noch ein sehr schöner Mann. Ich kann dir nicht sagen, wie gern ich ihn habe. Wir sehen uns nicht oft, und du weißt ja, wie das mit heimlichen Affären ist. Immer muss man lügen, alles ist so kompliziert. Aber wenn wir uns dann mal sehen, ist der alte Funke noch da. Ich hatte gedacht, das alles hätte ich hinter mir, das sei vorbei, aber Gordon hat mich wieder verjüngt. Nackte Haut, Nathan. Das ist das Einzige, wofür es sich zu leben lohnt.»

«Vielleicht nicht das Einzige, aber ich stimme dir zu.»

«Wenn dir noch was Besseres einfällt, sag mir Bescheid.»

«Wollten wir nicht eigentlich über Geschäfte reden?»

«Genau das tun wir ja. Gordon ist daran beteiligt. Wir machen das zusammen.»

«Schon wieder?»

«Der Plan ist phantastisch. So brillant, dass ich jedes Mal eine Gänsehaut kriege, wenn ich daran denke.»

«Warum habe ich nur das verrückte Gefühl, dass ich gleich wieder etwas von einem Betrug erfahren werde? Ist die Sache gesetzlich oder ungesetzlich?»

«Ungesetzlich, natürlich. Wo bleibt der Spaß, so ganz ohne Risiko?»

«Du bist unverbesserlich, Harry. Nach allem, was du erlebt hast, hätte ich geglaubt, dass du den Pfad der Tugend bis an dein Lebensende nicht mehr verlassen willst.»

«Ich hab's ja versucht. Neun lange Jahre hab ich's versucht, aber es hat keinen Sinn. Ich hab einen kleinen Teufel in mir drin, und wenn ich den nicht ab und zu rauslasse, damit er was anstellen kann, wird es mir einfach zu langweilig. Und ich langweile mich nun mal nicht gern. Ich bin leicht zu begeistern, und je gefährlicher ich lebe, desto glücklicher bin ich. Manche Leute spielen Karten. Andere klettern auf Berge oder springen aus Flugzeugen. Ich gehe gern auf Bauernfang. Ich möchte wissen, was ich mir alles erlauben kann. Schon als Kind habe ich davon geträumt, eine Enzyklopädie herauszubringen, in der nur falsche Informationen stehen. Falsche Daten für die historischen Ereignisse, falsche Ortsangaben für die Flüsse, Biographien von Leuten, die es nie gegeben hat. Was für einer muss man sein, um sich so was auszudenken? Ein Verrückter, schon möglich, aber was habe ich bei dieser Vorstellung immer gelacht! Als ich bei der Marine war, bin ich beinahe vors Kriegsgericht gekommen, weil ich ein paar nautische Karten falsch beschriftet hatte. Natürlich mit Absicht. Ich weiß nicht warum; das ist einfach so über mich gekommen, ich konnte nicht anders. Ich habe meinen befehlshabenden Offizier davon überzeugen können, dass es bloß ein Versehen war, aber das war es nicht. So bin ich nun mal, Nathan. Ich bin großzügig, ich bin freundlich, ich bin loyal, aber ich bin auch der geborene Scherzbold. Vor ein paar Monaten hat Tom mir von einer Theorie zur klassischen Literatur erzählt, die jemand sich ausgedacht hat. Das sei alles Schwindel, sagt er. Aischylos, Homer, Sophokles, Plato, alle miteinander. Alles Erfindungen von cleveren italienischen Renaissancedichtern. Hast du jemals schon so was Wunderbares gehört? Die großen Säulen der westlichen Zivilisation, und jeder Einzelne von ihnen eine Fälschung. Ha! Bei dem Jux hätte ich nur zu gerne mitgemacht.»

«Und worum geht es diesmal? Wieder um gefälschte Bilder?»

«Nein, ein gefälschtes Manuskript. Schließlich handle ich jetzt mit Büchern.»

«Gordons Idee, nehme ich an.»

«Nun, ja. Er ist ungeheuer klug, und er kennt meine Schwächen.»

«Bist du sicher, dass du mir davon erzählen willst? Woher willst du wissen, ob du mir trauen kannst?»

«Weil du ein Mann von Diskretion und Ehre bist.»

«Wie kommst du darauf?»

«Weil du Toms Onkel bist. Und der ist ebenfalls ein Mann von Diskretion und Ehre.»

«Und warum erzählst du Tom dann nichts davon?»

«Tom ist zu unschuldig. Er ist zu gut, er ist kein Geschäftsmann. Du kennst dich aus, Nathan, ich baue auf deine Erfahrung und verspreche mir ein paar kluge Ratschläge von dir.»

«Mein Rat wäre, die ganze Aktion abzublasen.»

«Das kann ich nicht machen. Die Sache ist jetzt schon so weit fortgeschritten, dass ich nicht mehr zurückkann. Und außerdem will ich das auch nicht.»

«Na schön. Aber wenn dir alles um die Ohren fliegt, sag nicht, dass ich dich nicht gewarnt habe.»

«*Der scharlachrote Buchstabe.* Den Titel kennst du ja wohl?»

«Ich hab das Buch im dritten Jahr auf der High School gelesen. Bei Miss O'Flaherty, vierte Stunde.»

«Da haben wir es wahrscheinlich alle gelesen, stimmt's? Ein amerikanischer Klassiker. Eines der berühmtesten Bücher aller Zeiten.»

«Willst du mir sagen, du und Gordon, ihr wollt ein Manuskript von *Der scharlachrote Buchstabe* fälschen? Es gibt doch Hawthornes Original!»

«Das ist ja das Schöne. Hawthornes Manuskript ist verschollen. Bis auf das Titelblatt, das in einem Tresor der Morgan Library liegt. Aber niemand weiß, was aus dem Rest des Buches geworden ist. Manche glauben, es wurde verbrannt, entweder von Hawthorne selbst oder bei einem Lagerhausbrand. Andere sagen, die Drucker haben die Bögen einfach auf den Müll geworfen – oder sich damit ihre Pfeifen angezündet. Das ist meine Lieblingsversion. Ein bunter Haufen Bostoner Druckereiarbeiter, die sich ihre Maiskolbenpfeifen mit dem *Scharlachroten Buchstaben* anzünden. Aber egal, was wirklich passiert ist, das alles ist so unsicher, dass man sich genauso gut vorstellen kann, das Manuskript existiere noch. Irgendwo falsch einsortiert. Zum Beispiel könnte Hawthornes Verleger, James T. Fields, es mit nach Hause genommen und zu anderen Papieren in eine Schachtel gelegt haben. Irgendwann landet die Schachtel auf dem Dachboden. Jahre später erben Fields' Kinder die Schachtel, oder sie bleibt im Haus, und als das Haus verkauft wird, geht sie in den Besitz der neuen Eigentümer über. Verstehst du, worauf ich hinauswill? Es gibt genug Zweifel und Rätsel, die das Fundament einer sensationellen Entdeckung bilden könnten. So was passiert ja. Vor einigen Jahren sind Melvilles Briefe und Manuskripte in einem Haus in Upstate New York aufgetaucht. Und wenn Melvilles Papiere wieder auftauchen können, warum nicht auch die von Hawthorne?»

«Wer fälscht das Manuskript? Gordon ist dafür doch wohl nicht geeignet, oder?»

«Nein. Er ist derjenige, der es entdecken wird, aber die eigentliche Arbeit wird von einem Mann namens Ian Metropolis gemacht. Gordon hat im Gefängnis von ihm gehört, er scheint ein echtes Ass zu sein, ein Genie. Er hat Lincoln gefälscht, Poe, Washington Irving, Henry James, Gertrude Stein und weiß Gott wen sonst noch alles, und in all den Jahren ist er nicht ein einziges Mal erwischt worden. Keine Vorstrafen, kein Verdacht. Ein Schattenmensch, der im Verborgenen lauert. Das ist eine vielschichtige, anspruchsvolle Arbeit, Nathan. Zunächst einmal muss das richtige Papier gefunden werden – Papier aus der Mitte des 19. Jahrhunderts, das auch Röntgenstrahlen und UV-Licht standhält. Dann muss man sämtliche existierenden Manuskripte Hawthornes untersuchen und seine Handschrift imitieren lernen – die übrigens ziemlich schlampig war, manchmal kaum zu entziffern. Aber die Beherrschung dieses technischen Aspekts ist noch längst nicht alles. Es genügt ja nicht, sich mit einer Ausgabe von *Der scharlachrote Buchstabe* hinzusetzen und das Ganze mit der Hand abzuschreiben. Man muss sämtliche Macken Hawthornes kennen, seine Fehler, seinen eigenwilligen Gebrauch von Bindestrichen, die Wörter, die er regelmäßig falsch geschrieben hat. *Ceiling* war immer *cieling*; *steadfast* war immer *stedfast*; *subtle* war immer *subtile*. Wenn Hawthorne *Oh* schrieb, machten die Setzer *O* daraus. Und so weiter und so fort. Das alles verlangt viel Vorbereitung und harte Arbeit. Aber das ist es wert, mein Freund. Ein komplettes Manuskript dürfte drei bis vier Millionen Dollar erzielen. Gordon hat mir für meine Dienste fünfundzwanzig Prozent angeboten, mit anderen Worten, es geht für mich um fast eine Million. Kein Pappenstiel, oder?»

«Und was sollst du für deine fünfundzwanzig Prozent machen?»

«Das Manuskript verkaufen. Ich bin der kleine, aber angesehene Antiquar, der mit seltenen Büchern, Handschriften und literarischen Kuriositäten handelt. Dadurch wird das Projekt erst glaubwürdig.»

«Hast du denn schon einen Käufer aufgetrieben?»

«Genau da fangen meine Sorgen an. Mein Vorschlag war, es entweder direkt an eine Bibliothek hier in der Stadt zu verkaufen – die Berg Collection, die Morgan, die Columbia University – oder es von Sotheby's versteigern zu lassen. Aber Gordon will es unbedingt einem Privatsammler andrehen. Er sagt, es ist sicherer, die Sache nicht publik werden zu lassen, und das kann ich natürlich nachvollziehen. Trotzdem frage ich mich, ob er nicht doch Zweifel an Metropolis' Arbeit hat.»

«Und was sagt Metropolis dazu?»

«Keine Ahnung. Ich habe ihn noch nie gesehen.»

«Du beteiligst dich an einem Vier-Millionen-Dollar-Betrug mit einem Mann, den du noch nie gesehen hast?»

«Er lässt niemanden in seine Nähe. Nicht einmal Gordon. Das wird alles telefonisch abgewickelt.»

«Das hört sich aber gar nicht gut an, Harry.»

«Ja, ich weiß. Für meinen Geschmack ist das auch ein bisschen zu viel Heimlichtuerei. Trotzdem, es scheint jetzt voranzugehen. Wir haben einen Käufer gefunden, und vor zwei Wochen haben wir ihm eine Probeseite geliefert. Ob du's glaubst oder nicht, er ist damit zu einer Reihe von Experten gegangen, und die haben alle die Echtheit bestätigt. Ich habe gerade einen Scheck über zehntausend Dollar von ihm bekommen. Als Anzahlung, damit wir das Manuskript nicht noch anderweitig anbieten. Die Transaktion soll abgeschlossen werden, wenn er nächsten Freitag aus Europa zurückkommt.»

«Und wer ist der Käufer?»

«Ein Wertpapierhändler, sein Name ist Myron Trumbell. Ich habe Erkundigungen über ihn eingezogen. Ein Aristokrat von der Park Avenue, der Mann schwimmt in Geld.»

«Wie ist Gordon auf ihn gestoßen?»

«Er ist ein Freund seines Freundes, des Mannes, mit dem Gordon jetzt zusammenlebt.»

«Den du auch noch nie gesehen hast.»

«Richtig. Und ich will ihn auch nicht sehen. Gordon und ich sind ein heimliches Liebespaar. Wozu sollte ich meinen Rivalen kennen lernen?»

«Ich glaube, du gehst da in eine Falle. Die wollen dich reinlegen.»

«Mich reinlegen? Wie meinst du das?»

«Wie viele Seiten des Manuskripts hast du gesehen?»

«Nur diese eine. Das Blatt, das ich Trumbell vor zwei Wochen gegeben habe.»

«Und wenn es mehr gar nicht gibt, Harry? Wenn es gar keinen Ian Metropolis gibt? Wenn Gordons neuer Freund sich als niemand anders als Myron Trumbell entpuppt?»

«Ausgeschlossen. Warum sollte jemand sich diese ganze Mühe machen ...»

«Aus Rache. Den Spieß umdrehen. Wie du mir, so ich dir. All die wunderbaren Dinge, für die der Mensch so berühmt ist. Ich fürchte, dein Gordon ist nicht das, wofür du ihn hältst.»

«Das ist mir zu finster, Nathan. Ich weigere mich, das zu glauben.»

«Hast du Trumbells Scheck eingezahlt?»

«Den habe ich vor drei Tagen zur Bank gebracht. Und ich habe bereits die Hälfte von dem Geld für einen Haufen neuer Kleider ausgegeben.»

«Schick das Geld zurück.»

«Das will ich nicht.»

«Wenn du nicht genug auf dem Konto hast, kann ich dir den Rest leihen.»

«Danke, Nathan, aber ich bin auf deine Barmherzigkeit nicht angewiesen.»

«Die haben dich an den Eiern, Harry, und du merkst es noch nicht mal.»

«Denk, was du willst, aber ich steig da jetzt nicht mehr aus. Ich mache weiter, egal was kommt. Wenn du mit Gordon Recht hast, ist mein Leben sowieso zu Ende. Also, was soll's? Und wenn du falsch liegst – und da bin ich mir ganz sicher –, lade ich dich nochmal zum Essen ein, und du kannst auf meinen Erfolg anstoßen.»

ES KLOPFT AN DIE TÜR

Samstags und sonntags konnte Tom ausschlafen. Harry hatte sein Geschäft zwar am Wochenende geöffnet, aber Tom brauchte nicht zu arbeiten, und da an diesen Tagen keine Schule war, wäre es sinnlos gewesen, früh aufzustehen. Die S. p. M. hätte nicht auf den Stufen vor ihrem Haus gesessen und auf den Bus gewartet, um ihre Kinder abzuholen, und ohne diese Verlockung, die ihn sonst aus dem warmen Bett gescheucht hätte, stellte er sich nicht einmal den Wecker. Die Jalousie zugezogen, den Körper im Schoßdunkel seines winzigen Heims eingerollt, schlief er so lange, bis seine Augen sich von allein öffneten oder, wie es oft geschah, bis irgendein Geräusch im Haus ihn aus dem Schlaf schreckte. Am Sonntag, dem 4. Juni (drei Tage nach meinem verhängnisvollen Zusammenstoß mit Roberto Gonzalez, dem das beunruhigende Gespräch mit Harry Brightman gefolgt war), wurde mein Neffe von einem Geräusch aus den Tiefen des Schlafs gerissen – in diesem Fall vom leisen, zaghaften Klopfen einer kleinen Hand an seiner Tür. Es war kurz nach neun, und als es Tom gelungen war, das Geräusch einzuordnen, als er sich aus dem Bett gewälzt hatte und durchs Zimmer gestolpert war, um die Tür aufzumachen, nahm sein Leben eine neue und verblüffende Wendung. Kurz gesagt, alles wurde anders für ihn, und erst jetzt, nach dieser mühsamen Vorarbeit, nach dieser gründlichen Vorbereitung des Bodens, kommt meine Chronik von Toms Erlebnissen so richtig in Fahrt.

Es war Lucy. Eine stille, neuneinhalb Jahre alte Lucy mit

kurzen dunklen Haaren und den runden, haselnussbraunen Augen ihrer Mutter, ein frühreifes, groß gewachsenes Mädchen in ausgefransten roten Jeans, abgewetzten weißen Turnschuhen und einem Kansas-City-Royals-T-Shirt. Kein Koffer, keine Jacke, keinen Pullover überm Arm, nur die Kleider an ihrem Leib. Tom hatte sie seit sechs Jahren nicht mehr gesehen, erkannte sie aber sofort. Irgendwie von Grund auf verändert, und doch genau wie früher – trotz einer vollständigen Reihe neuer Zähne, trotz des jetzt länglichen, schmaleren Gesichts, trotz der vielen Zentimeter, die sie gewachsen war. So stand sie vor der Tür, lächelte zu ihrem zerzausten, verschlafenen Onkel empor und musterte ihn mit jenem gespannten, ungerührten Ausdruck in den Augen, den er aus den alten Zeiten in Michigan so gut in Erinnerung hatte. Wo war ihre Mutter? Wo war der Mann ihrer Mutter? Warum war sie allein? Wie war sie hierher gekommen? Tom machte nach jeder Frage eine Pause, aber aus Lucys Mund kam kein einziges Wort. Er überlegte schon, ob sie etwa taub geworden wäre, aber als er sie fragte, ob sie sich an ihn erinnere, nickte sie immerhin. Tom breitete die Arme aus, und sie ließ sich bereitwillig von ihm umfangen, legte ihre Stirn an seine Brust und drückte sich, so fest sie konnte, an ihn. «Du hast bestimmt großen Hunger», sagte er schließlich, und dann zog er die Tür weit auf und ließ sie in den trostlosen Sarg eintreten, den er sein Zimmer nannte.

Er machte ihr eine Schale Cheerios, schenkte ihr ein Glas Orangensaft ein, und bis seine Kanne Kaffee durchgelaufen war, waren Glas und Schale bereits geleert. Er fragte, ob sie noch mehr wolle, und als sie lächelnd nickte, machte er ihr zwei Scheiben Toast, die sie mit Ahornsirup übergoss und in anderthalb Minuten hinunterschlang. Anfangs hielt Tom ihr Schweigen für ein Zeichen von Erschöpfung, Unruhe oder Hunger, von irgendetwas in dieser Richtung; Tatsache aber war, dass Lucy ganz und gar nicht müde aussah und sich in ihrer Umgebung vollkommen wohl zu fühlen schien, und nachdem sie das Essen verputzt hatte, konnte er auch den Hunger von der Liste streichen. Und doch beantwortete sie seine Fragen immer noch nur mit Schweigen. Ein gelegentliches Nicken oder Kopfschütteln, aber kein Wort, kein Ton, kein Versuch, die Zunge zu gebrauchen.

«Hast du das Sprechen verlernt, Lucy?», fragte Tom.

Kopfschütteln.

«Was ist mit deinem T-Shirt? Heißt das, du bist aus Kansas City gekommen?»

Keine Reaktion.

«Was möchtest du von mir? Ich kann dich nicht zu deiner Mutter zurückschicken, wenn du mir nicht sagst, wo sie wohnt.»

Keine Reaktion.

«Soll ich dir einen Bleistift und Papier geben? Wenn du nicht reden willst, könntest du mir deine Antworten vielleicht aufschreiben.»

Kopfschütteln.

«Willst du gar nicht mehr sprechen?»

Kopfschütteln.

«Gut. Das freut mich. Und wann darfst du wieder sprechen?»

Lucy dachte kurz nach und hob dann zwei Finger.

«Zwei. Aber zwei was? Zwei Stunden? Zwei Tage? Zwei Monate? Sag es mir, Lucy.»

Keine Reaktion.

«Geht es deiner Mutter gut?»

Nicken.

«Ist sie noch mit David Minor verheiratet?»

Noch ein Nicken.

«Warum bist du fortgelaufen? Behandeln sie dich nicht gut?»

Keine Reaktion.

«Wie bist du nach New York gekommen? Mit dem Bus?»

Nicken.

«Hast du die Fahrkarte noch?»

Keine Reaktion.

«Sieh mal in deinen Taschen nach. Vielleicht finden wir dort ja eine Antwort.»

Lucy durchwühlte gehorsam alle vier Taschen ihrer Jeans und zog hervor, was darin war, aber das brachte Tom auch nicht weiter. Hundertsiebenundfünfzig Dollar in bar, drei Streifen Kaugummi, sechs Vierteldollars, zwei Zehner, vier Cents und ein Zettel mit Toms Namen und Telefonnummer – aber keine Busfahrkarte, kein Hinweis darauf, wo ihre Reise begonnen hatte.

«Also schön, Lucy», sagte Tom. «Jetzt bist du hier. Und was hast du nun vor? Wo willst du leben?»

Lucy zeigte mit dem Finger auf ihren Onkel.

Tom lachte ungläubig auf. «Dann sieh dich mal gut um», sagte er. «Hier ist kaum Platz genug für einen. Wo willst du denn schlafen, Kleine?»

Ein Achselzucken, dann ein breites, immer entzückenderes Lächeln – als wollte sie sagen: *Warten wir's ab.*

Aber da gab es nichts abzuwarten, jedenfalls nicht für Tom. Er kannte sich mit Kindern nicht aus, und selbst wenn er in einer Zwölfzimmervilla gewohnt und einen ganzen Stab Dienstboten gehabt hätte, hätte er immer noch nicht das geringste Interesse daran gehabt, zum Ersatzvater seiner Nichte zu werden. Ein normales Kind wäre schon schwierig genug gewesen, aber ein Kind, das sich weigerte, zu sprechen, und hartnäckig keinerlei Auskunft über sich gab, war schlichtweg ausgeschlossen. Und doch – was sollte er machen? Fürs Erste hatte er sie am Hals, und wenn er sie nicht dazu bringen konnte, ihm zu verraten, wo ihre Mutter steckte, würde er sie so bald auch nicht wieder los. Das bedeutete nicht, dass er Lucy nicht mochte oder ihm ihr Wohlergehen gleichgültig war; ihm war nur klar, dass sie an den Falschen geraten war. Von allen, die auch nur entfernt mit ihr zu tun hatten, war er der Schlechteste für diesen Job.

Auch mir lag nichts daran, mich um sie zu kümmern, aber immerhin hatte ich in meiner Wohnung ein zusätzliches Zimmer, und als Tom mich im Lauf des Vormittags anrief und mir (mit Panik in der Stimme, fast schon kreischend) von seiner misslichen Lage berichtete, erklärte ich mich bereit, sie aufzunehmen, bis wir eine Lösung für das Problem gefunden hätten. Kurz nach elf kamen die beiden bei mir in der First Street an. Lucy lächelte, als Tom sie ihrem Großonkel Nat vorstellte, und schien zufrieden den Begrüßungskuss entgegenzunehmen, den ich ihr auf den Scheitel setzte, doch es zeigte sich schnell, dass sie mit mir offenbar ebenso wenig reden wollte wie mit ihm. Ich hatte gehofft, ihr ein paar Worte entlocken zu können, aber sie antwortete nur mit Nicken oder Kopfschütteln, wie sie es auch schon bei Tom getan hatte. Eine seltsame, beunruhigende kleine Person. Ich war kein Fachmann für Kinderpsychologie, dennoch schien es mir sicher, dass physisch und psychisch alles mit ihr in Ordnung war. Keine Entwicklungshemmung, keine Anzeichen von Autismus, nichts Organisches, das ihre Kommunikation mit anderen beeinträchtigte. Sie sah einem offen in die Augen, verstand alles, was man sagte, und lächelte so oft und herzlich, dass es für zwei gereicht hätte. Was also war mit ihr? Hatte sie irgendein furchtbares Trauma erlitten, das ihr buchstäblich die Sprache verschlagen hatte? Oder hatte sie aus Gründen, die bis auf weiteres unerforschlich waren, ein Schweigegelübde abgelegt, sich freiwillig zum Stummsein verpflichtet, um ihre Willenskraft und ihren Mut auf die Probe zu stellen – ein Kinderspiel, dessen sie irgendwann überdrüssig werden würde? Ihr Gesicht und ihre Arme waren frei von Blutergüssen, aber ich nahm mir vor, sie möglichst bald zu einem Bad zu überreden, um mir auch den Rest ihres Körpers anzusehen. Nur um mich davon zu überzeugen, dass niemand sie geschlagen oder misshandelt hatte.

Ich setzte sie vor den Fernseher im Wohnzimmer und stellte ihr einen Sender an, der rund um die Uhr Trickfilme zeigte. Ihre Augen leuchteten auf, als sie die Zeichentrickfiguren über den Bildschirm purzeln sah – ihre Begeisterung schien mir ein Hinweis darauf, dass sie sonst nicht oft vor dem Fernseher saß, was mich wiederum an David Minor und seine strengen religiösen Grundsätze denken ließ. Hatte Auroras Mann den Fernseher aus dem Haus verbannt? Waren seine Überzeugungen so stark, dass er seine Adoptivtochter vor dem wahnsinnigen Karneval der amerikanischen Popkultur beschützen wollte – vor diesem gottlosen Schund und Schrott, der sich endlos aus jeder Bildröhre des Landes ergoss? Schon möglich. Solange Lucy uns nicht erzählte, wo sie lebte, würden wir nichts über Minor erfahren, und fürs Erste sagte sie kein einziges Wort. Tom hatte aus dem T-Shirt auf Kansas City geschlossen, aber da sie das weder bestätigt noch verneint hatte, wollte sie offenbar nicht, dass wir es erfuhren – einfach aus Angst, dass wir sie zurückschicken würden. Schließlich war sie von zu Hause weggelaufen, und glückliche Kinder laufen nun einmal nicht von zu Hause weg. So viel war sicher, ob es bei ihr zu Hause einen Fernseher gab oder nicht.

Lucy saß im Wohnzimmer auf dem Fußboden, aß Pistazien und sah sich eine Folge von *Inspector Gadget* an, und Tom und ich zogen uns in die Küche zurück, wo sie uns nicht hören konnte. Wir besprachen uns gut dreißig, vierzig Minuten lang, aber dabei kam nur heraus, dass unsere Verwirrung und Sorge immer mehr zunahm. So viele Rätsel und Unwägbarkeiten, so wenig Hinweise, aus denen man auf irgendetwas Einleuchtendes schließen konnte. Woher hatte Lucy das Geld für die Reise? Woher hatte sie Toms Adresse? Hatte ihre Mutter ihr bei der Flucht geholfen, oder hatte sie sich still und heimlich aus dem Staub gemacht? Und falls Aurora dahinter steckte – warum hatte sie Tom nicht vorher angerufen oder Lucy wenigstens einen Brief mitgegeben? Vielleicht hatte es einen Brief gegeben, meinten wir, und Lucy hatte ihn verloren. Wie auch immer, was sagte uns Lucys Flucht über Auroras Ehe? War sie die Katastrophe, die wir beide fürchteten, oder hatte Toms Schwester am Ende doch den heiligen Geist empfangen und sich der Weltsicht ihres Mannes angeschlossen? Andererseits, wenn es in der Familie tatsächlich harmonisch zuging – was machte die Tochter dann jetzt in Brooklyn? So bewegten wir zwei uns immerzu im Kreis und redeten und redeten, ohne Antwort auf eine einzige Frage zu finden.

«Kommt Zeit, kommt Rat», sagte ich schließlich, um der Quälerei ein Ende zu machen. «Aber immer der Reihe nach. Wir müssen etwas finden, wo wir sie unterbringen können. Bei dir kann sie nicht bleiben, bei mir auch nicht. Also, was machen wir?»

«Ich gebe sie nicht ins Heim, falls du das meinst», sagte Tom.

«Nein, natürlich nicht. Aber irgendeiner von unseren Bekannten wird sie doch bei sich aufnehmen können. Vorübergehend, meine ich. Bis es uns gelingt, Aurora aufzuspüren.»

«Das ist ziemlich viel verlangt, Nathan. Das könnte Monate dauern. Oder ewig.»

«Was ist mit deiner Stiefschwester?»

«Du meinst Pamela?»

«Du hast doch gesagt, der geht es gut. Großes Haus in Vermont, zwei Kinder, der Mann Anwalt. Wenn du ihr sagst, es ist nur für diesen einen Sommer, macht sie's vielleicht.»

«Sie kann Rory nicht ausstehen. Wie alle Zorns. Wie käme sie dazu, sich für Rorys Tochter zu engagieren?»

«Aus Mitgefühl. Aus Großmut. Du hast gesagt, sie sei mit den Jahren besser geworden. Nun, wenn ich verspreche, für die Kosten aufzukommen, betrachtet sie die Sache vielleicht als gemeinsames Familienunternehmen. Wir alle ziehen für das Gemeinwohl an einem Strang.»

«Du willst einfach nicht lockerlassen, stimmt's?»

«Ich versuche nur, uns aus der Patsche zu holen, Tom. Nichts weiter.»

«Na schön, ich rufe Pamela an. Sie wird ablehnen, aber versuchen kann ich's ja trotzdem.»

«So ist's recht, Junge. Trag ruhig dick auf. So fett und schmalzig, wie du nur kannst.»

Er wollte aber nicht von meiner Wohnung aus telefonieren. Nicht nur, weil Lucy da sei, sagte er, sondern auch, weil er sich in meiner Gegenwart zu befangen fühlen würde. Tom der Empfindliche, der Pingelige, das größte Sensibelchen der Welt. Kein Problem, erwiderte ich, aber er brauche deswegen nicht gleich in seine Wohnung zurückzugehen. Lucy und ich würden einen Spaziergang machen, dann habe er seine Ruhe bei dem Telefonat mit Pamela und außerdem noch den Vorteil, dass das Ferngespräch von meinem Konto abgebucht werde. «Du hast gesehen, was die Kleine anhat», sagte ich. «Die zerfetzten Jeans, die ausgelatschten Schuhe. So geht das nicht, richtig? Du rufst in Vermont an, und ich ziehe mit ihr los, neue Sachen kaufen.»

Damit war die Sache geregelt. Nach einem eilig zubereiteten Mittagessen – Tomatensuppe, Rührei, Salamibrote – brachen Lucy und ich zu einer Einkaufstour auf. Sie mochte verstummt sein, schien den Ausflug aber nicht weniger zu genießen, als jedes andere Mädchen es unter ähnlichen Umständen auch getan hätte: Ich ließ ihr völlige Freiheit, sich auszusuchen, was sie wollte. Zunächst widmeten wir uns den wesentlichen Dingen (Strümpfe, Unterwäsche, lange Hosen, kurze Hosen, Pyjamas, ein Sweatshirt mit Kapuze, ein Anorak, Nagelschere, Zahnbürste, Haarbürste und so weiter), dann aber kamen neonblaue Turnschuhe zu hundertfünfzig Dollar, eine Brooklyn-Dodgers-Baseballmütze aus reiner Wolle und dann zu meiner Überraschung ein glänzendes Paar echte Lackleder-Mary-Janes und ein rotweißes Baumwollkleid, das wir ganz zum Schluss noch kauften – den alten Klassiker mit rundem Kragen und einer Schärpe, die im Rücken zusammengebunden wurde. Als wir unsere Beute zu meiner Wohnung schleppten, war es weit nach drei und Tom längst nicht mehr da. Auf dem Küchentisch lag ein Zettel.

> Lieber Nathan:
> Pamela hat ja gesagt. Frag nicht, wie mir das gelungen ist, aber ich musste sie eine Stunde lang bearbeiten, bis sie endlich nachgab. Das war eins der aufreibendsten, zermürbendsten Gespräche, die ich je geführt habe. Fürs Erste soll es nur ein «Versuch» sein, aber die gute Nachricht ist, dass wir Lucy schon morgen bringen sollen. Hat mit Teds Terminen zu tun und mit irgendeiner Veranstaltung in ihrem Country

Club. Ich gehe davon aus, dass wir dein Auto nehmen können? Falls es dir zu viel ist, fahre ich. Ich gehe jetzt in den Buchladen und rede mit Harry über ein paar Tage Urlaub. Dort warte ich auf dich. A presto
Tom

Ich hatte nicht damit gerechnet, dass es so schnell gehen würde. Ich war natürlich erleichtert, froh, dass unser Problem so rasch und effizient gelöst worden war, doch andererseits fühlte ich mich enttäuscht, vielleicht sogar ein wenig bestohlen. Lucy begann mir ans Herz zu wachsen, und während unserer Einkaufstour durchs Viertel hatte ich mich nach und nach mit der Aussicht angefreundet, sie eine Zeit lang bei mir zu haben – ein paar Tage, nahm ich an, womöglich ein paar Wochen. Nicht dass mir die Situation auf einmal in anderem Licht erschien (sie konnte nicht für immer in meiner Wohnung bleiben), aber für kurze Zeit hätte ich mir das gern gefallen lassen. Bei Rachel, als sie klein war, hatte ich so viele Gelegenheiten versäumt, und jetzt war hier plötzlich die kleine Lucy, um die sich jemand kümmern musste, die jemanden brauchte, der ihr Kleider kaufte und ihr zu essen gab, die einen Erwachsenen brauchte, der Zeit genug hatte, sich ihr zu widmen und sie aus ihrem rätselhaften Schweigen zu holen. Ich hatte nichts dagegen, diese Rolle zu übernehmen, aber nun wurde die Inszenierung offenbar von Brooklyn nach New England verlegt, und ich sollte von einem anderen Darsteller ersetzt werden. Ich versuchte mich mit dem Gedanken zu trösten, dass Lucy es auf dem Land, bei Pamela und ihren Kindern, besser haben werde – aber was wusste ich denn von Pamela? Ich hatte sie seit Jahren nicht gesehen, und unsere wenigen Begegnungen in der Vergangenheit hatten mich kalt gelassen.

Lucy wollte für den Gang zur Buchhandlung das neue Kleid und die Mary Janes anziehen, und ich stimmte unter der Bedingung zu, dass sie vorher ein Bad nahm. Ich sei ein alter Hase, was das Baden von Kindern angehe, sagte ich, und zum Beweis nahm ich ein Fotoalbum aus dem Regal und zeigte ihr ein paar Bilder von Rachel – wunderbarerweise war auf einem davon meine Tochter, sechs oder sieben Jahre alt, im Schaumbad zu sehen. «Das ist deine Cousine», sagte ich. «Hast du gewusst, dass sie und deine Mutter nur drei Monate auseinander sind? Sie waren dicke Freundinnen.» Lucy schüttelte den Kopf und zeigte mir ein strahlendes Lächeln. Allmählich fasste sie Vertrauen zu ihrem Onkel Nat, schien mir, und gleich darauf marschierten wir durch den Flur zum Bad. Während das Wasser in die Wanne lief, legte sie folgsam ihre Kleider ab und stieg dann hinein. Bis auf eine kleine verschorfte Stelle am linken Knie hatte sie keinen Kratzer. Ein makelloser, glatter Rücken, makellose, glatte Beine und keinerlei Schwellungen oder Abschürfungen um die Genitalien. Ich konnte nur nach dem Augenschein urteilen, aber was auch immer der Grund für ihr Schweigen sein mochte, ich sah jedenfalls keinen Hinweis darauf, dass sie geschlagen oder sexuell belästigt worden war. Um meine Entdeckung zu feiern, sang ich ihr, während ich ihr die Haare wusch, sämtliche Strophen von «Polly Wolly Doodle» vor.

Fünfzehn Minuten nachdem ich sie aus der Wanne gezogen hatte, klingelte das Telefon. Es war Tom, der noch immer im Buchladen war und wissen wollte, wo wir denn blieben. Er hatte mit Harry gesprochen (der ihm ein paar Tage Urlaub gewährt hatte) und wollte jetzt nicht länger warten.

«Entschuldige», sagte ich. «Wir haben zum Einkaufen länger gebraucht, als ich dachte, und dann musste Lucy noch in die Wanne. Die zerlumpte Göre kannst du vergessen, Tom. Unsere Kleine sieht jetzt aus, als wollte sie zu einer Geburtstagsfeier auf Schloss Windsor gehen.»

Wir verständigten uns noch kurz übers Abendessen. Da Tom am nächsten Morgen früh aufbrechen wollte, hielt er es für das Beste, schon gegen sechs zu essen. Außerdem, fügte er hinzu, habe Lucy einen solchen Appetit, dass sie bis dahin ohnehin schon halb verhungert sein werde.

Ich wandte mich an Lucy und fragte, was sie von einer Pizza halte. Zur Antwort leckte sie sich die Lippen und rieb sich den Bauch, und ich sagte Tom, wir könnten uns in Rocco's Trattoria treffen, wo es die beste Pizza in der ganzen Gegend gab. «Um sechs», sagte ich. «Bis dahin gehen Lucy und ich in die Videothek und suchen einen Film aus, den wir uns nach dem Essen anschauen können.»

Wir entschieden uns für *Moderne Zeiten* – eine ziemlich verrückte Idee, wie ich fand. Denn nicht nur hatte Lucy noch nie von Chaplin gehört (ein weiterer Beweis für den Kollaps des amerikanischen Bildungssystems), sondern dies war ja auch der Film, in dem der Tramp zum ersten Mal sprach. Was er sagte, mochte dummes Zeug sein, aber immerhin entströmten Worte seinem Mund, und ich fragte mich, ob diese Szene bei Lucy womöglich etwas auslösen, sie vielleicht dazu anregen könnte, ein wenig über ihr störrisches Schweigen nachzudenken. In der besten aller möglichen Welten würde sie dann damit aufhören, dachte ich.

Bis zu dem Essen bei Rocco's war an ihrem Benehmen nichts auszusetzen gewesen. Sie war allem, worum ich sie bat, bereitwillig und gehorsam gefolgt, und kein einziges Mal hatte sich ihre Miene verfinstert. Nun aber, kaum dass wir uns an den Tisch gesetzt hatten, platzte Tom in einem ungewöhnlichen Anfall von Gedankenlosigkeit mit der

Neuigkeit unserer bevorstehenden Reise nach Vermont heraus. Keine dramatische Steigerung, kein Lobgesang auf die Herrlichkeiten Burlingtons, keine Erörterung der Gründe, warum sie es bei Pamela besser haben würde als bei ihren zwei Onkels in Brooklyn. Da sah ich sie zum ersten Mal ein finsteres Gesicht machen, dann zum ersten Mal weinen, und es dauerte lange, bis ihre schlechte Laune allmählich verflog. So hungrig sie sein mochte, sie rührte ihre Pizza nicht an, und nur mein unablässiges Gerede ersparte uns am Ende, was sich zu einem echten Nervenkrieg hätte ausweiten können. Als Erstes legte ich die Fundamente, die Tom vernachlässigt hatte: Ich rühmte und pries, feierte und glorifizierte Pamelas legendäre Liebenswürdigkeit mit der Inbrunst eines Handelsvertreters. Als dieser Redestrom nicht zum gewünschten Ergebnis führte, wechselte ich die Taktik und versprach ihr, dass Tom und ich so lange bleiben würden, bis sie sich eingelebt hätte, und dann ging ich sogar noch weiter, setzte auf volles Risiko und versicherte, die Entscheidung liege ganz allein bei ihr. Falls es ihr dort nicht gefallen sollte, würden wir ihre Sachen einpacken und mit ihr nach New York zurückfahren. Aber sie müsse es wenigstens ausprobieren, sagte ich, mindestens drei oder vier Tage lang. Einverstanden? Sie nickte. Und dann, zum ersten Mal seit einer halben Stunde, lächelte sie wieder. Ich rief den Kellner und fragte, ob es zu viel Mühe machen würde, die Pizza noch einmal aufzuwärmen. Zehn Minuten später brachte er sie wieder an den Tisch, und Lucy haute rein.

Das Chaplin-Experiment führte zu keinem eindeutigen Ergebnis. Lucy lachte – immerhin die ersten Töne, die wir überhaupt von ihr zu hören bekamen (selbst ihre Tränen beim Abendessen hatte sie schweigend vergossen) –, doch einige Minuten vor der Szene im Restaurant, vor der Stelle im Film, wo Charlie seinen denkwürdigen Nonsensgesang anstimmt, fielen ihr die Augen zu, und dann war sie auch schon eingeschlafen. Wer konnte ihr einen Vorwurf machen? Sie war erst am Morgen, nach einer Reise von Gott weiß wie vielen hundert Meilen, in New York eingetroffen, hatte also wahrscheinlich die ganze Nacht im Bus gesessen. Ich trug sie ins Gästezimmer, während Tom das bereits vorbereitete Schlafsofa aufklappte und die Decken zurückschlug. Niemand schläft tiefer als junge, insbesondere erschöpfte junge Menschen. Nicht einmal, als ich sie auf die Polster legte und zudeckte, machte sie die Augen auf.

Der nächste Tag begann mit einem merkwürdigen, verstörenden Ereignis. Um sieben Uhr trat ich mit einem Glas Orangensaft, einem Teller Rührei und zwei gebutterten Scheiben Toast in das Zimmer, in dem Lucy schlief. Ich stellte die Sachen auf den Boden und rüttelte sie leise am Arm. «Aufwachen, Lucy», sagte ich. «Frühstück ist fertig.» Nach drei oder vier Sekunden schlug sie die Augen auf, sah sich erst einmal vollkommen verwirrt um *(Wo bin ich? Wer ist dieser fremde Mann da über mir?)*, dann aber kam die Erinnerung, und sie lächelte mich an. «Wie hast du geschlafen?», fragte ich.

«Sehr gut, Onkel Nat», antwortete sie mit einem leichten Südstaatenakzent, wie mir schien. «Wie ein dicker Stein am Grund eines Brunnens.»

Peng. Na bitte. Lucy hatte gesprochen. Unaufgefordert, unverlangt, ohne darüber nachzudenken, hatte sie einfach den Mund aufgemacht und gesprochen. War die Herrschaft des Schweigens offiziell beendet, fragte ich mich, oder hatte sie in der Benommenheit des Aufwachens nur nicht mehr daran gedacht?

«Das freut mich», sagte ich, ohne weiter darauf einzugehen, weil ich nichts beschreien wollte.

«Müssen wir immer noch diese blöde Fahrt nach Vermont machen?», fragte sie.

Jedes neue Wort, jeder neue Satz steigerte meinen verhaltenen Optimismus.

«In einer Stunde geht's los», sagte ich. «Sieh mal, Lucy, Saft, Toast und Eier.»

Als ich mich bückte und die Sachen aufhob, zeigte sie wieder einmal ihr strahlendes Lächeln. «Frühstück im Bett», erklärte sie. «Wie die Königin Nofretete.»

Inzwischen glaubte ich, wir hätten das Schlimmste hinter uns. Aber was wusste ich schon – was wusste ich denn schon? Ich hielt das Glas in der rechten Hand, und gerade als sie danach greifen wollte, fiel ihr siedend heiß ein, was sie soeben getan hatte. Selten habe ich den Ausdruck eines Gesichts so jählings wechseln sehen wie den ihren in diesem Augenblick. Das strahlende Lächeln wurde mit einem Schlag zur Schmerzensmaske reinsten Entsetzens. Sie hielt sich die Hand vor den Mund, und dann traten ihr auch schon die Tränen in die Augen.

«Keine Sorge, Schatz», sagte ich. «Du hast nichts Schlimmes getan.»

Hatte sie aber doch. Für ihre Begriffe hatte sie etwas Schlimmes getan, und glaubte man dem qualvollen Ausdruck ihres kleinen Gesichts, hatte sie eine unverzeihliche Sünde begangen. Voller Wut auf sich selbst schlug sie sich mit dem Ballen ihrer linken Hand an den Kopf, eine wilde Pantomime, mit der sie wohl ausdrücken wollte, für wie dumm sie sich hielt. Sie schlug sich dreimal, viermal, fünfmal, aber gerade als ich sie am Arm fassen und festhalten wollte, riss sie die linke Hand hoch, reckte einen Finger in die Höhe und stieß damit nach meinem Gesicht. Sie raste vor Zorn. Ekel und Selbsthass im Blick, schlug sie mit der Rechten ihre Linke, als wolle sie die Hand für die Frechheit strafen, diesen einen Finger hochgereckt zu haben. Dann ließ sie davon ab, und die linke Hand schoss wieder nach oben. Diesmal hielt sie zwei Finger hoch. Wie zuvor stieß sie sie mit erbittertem Nachdruck in die Luft. Erst einen, jetzt zwei. Was wollte sie mir damit sagen? Ich konnte mir nicht sicher sein, vermutete aber, es ging um Zeit, um die Zahl von Tagen, die noch vergehen mussten, bis sie wieder sprechen durfte. Beim Aufwachen wäre es nur noch ein Tag gewesen, aber da sie sich jetzt versehentlich ein paar Worte hatte entschlüpfen lassen, musste sie zur Strafe noch einen Tag länger schweigen. Aus eins war daher zwei geworden.

«Stimmt das?», fragte ich. «Willst du mir sagen, dass du in zwei Tagen zu reden anfängst?»

Keine Reaktion. Ich wiederholte die Frage, aber Lucy hatte nicht vor, ihr Geheimnis preiszugeben. Kein Nicken, kein Kopfschütteln. Ich setzte mich neben sie und strich ihr über die Haare.

«Hier, Lucy», sagte ich und reichte ihr den Orangensaft. «Wird Zeit, dass du frühstückst.»

NACH NORDEN

Das Auto war ein Relikt aus meinem früheren Leben. In New York konnte ich damit nichts anfangen, war aber zu faul gewesen, mir die Mühe zu machen, es zu verkaufen, und so stand es seit meinem Umzug nach Brooklyn in einem Parkhaus an der Union Street zwischen der Sixth und Seventh Avenue, ohne dass ich es je gefahren oder auch nur angesehen hätte. Ein limonengrüner Oldsmobile Cutlass Baujahr '94, eine Karre von erschreckender Hässlichkeit. Aber der Wagen tat, was von ihm erwartet wurde, und nach zwei langen Monaten des Nichtstuns sprang der Motor gleich beim ersten Drehen des Zündschlüssels an.

Tom saß am Steuer, ich auf dem Beifahrersitz, Lucy hinten. Trotz allem, was ich ihr am Abend zuvor versprochen hatte, wollte sie immer noch nichts von Pamela und Vermont wissen und nahm es uns sehr übel, dass wir sie gegen ihren Willen dort hinbrachten. Logisch betrachtet hatte sie Recht. Da die endgültige Entscheidung bei ihr lag – welchen Sinn hatte es, sie mehr als dreihundert Meilen dort hinzufahren, wenn schon vorher feststand, dass wir sie anschließend dieselbe Strecke wieder zurückfahren würden? Ich hatte ihr gesagt, sie müsse dem Experiment mit Pamela wenigstens eine Chance geben. Darauf war sie zwar vorgeblich eingegangen, aber ich wusste, sie hatte sich bereits entschieden, und nichts würde daran etwas ändern. Jetzt saß sie mürrisch und in sich gekehrt auf der Rückbank, ein schmollendes, unschuldiges Opfer unserer grausamen

Machenschaften. Als wir auf der I-95 durch die Außenbezirke von Bridgeport fuhren, schlief sie ein, bis dahin aber starrte sie fast nur aus dem Fenster, zweifellos in finstere Gedanken über ihre beiden fiesen Onkels versunken. Wie sich später herausstellte, hatte ich sie falsch eingeschätzt. Lucy war viel einfallsreicher, als ich gedacht hatte, und statt nur dazusitzen und sich ihrer Wut hinzugeben, bastelte sie bereits an einer Intrige, gebrauchte ihre beträchtliche Intelligenz, um einen Plan auszuhecken, der den Spieß umdrehen und ihr die Kontrolle über ihr Schicksal zurückgeben sollte. Die Sache war brillant ausgeheckt, wenn ich das so sagen darf, ein echtes Schelmenstück, und vor einer so auf die Spitze getriebenen Raffinesse kann man nur den Hut ziehen. Aber mehr darüber in Bälde.

Während Lucy sich im Halbschlaf ihren Grübeleien hingab, sprachen Tom und ich miteinander. Er hatte nicht mehr am Steuer eines Autos gesessen, seit er im Januar seinen Taxijob gekündigt hatte, und die bloße Tatsache, dass er wieder fuhr, schien seinen ganzen Organismus zu beleben. Ich war in den letzten zwei Wochen fast täglich mit ihm zusammen gewesen, und nicht ein einziges Mal hatte ich ihn so unbeschwert und glücklich erlebt wie an diesem Morgen Anfang Juni. Nachdem er uns durch den Stadtverkehr gesteuert hatte, gelangten wir auf den ersten von mehreren Highways, die uns nach Norden bringen sollten, und dort, endlich auf freier Strecke, fiel alles von ihm ab, die Spannung, die ganze Last seines Elends und sein Hass auf die Welt. Ein entspannter Tom war ein gesprächiger Tom. So war es auch früher schon immer bei ihm gewesen, und von etwa halb neun bis weit nach Mittag unterbrach nichts seinen Redefluss – eine wahre Flut von Geschichten, Witzen und Vorträgen zu aktuellen und obskuren Themen.

Es begann mit einer Bemerkung über das *Buch mensch-*

licher Torheiten, mein kleines, dilettantisches *work in progress*. Er erkundigte sich, wie es damit stehe, und als ich ihm erzählte, dass noch kein Ende abzusehen sei, dass jede Geschichte, die ich schrieb, eine weitere hervorzubringen schien, und dann noch eine und noch eine, klopfte er mir mit der rechten Hand auf die Schulter und verkündete das verblüffende Urteil: «Du bist ein Schriftsteller, Nathan. Du entwickelst dich zu einem echten Schriftsteller.»

«Nein, nein», sagte ich. «Ich bin bloß ein ehemaliger Lebensversicherungsvertreter, der nichts Besseres mit sich anzufangen weiß. Das Schreiben vertreibt mir die Zeit, sonst nichts.»

«Du irrst dich, Nathan. Nachdem du jahrelang in der Wüste umhergeirrt bist, hast du endlich zu deiner wahren Berufung gefunden. Jetzt, wo du nicht mehr für Geld zu arbeiten brauchst, machst du die Arbeit, für die du von Anfang an bestimmt warst.»

«Lächerlich. Kein Mensch wird mit sechzig zum Schriftsteller.»

Der ehemalige Student und Literaturwissenschaftler räusperte sich und sagte, da sei er aber anderer Meinung. Beim Schreiben gebe es keine Regeln, sagte er. Wenn man sich mit dem Leben von Dichtern und Romanautoren beschäftige, stoße man immer wieder auf das reine Chaos, das sei ein unendlicher Dschungel von Ausnahmen. Das liege daran, dass das Schreiben eine Krankheit sei, fuhr er fort, man könne geradezu von einer Infektion oder Grippe des Geistes sprechen, und daher könne jedermann jederzeit davon betroffen werden. Die Jungen und die Alten, die Starken und die Schwachen, die Trinker und die Enthaltsamen, die geistig Gesunden und die Wahnsinnigen. Studiere man die Liste der Giganten und Halbgiganten, stoße man auf Schriftsteller jeder denkbaren sexuellen Neigung, jeder politischen Orientierung; hier seien alle menschlichen Eigenschaften zu finden – vom pathetischsten Idealismus bis zur übelsten Verworfenheit. Unter Schriftstellern finde man Kriminelle und Anwälte, Spione und Ärzte, Soldaten und alte Jungfern, Reisende und Bettlägerige. Wenn man niemanden ausschließen könne, was solle dann einen fast sechzigjährigen ehemaligen Lebensversicherungsvertreter daran hindern, in ihre Reihen einzutreten? Welches Gesetz wolle Nathan Glass verbieten, sich von dieser Krankheit anstecken zu lassen?

Ich zuckte die Schultern.

«Joyce hat drei Romane geschrieben», sagte Tom. «Balzac neunzig. Macht das für uns jetzt einen Unterschied?»

«Für mich nicht», sagte ich.

«Kafka hat seine erste Erzählung in einer einzigen Nacht geschrieben. Stendhal schrieb *Die Kartause von Parma* in neunundvierzig Tagen. Melville schrieb *Moby Dick* in sechzehn Monaten. Flaubert brauchte für *Madame Bovary* fünf Jahre. Musil arbeitete achtzehn Jahre lang an seinem *Mann ohne Eigenschaften* und starb, bevor er den Roman beenden konnte. Interessiert uns das alles heute noch?»

Die Frage schien keine Antwort zu erfordern.

«Milton war blind. Cervantes hatte nur einen Arm. Christopher Marlowe wurde bei einer Kneipenschlägerei erstochen, als er noch keine dreißig war. Soweit man weiß, wurde ihm das Messer direkt ins Auge gestoßen. Was soll uns wohl dazu einfallen?»

«Ich weiß es nicht, Tom. Sag du es mir.»

«Nichts. Ein dickes fettes Nichts.»

«Damit dürftest du Recht haben.»

«Thomas Wentworth Higginson ‹korrigierte› Emily Dickinsons Gedichte. Ein aufgeblasener Ignorant, für den Whitmans *Grashalme* ein unmoralisches Buch war, wagte es, sich am Werk der göttlichen Emily zu vergreifen. Und der arme Poe, der in Baltimore geisteskrank und betrunken in der Gosse verreckte, hatte das Pech, ausgerechnet Rufus Griswold zu seinem literarischen Nachlassverwalter zu bestimmen. Ohne zu ahnen, dass Griswold ihn verachtete, dass dieser so genannte Freund und Unterstützer Jahre damit verbringen würde, seinen guten Ruf zu zerstören.»

«Der arme Poe.»

«Ja, Eddie war ein Pechvogel. Schon zu Lebzeiten, und erst recht nach seinem Tod. 1849 wurde er in Baltimore begraben, aber erst sechsundzwanzig Jahre später wurde auf seinem Grab ein Stein errichtet. Ein Verwandter hatte zwar unmittelbar nach seinem Tod einen bestellt, aber die Sache endete mit einem ebenso komischen wie grauenhaften Fiasko, dass man sich nur noch fragen kann, wer eigentlich wirklich die Welt regiert. Hier hast du ein Beispiel für menschliche Torheit. Der Steinmetz hatte seinen Betrieb direkt unterhalb eines Eisenbahndamms. Kurz bevor die Beschriftung des Grabsteins fertig war, kam es zu einer Entgleisung. Der Zug stürzte in den Hof und zertrümmerte den Stein, und da der Verwandte nicht genug Geld hatte, einen neuen in Auftrag zu geben, musste Poe ein Vierteljahrhundert lang in einem namenlosen Grab verbringen.»

«Woher weißt du so was alles, Tom?»

«Das ist doch allgemein bekannt.»

«Mir nicht.»

«Du hast ja auch nicht studiert. Während du da draußen warst und die Welt im Namen der Demokratie sicherer gemacht hast, habe ich in einer Lesenische der Bücherei gehockt und mir den Kopf mit nutzlosen Informationen voll gestopft.»

«Und wer hat den Stein schließlich bezahlt?»

«Ein paar Lehrer aus der Stadt, die ein Komitee gegründet haben, um das Geld aufzutreiben. Zehn Jahre haben sie dafür gebraucht, falls du das glauben kannst. Als das Denkmal fertig war, wurden Poes Überreste exhumiert, durch die Stadt gekarrt und auf einem anderen Friedhof Baltimores erneut beigesetzt. Am Morgen der Enthüllung wurde an der Western Female High School eine spezielle Feier abgehalten. Toller Name, oder? *Western Female High School.* Jeder bedeutende amerikanische Dichter war eingeladen, aber Whittier, Longfellow und Oliver Wendell Holmes hatten alle eine Ausrede parat. Nur Walt Whitman nahm die Mühe der Reise auf sich. Da sein Werk mehr wert ist als das aller anderen zusammen, halte ich das für einen großartigen Akt poetischer Gerechtigkeit. Interessanterweise war auch Stéphane Mallarmé an diesem Morgen mit dabei. Nicht leibhaftig – aber mit seinem berühmten Sonett «Le Tombeau d'Edgar Poe», das er zu diesem Anlass geschrieben hatte, und auch wenn er es nicht rechtzeitig zum Tag der Feier vollenden konnte, war er doch immerhin im Geiste anwesend. Das gefällt mir sehr, Nathan. Whitman und Mallarmé, die Väter der modernen Dichtung, gemeinsam in der Western Female High School, um ihren gemeinsamen Vorfahren zu ehren, den geschmähten und verrufenen Edgar Allan Poe, den ersten echten Schriftsteller, den Amerika der Welt geschenkt hat.»

Ja, Tom war hervorragend in Form an diesem Tag. Ein wenig überdreht, mag sein, aber jedenfalls war sein weitschweifiges, gelehrtes Geplauder ein wirksames Mittel, die Eintönigkeit der Fahrt vergessen zu machen. Er trabte munter in eine Richtung los, kam an eine Abzweigung und schwenkte scharf in eine andere Richtung, ohne lange zu überlegen, ob es nach links oder rechts gehen sollte. Alle Wege führten nach Rom, könnte man sagen, und da Rom nichts Geringeres war als die gesamte Literatur (über die er alles zu wissen schien), spielte es keine Rolle, wofür er sich entschied. Von Poe kam er plötzlich auf Kafka zu sprechen. Gemeinsam war den beiden das Alter, in dem sie starben: Poe mit vierzig Jahren und neun Monaten, Kafka mit vierzig Jahren und elf Monaten. Das war eine dieser wenig bekannten Tatsachen, für die sich nur jemand wie Tom interessierte, aber da ich selbst mein halbes Leben lang Versicherungsstatistiken studiert und über Sterberaten in verschiedenen Berufszweigen nachgedacht hatte, fand ich es auch ziemlich interessant.

«Zu jung», sagte ich. «Mit den heutigen Medikamenten und Antibiotika hätten sie gute Chancen gehabt, älter zu werden. Sieh mich an. Wäre ich vor dreißig oder vierzig Jahren an Krebs erkrankt, würde ich jetzt wahrscheinlich nicht neben dir im Auto sitzen.»

«Richtig», sagte Tom. «Vierzig ist zu jung. Aber vergiss nicht, wie viele Schriftsteller es nicht einmal bis dahin geschafft haben.»

«Christopher Marlowe.»

«Mit neunundzwanzig gestorben. Keats mit fünfundzwanzig. Büchner mit dreiundzwanzig. Stell dir das mal vor. Der größte deutsche Dramatiker des 19. Jahrhunderts, gestorben mit dreiundzwanzig. Lord Byron mit sechsunddreißig. Emily Brontë mit dreißig. Charlotte Brontë mit neununddreißig. Shelley einen Monat vor seinem dreißigsten Geburtstag. Sir Philip Sidney mit einunddreißig. Nathanael West mit siebenunddreißig. Wilfred Owen mit fünfundzwanzig. Georg Trakl mit siebenundzwanzig. Leopardi, Garcia Lorca und Apollinaire alle mit achtunddreißig. Pascal mit neununddreißig. Flannery O'Connor mit neununddreißig. Rimbaud mit siebenunddreißig. Die beiden Cranes, Stephen und Hart, mit achtundzwanzig beziehungsweise zweiunddreißig. Und Heinrich von Kleist, Kafkas Lieblingsautor, gestorben mit vierunddreißig, als er mit seiner Geliebten Doppelselbstmord beging.»

«Und Kafka ist dein Lieblingsautor.»

«Ich glaube schon. Jedenfalls aus dem 20. Jahrhundert.»

«Warum hast du deine Dissertation nicht über ihn geschrieben?»

«Weil ich dumm war. Und weil ich Amerikanist werden wollte.»

«Hat er nicht *Amerika* geschrieben?»

«Ha ha. Guter Einwand. Warum bin ich nicht selbst darauf gekommen?»

«Ich erinnere mich an seine Beschreibung der Freiheitsstatue. Statt einer Fackel reckt das alte Mädchen ein Schwert in die Luft. Ein unglaubliches Bild. Es bringt einen zum Lachen und macht einem gleichzeitig eine Heidenangst. Könnte aus einem Albtraum sein.»

«Du hast Kafka also gelesen.»

«Einiges. Die Romane und vielleicht ein Dutzend Erzählungen. Aber das ist schon lange her, damals, als ich in deinem Alter war. Nur vergisst man Kafka nicht. Sobald man sich einmal mit ihm beschäftigt hat, lässt er einen nicht mehr los.»

«Hast du mal in die Tagebücher und Briefe reingesehen? Hast du mal eine Biographie gelesen?»

«Du kennst mich doch, Tom. Ich bin kein sehr ernsthafter Mensch.»

«Ein Jammer. Je mehr du über sein Leben erfährst, desto interessanter werden seine Bücher. Kafka war nicht bloß ein großer Schriftsteller, er war vielmehr auch als Mensch bemerkenswert. Kennst du die Geschichte mit der Puppe?»

«Nicht dass ich wüsste.»

«Ah. Dann hör mir genau zu. Ich erzähle sie dir als ersten Beweis für meine Behauptung.»

«Ich weiß nicht, ob ich dir folgen kann.»

«Ist doch ganz einfach. Ich will dir beweisen, dass Kafka in der Tat ein ganz außerordentlicher Mensch war. Warum ich dazu als Erstes diese Anekdote nehme? Ich weiß nicht. Aber seit Lucy gestern Morgen aufgetaucht ist, ist mir die Geschichte nicht mehr aus dem Kopf gegangen. Offenbar gibt es da einen Zusammenhang. Ich bin mir noch nicht ganz schlüssig, glaube aber, dass darin eine Botschaft an uns steckt, vielleicht ein Hinweis, wie wir uns zu verhalten haben.»

«Lass die lange Einleitung, Tom. Komm einfach zur Sache und fang an.»

«Ich schwafle mal wieder, stimmt's? Die Sonne, die vielen Autos, freie Fahrt mit sechzig, siebzig Meilen die Stunde. Bei so was explodiert mein Gehirn, Nathan. Ich fühle mich wie neugeboren, zu allem bereit.»

«Gut. Dann erzähl mir jetzt die Geschichte.»

«Also schön. Die Geschichte. Die Geschichte mit der Puppe … Es ist Kafkas letztes Lebensjahr, er hat sich in Dora Diamant verliebt, eine junge Frau von neunzehn oder zwanzig Jahren, die von ihrer chassidischen Familie in Polen fortgelaufen ist und jetzt in Berlin lebt. Sie ist halb so alt wie er, und doch ist sie es, die ihm den Mut gibt, Prag zu verlassen – was er seit Jahren hat tun wollen –, und sie wird die erste und einzige Frau, mit der er jemals zusammengelebt hat. Im Herbst 1923 kommt er nach Berlin, im Frühjahr darauf stirbt er; aber diese letzten Monate sind wahrscheinlich die glücklichsten seines Lebens. Trotz seines immer schlechteren Gesundheitszustandes. Trotz der gesellschaftlichen Verhältnisse in Berlin: Nahrungsmittelknappheit, politische Krawalle, die schlimmste Inflation der deutschen Geschichte. Trotz der Gewissheit, dass er nicht mehr lange auf dieser Welt leben wird.

Jeden Nachmittag geht Kafka im Park spazieren. Dora kommt meistens mit. Eines Tages begegnen sie einem kleinen Mädchen, es weint und ist vollkommen außer sich vor Schmerz. Kafka fragt die Kleine, was denn los ist, und sie sagt, sie hat ihre Puppe verloren. Und er denkt sich auf der Stelle eine Geschichte aus, um zu erklären, was da passiert ist. ‹Deine Puppe macht nur gerade eine Reise›, sagt er. ‹Woher weißt du das?›, fragt das Mädchen. ‹Weil sie mir einen Brief geschickt hat›, sagt Kafka. Das Mädchen scheint misstrauisch. ‹Hast du ihn bei dir?›, fragt es. ‹Nein›, sagt er, ‹ich habe ihn zu Hause liegen lassen, aber ich werde ihn dir morgen mitbringen.› Er spricht so überzeugend, dass die Kleine nicht mehr weiß, was sie denken soll. Ist es denn möglich, dass der seltsame Fremde die Wahrheit sagt?

Kafka kehrt sofort nach Hause zurück, um den Brief zu schreiben. Er setzt sich an seinen Schreibtisch, und Dora, die ihn beobachtet, bemerkt, dass er mit der gleichen Ernsthaftigkeit und Spannung zu Werke geht wie bei seiner schriftstellerischen Arbeit. Er hat nicht vor, das kleine Mädchen hinters Licht zu führen. Das ist echte literarische Anstrengung, denn er will das unbedingt richtig hinbekommen. Er braucht eine schöne, überzeugende Lügengeschichte, die den Verlust des Mädchens durch eine andere Wirklichkeit ersetzen soll – eine falsche Wirklichkeit, mag sein, aber wahr und glaubhaft nach den Gesetzen der Dichtung.

Am nächsten Tag eilt Kafka mit dem Brief in den Park zurück. Die Kleine wartet schon auf ihn, und da sie noch nicht lesen kann, liest er ihr den Brief vor. Die Puppe ist untröstlich, aber sie konnte es einfach nicht mehr ertragen, immer mit denselben Menschen zusammen zu sein. Sie will in die weite Welt hinaus und neue Freunde kennen lernen. Natürlich hat sie das kleine Mädchen sehr gern, aber sie sehnt sich nach Abwechslung, und daher müssen sie sich für eine Weile trennen. Zum Schluss verspricht die Puppe, der Kleinen täglich zu schreiben und sie über ihre Erlebnisse auf dem Laufenden zu halten.

An dieser Stelle wird die Geschichte nun wahrlich herzzerreißend. Es ist ja schon erstaunlich genug, dass Kafka die Mühe auf sich genommen und diesen ersten Brief geschrieben hat, nun aber verpflichtet er sich, täglich einen neuen Brief zu schreiben – und das nur, um dieses kleine Mädchen zu trösten, ein ihm vollkommen fremdes Kind, das er zufällig eines Nachmittags im Park getroffen hat. Welcher Mann tut so etwas schon? Er hat das drei Wochen lang durchgehalten, Nathan. *Drei Wochen.* Einer der größten Schriftsteller aller Zeiten opfert seine Zeit – seine schwindende, immer kostbarer werdende Zeit –, um Phantasiebriefe einer verlorenen Puppe zu verfassen. Dora sagt, er habe jeden einzelnen Satz mit peinlichster Sorgfalt für jedes Detail geschrieben, eine ebenso präzise wie komische und fesselnde Prosa. Mit anderen Worten: Kafkas Prosa. Und drei Wochen lang geht er täglich in den Park und liest dem Mädchen einen Brief vor. Die Puppe wächst heran, kommt in die Schule, lernt andere Menschen kennen. Immer wieder versichert sie dem Mädchen ihre Liebe, weist jedoch auf gewisse Komplikationen in ihrem Leben hin, die es ihr unmöglich machen, nach Hause zurückzukehren. Schritt für Schritt bereitet Kafka die Kleine auf den Augenblick vor, da die Puppe für immer aus ihrem Leben verschwinden wird. Er ringt um einen befriedigenden Abschluss, denn andernfalls muss er befürchten, dass der Bann gebrochen wird. Nachdem er verschiedene Möglichkeiten durchgespielt hat, entscheidet er sich schließlich, die Puppe zu verheiraten. Er beschreibt den jungen Mann, in den sie sich verliebt, die Verlobungsparty, die Hochzeit auf dem

Lande, sogar das Haus, in dem die Puppe und ihr Mann jetzt leben. Und in der letzten Zeile nimmt die Puppe endgültig Abschied von ihrer geliebten alten Freundin.

Natürlich vermisst die Kleine ihre Puppe inzwischen gar nicht mehr. Kafka hat ihr stattdessen etwas anderes geschenkt, und am Ende dieser drei Wochen haben die Briefe sie von ihrem Unglück geheilt. Jetzt hat sie die Geschichte, und wenn ein Mensch das Glück hat, in einer Geschichte, in einer Phantasiewelt leben zu dürfen, legen sich die Schmerzen der wirklichen Welt. Solange die Geschichte weitergeht, existiert die Wirklichkeit nicht mehr.»

UNSER MÄDCHEN, ODER
FÜR MICH COLA

Es gibt zwei Möglichkeiten, von New York nach Burlington in Vermont zu reisen: auf dem schnellen und auf dem langsamen Weg. Für die ersten zwei Drittel der Strecke nahmen wir den schnellen Weg, zunächst also städtische Straßen wie Flatbush Avenue, den Brooklyn-Queens-Expressway, den Grand Central Parkway und die Route 678. Über die Whitestone Bridge gelangten wir in die Bronx, und dann ging es mehrere Meilen nach Norden zur I-95, die uns aus der Stadt hinaus und durch den Osten von Westchester County und den Süden von Connecticut führte. In New Haven wechselten wir auf die I-91. Sie machte den größten Teil unserer Route aus, durchquerte den Rest von Connecticut und ganz Massachusetts und brachte uns an die Südgrenze von Vermont. Von dort wären wir am schnellsten nach Burlington gekommen, wenn wir bis White River Junction auf der I-91 geblieben und dann nach Westen auf die I-89 eingebogen wären, aber irgendwo in den Außenbezirken von Brattleboro erklärte Tom plötzlich, er habe die Highways satt und wolle lieber auf kleinere, nicht so stark befahrene Landstraßen ausweichen. Und so kam es, dass wir den schnellen Weg zugunsten des langsamen aufgaben. Das würde die Fahrt um ein oder zwei Stunden verlängern, sagte er, aber immerhin hätten wir so die Möglichkeit, mal was anderes zu sehen als diese ewige Prozession schneller, lebloser Fahrzeuge. Wälder, zum Beispiel, und Blumen am Straßenrand, ganz zu schweigen von

Kühen und Pferden, Farmen und Wiesen, Dorfangern und gelegentlich dem Gesicht eines Menschen. Ich hatte nichts dagegen einzuwenden. Was kümmerte es mich, ob wir um drei oder um fünf bei Pamela eintrafen? Lucy hatte die Augen wieder aufgemacht und starrte aus ihrem Fenster, und was wir ihr antun wollten, erfüllte mich jetzt plötzlich mit solchen Schuldgefühlen, dass ich unsere Ankunft nur noch möglichst lange hinauszögern wollte. Ich schlug unseren Rand-McNally-Straßenatlas auf und studierte die Karte von Vermont. «Nimm Ausfahrt drei», sagte ich zu Tom. «Von dort kommen wir zur Route 30, die windet sich schräg nach Nordwesten. Ungefähr vierzig Meilen weiter können wir uns nach Rutland durchschlagen und die Route 7 suchen, die uns auf geradem Weg nach Burlington bringt.»

Warum verweile ich so lange bei diesen banalen Einzelheiten? Weil die Wahrheit der Geschichte im Detail zu finden ist, und mir bleibt keine Wahl, als die Geschichte exakt so zu erzählen, wie sie sich zugetragen hat. Hätten wir uns nicht entschieden, den Highway in Brattleboro zu verlassen und immer der Nase nach die Route 30 anzusteuern, hätten viele Ereignisse in diesem Buch niemals stattgefunden. Ich denke besonders an Tom, wenn ich das sage. Lucy und ich profitierten zwar ebenfalls von dem Entschluss, aber für Tom, den langmütigen Helden dieser Brooklyn-Revue, war es wahrscheinlich die wichtigste Entscheidung seines Lebens. Damals ahnte er freilich nichts von den Folgen, nichts von dem Wirbelsturm, den er damit ausgelöst hatte. Wie Kafkas Puppe glaubte er lediglich nach Abwechslung zu suchen, aber da er die eine Straße verließ und eine andere nahm, streckte Fortuna unerwartet die Arme nach ihm aus und trug unseren Jungen in eine neue Welt.

Der Tank war fast leer; unsere Mägen waren fast leer; unsere Blasen waren voll. Fünfzehn oder zwanzig Meilen nordwestlich von Brattleboro hielten wir zum Mittagessen vor einer schäbigen Raststätte, die sich Dot's nannte. ESSEN UND TANKEN, wie die Straßenschilder treffend angekündigt hatten, und an diese Reihenfolge wollten wir uns auch halten. Essen und tanken bei Dot's, und dann bei der Chevron-Tankstelle auf der anderen Straßenseite noch mehr tanken. Auch hier erwies sich unsere beiläufige Entscheidung, erst dies und dann das zu tun, und nicht umgekehrt, als durchaus folgenreich für die weitere Entwicklung der Geschichte. Hätten wir zuerst getankt, wäre Lucy nie dazu gekommen, ihre elektrisierende Nummer abzuziehen, und zweifellos wären wir dann wie geplant nach Burlington durchgefahren. Aber da der Tank noch leer war, als wir uns zum Essen setzten, ergab sich plötzlich die Möglichkeit, und die ließ die Kleine sich nicht entgehen. Damals kam es uns wie eine Katastrophe vor, aber hätte unser Mädchen es nicht getan, dann wäre unser Junge nie in die fürsorglichen Arme von Frau Fortuna geraten, und ob wir den Highway verlassen hätten oder nicht, wäre nebensächlich geblieben.

Noch heute ist mir nicht ganz klar, wie sie es gemacht hat. Gewisse Zufälle arbeiteten ihr in die Hände, aber selbst unter Berücksichtigung dieser günstigen Umstände hatte die Unverfrorenheit und Durchschlagskraft ihrer Sabotage beinahe etwas Dämonisches. Ja, die Raststätte war etwa dreißig Meter vom Straßenrand entfernt, sodass Lucy von vorbeifahrenden Autos aus kaum zu sehen war. Ja, alle Parkplätze direkt vor dem Haus waren besetzt, weshalb wir unseren Wagen an der Seite abstellen mussten, außer Sichtweite der zwei Panoramafenster in der Fassade des windschiefen eingeschossigen Gebäudes. Und, ja, doppelt erschwerend kam hinzu, dass Tom und ich mit dem Rücken zu diesen Fenstern saßen. Aber wie um alles in der Welt hatte sie den Cola-Automaten vorm Haus (zufällig drei Meter von unserem

Auto entfernt) so spontan als Waffe in ihrem Kampf gegen die Burlington-Lösung erkennen können? Wir drei traten gemeinsam ins Haus und suchten als Erstes die Toiletten auf. Dann setzten wir uns an einen Tisch und bestellten Hamburger, Thunfischsalat und überbackene Käsesandwiches. Sobald die Kellnerin mit uns fertig war, zeigte Lucy auf ihren Schoß und deutete damit an, dass sie nochmals zur Toilette musste. Kein Problem, sagte ich, und schon zog sie los, ein typisches amerikanisches Mädchen in Paisleyshorts und neonblauen Turnschuhen für hundertfünfzig Dollar. Während sie weg war, sprachen Tom und ich davon, wie angenehm es sei, einmal aus der Stadt heraus zu sein, sogar in einem so düsteren und schmutzigen Laden wie Dot's, in Gesellschaft von Truckern und Farmern in gelben und roten Baseballmützen mit den Logos von Unternehmen, die Baumaschinen und Industrieanlagen produzierten. Tom redete immer noch wie ein Wasserfall, und ich hörte ihm so fasziniert zu, dass mir Lucy ganz aus dem Sinn geriet. Zu der Zeit konnten wir nicht ahnen (die Tatsachen kamen erst später heraus), dass unsere Kleine das Restaurant durch die Hintertür verlassen hatte und hektisch Münzen und Dollarscheine in den Cola-Automaten draußen schob. Sie nahm mindestens zwanzig Dosen dieses klebrigen, zuckerhaltigen Gebräus und leerte sie eine nach der anderen in den Benzintank meines einstmals gesunden Oldsmobile Cutlass. Wie konnte sie wissen, dass Zucker für Verbrennungsmotoren ein tödliches Gift war? Wie konnte die Göre nur so verdammt clever sein? Es gelang ihr nicht nur, das jähe und endgültige Ende unserer Fahrt herbeizuführen, sondern dies auch noch in Rekordzeit zu tun. Fünf Minuten, schätze ich, maximal sieben. Auf alle Fälle warteten wir noch auf unser Essen, als sie an den Tisch zurückkam. Jetzt lächelte sie wieder, aber wie hätte ich auf den Grund für ihre plötzliche Zufriedenheit kommen können? Hätte ich überhaupt darüber nachgedacht, wäre mir als Erklärung vielleicht eingefallen, dass sie gut geschissen hatte.

Als wir nach dem Essen wieder ins Auto stiegen, gab der Motor ein Geräusch von sich, wie es in der Geschichte des Automobils noch nicht vernommen wurde. Seit zwanzig Minuten denke ich jetzt schon über dieses Geräusch nach, habe aber noch immer nicht die richtigen Worte gefunden, es zu beschreiben, die eine prägnante Formulierung, die ihm gerecht würde. *Heiseres Glucksen? Schluckauf im Pizzikato? Gelächter der Hölle?* Entweder bin ich der Aufgabe nicht gewachsen, oder die Sprache ist ein zu schwaches Instrument, zu erfassen, was da in meine Ohren drang und sich anhörte, als käme es aus dem Rachen einer erstickenden Gans oder eines betrunkenen Schimpansen. Schließlich ging das röchelnde Gegacker in einen einzelnen lang gezogenen Ton über, ein lautes, an eine Tuba erinnerndes Dröhnen, das einem Rülpsen nicht unähnlich war. Nicht direkt das Rülpsen eines zufriedenen Biertrinkers, sondern eher das gedehnte, qualvolle Grollen eines verdorbenen Magens, ein Luftstrom, der im tiefsten Bass aus der Kehle eines mit unheilbarem Sodbrennen geschlagenen Mannes drang. Tom stellte den Motor aus und versuchte es noch einmal, aber nun ließ sich nur noch ein schwaches Stöhnen vernehmen. Beim dritten Versuch tat sich gar nichts mehr. Die Symphonie war ausgeklungen, und mein vergifteter Olds hatte einen Herzstillstand erlitten.

«Ich glaub, der Tank ist leer», sagte Tom.

Das war gewiss die einzig vernünftige Schlussfolgerung, doch als ich mich nach links beugte und mir die Tankanzeige ansah, stellte ich fest, dass der Tank noch etwa zu einem Achtel gefüllt war. Ich zeigte mit dem Finger auf die rote Nadel. «Das hier sagt was anderes», sagte ich.

Tom hob die Schultern. «Die Anzeige muss kaputt sein. Zum Glück ist da drüben eine Tankstelle.»

Als Tom seine fehlerhafte Diagnose zum Befinden des Autos abgab, drehte ich mich um und sah mir besagte Tankstelle durchs Heckfenster an – ein baufälliger Kasten mit Zapfsäulen davor, und alles sah aus, als sei es seit 1954 nicht mehr gestrichen worden. Dabei geriet ich auch in Blickkontakt mit Lucy. Sie saß direkt hinter Tom, und da ich nicht ahnte, dass sie für diesen Schlamassel verantwortlich war, konnte ich mir die heitere, geradezu übernatürliche Zufriedenheit, die ich in ihrer Miene erblickte, nicht recht erklären. Der Motor hatte soeben sein kakophones Potpourri erklingen lassen, und unter normalen Umständen sollte man annehmen, dass derart groteske Töne sie zu irgendeiner Reaktion veranlasst hätten: Beunruhigung, Belustigung, Aufregung, was auch immer. Aber Lucy hatte sich tief in sich selbst zurückgezogen – schwerelos schwebte sie auf einer Wolke der Gleichgültigkeit, ein reiner Geist, losgelöst von ihrem Körper. Heute weiß ich, sie frohlockte über den Erfolg ihrer Aktion und stattete dem Allmächtigen einen stummen Dank dafür ab, dass er ihr geholfen hatte, ein Wunder zu vollbringen. An jenem Nachmittag mit ihr im Auto war ich jedoch nur verblüfft.

«Bist du noch bei uns, Lucy?», fragte ich.

Sie sah mich lange an, teilnahmslos, dann nickte sie.

«Nicht aufregen», sagte ich. «Wir kriegen den Wagen in null Komma nichts wieder hin.»

Damit war ich natürlich auf dem Holzweg. Es wäre verlockend, die nun folgende Komödie in allen Einzelheiten zu schildern, aber ich möchte die Geduld des Lesers nicht mit der Erörterung von Dingen strapazieren, die streng genommen nicht zur Sache gehören. Was das Auto betrifft, zählt allein das Resultat. Ich verzichte daher auf den Kanister mit Superbenzin, den Tom von der Tankstelle herüberholte (da das Zeug nichts nützte), und erwähne mit keinem Wort den Abschleppwagen, der den Cutlass schließlich die paar Meter zu ebenjener Tankstelle brachte (uns blieb ja nichts anderes übrig). Die einzige nennenswerte Tatsache ist die, dass die beiden, die dort arbeiteten (ein Vater-Sohn-Gespann, bekannt als Al Senior und Al Junior), nicht herauszufinden vermochten, was mit dem Auto nicht stimmte. Junior und Senior waren ungefähr so alt wie Tom und ich, aber während ich schlank und Tom beleibt war, verhielt es sich bei den Körpern des jungen beziehungsweise des alten Al gerade umgekehrt: Der Sohn war dünn, der Vater fett.

Nachdem er den Motor minutenlang untersucht und nichts gefunden hatte, schlug Al Junior die Haube zu. «Ich werde das Ding auseinander nehmen müssen», sagte er.

«So schlimm?», antwortete ich.

«Das will ich nicht sagen. Aber in Ordnung ist es jedenfalls nicht. Nein, ganz bestimmt nicht.»

«Wie lange werden Sie für die Reparatur brauchen?»

«Kommt drauf an. Vielleicht einen Tag, vielleicht eine Woche. Als Erstes muss ich der Sache auf den Grund gehen. Ist es was Einfaches, geht's schnell. Aber wenn wir beim Händler Ersatzteile bestellen müssen, könnte es sich eine Weile hinziehen.»

Das schien mir eine faire und ehrliche Einschätzung, und da ich, was Autos betraf, ein absoluter Laie war, fiel mir keine andere Lösung ein, als ihm den Auftrag zu erteilen – egal wie lange es dauern mochte. Tom, auch er kein Kfz-Mechaniker, unterstützte diese Vorgehensweise. Alles schön und gut, schon möglich, aber nun saßen wir erst einmal fest, irgendwo im hintersten Vermont – und was sollten wir tun, bis die beiden Als unser krankes Gefährt wieder flottgemacht hatten? Eine Möglichkeit war, ein Auto zu mieten und nach

Burlington weiterzufahren, den Rest der Woche bei Pamela zu verbringen und den Olds auf der Rückfahrt nach New York wieder abzuholen. Oder aber, die einfachste Lösung: Wir nahmen uns Zimmer in einem Gasthof und taten so, als machten wir Ferien, bis das Auto fertig war.

«Mir reicht's für heute mit dem Fahren», sagte Tom. «Ich bin dafür, dass wir hier bleiben. Wenigstens bis morgen.»

Ich war geneigt, ihm zuzustimmen. Und wie wenig Lucy – die wortlose, stets wachsame Lucy – dagegen einzuwenden hatte, kann man sich denken.

Al Senior empfahl uns zwei Gasthäuser in Newfane, einem zehn Meilen entfernten Dorf, durch das wir auf der Hinfahrt gekommen waren. Ich ging ins Büro, rief dort an und erfuhr, dass in beiden keine Zimmer mehr zu haben waren. Als ich diese Information weitergab, machte der dicke Mann ein finsteres Gesicht. «Touristenpack», sagte er. «Wir haben gerade mal die erste Juniwoche, und schon ist der Sommer auf Hochtouren.»

Dann standen wir eine halbe Minute lang mit den Händen in den Taschen herum und sahen Vater und Sohn beim Nachdenken zu. Endlich brach Al Junior das Schweigen. «Wie wär's mit Stanley, Dad?»

«Hm», sagte sein Vater. «Ich weiß nicht. Wie kommst du darauf, dass er wieder im Geschäft ist?»

«Ich hab gehört, er will dieses Jahr wieder aufmachen», antwortete der junge Mann. «Das hab ich von Mary Ellen. Sie hat Stanley letzte Woche auf der Post getroffen.»

«Wer ist Stanley?», fragte ich.

«Stanley Chowder», sagte Al Senior, hob einen Arm und zeigte nach Westen. «Der hatte eine Pension auf dem Hügel dahinten, drei Meilen von hier.»

«Stanley Chowder», wiederholte ich. «Stanley Fischsuppe, ein verdammt skurriler Name.»

«Ja», sagte der dicke Al. «Aber das stört ihn nicht. Ich glaub sogar, das gefällt ihm.»

«Ich hab mal einen gekannt, der hieß Elmer Doodlebaum», sagte ich und stellte plötzlich fest, dass es mir Spaß machte, mit den beiden Als zu plaudern. «Würden Sie gern mit so einem komischen Namen durch die Weltgeschichte laufen?»

Al Senior grinste. «Nicht unbedingt, Mister. Nein, garantiert nicht. Obwohl, so was behalten die Leute eher. Ich heiße seit meiner Geburt Al Wilson, und das ist ja fast schon so fade wie John Doe. So ein Name hat einfach nichts Handfestes. Al Wilson. Allein in Vermont laufen bestimmt tausend Al Wilsons herum.»

«Ich glaub, ich versuch's mal bei Stanley», sagte Al Junior. «Man kann nie wissen. Falls er nicht grade beim Rasenmähen ist, nimmt er vielleicht ab ...»

Der schlanke Sohn verzog sich ins Büro, um den Anruf zu machen, und sein dicker Vater lehnte sich an mein Auto, zog aus seiner Hemdtasche eine Zigarette (die er sich zwischen die Lippen schob, aber nicht anzündete) und erzählte uns die traurige Geschichte des Chowder Inn.

«Was anderes hat Stanley jetzt nicht mehr zu tun», sagte er. «Er mäht seinen Rasen. Vom frühen Morgen bis zum späten Nachmittag fährt er auf seinem roten John Deere herum und mäht seinen Rasen. Das geht los, wenn im April der Schnee schmilzt, und hört erst auf, wenn es im November wieder zu schneien anfängt. Jeden Tag, bei jedem Wetter, kurvt er da draußen auf dem Gelände herum und mäht stundenlang seinen Rasen. Im Winter bleibt er im Haus und sitzt vorm Fernseher. Und wenn ihm das Fernsehen zum Hals heraushängt, steigt er in sein Auto und fährt nach Atlantic City runter. Nimmt sich ein Zimmer in einem der Casinohotels und spielt zehn Tage hintereinander Blackjack. Manchmal gewinnt er, manchmal verliert er, aber das ist Stanley nicht wichtig. Er hat genug Geld, und was soll's, wenn er ab und zu ein paar Dollar in den Wind schießt?

Ich kenne ihn schon lange – über dreißig Jahre, möchte ich meinen. Früher hat er in Springfield, Massachusetts, gelebt, als Wirtschaftsprüfer. Achtundsechzig oder neunundsechzig haben er und seine Frau Peg sich das große weiße Haus drüben auf dem Hügel angeschafft, und da waren sie dann immer, an den Wochenenden, im Sommer, über Weihnachten, bei jeder Gelegenheit. Ihr großer Traum war es, ganz dort hinzuziehen, wenn Stanley nicht mehr berufstätig war, und das Haus zu einem Gasthof umzubauen. Vor vier Jahren war es dann so weit: Stanley kündigt seinen Job als Wirtschaftsprüfer, er und Peg verkaufen ihr Haus in Springfield, ziehen hierher und machen das Chowder Inn auf. Ich werde nie vergessen, wie hart die beiden in diesem ersten Frühjahr gearbeitet haben, um alles rechtzeitig zum Memorial-Day-Wochenende fertig zu bekommen. Und es geht alles nach Plan. Sie polieren den Kasten auf, bis er funkelt wie ein Juwel. Sie stellen einen Koch und zwei Zimmermädchen ein, aber gerade als sie die ersten Reservierungen buchen wollen, erleidet Peg einen Schlaganfall und stirbt. Am helllichten Tag bricht sie in der Küche zusammen. Eben noch hat sie mit Stanley und dem Koch gesprochen, und plötzlich liegt sie am Boden und tut ihren letzten Atemzug. Das ging so schnell, sie war schon tot, bevor der Notarzt überhaupt vom Krankenhaus losgefahren war.

Und deshalb mäht Stanley nun den Rasen. Manche Leute meinen, er sei ein bisschen verrückt geworden, aber wenn ich mit ihm spreche, ist er immer noch der Stanley, den ich vor dreißig Jahren kennen gelernt habe, derselbe, der er immer gewesen ist. Er trauert um seine Peg, das ist alles. Die einen fangen an zu trinken. Die anderen suchen sich eine neue Frau. Stanley mäht seinen Rasen. Was ist denn schon dabei?

Ich hab ihn schon eine Weile nicht mehr gesehen, aber wenn Mary Ellen das richtig verstanden hat – und es wäre das erste Mal, dass sie sich irren würde –, dann sind das gute Neuigkeiten. Denn das bedeutet, dass es Stanley besser geht, dass er wieder zu leben anfangen will. Al Junior ist jetzt schon einige Minuten dadrin. Ich kann mich täuschen, aber ich wette, Stanley ist ans Telefon gegangen, und die beiden besprechen, wie ihr drei da oben untergebracht werden könnt. Das wär doch was, oder? Wenn Stanley sein Haus wieder aufmacht, dann wären Sie die ersten zahlenden Kunden in der Geschichte des Chowder Inn. Du liebe Zeit. Das wär doch wirklich was, oder?»

TRAUMHAFTE TAGE IM
HOTEL EXISTENZ

Ich möchte von Glück und Wohlbefinden sprechen, von jenen seltenen, unverhofften Momenten, wo die Stimme im Kopf verstummt und man sich eins fühlt mit der Welt.

Ich möchte vom Wetter Anfang Juni sprechen, von Harmonie und seliger Ruhe, von Rotkehlchen, Goldammern und Drosseln, die über grüne Wipfel schießen.

Ich möchte von der Wohltat des Schlafs sprechen, von der Beglückung durch Essen und Alkohol, von dem, was mit einem geschieht, wenn man ins Licht der Zweiuhrsonne tritt und von der warmen Umarmung der Luft umfangen wird.

Ich möchte von Tom und Lucy sprechen, von Stanley Chowder und unseren vier Tagen im Chowder Inn, von dem, was wir auf diesem Hügel im Süden Vermonts gedacht und geträumt haben.

Ich möchte mich an die himmelblauen Abenddämmerungen erinnern, an die wohligen, rosigen Morgendämmerungen, an das nächtliche Brüllen der Bären in den Wäldern.

Ich möchte mich an alles erinnern. Und wenn das zu viel verlangt ist, dann an einiges davon. Nein, an mehr als einiges davon. An fast alles. An fast alles, mit freien Stellen für das, was fehlt.

Der schweigsame, aber gastliche Stanley Chowder, der erfahrene Mäher seines Rasens, der gerissene Pokerspieler und Tischtennismeister, der Kenner alter amerikanischer Filme, der Veteran des Koreakriegs, der Vater einer zweiunddreißig Jahre alten Tochter mit dem unwahrscheinlichen Namen Honey – einer Grundschullehrerin, die in Brattleboro lebt. Stanley ist siebenundsechzig und sehr fit für sein Alter, hat einen vollen Haarschopf und klare blaue Augen. Sieht aus wie achtundfünfzig, kräftig gebaut, und sein Griff ist fest, als er mir die Hand gibt.

Er fährt den Hügel hinunter, um uns abzuholen. Nachdem er Al Junior und Al Senior begrüßt hat, stellt er sich uns vor und greift wacker zu, als wir unsere Sachen aus dem Kofferraum meines Wagens zur Ladefläche seines Volvo Kombi bringen. Mir fällt seine Beweglichkeit auf, fast im Laufschritt geht er zwischen den beiden Fahrzeugen hin und her. Wie gewandt und kraftvoll er ist. Stanley ist kein Trödler. Müßigkeit bringt zum Nachdenken, und Nachdenken kann gefährlich sein, wie jeder, der allein lebt, sofort nachvollziehen kann. Mit Al Seniors Bericht über Pegs Ableben im Ohr sehe ich Stanley als verlorene, gequälte Gestalt. Ein entgegenkommender, äußerst großzügiger Mensch, der sich aber nicht wohl fühlt in seiner Haut, ein gebrochener Mann, der sich alle Mühe gibt, sich wieder in den Griff zu bekommen.

Wir verabschieden uns von den Wilsons und danken ihnen für ihre Hilfe. Al Junior verspricht mir tägliche Bulletins zum Zustand meines Autos.

Ein steiler Feldweg, Wald zu beiden Seiten; holpriges Gelände; gelegentlich streift bei unserer Fahrt den Hügel hinauf ein tief hängender Zweig über die Frontscheibe. Stanley entschuldigt sich im Voraus für etwaige Probleme, auf die wir im Gasthaus stoßen könnten. Er hat in den vergangenen zwei Wochen sehr daran gearbeitet, es in Schuss zu bringen, aber es bleibt immer noch viel zu tun. Eigentlich hatte er am 4. Juli wiedereröffnen wollen, aber nachdem Al Junior ihm am Telefon von unserer misslichen Lage erzählt hatte, hätte er es «nicht für richtig gehalten», uns nicht für ein paar Tage aufzunehmen. Da er noch keine Mitarbeiter eingestellt hat, wird er selbst uns die Betten machen und dafür sorgen, dass wir uns so wohl fühlen, wie die Umstände es erlauben. Er hat bereits mit seiner Tochter in Brattleboro gesprochen, und sie hat zugesagt, täglich herzukommen und uns Abendessen zu machen. Er versichert uns, dass sie eine gute Köchin ist. Tom und ich danken ihm für seine Freundlichkeit. Von diesen vielfältigen Angelegenheiten in Anspruch genommen, fällt Stanley nicht auf, dass Lucy noch kein Wort gesagt hat.

Ein dreigeschossiger weißer Bau mit sechzehn Zimmern und Rundumveranda. Auf dem Schild neben der Einfahrt steht *The Chowder Inn*, aber ein Teil von mir hat längst begriffen, dass wir im Hotel Existenz angelangt sind. Ich beschließe, Tom fürs Erste nichts davon zu sagen.

Bevor wir zu unseren Zimmern geführt werden, ruft Tom vom Empfangsraum aus Pamela an und erklärt ihr, was uns zugestoßen ist. Stanley ist oben und macht die Betten. Lucy schlendert zum Sofa, und gleich darauf kniet sie am Boden und streichelt Stanleys Hund, einen schwarzen Labrador, der auf den Namen Spot hört. Ohne es zu wollen, denke ich an Harry und seinen albernen Spruch, der mir seit zwei Wochen nicht mehr aus dem Kopf geht: *Ex ist das Entscheidende*. In diesem Fall ist das Entscheidende ein vierbeiniges Tier, und während der Hund Lucy das Gesicht ableckt, halte ich mich in Toms Nähe, falls ich Pamela auch noch ein paar Worte sagen soll. Der Fall tritt nicht ein, und so höre ich Tom zu und wundere mich über die gereizte

Reaktion seiner Stiefschwester auf die Nachricht, dass unsere Ankunft in Burlington sich verzögern wird. Als ob wir an der Autopanne selbst schuld wären. Als ob nicht ständig irgendetwas Unvorhergesehenes passierte. Aber Pamela hat gerade anderthalb Stunden im Supermarkt verbracht und schuftet jetzt «wie eine Verrückte» in der Küche, damit das Essen auf dem Tisch steht, wenn wir kommen. Zum Zeichen ihrer Gastfreundlichkeit und dass wir ihr willkommen sind, hat sie eine aufwendige Mahlzeit mit mehreren Gängen geplant, alles Mögliche von Gazpacho bis zu selbst gemachtem Pecan Pie, und sie ist reichlich verstimmt, ja geradezu wütend, als sie erfährt, dass ihre ganze Mühe vergeblich war. Tom entschuldigt sich ein Dutzend Mal, doch Pamela lässt nicht ab von ihrer Schimpferei. Ist das die neue, bessere Pamela, von der ich so viel gehört habe? Wenn sie nicht einmal so eine kleine Enttäuschung locker wegstecken kann, wie wird sie dann erst als Lucys Ersatzmutter sein? Eine neurotische Spießbürgerin, die sie ungeduldig mit unmöglichen Forderungen überhäuft, ist das Letzte, was die Kleine jetzt brauchen kann.

Noch bevor Tom den Hörer auflegt, steht für mich fest, dass die Burlington-Lösung gestorben ist. Ich streiche Pamela von der Liste und ernenne mich selbst zu Lucys einstweiligem Vormund. Bin ich besser geeignet als Pamela, mich um Lucy zu kümmern? Nein, in fast jeder Beziehung wahrscheinlich nicht, aber mein Instinkt sagt mir, dass ich für sie verantwortlich bin – ob mir das gefällt oder nicht.

Tom legt auf und schüttelt den Kopf. «Die Frau ist stinksauer», sagt er.

«Vergiss sie», antworte ich.

«Wie meinst du das?»

«Ich meine, dass wir nicht mehr nach Burlington fahren.»

«Ach? Seit wann?»

«Seit gerade eben. Wir bleiben hier, bis der Wagen repariert ist, und dann fahren wir alle zusammen wieder nach Brooklyn zurück.»

«Und wie soll es mit Lucy weitergehen?»

«Sie kann bei mir wohnen.»

«Als wir gestern darüber sprachen, hast du gesagt, das sei nichts für dich.»

«Ich hab's mir anders überlegt.»

«Wir sind also den ganzen Weg umsonst gefahren.»

«Nicht direkt. Sieh dich um, Tom. Wir sind im Paradies gelandet. Ein paar Tage Ruhe und Entspannung, und dann fahren wir wie neugeboren nach Hause.»

Lucy, nur drei Meter von uns entfernt, hört jedes Wort unseres Gesprächs mit. Als ich mich nach ihr umdrehe, wirft sie mir mit beiden Händen Kusshände zu – küsst sich schmatzend die Fingerspitzen und schwingt die Arme nach vorn wie eine gefeierte Hauptdarstellerin nach der Premiere. Es macht mich glücklich, sie so glücklich zu sehen, aber es macht mir auch Angst. Habe ich überhaupt eine Vorstellung davon, auf was ich mich da einlasse?

Plötzlich denke ich an einen Spruch aus einem Film, den ich Ende der Siebziger gesehen habe. Der Titel fällt mir jetzt nicht ein, auch die Handlung und die Figuren sind mir entglitten, aber die Worte habe ich noch im Ohr, als hätte ich sie erst gestern gehört. «Kinder sind ein Trost für alles – außer dafür, Kinder zu haben.»

Als Stanley uns im Obergeschoss unsere Zimmer zeigt, erklärt er, dass Peg, die verstorbene Mrs. Chowder («seit vier Jahren ist sie jetzt tot»), die Möbel ausgesucht hat, die Bettbezüge, die Tapeten, die Jalousien, die Läufer, die Lampen, die Vorhänge und jeden einzelnen der vielen kleinen Gegenstände, die auf allen Tischen, Nachttischen und Kommoden zu sehen sind: die Spitzendeckchen, die Aschenbecher, die Kerzenhalter, die Bücher. «Eine Frau von untadeligem Geschmack», sagt er. Auf mich freilich wirkt das Dekor übertrieben prätentiös, wie der nostalgische Versuch, die Atmosphäre eines untergegangenen New England wiederherzustellen, das in Wirklichkeit viel strenger und kärglicher gewesen war als die lieblichen, mädchenhaft eingerichteten Zimmer, die ich jetzt betrachte. Aber egal. Alles ist sauber und gemütlich, und in all diesem aufdringlichen Kitsch und Kinderkram bemerke ich doch auch etwas Versöhnliches: die Bilder an den Wänden. Im Gegensatz zu dem, was man erwarten könnte, hängen dort keine Stickmuster, keine dilettantischen Aquarelle von verschneiten Vermont-Landschaften, keine Reproduktionen von Currier und Ives. Die Wände sind bedeckt mit zwanzig mal dreißig Zentimeter großen Schwarzweißfotos von alten Hollywood-Komikern. Sie sind das Einzige, was Stanley zu diesen Zimmern beigetragen hat, und doch macht dieses Element von Witz und Leichtigkeit in dieser ansonsten gesetzten Umgebung den ganzen Unterschied aus. Von den drei Zimmern, die er für uns vorbereitet hat, ist eins den Marx Brothers gewidmet, ein anderes Buster Keaton und das letzte Laurel und Hardy. Tom und ich gewähren Lucy den Vortritt, und sie entscheidet sich für Stan und Ollie am Ende des Flurs. Tom nimmt Buster, und ich lande zwischen Groucho, Harpo, Chico, Zeppo und Margaret Dumont.

Erste Prüfung des Geländes. Sobald wir unsere Koffer ausgepackt haben, gehen wir nach draußen, um uns Stanleys berühmten Rasen anzusehen. Minutenlang bin ich den verschiedensten Sinneseindrücken ausgesetzt. Das weiche, gepflegte Gras unter meinen Füßen. Das Summen einer

Pferdebremse an meinem Ohr. Der Duft des Grases. Die Düfte von Geißblatt und Flieder. Die leuchtend roten Tulpen, die um das ganze Haus herum gepflanzt sind. Die Luft gerät in Schwingung, und gleich darauf weht mir ein leichter Wind übers Gesicht.

Ich wandle neben meinen drei Gefährten und dem Hund und hänge absurden Gedanken nach. Stanley erklärt, das Grundstück sei vierzig Hektar groß, und ich stelle mir vor, wie einfach es wäre, hier noch mehr Häuser zu bauen, falls die Bewohnerschaft des Hotels Existenz einmal die Kapazität des Hauptgebäudes sprengen sollte. Ich träume Toms Traum und schwelge in den Möglichkeiten. Fünfundzwanzig Hektar Wald. Ein Teich. Ein verwahrloster Obstgarten mit Apfelbäumen, eine Kollektion verlassener Bienenstöcke, im Wald eine Hütte, in der Ahornsirup gemacht wird. Und das Gras von Stanleys Rasen – das herrliche Gras, das sich endlos in alle Richtungen erstreckt.

Es wird nie geschehen, sage ich mir. Harrys Plan muss scheitern, und selbst wenn nicht: Warum sollte ich annehmen, dass Stanley sein Haus verkaufen würde? Andererseits: Was, wenn Stanley bleibt und sich an unserem Unternehmen beteiligt? Ist er womöglich imstande zu begreifen, was Tom zu erreichen hofft? Ich komme zu dem Schluss, dass ich ihn erst noch besser kennen lernen, dass ich so viel Zeit wie möglich in seiner Gesellschaft verbringen muss.

Nach etwa zwanzig Minuten gehen wir wieder zum Haus zurück. Stanley eilt in die Garage und trägt Liegestühle herbei, und als wir uns niedergelassen haben, entschuldigt er sich und verschwindet im Haus. Er hat noch zu arbeiten, aber die ersten zahlenden Gäste in der Geschichte des Chowder Inn können in der Sonne faulenzen, solange sie wollen.

Ich sehe Lucy zu, die auf dem Rasen herumläuft und

dem Hund Stöckchen wirft. Links von mir sitzt Tom und liest ein Theaterstück von Don DeLillo. Ich schaue in den Himmel und studiere die vorüberziehenden Wolken. Ein Falke schwenkt ins Blickfeld und verschwindet. Als er wiederkehrt, schließe ich die Augen. Binnen Sekunden bin ich fest eingeschlafen.

Um siebzehn Uhr der erste Auftritt von Honey Chowder. Sie hält vor dem Haus, das Auto voll mit Lebensmitteln und zwei Kisten Wein. Inzwischen sind Tom und ich von den Liegestühlen auf die Veranda gewechselt und sprechen über Politik. Wir unterbrechen unsere Schmähreden auf Bush II und die Republikaner, gehen die kleine Treppe zu dem weißen Honda hinunter und stellen uns Stanleys Tochter vor.

Sie ist groß gewachsen, hat Sommersprossen im Gesicht, kräftige Oberarme und einen mörderischen Händedruck. Sie ist außerordentlich selbstbewusst, humorvoll und aufmerksam. Vielleicht ein wenig arrogant – aber was kann man von einer Grundschullehrerin schon erwarten? Ihre Stimme ist laut und etwas heiser, aber es gefällt mir, dass sie gern zu lachen scheint und furchtlos mit der Größe ihrer Person umzugehen vermag. Ein patentes Mädchen, denke ich, und zweifellos auch gut im Bett. Nicht hübsch, aber auch nicht unhübsch. Strahlend blaue Augen, volle Lippen, eine dichte Mähne rötlich blonden Haars. Als wir ihr helfen, die Einkaufstüten aus dem Kofferraum zu laden, bemerke ich, dass sie Tom mit etwas mehr als distanzierter Neugier beobachtet. Der Trottel bekommt nichts davon mit, aber ich beginne mich zu fragen, ob diese energische, gescheite junge Frau nicht die Antwort auf meine Gebete sein könnte. Schluss mit der ätherischen S. p. M., hier haben wir eine unverheiratete Frau, die darauf aus ist, sich einen Mann zu angeln. Eine Dampfwalze. Ein Tornado. Ein ausgehungertes, resolutes Weibsbild, das unseren Jungen womöglich bezwingen könnte.

Zum zweiten Mal an diesem Nachmittag beschließe ich, meine Gedanken für mich zu behalten und Tom nichts zu sagen.

Sie macht uns, wie von Stanley verheißen, ein ausgezeichnetes Abendessen. Brunnenkressesuppe, Schweinelendenbraten, Bohnen mit Mandeln, zum Nachtisch Crème caramel, dazu reichlich Wein. Nun tut mir Pamela mit ihrem verhinderten Festmahl doch ein wenig Leid, auch wenn ich bezweifle, dass uns in Burlington ein üppigeres Mahl erwartet hätte als das, was uns im Chowder Inn aufgetischt wird.

Die siegreiche Lucy, erlöst von drohender Knechtschaft, hat sich zum Essen umgezogen; sie trägt ihr rotweiß kariertes Kleid, die schwarzen Lackschuhe und weiße Söckchen mit Spitzensaum. Schwer zu sagen, ob Stanley sich nicht für das Verhalten anderer Menschen interessiert oder ob er einfach nur überaus taktvoll ist, jedenfalls hat er zu Lucys Schweigen noch nichts gesagt. Es ist seine scharfsichtige Tochter, die nach zehn Minuten unverblümt darauf zu sprechen kommt.

«Was hat sie?», fragt sie. «Kann sie nicht sprechen?»

«Natürlich kann sie», antworte ich. «Aber sie will nicht.»

«Sie will nicht?», sagt Honey. «Was soll das heißen?»

«Das ist ein Test», platze ich mit der erstbesten Lüge heraus, die mir in den Kopf kommt. «Lucy und ich haben gestern darüber gesprochen, was einem besonders schwer fällt, und wir fanden beide, so ziemlich das Schwerste ist es, einfach den Mund zu halten. Und dann haben wir eine Abmachung getroffen. Lucy hat erklärt, sie werde drei Tage lang kein Wort sagen. Für den Fall, dass sie das schafft, habe ich ihr fünfzig Dollar versprochen. Stimmt's, Lucy?»

Lucy nickt.

«Und wie viel Tage sind noch übrig?», fahre ich fort.

Lucy hebt zwei Finger.

Aha, denke ich, na bitte. Jetzt hat sie's endlich ausgespuckt. Noch zwei Tage, dann hat die Qual ein Ende.

Honey kneift die Augen zusammen, ihre Miene drückt Zweifel und Besorgnis aus. Kinder sind schließlich ihr Geschäft, und sie spürt, da stimmt etwas nicht. Aber da ich ihr fremd bin, stellt sie mich nicht wegen des fragwürdigen, bedenklichen Spiels zur Rede, das ich mit diesem kleinen Mädchen treibe, sondern geht das Problem von einer anderen Seite an.

«Warum ist das Kind nicht in der Schule?», fragt sie. «Heute ist Montag, der fünfte Juni. Die Sommerferien beginnen erst in drei Wochen.»

«Weil ...», greife ich krampfhaft nach dem nächsten Strohhalm, «Lucy eine Privatschule besucht ... und dort ist das Schuljahr kürzer als sonst. Bei ihr war schon am Freitag Schluss.»

Wieder bin ich überzeugt, dass Honey mir nicht glaubt. Um ein Haar hätte sie die Grenze zur Unhöflichkeit überschritten, und jetzt gibt sie es auf, mich wegen Dingen zu verhören, die sie nichts angehen. Ich mag diese stämmige, ungenierte Frau, und ich mag auch ihren Vater, der mir gegenüber schweigend sein Essen kaut und seinen Wein trinkt, aber es liegt mir fern, sie in die Geheimnisse unserer Familie einzuweihen. Nicht dass ich mich unseretwegen schäme – aber, mein Gott, sage ich mir, was sind wir nur für eine Familie. Was für ein bunter Haufen verpfuschter, geschundener Seelen. Was für Musterexemplare menschlicher Unvollkommenheit. Ein Vater, dessen Tochter nichts mehr mit ihm zu tun haben will. Ein Bruder, der seit drei Jahren nichts mehr von seiner Schwester gehört hat. Und ein kleines Mädchen, das von zu Hause weggelaufen ist und sich weigert, auch nur ein Wort zu sagen. Nein, ich habe nicht vor, den Chowders die Wahrheit über unseren kaputten, nichtsnutzigen Clan zu erzählen. Nicht heute Abend. Nicht heute Abend, und ganz gewiss auch nicht später.

Tom sieht das offenbar ähnlich, denn er schaltet sich hastig ein und versucht das Tischgespräch in eine andere Richtung zu lenken. Als Erstes fragt er Honey nach ihrer Arbeit. Wie lange sie das schon macht, aus welchen Motiven heraus sie überhaupt Lehrerin geworden ist, was sie vom Schulwesen in Brattleboro hält und so weiter. Seine höflich gelangweilten Fragen sind von einer geradezu lachhaften Banalität, und während er mit Honey spricht, sehe ich ihm an seiner Miene an, dass er keinerlei Anteil an ihr nimmt – sie interessiert ihn weder als Frau noch als Mensch. Aber Honey ist zu abgebrüht, als dass Toms Gleichgültigkeit sie davon abhalten würde, ihm klug und charmant zu antworten, und bald hat sie das Gespräch an sich gerissen und überhäuft unseren Jungen nun ihrerseits mit Fragen. Ihre Aggressivität bringt Tom für kurze Zeit aus der Fassung, doch als er begreift, dass seine Gesprächspartnerin es intellektuell mit ihm aufnehmen kann, zeigt er sich der Situation gewachsen und teilt ebenso viel aus, wie er einstecken muss. Mehr oder weniger stumm, aber ziemlich amüsiert verfolgen Stanley und ich den verbalen Schlagabtausch, der sich da vor unseren Augen abspielt. Wie kaum anders zu erwarten, kommen sie auch auf Politik und die im November anstehenden Wahlen zu sprechen. Tom zieht gegen die Machtübernahme durch die Rechten vom Leder. Er nennt den beinahe gelungenen Vernichtungsfeldzug gegen Clinton, die Machenschaften der Abtreibungsgegner, die Waffenlobby, die faschistische

Propaganda in den Diskussionssendungen mancher Radiosender, die Feigheit der Presse, die Gesetzgebung einzelner Bundesstaaten, wonach die Evolutionslehre nicht mehr an den Schulen unterrichtet werden darf. «Wir marschieren rückwärts», sagt er. «Tag für Tag verlieren wir ein weiteres Stück unseres Landes. Wenn Bush gewählt wird, wird nichts mehr übrig bleiben.» Zu meiner Überraschung stimmt Honey ihm hundertprozentig zu. Für annähernd dreißig Sekunden herrscht Frieden, und dann erklärt sie, sie werde ihre Stimme Nader geben.

«Tun Sie das nicht», sagt Tom. «Jede Stimme für Nader ist eine Stimme für Bush.»

«Falsch», sagt Honey. «Eine Stimme für Nader ist eine Stimme für Nader. Außerdem gewinnt in Vermont sowieso Gore. Wenn ich das nicht genau wüsste, würde ich meine Stimme ihm geben. So aber kann ich meinen kleinen Protest bekunden und Bush trotzdem aus Washington fern halten.»

«In Vermont kenne ich mich nicht aus», sagt Tom, «aber fest steht, die Wahl wird äußerst knapp ausgehen. Und wenn in den jetzt noch unentschiedenen Bundesstaaten genug Leute so denken wie Sie, wird Bush die Wahl gewinnen.»

Honey kann nur mit Mühe ein Lächeln unterdrücken. Tom ist so verdammt ernst, dass es sie in den Fingern juckt, ihn mit irgendeiner verrückten, bizarren Bemerkung von seinem hohen Ross zu holen. Ich sehe den Witz schon kommen und drücke beide Daumen, dass es ein guter wird.

«Wissen Sie, was passiert ist, als das letzte Mal eine Nation auf einen Busch gehört hat?», fragt Honey.

Niemand sagt ein Wort.

«Die Menschen sind für vierzig Jahre in die Wüste gegangen.»

Tom kann nicht anders, er muss laut lachen.

Das Gerangel hat ein jähes, definitives Ende gefunden, und Honey geht als klarer Sieger vom Platz.

Ich will nicht übertreiben, aber ich vermute stark, dass Tom seinen Meister gefunden hat. Ob sich daraus etwas ergibt, ist eine andere Sache, abhängig von der Zeit und den rätselhaften Wegen des Fleisches. Ich nehme mir vor, die weitere Entwicklung im Auge zu behalten.

Früh am nächsten Morgen rufe ich Al Junior auf der Tankstelle an, aber er ist noch nicht schlau daraus geworden, was mit dem Auto los ist. «Ich arbeite gerade daran», sagt er. «Sobald ich es weiß, melde ich mich.»

Ich staune selbst, wie wenig mich diese Auskunft berührt. Falls überhaupt, bin ich froh, noch einen Tag auf unserem Hügel festzusitzen, froh, noch nicht an die Rückkehr nach New York denken zu müssen.

Ich habe an diesem Morgen etwas zu erledigen, jedoch gelingt es mir nicht, Stanley dazu zu bringen, einmal lange genug sitzen zu bleiben, dass ich ein ernstes Gespräch mit ihm anfangen kann. Er macht uns Frühstück, aber kaum hat er die Teller vor uns hingestellt, rennt er auch schon aus der Küche nach oben, um unsere Betten zu machen. Danach hat er verschiedene Dinge im Haus zu tun: Glühbirnen einschrauben, Teppiche ausklopfen, verklemmte Schiebefenster reparieren. Mir bleibt nichts übrig, als auf eine spätere Gelegenheit zu hoffen.

Der Morgen ist kühl und neblig. Wir tragen Pullover, als wir auf die Veranda treten und den vom Tau getränkten Rasen betrachten. Nachher werden die Wolken sich auflösen, und dann gibt es wieder einen funkelnden Nachmittag, fürs Erste aber sind die Sträucher und Bäume kaum zu sehen.

Lucy hat ein Buch in ihrem Zimmer gefunden und mit auf die Veranda genommen. Es ist ein schmales Taschenbuch, und da ihre Hand den Titel verdeckt, bitte ich sie, es mir zu zeigen. *Riders of the Purple Sage* von Zane Grey. Ich frage sie, ob es gut ist, und sie nickt energisch. Nicht bloß gut, scheint sie mir zu sagen, sondern ein zeitloses Meisterwerk. Ich finde das eine seltsame Lektüre für ein neunjähriges Mädchen, wüsste aber auch nichts dagegen einzuwenden. Die Kleine liest gern, sage ich mir, und das sehe ich als etwas Positives, als Beweis dafür, dass unsere kleine Ausreißerin nicht auf den Kopf gefallen ist.

Tom setzt sich auf den Stuhl neben mir, während Lucy sich mit ihrem Western in die Hollywoodschaukel legt. Er zündet sich die übliche Zigarette nach dem Frühstück an und sagt: «Was meinst du, ob Al Junior das Auto überhaupt reparieren kann?»

«Ich denke doch», antworte ich. «Aber ich habe es nicht eilig, von hier wegzukommen. Du?»

«Nein, eigentlich nicht. So allmählich gefällt's mir hier.»

«Erinnerst du dich an unser Essen mit Harry, vorige Woche?»

«Als du dir die Hose mit Rotwein bekleckert hast? Wie könnte ich das vergessen?»

«Ich habe über einiges nachgedacht, was du da gesagt hast.»

«Wenn ich mich recht erinnere, habe ich ziemlich viel gesagt. Ziemlich viel dummes Zeug. Ungeheuer dummes Zeug.»

«Du warst ein bisschen daneben. Aber du hast kein dummes Zeug geredet.»

«Dann musst du zu betrunken gewesen sein, um das zu merken.»

«Betrunken oder nicht, eins muss ich unbedingt wissen.

Hast du das ernst gemeint – deinen Wunsch, aus der Stadt wegzuziehen? Oder war das nur Gerede?»

«Es war mein Ernst, aber es war auch nur Gerede.»

«Beides zugleich geht nicht. Eins oder das andere.»

«Es war mein Ernst, aber mir ist doch klar, dass das nie passieren wird. Also war es nur Gerede.»

«Und was, wenn Harry an das große Geld kommt?»

«Das war auch nur Gerede. So gut solltest du Harry inzwischen kennen. Wenn jemand ständig ‹nur Gerede› von sich gibt, dann doch wohl unser alter Freund Harry Brightman.»

«Ich werde dir nicht widersprechen. Aber nur mal so: Stell dir vor, er hätte die Wahrheit gesagt. Stell dir vor, er macht demnächst wirklich das große Geld und wäre bereit, es in ein Haus auf dem Land zu investieren. Was würdest du dann sagen?»

«Ich würde sagen: ‹Okay, tun wir's.›»

«Gut. Und jetzt denk mal genau nach. Wenn du dir jedes Haus auf der Welt kaufen könntest – wo würdest du dann hinwollen?»

«So weit habe ich noch nicht gedacht. Aber es müsste ziemlich abgelegen sein. Ein Ort, wo wir keine direkten Nachbarn hätten.»

«So etwas wie das Chowder Inn?»

«Ja. Wo du es jetzt sagst: Das hier wäre genau das Richtige.»

«Dann könnten wir Stanley doch fragen, ob er es verkaufen will?»

«Wozu? Wir haben nicht das Geld, es zu kaufen.»

«Du vergisst Harry.»

«Tu ich nicht. Harry hat seine guten Seiten, aber er ist der Letzte, auf den ich mich bei so einer Sache verlassen würde.»

«Ich gebe zu, die Chancen stehen eins zu eine Million, aber nur mal angenommen, Harry kriegt das Kind geschaukelt, dann könnte man doch mit Stanley reden? Nur so aus Spaß. Wenn er sein Interesse bekundet, wissen wir immerhin, wie das Hotel Existenz aussieht.»

«Auch wenn wir niemals hier leben werden.»

«Genau. Auch wenn wir in unserem ganzen Leben nicht mehr hierher zurückkommen werden.»

Wie sich herausstellt, denkt Stanley schon seit Jahren daran, das Anwesen zu verkaufen. Nur Trägheit und Apathie haben ihn davon abgehalten, «den Stier bei den Hörnern zu packen», sagt er, aber wenn der Preis stimmt, schmeißt er sofort alles hin. Er kann es nicht mehr ertragen, mit Pegs Geist zu leben. Auch die brutalen Winter kann er nicht mehr ertragen. Und die Isolation. Vermont steht ihm bis hier, und er träumt nur noch davon, in die Tropen zu ziehen, auf irgendeine Insel in der Karibik, wo es das ganze Jahr über warm ist.

Wozu dann die Mühe, das Chowder Inn wieder in Schwung zu bringen?, frage ich. Nur so, sagt er. Er hat nichts Besseres zu tun, und die Schufterei hilft gegen die Langeweile.

Zeit zum Mittagessen. Wir vier sitzen um den Tisch und essen Aufschnitt, Obst und Käse. Der Nebel hat sich gelichtet, die Sonne scheint hell zu den offenen Fenstern herein, und jeder Gegenstand im Speiseraum wirkt deutlicher, lebendiger, farbiger. Während unser Gastgeber uns von seinen Kümmernissen erzählt, bin ich außerordentlich zufrieden damit, da zu sein, wo ich bin, in meiner Haut zu stecken, die Dinge auf dem Tisch zu betrachten, ein- und auszuatmen, die schlichte Tatsache zu genießen, dass ich am Leben bin. Was für ein Jammer, dass das Leben einmal enden wird, denke ich, was für ein Jammer, dass wir nicht ewig weiterleben dürfen.

Tom erklärt, zurzeit hätten wir nicht das Geld, ihm ein Angebot für das Haus zu machen, aber das könne sich in den nächsten Wochen ändern. Stanley sagt, er habe keine Ahnung, was das Anwesen wert sei, könne sich aber bei einem Makler aus der Gegend danach erkundigen. Je länger wir reden, desto enthusiastischer wird er. Ich weiß nicht, ob er uns auch nur ein einziges Wort glaubt, aber allein die Möglichkeit, sich ein neues Leben auszumalen, hat ihn zu einem ganz anderen Menschen gemacht.

Warum habe ich diesen Unsinn herbeigeredet? Die ganze Sache hängt davon ab, dass Harry ein gefälschtes Manuskript von *Der scharlachrote Buchstabe* verkauft, und ich habe nicht bloß moralische Einwände gegen seinen verbrecherischen Plan, sondern bin auch überzeugt, dass er scheitern wird. Oder genauer: Selbst wenn die Sache klappt, habe ich keinerlei Interesse daran, nach Vermont zu ziehen. Ich habe erst vor kurzem ein neues Leben begonnen und bin absolut zufrieden mit der Entscheidung, mich in Brooklyn niederzulassen. Nach den endlosen Jahren in den Vorstädten wird mir klar, dass die Großstadt genau das Richtige für mich ist; außerdem habe ich mein Viertel lieb gewonnen, dieses bewegte Durcheinander von Weiß und Braun und Schwarz, diesen vielstimmigen Chor fremder Akzente, die Kinder und die Bäume, die strebsamen Familien der Mittelschicht, die lesbischen Paare, die koreanischen Lebensmittelläden, den bärtigen indischen Heiligen in seinen weißen Gewändern, der sich jedes Mal vor mir verbeugt, wenn wir uns auf der Straße begegnen, die Zwerge und Krüppel, die greisen Pensionäre, die im Zeitlupentempo über die Bürgersteige schleichen, die Kirchturmglocken und die zehntausend Hunde, die Untergrundbevölkerung einsamer Obdachloser, die ihre Einkaufswagen durch die Straßen schieben und in den Mülltonnen nach Flaschen suchen.

Wenn ich das alles nicht verlassen will – warum habe ich Tom dann zu dieser sinnlosen Diskussion über Grunderwerb mit Stanley Chowder gedrängt? Um Tom einen Gefallen zu tun, nehme ich an. Um ihm zu zeigen, dass er von mir Unterstützung bei seinem Plan erwarten kann, auch wenn wir beide wissen, dass das Hotel Existenz auf einem Fundament aus «nur Gerede» errichtet ist. Ich spiele mit Tom mit, um ihm zu beweisen, dass ich auf seiner Seite bin, und da Tom diese Geste zu schätzen weiß, spielt er mit mir mit. Das Ganze ist eine wechselseitige Übung in bewusster Selbsttäuschung. Aus dieser Sache wird nie etwas werden, und ebendeshalb können wir gemeinsam weiterträumen, ohne uns um die Konsequenzen zu sorgen. Nachdem wir Stanley jetzt in unser kleines Spiel einbezogen haben, nimmt es beinahe wirkliche Züge an. Nur dass es nicht wirklich ist. Es ist nur heiße Luft, ein Wolkenkuckucksheim, eine Idee, so falsch wie Harrys Hawthorne-Manuskript – das wahrscheinlich nicht einmal existiert. Das alles aber heißt nicht, dass das Spiel keinen Spaß macht. Man müsste schon tot sein, um keine Freude daran zu haben, über derart exotische Dinge zu reden; und gab es dafür einen geeigneteren Ort als diesen stillen Hügel irgendwo im hintersten Winkel von New England?

Nach dem Essen fordert mich der verjüngte Stanley zu einem Tischtennismatch in der Scheune heraus. Ich sage ihm, ich bin eingerostet, ich habe seit Jahren nicht mehr gespielt, aber so leicht lässt er sich nicht abweisen. Die Bewegung wird mir gut tun, sagt er, «das bringt die Säfte wieder in Schwung», und so erkläre ich mich widerwillig bereit, ein oder zwei Spiele mitzumachen. Lucy begleitet uns in die

Scheune, um uns zuzusehen, aber Tom bleibt mit seiner Zigarette auf der Veranda sitzen und liest.

Ich merke schnell, dass Stanley nicht die Art Tischtennis spielt, die mir geläufig ist. Schläger und Ball sind die gleichen, aber bei ihm ist das kein artiger Zeitvertreib, sondern echter, anstrengender Sport, teuflisches Tennis in Miniaturform. Er steht drei Meter hinterm Tisch, gibt seinen Aufschlägen einen ungeheuren, unberechenbaren Topspin und kontert jeden meiner Schläge so, dass ich mir vorkomme wie ein Vierjähriger. Er gewinnt dreimal in Folge 21:0, 21:0, 21:0, und als das Massaker vorbei ist, bleibt mir nur noch übrig, mich demütig vor dem Sieger zu verneigen und meinen erschöpften Leib aus der Scheune zu schleppen.

Schweißbedeckt gehe ich ins Haus zurück, um rasch zu duschen und mich umzuziehen. Als ich mit Lucy die Stufen zur Veranda hochsteige, erzählt mir Tom, er habe vor einer Viertelstunde mit Brooklyn telefoniert. Harry ist gerade unterwegs, aber Tom hat Rufus gebeten, ihm zu sagen, dass er zurückrufen soll. «Ich will nur wissen, ob er noch interessiert ist», sagt Tom. «Es wäre ja witzlos, Stanley weiter Hoffnung zu machen, wenn Harry es sich inzwischen anders überlegt hat.»

Ich war keine halbe Stunde in der Scheune, doch in dieser kurzen Zeit muss Tom, das spüre ich, gründlich nachgedacht haben. Etwas in seinen Augen sagt mir, dass unser Essensgespräch mit Stanley seine Haltung gegenüber dem neuen Hotel Existenz verändert hat. Er fängt an zu glauben, dass es funktionieren könnte. Er fängt an zu hoffen.

Zufällig läutet das Telefon genau in dem Moment, da ich ins Haus trete. Ich nehme ab, und schon höre ich Brightman am anderen Ende der Leitung loszwitschern. Ich erzähle ihm von unserer Autopanne, vom Chowder Inn und von Stanleys eifrigem Wunsch, mit uns ins Geschäft zu kommen. «Das Haus ist genau das richtige», fahre ich fort. «Toms Idee mag sich ein wenig seltsam angehört haben, als er uns in diesem Restaurant in der Stadt davon erzählt hat, aber wenn man erst mal hier ist, sieht die Sache ganz und gar vernünftig aus. Deshalb hat er dich angerufen. Um herauszufinden, ob du noch dabei bist.»

«Dabei?», schreit Harry. Er klingt wie ein halb verrückter Schauspieler aus dem 19. Jahrhundert. «Natürlich bin ich dabei. Wir haben uns die Hand drauf gegeben! Weißt du nicht mehr?»

«Nein, weiß ich nicht mehr.»

«Na ja, vielleicht war es kein Handschlag im physischen Sinne. Aber wir waren uns alle einig. Daran erinnere ich mich genau.»

«Ein Handschlag im Geiste.»

«Ja, genau. Ein Handschlag im Geiste. Eine echte Begegnung der Herzen.»

«Natürlich alles abhängig vom Ergebnis deiner kleinen Transaktion.»

«Klar. Das versteht sich doch von selbst.»

«Du hast also immer noch vor, die Sache durchzuziehen.»

«Ich weiß, du bist skeptisch, aber jetzt fügt sich plötzlich alles zusammen.»

«Ach?»

«Ja. Ich kann dir nämlich etwas höchst Erfreuliches mitteilen. Glaub nicht, ich hätte mir deinen Rat nicht zu Herzen genommen, Nathan. Ich habe Gordon gesagt, mir seien Zweifel gekommen, und wenn er nicht endlich ein Treffen mit diesem mysteriösen Mr. Metropolis arrangiere, würde ich aussteigen.»

«Und?»

«Ich habe ihn gesehen. Gordon hat ihn zu mir in den Laden gebracht, und ich habe ihn gesehen. Ein sehr interessanter Mann. Hat kaum ein Wort gesagt, aber ich habe gespürt, dass ich es mit einem echten Profi zu tun hatte.»

«Hat er dir Proben seiner Arbeit gezeigt?»

«Einen Liebesbrief von Charles Dickens an seine Geliebte. Ein wunderbares Exemplar.»

«Ich wünsch dir viel Glück, Harry. Vor allem, weil mir Tom am Herzen liegt.»

«Du wirst stolz auf mich sein, Nathan. Nach unserer Unterhaltung neulich habe ich mir vorgenommen, einige Vorkehrungen zu treffen. Nur für den Fall, dass was schief geht. Wird es natürlich nicht – aber wer so viele Jahre im Geschäft ist wie ich, muss schon ein Idiot sein, wenn er nicht alle Möglichkeiten in Erwägung zieht.»

«Ich glaub, ich kann dir nicht folgen.»

«Brauchst du auch nicht. Jedenfalls jetzt noch nicht. Wenn es so weit ist, wirst du alles verstehen. Das ist wahrscheinlich das Cleverste, was ich jemals eingefädelt habe. Ein Riesending, Nathan. Der Coup schlechthin. Ein eleganter Kopfsprung zur ewigen Größe.»

Ich habe keine Ahnung, wovon er redet. Harry ist voll in Fahrt, er lässt seine ebenso schwülstigen wie rätselhaften Sprüche allein zu dem Vergnügen ab, seiner eigenen Stimme zu lauschen, und ich sehe keinen Sinn mehr darin, das Gespräch noch weiter auszudehnen. Tom ist unterdessen neben mich getreten. Ohne noch etwas zu sagen, reiche ich ihm den Hörer und gehe nach oben, um zu duschen.

Am nächsten Morgen macht Lucy endlich den Mund auf und spricht.

Ich erwarte Antworten und Aufschlüsse, die Entschleierung vielfältiger Geheimnisse, ein Licht, das mir die Dunkelheit erhellt. Aber nur, weil ich so dumm war, mich darauf zu verlassen, dass Sprache ein besseres Kommunikationsmittel ist als Nicken und Kopfschütteln. Lucy hat drei Tage lang unseren Versuchen widerstanden, irgendetwas aus ihr herauszulocken, und als sie sich jetzt wieder zu sprechen erlaubt, sind ihre Worte kaum hilfreicher als ihr Schweigen.

Als Erstes frage ich nach ihrem Wohnort.

«Carolina», sagt sie mit demselben gedehnten Südstaatenakzent wie schon am Montagmorgen.

«North Carolina oder South Carolina?»

«Carolina Carolina.»

«Das gibt es nicht, Lucy. Das weißt du selbst. Du bist doch ein großes Mädchen. Es gibt nur North Carolina oder South Carolina.»

«Sei mir nicht böse, Onkel Nat. Mama hat gesagt, ich soll nichts verraten.»

«War das die Idee deiner Mutter, dass du zu Onkel Tom nach Brooklyn gehen sollst?»

«Mama hat gesagt: Geh. Und da bin ich gegangen.»

«Warst du traurig, dass du sie verlassen musstest?»

«Sehr traurig. Ich liebe meine Mama, aber sie weiß, was gut für mich ist.»

«Und was ist mit deinem Vater? Weiß der auch, was gut für dich ist?»

«Ganz bestimmt. Der hat eigentlich immer Recht.»

«Warum hast du nicht gesprochen, Lucy? Warum hast du so lange geschwiegen?»

«Das hab ich für Mama getan. Damit sie weiß, dass ich an sie denke. So haben wir das zu Hause immer getan. Daddy sagt, Schweigen reinigt den Geist, es bereitet uns darauf vor, das Wort Gottes zu empfangen.»

«Liebst du deinen Vater so wie deine Mutter?»

«Er ist nicht mein richtiger Vater. Ich bin adoptiert. Aber

ich bin aus Mamas Bauch gekommen. Sie hat mich neun Monate in ihrem Bauch getragen, und deshalb gehöre ich zu ihr.»

«Hat sie dir gesagt, warum sie will, dass du in den Norden kommst?»

«Sie hat gesagt: Geh. Und da bin ich gegangen.»

«Meinst du nicht, dass Tom und ich mit ihr reden sollen? Er ist ihr Bruder, weißt du, und ich bin ihr Onkel. Meine Schwester war ihre Mutter.»

«Ich weiß. Oma June. Früher habe ich bei ihr gewohnt, aber jetzt ist sie tot.»

«Wenn du mir eure Telefonnummer gibst, macht das alles für uns sehr viel einfacher. Ich werde dich nicht zurückschicken, wenn du nicht willst. Ich möchte nur mit deiner Mutter reden.»

«Wir haben kein Telefon.»

«Was?»

«Daddy will kein Telefon. Wir hatten mal eins, aber das hat er ins Geschäft zurückgebracht.»

«Aha, na schön. Und eure Adresse? Die weißt du doch bestimmt.»

«Ja, die weiß ich. Aber Mama hat gesagt, ich soll nichts verraten, und wenn Mama mir was sagt, dann tu ich das auch.»

Dieses erste, ärgerlich unergiebige Gespräch findet um sieben Uhr morgens statt. Lucy hat mich durch Klopfen an die Tür geweckt und sich neben mich aufs Bett gesetzt, während ich mir die Augen reibe und meine sinnlosen Fragen stelle. Tom nebenan in seinem Buster-Keaton-Zimmer schläft noch, aber als er eine Stunde später zum Frühstück nach unten kommt, gelingt es ihm so wenig wie mir, ihr irgendetwas zu entlocken. Gemeinsam nehmen wir sie den halben Vormittag lang in die Mangel, aber die Kleine bleibt eisern und gibt nicht nach. Sie will uns nicht einmal sagen, was ihr Vater arbeitet («Er hat einen Job») oder ob ihre Mutter immer noch das Tattoo auf ihrer linken Schulter hat («Ich sehe sie nie ohne Kleider»). Das Einzige, was sie uns mitzuteilen bereit ist, bringt uns nicht weiter: Ihre beste Freundin heißt Audrey Fitzsimmons. Audrey trägt eine Brille, erfahren wir, aber sie ist die beste Armdrückerin in der vierten Klasse. Sie schlägt nicht nur die Mädchen, sondern ist auch stärker als alle Jungen.

Schließlich geben wir frustriert auf, aber vorher erinnert mich Lucy noch daran, dass ich versprochen habe, ihr fünfzig Dollar zu geben, wenn sie wieder zu reden anfängt.

«Das habe ich nie gesagt», erkläre ich.

«Doch, hast du», antwortet sie. «Neulich beim Abendessen. Als Honey gefragt hat, warum ich nichts sage.»

«Da wollte ich dich nur schützen. Das war nicht ernst gemeint.»

«Dann bist du ein Lügner. Daddy sagt, Lügner sind die elendesten Würmer des Universums. Bist du das wirklich, Onkel Nat? Ein nichtswürdiger, elender Wurm?»

Tom, der eben noch drauf und dran war, ihr den Hals umzudrehen, muss plötzlich laut lachen. «Rück die Kohle lieber raus», sagt er. «Du willst doch nicht, dass sie den Respekt vor dir verliert, Nathan?»

«Ja», fällt Lucy ein. «Willst du nicht, dass ich dich gern habe, Onkel Nat?»

Widerstrebend nehme ich meine Brieftasche heraus und reiche ihr die fünfzig Dollar.

«Du hast es wirklich faustdick hinter den Ohren, Lucy», brumme ich.

«Ich weiß», sagt sie, stopft sich die Scheine in die Hosentasche und beehrt mich mit ihrem breitesten Lächeln. «Mama hat gesagt, ich soll mich immer durchsetzen. Abgemacht ist abgemacht, richtig? Wenn ich dich aus der Sache rauslasse, würdest du mich nicht mehr gern haben. Dann würdest du mich für ein Weichei halten.»

«Wie kommst du darauf, dass ich dich gern habe?», frage ich.

«Weil ich so niedlich bin», sagt sie. «Und weil du es dir mit Pamela anders überlegt hast.»

Das mag alles sehr komisch sein, aber als sie wegläuft, um mit dem Hund zu spielen, wende ich mich an Tom und frage: «Wie zum Teufel können wir sie bloß zum Reden bringen?»

«Sie redet doch», sagt er. «Nur nicht die richtigen Worte.»

«Vielleicht sollte ich ihr drohen.»

«Das ist nicht dein Stil, Nathan.»

«Ich weiß nicht. Könnte ich ihr nicht sagen, dass ich es mir noch einmal anders überlegt habe? Wenn sie unsere Fragen nicht beantwortet, bringen wir sie zu Pamela und laden sie da ab. Ohne Wenn und Aber.»

«Vergiss es.»

«Ich mach mir Sorgen um Rory, Tom. Wenn die Kleine nicht den Mund aufmacht, werden wir nie erfahren, was da los ist.»

«Ich mach mir auch Sorgen. Seit drei Jahren tu ich nichts anderes, als mir Sorgen zu machen. Aber Lucy zu ängstigen bringt uns nicht weiter. Sie hat schon genug durchgemacht.»

Um elf Uhr an diesem Vormittag ruft Al Junior aus der Werkstatt an und erzählt, das Problem sei gelöst. Zucker im Tank und in den Kraftstoffleitungen, sagt er. Diese Erklärung ist mir so schleierhaft, dass ich kaum weiß, wovon er überhaupt redet.

«Zucker», wiederholt er. «Sieht so aus, als hätte jemand fünfzig Dosen Cola in den Tank geschüttet. Die beste und schnellste Methode, ein Auto kaputtzumachen.»

«Großer Gott», sage ich. «Wollen Sie mir sagen, das hat jemand mit Absicht getan?»

«Genau das sage ich. Coladosen haben keine Beine. Sie haben auch keine Hände, mit denen sie sich selbst aufreißen können. Die einzige Erklärung ist, dass jemand es sich in den Kopf gesetzt hat, Ihren Wagen stillzulegen.»

«Dann muss es passiert sein, als wir beim Essen gesessen haben. Das Auto ist prima gelaufen, bis wir vor dem Restaurant geparkt haben. Fragt sich nur: Warum sollte jemand so was Saublödes tun?»

«Da gibt es hundert Möglichkeiten, Mr. Glass. Vielleicht waren es ein paar Halbstarke. Irgendwelche gelangweilten Teenager, die Ihnen einen Streich spielen wollten. Vandalismus dieser Art haben wir hier die ganze Zeit. Oder es war jemand, der was gegen New Yorker hat. Er sieht die Kennzeichen an Ihrem Auto und beschließt, Ihnen eine Lektion zu erteilen.»

«Das ist doch lächerlich.»

«Sie würden sich wundern. In diesem Teil von Vermont ist man auf Auswärtige gar nicht gut zu sprechen. Besonders Leute aus New York und Boston sind hier sehr unbeliebt, aber ich hab sogar schon ein paar Schwachsinnige gesehen, die sich mit Leuten aus New Hampshire geprügelt haben. Noch nicht lange her, das war in Rick's Bar an der Route 30. Da kommt einer rein, aus Keene, New Hampshire, also direkt hinter der Landesgrenze, und irgendein Säufer hier aus der Gegend – ich nenne keine Namen – haut ihm einen Stuhl über den Kopf. ‹Vermont für Vermonter!›, schreit er. ‹Wir wollen hier keine Arschlöcher aus New Hampshire!› Und dann gab's eine Riesenschlägerei. Nach dem, was ich gehört habe, hätten die sich die ganze Nacht weitergeprügelt, wenn die Polizei nicht eingeschritten wäre.»

«Das hört sich ja an, als ob wir hier in Jugoslawien wären.»

«Ja, ich weiß, was Sie meinen. Jeder Schwachkopf hat sein Fleckchen zu verteidigen, und wehe dem armen Fremden, der nicht zum eigenen Stamm gehört.»

Al Junior klagt mit trauriger, ungläubiger Stimme noch ein paar Minuten lang weiter über den Zustand der Welt, und ich stelle mir vor, wie er das alles kopfschüttelnd in den Hörer spricht. Dann nehmen wir wieder die Debatte über meine sabotierte grüne Limousine auf, und ich erfahre, dass er jetzt damit anfangen will, den Motor und die Treibstoffleitungen freizuspülen. Ich werde neue Zündkerzen, eine neue Verteilerkappe und diverse andere Ersatzteile bezahlen müssen, aber das macht mir nichts, ich will nur die alte Kiste wieder zum Laufen bringen. Al Junior verspricht mir, der Wagen sei am Ende des Tages wieder fahrbereit. Wenn er und sein Vater am Abend Zeit haben, kommen sie mit zwei Autos zu uns auf den Hügel und liefern mir den Cutlass persönlich ab. Falls nicht, kann ich morgen früh mit ihnen rechnen. Ich frage gar nicht erst, was die Reparatur kosten wird. Ich bin mit den Gedanken noch in Jugoslawien und denke an die Schrecken von Sarajewo und im Kosovo, an die zu Tausenden hingeschlachteten Unschuldigen, die aus keinem anderen Grund als dem gestorben sind, dass sie angeblich anders waren als die Leute, von denen sie umgebracht wurden.

Finstere Gedanken verfolgen mich bis zum Mittagessen, ich gehe allein auf dem Anwesen spazieren und überlasse Tom und Lucy sich selbst. Es ist der einzige Schatten, der auf meinen Aufenthalt im Chowder Inn fällt, aber an diesem Morgen ist alles schief gegangen, und plötzlich fühle ich mich von allen Seiten in die Zange genommen. Lucys Zugeknöpftheit, ihre Ausflüchte; die wachsende Sorge um ihre Mutter; der böse Anschlag auf mein Auto; die unaufhörlichen Grübeleien über Gemetzel in fernen Ländern – das alles schießt mir in den Kopf und erinnert mich daran, dass es vor dem Elend der Welt kein Entrinnen gibt. Nicht einmal auf dem abgelegensten Hügel im hintersten Vermont. Nicht einmal hinter den verschlossenen Türen und Toren einer heilen Zuflucht, wie das Hotel Existenz sie uns vorspiegelt.

Ich suche nach Gegenargumenten, nach einem Gedanken, der das Gleichgewicht wiederherstellen könnte, und komme schließlich auf Tom und Honey. Noch ist nichts sicher, aber beim Essen am Abend zuvor habe ich eine merkliche Entkrampfung seines Verhaltens ihr gegenüber wahrgenommen. Honey bekniet ihren Vater seit Jahren, von hier fortzuziehen, und als Stanley ihr erzählte, dass wir möglicherweise am Kauf dieses Hauses interessiert seien, hob sie ihr Glas und trank auf unser Wohl. Dann wandte sie sich an Tom und fragte ihn, was um alles in der Welt ihn dazu treibe, sein Leben in der Stadt gegen eins in einem Kaff wie diesem zu vertauschen. Statt sie mit einer scherzhaften Antwort aufzuziehen, gab er eine ausführliche und abgewogene Erklärung ab; im Wesentlichen wiederholte er die Argumente, die er Harry bei unserem Essen in der Smith Street in Brooklyn vorgetragen hatte, jedoch viel beredter als an jenem Abend – immer drängender, immer eindringlicher, je tiefer er sich in seine Verzweiflung über die Zukunft Amerikas hineinsteigerte. Tom in geistsprühender Hochform. Honey schaute ihn über den Tisch hinweg an, und als ich Tränen in ihre Augen treten sah, hatte ich keine Zweifel mehr, dass Stanleys dralle, großherzige Tochter in Liebe zu meinem Neffen entflammt war.

Aber was war mit Tom? Ich bemerkte zwar, dass er inzwischen Notiz von ihr nahm, nicht mehr so reserviert und aggressiv mit ihr sprach – aber was hatte das zu bedeuten? Es konnte auf zunehmendes Interesse hindeuten, aber ebenso gut konnten es einfach seine guten Manieren sein.

Eine kurze Szene vom Ende des Abends. Ich will sie als letztes Beweisstück vorlegen, egal, ob sie die Frage beantwortet oder nicht.

Als wir mit der Nachspeise fertig waren, lag Lucy bereits oben im Bett; die vier am Tisch verbliebenen Erwachsenen waren alle leicht angetrunken. Stanley schlug eine Runde Poker vor, in aller Freundschaft, versteht sich; er mischte die Karten, sprach von seinem neuen Leben in den Tropen (bei Sonnenuntergang am weißen Strand unter einer Palme sitzen, einen Rumcocktail in der einen Hand, eine Montecristo in der anderen, und dem Auf und Ab der Brandung zuschauen) und zeigte uns beim Poker, was eine Harke ist: Er gewann drei Viertel aller Spiele, die wir machten. Was hätte ich nach der Abreibung, die er mir am Nachmittag beim Tischtennis verpasst hatte, auch anderes erwarten können? Der Mann schien in jedem Fach zu glänzen, und Tom und Honey lachten über ihre Ungeschicktheit und setzten immer verrücktere Beträge, während Stanley uns ein ums andere Mal ausmanövrierte. Ihr Lachen hatte für mich etwas Komplizenhaftes, und während ich die beiden jungen Leute hinter meinen Karten versteckt beobachtete, nahm ich mir bewusst vor, nicht darin einzustimmen. Als das Spiel zu Ende ging, sagte Tom etwas, das mich überraschte. «Fahr nicht nach Brattleboro zurück», sagte er zu Honey. «Wir haben schon nach Mitternacht, und du hast zu viel getrunken.»

Einfach gute Manieren – oder ein raffinierter Trick, sie ins Bett zu locken?

«Ich finde den Weg mit geschlossenen Augen», antwortete Honey. «Mach dir um mich mal keine Sorgen, Kleiner.»

Darauf erklärte sie, sie müsse am nächsten Morgen besonders früh aufstehen (Elternsprechtag oder etwas Ähnliches), aber mir entging nicht, dass Toms Aufmerksamkeit sie gerührt hatte, oder jedenfalls bildete ich mir das ein. Dann bekam jeder von ihr einen Kuss zum Abschied. Erst ihr Vater, dann ich einen leichten Tupfer auf die Wange und als Letzter Tom. Und er bekam nicht nur einen Kuss auf die Lippen, sondern wurde auch noch in die Arme genommen – und zwar ausgiebig und deutlich länger, als man in so einer Situation erwarten konnte.

«Gute Nacht zusammen», sagte Honey, ging zur Tür und winkte noch einmal. «Bis morgen.»

Am nächsten Tag kommt sie schon um vier und bringt fünf Hummer, drei Flaschen Champagner und zwei verschiedene Nachspeisen mit. Wieder bereitet unsere außerordentlich talentierte Köchin uns ein Festmahl zu, und da sich nun auch Lucy am Gespräch beteiligt, bestreiten Grundschullehrerin und Grundschülerin einen großen Teil der Konversation während des Essens, indem sie einander die Titel ihrer Lieblingsbücher aufzählen. Al Junior und Al Senior haben sich noch nicht mit meinem Auto blicken lassen, ich verkünde aber trotzdem, dass der Olds repariert sei und uns morgen wieder zur Verfügung stehe. Angesichts der angeregten Gespräche am Tisch verschweige ich die Ursache unserer Panne, um nicht durch Erwähnung einer so unerfreulichen Sache einen Misston in die Stimmung zu bringen. Tom weiß inzwischen Bescheid, aber auch er möchte lieber nichts von dem bösen Streich erzählen, den man uns gespielt hat. Honey und Lucy brechen ihre Hummer auf und singen dazu alberne Lieder, und warum sollte man ihnen mit einer deprimierenden Schilderung von Klassenressentiments und provinziellen Animositäten die gute Laune verderben?

Als ich Lucy nach oben ins Bett bringe, merke ich, dass ich zu erschöpft bin, um den zweiten Abend hintereinander lang aufzubleiben und mit den anderen ein Glas Wein nach dem andern zu kippen. Die Chowders vertragen beide eine ganze Menge, und Tom mit seiner massigen Figur und seinem gewaltigen Durst kann Glas für Glas mit ihnen mithalten, während ich als ausgemergelter ehemaliger Krebspatient nur ein kleines Fassungsvermögen besitze und fürchten muss, am nächsten Morgen mit einem Kater aufzuwachen.

Ich setze mich zu Lucy auf die Bettkante und lese ihr aus Zane Greys Roman vor, bis sie die Augen schließt und einschläft. Als ich nach nebenan auf mein Zimmer gehe, dringt aus dem Speiseraum unten Lachen an mein Ohr. Stanley sagt, er sei «vollkommen erledigt», und dann bemerkt Honey etwas über «das Charlie-Chaplin-Zimmer» und fügt hinzu: «Vielleicht ist das gar keine schlechte Idee.» Ich kann nur vermuten, worüber sie reden, aber eine Möglichkeit wäre die: Stanley will zu Bett gehen, und Honey hat zu viel getrunken, um noch nach Hause fahren zu können, und will die Nacht im Gasthof verbringen. Wenn ich nicht irre, liegt das Charlie-Chaplin-Zimmer unmittelbar neben dem von Tom.

Ich krieche ins Bett und fange mit der Lektüre von Italo Svevos *Ein Mann wird älter* an. Das ist mein zweiter Svevo-Roman in weniger als zwei Wochen, aber *Zenos Gewissen* hat einen so starken Eindruck auf mich gemacht, dass ich beschlossen habe, alles von diesem Autor zu lesen, was ich in die Finger bekommen kann. Der italienische Originaltitel lautet *Senilità*, genau das richtige Buch für einen alten Knacker wie mich. Ein älterer Mann und seine junge Geliebte. Die Leiden der Liebe. Vereitelte Hoffnungen. Immer nach einem oder zwei Absätzen lege ich eine Pause ein, denke an Marina Gonzalez und quäle mich mit der Vorstellung, dass ich sie nie mehr wiedersehen werde. Ich würde jetzt gern masturbieren, widerstehe aber dem Drang, da die rostigen Sprungfedern mich verraten würden. Immerhin schiebe ich gelegentlich eine Hand unter die Decke und fühle nach meinem Schwanz. Nur um mich zu vergewissern, dass er noch da ist, um festzustellen, dass mein alter Freund noch bei mir ist.

Eine halbe Stunde später höre ich Schritte die Treppe hinaufkommen. Zwei Paar Beine, zwei Flüsterstimmen: Tom und Honey. Sie gehen durch den Flur auf mein Zimmer zu, bleiben stehen. Ich spitze die Ohren, um wenigstens etwas von ihrem Gespräch zu erlauschen, aber sie reden so leise, dass nichts zu verstehen ist. Schließlich höre ich Tom «Gute Nacht» sagen, und gleich darauf geht die Tür des Charlie-Chaplin-Zimmers auf und wieder zu. Drei Sekunden später das Gleiche mit der Tür des Buster-Keaton-Zimmers.

Die Wand zwischen mir und Tom ist dünn – eine kümmerliche Konstruktion aus Rigipsplatten –, sodass ich jedes Geräusch da drüben hören kann. Ich höre, wie er sich die Schuhe auszieht und den Gürtel aufschnallt, ich höre, wie er sich am Waschbecken die Zähne putzt, ich höre ihn seufzen, ich höre ihn summen, ich höre ihn unter die Decke seines quietschenden Betts kriechen. Ich will schon mein Buch zuklappen und das Licht löschen, aber kaum strecke ich die Hand nach der Lampe aus, vernehme ich ein leises Klopfen an Toms Tür. Honeys Stimme sagt: «Schläfst du schon?» Tom sagt nein, und als Honey fragt, ob sie reinkommen darf, sagt unser Junge ja, und durch dieses Ja scheint der verborgene Sinn und Zweck unseres Wechsels vom Highway auf die Route 30 seiner Erfüllung entgegenzugehen.

Die Geräusche sind so deutlich, dass ich den nun folgenden Vorgängen hinter der Wand mühelos in allen Einzelheiten folgen kann.

«Komm nicht auf dumme Gedanken», sagt Honey. «Es ist nicht so, dass ich so was täglich mache.»

«Ich weiß», erwidert Tom.

«Es ist nur schon so lange her.»

«Für mich auch. Sehr lange.»

Ich höre sie zu ihm ins Bett schlüpfen, und auch von dem, was dann geschieht, entgeht mir nichts. Sex ist eine so absonderliche, schlabberige Angelegenheit – wozu sich die Mühe machen, jedes Schlürfen und Stöhnen mit einem Kommentar zu versehen? Auch Tom und Honey haben ein Recht auf Privatleben, und aus diesem Grund endet hier mein Bericht über die Ereignisse der Nacht. Enttäuschte Leser mögen die Augen schließen und ihre Phantasie gebrauchen.

Am nächsten Morgen ist Honey schon längst weg, bevor die anderen im Haus sich aus ihren Betten wälzen. Wieder ein herrlicher Tag, vielleicht der schönste des ganzen Frühlings, aber es soll auch ein Tag der Überraschungen werden, und am Ende werden diese Erschütterungen die Makellosigkeit der Landschaft und des Wetters vollständig in den Hintergrund drängen. Was mir von diesem Tag in Erinnerung bleibt, ist allenfalls ein Gewirr von einzelnen Puzzleteilen, eine Unmenge isolierter Eindrücke. Hier ein Stück blauer Himmel, da eine Birke, deren weiße Rinde das Licht der Sonne reflektiert. Wolken, die aussehen wie Gesichter, wie Landkarten, wie zehnbeinige Traumtiere. Das jähe Aufblitzen einer Strumpfbandnatter, die sich durchs Gras schlängelt. Das viertönige Klagelied einer unsichtbaren Spottdrossel. Die tausend Blätter, die vom Wind bewegt wie verwundete Motten im Gezweig einer Espe flattern. Eine nach der anderen tauchen diese Einzelheiten auf, nur das Ganze bleibt im Dunkeln, die Teile fügen sich nicht aneinander, und ich kann nur die Reste eines Tages zusammensuchen, der als Ganzes nicht existiert.

Es beginnt um neun Uhr mit dem Eintreffen von Al Junior und Al Senior. Tom ist noch oben in seinem Buster-Keaton-Zimmer, im Tiefschlaf nach der mit Honey durchwachten Nacht. Lucy und ich sind seit acht Uhr auf, und wir verlassen gerade für einen Spaziergang das Haus, als der aus zwei Autos bestehende Konvoi der Wilsons vorfährt: ein rotes Mustang-Cabrio und mein limonengrüner Cutlass. Ich lasse Lucys Hand los, um diesen beiden wackeren Herren die Hand zu schütteln. Sie versichern mir, mein Auto sei wieder so gut wie neu, Al Senior überreicht mir die Rechnung für ihre Dienste, und ich schreibe ihnen auf der Stelle einen Scheck aus. Und gerade als ich denke, die Transaktion sei abgeschlossen, lässt Al Junior die erste Bombe des Tages hochgehen.

«Das Verrückte dabei ist, Mr. Glass», sagt er und tätschelt das Dach meines Autos, «dass der Idiot, der Ihnen das Zeug in den Tank geschüttet hat, Ihnen einen Gefallen getan hat.»

«Wie meinen Sie das?», frage ich, da ich diese eigenartige Bemerkung nicht zu deuten vermag.

«Nachdem wir gestern früh telefoniert hatten, nahm ich an, in zwei Stunden mit der Arbeit fertig zu sein. Deswegen habe ich gesagt, wir könnten Ihnen den Wagen schon gestern Abend liefern. Wissen Sie noch?»

«Ja, sicher. Aber Sie haben auch gesagt, es könnte bis heute dauern.»

«Ja, das hab ich gesagt, aber der Grund, warum ich das

gesagt habe, ist nicht der Grund, warum wir es Ihnen erst jetzt bringen konnten.»

«Nicht? Was hat sich denn in der Zwischenzeit ergeben?»

«Ich habe mit Ihrem Olds eine Probefahrt gemacht. Nur um zu sehen, ob alles wieder in Ordnung ist. War es aber nicht.»

«Aha?»

«Ich habe auf fünfundsechzig beschleunigt, auf siebzig, und dann wollte ich wieder langsamer werden. Ganz schön schwierig, wenn die Bremsen hinüber sind. Ich kann von Glück sagen, dass ich das überlebt habe.»

«Die Bremsen ...»

«Ja, die Bremsen. Ich habe den Wagen wieder in die Werkstatt gebracht und mir das mal angesehen. Der Bremsbelag war praktisch nicht mehr vorhanden, Mr. Glass.»

«Was wollen Sie damit sagen?»

«Ich sage, ohne dieses andere Problem mit dem Benzintank hätten Sie nichts vom schlimmen Zustand Ihrer Bremsen erfahren. Und wenn Sie damit weiter durch die Gegend gefahren wären, hätten Sie irgendwann ganz großen Ärger bekommen. Einen Unfall. Mit vielleicht tödlichen Folgen. Was weiß ich.»

«Also hat uns der Scheißkerl, der uns die Cola in den Tank gekippt hat, in Wirklichkeit das Leben gerettet.»

«So sieht es aus. Ziemlich verrückt, wie?»

Als die Wilsons in ihrem roten Cabrio davonfahren, zupft Lucy mich am Ärmel.

«Der das getan hat, war kein S-kerl, Onkel Nat», sagt sie.

«S-kerl?», frage ich. «Wovon redest du?»

«Du hast ein unanständiges Wort benutzt. Ich darf so etwas nicht sagen.»

«Ach, verstehe. *S*. S wie Du-weißt-schon.»

«Ja. Ein schlimmes Wort.»

«Du hast Recht, Lucy. Ich sollte nicht so reden, wenn du dabei bist.»

«Du solltest nicht so reden. Punkt. Ob ich dabei bin oder nicht.»

«Da hast du wahrscheinlich Recht. Aber ich war wütend, und wenn man wütend ist, hat man seine Zunge nicht immer unter Kontrolle. Irgendein böser Mann hat versucht, unser Auto kaputtzumachen. Einfach so, ohne Grund. Nur um was Böses zu tun, um uns wehzutun. Entschuldige bitte, dass ich dieses Wort benutzt habe, aber dass ich mich aufrege, kannst du mir nun wirklich nicht zum Vorwurf machen.»

«Das war kein böser Mann. Das war ein böses Mädchen.»

«Ein Mädchen? Woher weißt du das? Hast du es etwa beobachtet?»

Für einige Sekunden verfällt sie wieder in ihr altes Schweigen und beantwortet meine Frage nur mit einem Nicken. Schon treten ihr Tränen in die Augen.

«Warum hast du mir das nicht erzählt?», frage ich. «Wenn du es gesehen hast, hättest du es mir sagen sollen, Lucy. Wir hätten das Mädchen fangen und ins Gefängnis bringen können. Und wenn die Männer in der Werkstatt gleich gewusst hätten, wo das Problem zu suchen war, hätten sie das Auto viel schneller reparieren können.»

«Ich hatte Angst», sagt sie und senkt den Kopf, weil sie mir nicht in die Augen sehen kann. Die Tränen laufen ihr jetzt in Strömen über die Wangen, und ich sehe sie unten auf den Boden tropfen – salzige Vergänglichkeiten, glitzernde Kügelchen, die im Augenblick dunkel werden und im Staub verschwinden.

«Angst? Wovor solltest du Angst haben?»

Statt auf meine Frage zu antworten, schlingt sie ihren rechten Arm um mich und birgt ihr Gesicht an meinen Rippen. Ich streiche ihr übers Haar, und als ich ihren Körper an meinem beben spüre, begreife ich plötzlich, was sie mir zu sagen versucht hat. Ein Schock durchzuckt mich, Zorn steigt siedend in mir auf, verebbt aber wieder und legt sich ganz. Der Zorn weicht Mitleid, und ich weiß, wenn ich jetzt zu schimpfen anfange, verliere ich sie vielleicht für immer.

«Warum hast du das getan?», frage ich.

«Es tut mir so Leid», sagt sie, umklammert mich noch fester und heult in mein Hemd. «Es tut mir so furchtbar Leid. Aber ich bin irgendwie durchgedreht, Onkel Nat, ich hab kaum gewusst, was ich tue, und dann war's auch schon passiert. Mama hat mir von Pamela erzählt. Sie ist ein schlechter Mensch, und ich wollte da nicht hin.»

«Ich weiß nicht, ob sie schlecht ist oder was, aber es ist ja nochmal gut ausgegangen. Was du getan hast, war falsch, Lucy. Das war sehr schlimm, und ich möchte, dass du so etwas nie wieder tust. Aber dieses Mal – dieses eine Mal – hat sich das Falsche als das Richtige herausgestellt.»

«Wie kann was Falsches etwas Richtiges sein? Da könnte man auch sagen, ein Hund ist eine Katze, oder eine Maus ist ein Elefant.»

«Hast du schon vergessen, was Al Junior uns von den Bremsen erzählt hat?»

«Nein, das weiß ich doch. Ich habe dir das Leben gerettet, oder?»

«Und dir selbst. Und Onkel Tom.»

Endlich löst sie sich von meinem Hemd, wischt sich die Tränen aus den Augen und sieht mich lange und nachdenklich an. «Sag Onkel Tom bitte nichts davon, ja?»

«Warum nicht?»

«Weil er mich dann nicht mehr gern hat.»
«Aber nein.»
«Doch, bestimmt. Und ich will, dass er mich gern hat.»
«Ich hab dich doch auch noch gern.»
«Du bist anders.»
«Inwiefern?»
«Ich weiß nicht. Du nimmst nicht alles so ernst wie Onkel Tom. Du bist nicht so streng.»
«Das ist nur so, weil ich älter bin.»
«Sag es ihm bitte nicht. Schwör mir, dass du es ihm nicht sagst.»
«Na schön, Lucy. Ich schwör's.»

Jetzt lächelt sie, und zum ersten Mal, seit sie am Sonntagmorgen aufgetaucht ist, sehe ich ihre Mutter als junges Mädchen vor mir. Aurora. Die abwesende Aurora, verschollen im mythischen Land Carolina Carolina, eine Schattenfrau außer Reichweite der Lebenden. Wenn sie jetzt überhaupt irgendwo ist, dann im Gesicht ihrer Tochter, in der Treue dieses Mädchens, in Lucys ungebrochenem Versprechen, uns nicht zu sagen, wo sie sich aufhält.

Endlich ist Tom aufgestanden. Seine Verfassung ist für mich schwer zu deuten, sie schwankt zwischen düsterer Zufriedenheit und nervöser, unbehaglicher Befangenheit. Beim Mittagessen erwähnt er die Ereignisse der vergangenen Nacht mit keinem Wort, und so neugierig ich bin, von ihm etwas Genaueres zu erfahren, sehe ich davon ab, irgendwelche Fragen zu stellen. Hat er sich ernsthaft in die überschwängliche Miss C. verliebt, frage ich mich, oder ist sie für ihn nur ein flüchtiges Abenteuer? Geht es um Sex und nichts als Sex, oder sind da auch Gefühle im Spiel? Nach dem Essen zieht Lucy mit Stanley los, um mit ihm Traktor zu fahren und ihm beim Rasenmähen zu helfen. Tom geht zum Rauchen auf die Veranda, und ich setze mich auf den Stuhl neben ihm.

«Wie hast du geschlafen, Nathan?», fragt er.

«Ganz gut», antworte ich. «Wenn man bedenkt, wie dünn die Wände sind, hätte es sehr viel schlimmer sein können.»

«Das habe ich befürchtet.»

«Ist doch nicht deine Schuld. Du hast das Haus nicht gebaut.»

«Ich hab ihr immer wieder gesagt, sie soll leiser sein, aber du weißt ja, wie das ist. Wenn jemand erst mal in Fahrt ist, kann man nichts mehr dagegen machen.»

«Halb so wild. Ehrlich gesagt war ich sogar froh. Ich hab mich für dich gefreut.»

«Ich mich auch. Wenigstens mal für eine Nacht war ich glücklich.»

«Es kommen noch mehr Nächte, Alter. Das war erst der Anfang.»

«Meinst du? Sie ist heute Morgen sehr früh gegangen, und als sie hier war, haben wir auch nicht grade viel miteinander gesprochen. Ich habe keine Ahnung, was sie wirklich will.»

«Wichtiger wäre zu wissen: Was willst du?»

«Dafür ist es noch zu früh. Das ist alles so schnell passiert, dass ich noch gar nicht darüber nachdenken konnte.»

«Du hast mich zwar nicht gefragt, aber meiner Meinung nach passt ihr zwei sehr gut zusammen.»

«Ja. Zwei Moppel beim nächtlichen Doppel. Ich staune selbst, dass das Bett nicht zusammengebrochen ist.»

«Honey ist nicht dick. Sie ist das, was man ‹stattlich› nennt.»

«Sie ist nicht mein Typ, Nathan. Zu grob. Zu selbstsicher. Zu allem eine Meinung. Solche Frauen haben mich noch nie angezogen.»

«Gerade deswegen wäre sie gut für dich. Sie würde dich auf Trab halten.»

Tom schüttelt seufzend den Kopf. «Das kann niemals gut gehen. Nach spätestens einem Monat wäre ich fix und fertig.»

«Du willst also schon nach einer Nacht aufgeben.»

«Daran ist doch nichts Schlimmes. Eine gute Nacht, und das war's.»

«Und was, wenn sie wieder zu dir ins Bett kriecht? Schmeißt du sie dann raus?»

Tom hält ein Streichholz an seine zweite Zigarette und denkt gründlich nach. «Ich weiß nicht», sagt er schließlich. «Warten wir's ab.»

Leider bekommt weder Tom noch sonst jemand die Chance, irgendetwas abzuwarten.

Denn eine letzte Überraschung erwartet uns, und diese erweist sich als so gewaltig, so schmerzlich, so ungeheuer in ihren Konsequenzen, dass uns nichts anderes übrig bleibt, als noch an diesem Nachmittag das Weite zu suchen. Unsere Ferien im Chowder Inn nehmen ein jähes und verwirrendes Ende.

Adieu, Hügel. Adieu, Rasen. Adieu, Honey.

Der Traum vom Hotel Existenz ist ausgeträumt.

Als Tom «Warten wir's ab» sagt, ist es ungefähr ein Uhr. Nach Lucys Traktorfahrt mit Stanley gehe ich mit ihr zum Schwimmen an den Teich. Vierzig Minuten später gehen wir zum Haus zurück und erfahren von Tom das Neueste. Harry ist tot. Soeben hat Rufus aus Brooklyn angerufen, hat ins Telefon geschluchzt und kaum ein Wort herausbekommen, nur, dass Harry gestorben ist, dass Harry nicht mehr lebt. Mehr, sagt Tom, hat Rufus nicht sagen können. Wir verstehen gar nichts mehr. Abgesehen davon, dass wir sofort aus Vermont abreisen müssen, verstehen wir gar nichts mehr.

Ich begleiche unsere Rechnung mit Stanley. Während ich mit zitternder Hand den Scheck unterschreibe, erzähle ich ihm, dass unser Partner gestorben ist und wir jetzt nicht mehr in der Lage sind, das Haus zu kaufen. Stanley hebt die Achseln. «Ich wusste, dass es nichts werden würde», sagt er. «Aber das heißt nicht, dass es mir keine Freude gemacht hat, davon zu reden.»

Tom gibt ihm einen Zettel mit seiner Adresse und Telefonnummer. «Bitte geben Sie das Honey», sagt er. «Und sagen Sie ihr, es tut mir Leid.»

Wir packen unsere Sachen. Wir steigen ins Auto. Wir fahren.

ANGESCHMIERT

Für mich war es Mord. Es spielte keine Rolle, dass niemand ihn angerührt hatte, dass niemand ihn erschossen oder ihm ein Messer in die Brust gestoßen hatte, dass niemand ihn mit einem Auto überfahren hatte. Auch wenn Worte die einzigen Waffen seiner Mörder waren: Die Gewalt, der sie ihn aussetzten, war nicht weniger physisch als ein Hammerschlag an den Kopf. Harry war kein junger Mann. Er hatte in den vergangenen drei Jahren zwei Herzinfarkte erlitten, er hatte zu hohen Blutdruck, seine Arterien konnten jederzeit nachgeben. Wie viel Schmerz konnte ein Körper in diesem Zustand aushalten? Nicht viel, will ich meinen. Wahrlich nicht viel.

Es gab nur einen Zeugen dieser Untat, aber obwohl Rufus jedes Wort hörte, das da gesprochen wurde, begriff er doch so gut wie nichts davon. Das kam daher, dass Harry ihm nichts von dem Plan erzählt hatte, den er mit Gordon Dryer aushéckte, und als Dryer an diesem Nachmittag mit Myron Trumbell in den Laden kam, hielt Rufus die beiden für Geschäftskollegen. Er führte sie nach oben in Harrys Büro, und da Harry außerordentlich angespannt und aufgeregt und gar nicht mehr er selbst zu sein schien, als er seinen Besuchern die Hände schüttelte wie eine Aufziehpuppe, wurde Rufus unruhig. Statt auf seinen Posten an der Kasse zurückzukehren, blieb er oben und hielt ein Ohr an die Tür, um das Gespräch zu belauschen.

Erst spielten sie ein paar Minuten lang mit Harry, machten ihn mürbe, bevor sie die Dolche zückten und ihm den

Todesstoß versetzten. Freundliche Begrüßung allerseits, beiläufige Bemerkungen über das Wetter, ölige Glückwünsche zu Harrys geschmackvollem Büromobiliar, anerkennende Kommentare zu der akkurat arrangierten Sammlung von Erstausgaben. Aber dieses freundliche Geplänkel half Harry nicht aus seiner Verwirrung. Metropolis hatte die Arbeit an dem Manuskript noch nicht abgeschlossen, und warum Gordon ohne die fertige, für Trumbell bestimmte Fälschung und gerade jetzt bei ihm aufgetaucht war, blieb Harry ein Rätsel.

«Ich freue mich immer, Sie zu sehen», sagte er, «und es tut mir Leid, dass ich Mr. Trumbell enttäuschen muss. Das Manuskript befindet sich in einem Tresor der Citibank in der 52. Straße in Manhattan. Wenn Sie vorher angerufen hätten, könnten Sie es jetzt mitnehmen. Aber wenn ich nicht irre, wollten wir uns doch erst am nächsten Montagnachmittag treffen.»

«In einem Tresor?», sagte Gordon. «Da haben Sie also meine Entdeckung versteckt. Das wusste ich nicht.»

«Habe ich das nicht erwähnt?», improvisierte Harry weiter. Er begriff immer noch nicht, was Gordon und Trumbell vier Tage vor dem geplanten Übergabetermin plötzlich von ihm wollten.

«Ich hab's mir anders überlegt», sagte Trumbell.

«Ja», mischte Gordon sich ein, bevor Harry etwas darauf erwidern konnte. «Verstehen Sie, Mr. Brightman, eine solche Transaktion kann man nicht auf die leichte Schulter nehmen. Dafür geht es um zu viel Geld.»

«Das ist mir bewusst», sagte Harry. «Deshalb haben wir ja die erste Seite von Fachleuten begutachten lassen. Nicht nur von einem, sondern von zwei.»

«Nicht zwei», sagte Trumbell. «Drei.»

«Drei?»

«Drei», sagte Gordon. «Man kann nicht vorsichtig genug sein, stimmt's? Myron hat es einem Kurator der Morgan Library gezeigt. Einer der Topleute auf diesem Gebiet. Und der hat heute Morgen sein Urteil abgegeben. Er sagt, es ist eine Fälschung.»

«Nun ja», stotterte Harry, «zwei von drei ist doch keine schlechte Quote. Warum diesem Mann vertrauen und den beiden anderen nicht?»

«Er war sehr überzeugend», sagte Trumbell. «Wenn ich dieses Manuskript kaufen soll, darf es keinerlei Zweifel geben. Absolut keinen Zweifel.»

«Verstehe», sagte Harry; noch immer versuchte er der Falle zu entkommen, die sie ihm gestellt hatten, verlor aber schon den Mut, war längst hoffnungslos demoralisiert. «Sie sollen nur wissen, dass ich in gutem Glauben gehandelt habe, Mr. Trumbell. Gordon hat das Manuskript bei seiner Großmutter auf dem Dachboden entdeckt und zu mir gebracht. Wir haben es zwei Gutachtern gegeben, und die haben es für echt erklärt. Sie haben sich am Kauf interessiert gezeigt. Wenn Sie es sich jetzt anders überlegt haben, kann ich nur sagen, dass es mir Leid tut. Wir können die Sache sofort abblasen.»

«Sie vergessen die zehntausend Dollar, die Sie von Myron bekommen haben», sagte Gordon.

«Nein, die vergesse ich nicht», antwortete Harry. «Ich gebe ihm das Geld zurück, und dann sind wir quitt.»

«Ich glaube nicht, dass das so einfach wird, Mr. Brightman», sagte Trumbell. «Oder soll ich Mr. *Dunkel* sagen? Gordon hat mir einiges von Ihnen erzählt, Harry. Chicago. Alec Smith. Über zwanzig gefälschte Bilder. Gefängnis. Eine neue Identität. Sie sind ein anerkannter Lügner, Harry, und wenn ich an Ihre Vorstrafen denke, ist es mir lieber, Sie behalten die zehntausend Dollar. Dann kann ich Sie nämlich anzeigen. Sie wollten mich übers Ohr hauen, richtig? Ich mag es nicht, wenn man mir mein Geld wegnehmen will. Das macht mich ärgerlich.»

«Wer ist dieser Mann, Gordon?», fragte Harry mit bebender Stimme.

«Myron Trumbell», antwortete Gordon. «Mein Wohltäter. Mein Freund. Der Mann, den ich liebe.»

«Der ist das also», sagte Harry. «Diesen anderen gibt es gar nicht.»

«Nur diesen einen», sagte Gordon. «Immer nur diesen einen.»

«Nathan hatte Recht», stöhnte Harry. «Nathan hatte von Anfang an Recht. Mein Gott, warum habe ich nicht auf ihn gehört?»

«Wer ist Nathan?», fragte Gordon.

«Einer, den ich kenne», sagte Harry. «Spielt keine Rolle. Ein Bekannter. Ein Wahrsager.»

«Auf gute Ratschläge hast du nie was gegeben, stimmt's, Harry?», sagte Gordon. «Du bist zu gierig. Zu sehr von dir eingenommen.»

Hier begann Harry zusammenzubrechen. Die Grausamkeit in Gordons Stimme war zu viel für ihn, er konnte nicht mehr so tun, als sprächen sie über Geschäftliches, über die Einzelheiten einer schief gelaufenen Transaktion. Hier ging es um schief gelaufene Liebe, um Betrug in einem Ausmaß, das er noch nicht erlebt hatte, und der Schmerz darüber nahm ihm jegliche Kraft, dem Angriff noch etwas entgegenzusetzen.

«Warum, Gordon?», sagte er. «Warum tust du mir das an?»

«Weil ich dich hasse», sagte sein Exlover. «Bist du da immer noch nicht von selbst draufgekommen?»

«Nein, Gordon. Du liebst mich. Du hast mich immer geliebt.»

«Du ekelst mich an, Harry, alles an dir. Dein schlechter Atem. Deine Krampfadern. Dein gefärbtes Haar. Deine grauenhaften Witze. Dein dicker Bauch. Deine knubbeligen Knie. Dein mickriger Schwanz. Alles. Von deinem Anblick wird mir schlecht.»

«Und warum bist du dann nach all diesen Jahren zurückgekommen? Hättest du es nicht auf sich beruhen lassen können?»

«Nach dem, was du mir angetan hast? Bist du verrückt? Du hast mein Leben zerstört, Harry. Und jetzt bin ich an der Reihe und zerstöre deins.»

«Du hast mich sitzen lassen. Du hast mich verraten.»

«Ach ja? Wer hat mich denn an die Bullen verpfiffen? Wer hat mich denn ausgeliefert und davon einen Vorteil gehabt?»

«Und jetzt verpfeifst du mich also an die Bullen. Doppeltes Unrecht ergibt kein Recht, Gordon. Immerhin bist du am Leben. Immerhin bist du jung genug, dass du noch was zu erwarten hast. Bringst du mich ins Gefängnis, bin ich erledigt. Dann bin ich tot.»

«Wir wollen nicht, dass Sie sterben, Harry», griff plötzlich Trumbell in die Debatte ein. «Wir wollen Ihnen ein Geschäft vorschlagen.»

«Ein Geschäft? Was für ein Geschäft?»

«Wir wollen kein Blutvergießen. Wir wollen nur Gerechtigkeit. Gordon hat Ihretwegen gelitten, und wir finden, ihm steht eine Entschädigung zu. Das ist doch nur fair. Wenn Sie mit uns zusammenarbeiten, erfährt die Polizei von uns kein Wort.»

«Aber Sie sind doch reich. Gordon hat so viel Geld, wie er braucht.»

«Manche Mitglieder meiner Familie sind reich. Ich gehöre leider nicht dazu.»

«Mit Geld kann ich Ihnen nicht dienen. Ich kann die zehntausend zusammenkratzen, die ich Ihnen schulde, aber das war's dann auch schon.»

«Sie mögen knapp bei Kasse sein, aber Sie besitzen andere Wertgegenstände, mit denen wir uns zufrieden geben würden.»

«Andere Wertgegenstände? Wovon reden Sie?»

«Sehen Sie sich um. Was sehen Sie?»

«Nein. Das können Sie nicht verlangen. Das ist nicht Ihr Ernst.»

«Ich sehe Bücher, Harry. Sie nicht? Ich sehe Hunderte von Büchern. Und nicht etwa irgendwelche Bücher, sondern Erstausgaben, sogar signierte Erstausgaben. Ganz zu schweigen von den Sachen in den Schubladen und Schränken darunter. Manuskripte. Briefe. Autographen. Überlassen Sie uns den Inhalt dieses Zimmers, und wir betrachten die Schuld als beglichen.»

«Dann bin ich ruiniert. Dann bin ich vernichtet.»

«Erwägen Sie die Alternative, Mr. Dunkel-Brightman. Was ist Ihnen lieber: Gefängnis wegen Betrugs, oder ein stilles, friedliches Leben als Antiquar? Überlegen Sie es sich gut. Gordon und ich kommen morgen mit einem Umzugswagen und einigen Möbelpackern. Das dauert nur ein paar Stunden, dann sind Sie uns für immer los. Wenn Sie versuchen, uns aufzuhalten, greife ich zum Telefon und hole die Polizei. Es ist Ihre Entscheidung, Harry. Leben oder Tod. Ein ausgeräumtes Zimmer – oder zum zweiten Mal ins Gefängnis. Ob Sie uns die Bücher morgen geben oder nicht, Sie verlieren sie sowieso. Das haben Sie doch verstanden, oder? Seien Sie klug, Harry. Sträuben Sie sich nicht. Wenn Sie kampflos aufgeben, tun Sie allen einen Gefallen – vor allem sich selbst. Erwarten Sie uns zwischen elf und Mittag. Ich wäre gern präziser, aber bei dem

Verkehr heutzutage kann man nie wissen. *À demain*, Harry. *Ta ta.*»

Dann ging die Tür auf, und als Dryer und Trumbell sich an ihm vorbeischoben, spähte Rufus ins Büro und sah Harry an seinem Schreibtisch sitzen, den Kopf in den Händen und schluchzend wie ein kleiner Junge. Wäre Harry nur ein paar Minuten sitzen geblieben und hätte sich die Zeit genommen, über das Vorgefallene nachzudenken, dann wäre ihm klar geworden, dass Dryer und Trumbell nichts gegen ihn in der Hand hatten, dass die Drohung, ihn der Polizei auszuliefern, nur ein plumper, stümperhafter Bluff sein konnte. Wie hätten sie, ohne sich selbst mit hineinzuziehen, beweisen können, dass Harry wissentlich ein gefälschtes Manuskript hatte verkaufen wollen? Wenn sie behaupteten, von der Fälschung zu wissen, würden sie auch den Fälscher der Polizei übergeben müssen – und wie groß waren die Chancen, dass Ian Metropolis seine Beteiligung an dem Schwindel eingestehen würde? Vorausgesetzt, natürlich, es gab überhaupt einen Ian Metropolis, was mir immer unwahrscheinlicher vorkam. Das Gleiche galt für die drei so genannten Experten, die sein Werk angeblich begutachtet hatten. Ich vermutete stark, dass Dryer und Trumbell das Hawthorne-Blatt selbst fabriziert hatten, und leichtgläubig, wie Harry nun einmal war, dürfte es ihnen nicht schwer gefallen sein, ihm einzureden, dass es sich um die Arbeit eines Meisterfälschers handelte. Harry hatte mir erzählt, er habe sich, als wir in Vermont waren, mit Metropolis getroffen; aber wie konnte er wissen, dass dieser Mann der war, der zu sein er behauptete? Der Dickens-Brief hatte nichts zu besagen. Ob echt oder nicht, der Brief hatte mit der Sache nichts zu tun. Der Plan zu Harrys Vernichtung war von Anfang bis Ende ein Zwei-Mann-Unternehmen gewesen, mit dem kurzen Auftritt eines Dritten in verstellter Rolle. Zwei nicht sehr raffinierte Gauner und ihr anonymer Spießgeselle. Allesamt Halunken.

Aber Harry konnte an diesem Tag nicht klar denken. Wie sollte er auch, wenn sein Inneres nur noch eine offene Wunde war, ein eiternder Klumpen von verstörter Hirnmasse, explodierten Neuronen und elektrischen Kurzschlüssen? Wie konnte er vernünftig sein, wenn die Liebe seines Lebens ihn gerade mit einer Litanei monströser Beleidigungen überschüttet und sein geschlagenes Ich mit den Axthieben seiner Verachtung zerfleischt hatte? Wie konnte er gleichmütig sein, nachdem dieser Mann und sein neuer Partner ihre Absicht erklärt hatten, ihm alles zu rauben, was er besaß, und er sich machtlos fühlte, sie aufzuhalten? Konnte man Harry kritisieren, weil er es nicht fertig brachte, etwas vorausschauender zu denken? Konnte man ihm vorwerfen, dass er sich in einem Zustand absoluter, animalischer Panik befand?

Als Rufus ins Büro trat, stand Harry von seinem Schreibtisch auf und schrie. Er brüllte ohne Worte, er bekam nicht einen einzigen zusammenhängenden Satz heraus, und die Töne, die aus seiner Kehle drangen, waren so furchtbar, sagte Rufus, so herzzerreißend in ihrer Qual, dass er vor Furcht zu zittern anfing. Dryer und Trumbell waren noch auf der Treppe auf dem Weg nach unten, und ohne sich um Rufus zu kümmern, stürzte Harry hinter seinem Schreibtisch hervor und rannte ihnen nach. Rufus folgte ihm – aber langsam, vorsichtig, fast gelähmt vor Grauen. Als er unten ankam, hatten Dryer und Trumbell den Laden bereits verlassen, und Harry riss gerade die Tür auf – immer noch brüllend, setzte er ihnen nach. Draußen wartete ein Taxi mit laufendem Motor, und die beiden Männer waren schon hinten reingesprungen, ehe Harry sie einholen konnte. Als das Taxi davonfuhr, schüttelte er ihm die Fäuste hinterher, schrie zweimal *Mörder! Mörder!* und rannte dann, vollkommen außer sich, so schnell ihn seine Beine trugen, die Seventh Avenue hinunter, rempelte Fußgänger an, stolperte, schlug hin, rappelte sich auf und blieb erst stehen, als er an die nächste Ecke kam und das Taxi außer Sicht geriet. Rufus sah das alles aus der Ferne, beobachtete Harrys verschwommene Gestalt durch einen Schleier von Tränen.

In dem Augenblick, als Harry an der Ecke stehen blieb, kam Nancy Mazzucchelli um ebendiese Ecke und trat an ihren ehemaligen Chef heran, verblüfft, ihn in einem so schrecklichen Zustand zu sehen. Seine Wangen waren knallrot, er rang keuchend nach Luft, sein Jackett war am Ellbogen eingerissen, und sein immer sehr gepflegtes Haar flatterte ihm rings um den Schädel.

«Harry», sagte sie. «Was ist?»

«Die haben mich umgebracht, Nancy», antwortete Harry. Er hielt eine Faust an die Brust gepresst und rang weiter nach Luft. «Die haben mir ein Messer ins Herz gestoßen und mich umgebracht.»

Nancy legte beide Arme um ihn und tätschelte seinen Rücken. «Keine Sorge», sagte sie. «Alles wird wieder gut.»

Aber es war nicht gut; es war ganz und gar nicht gut. Denn noch während Nancy diese Worte sprach, stieß Harry ein lang gezogenes, kraftloses Stöhnen aus, und dann sackte sein Körper schlaff an ihren. Sie versuchte ihn festzuhalten, aber er war zu schwer für sie, und sie sanken beide ganz langsam zu Boden. Und so geschah es, dass Harry Brightman, einst bekannt als Harry Dunkel, Vater von Flora und Exmann von Bette, an einem schwülen Nachmittag des Jahres 2000 auf einem Brooklyner Bürgersteig in den Armen der S. p. M. sein Leben aushauchte.

GEGENANGRIFF

Tom fuhr sehr schnell, und wir schafften es in weniger als fünf Stunden nach Park Slope zurück, sodass wir, gerade als die Sonne unterzugehen begann, vor dem Laden vorfuhren. Rufus und Nancy warteten, in dem abgedunkelten Schlafzimmer aneinander gekauert, oben in Harrys Wohnung auf uns. Dass sie anwesend war, kam mir irgendwie richtig vor, aber warum sie da war, begriff ich erst, als Rufus uns erzählte, was im Lauf des Tages passiert war. Vorher war so vieles zu bedenken, dass ich gar nicht auf die Idee kam, danach zu fragen.

Da die beiden Lucy noch nie gesehen hatten, stellten wir sie ihnen zunächst einmal vor. Dann brachte Tom unser Mädchen ins Wohnzimmer und setzte es vor den Fernseher. Normalerweise wäre das meine Aufgabe gewesen, aber ich glaube, Tom war so erschrocken, der S. p. M. in einer so ungewohnten Umgebung zu begegnen, dass er sich erst einmal für eine kurze Atempause zurückziehen musste. Seine Königin war wundersamerweise wieder aufgetaucht, und zweifellos hämmerte ihm das Herz wie verrückt in seiner liebeskranken Brust.

Rufus war schon um einiges ruhiger als Stunden zuvor bei seinem Anruf. Der Schock hatte sich ein wenig gelegt, und er konnte uns ohne allzu viele Unterbrechungen Bericht erstatten. Er und Nancy saßen auf dem Bett, und jedes Mal, wenn er doch wieder zu weinen anfing, schlang sie ihre Arme um ihn und hielt ihn fest, bis die Tränen versiegt waren. Auch sie selbst war oft den Tränen nahe, aber dank ihres von Grund auf freundlichen Wesens erkannte sie, dass von allen, die an diesem Abend in der Wohnung anwesend waren, Rufus der Verzweifeltste war, derjenige, der Trost am meisten nötig hatte. Während er mit seinem bedächtigen jamaikanischen Singsang den Hergang der Ereignisse erzählte, erschienen vor meinem inneren Auge immer wieder Bilder von Harrys Leichnam, der nur wenige Blocks entfernt in einem Tiefkühlfach des Methodistenhospitals aufgebahrt war.

Ich hatte Harry nicht gut gekannt, aber er war mir auf eigenartige Art sympathisch gewesen (eine Mischung aus Faszination, Respekt und Skepsis), und wäre er unter irgendwelchen anderen Umständen gestorben, hätte mich das wahrscheinlich nicht so berührt. Mehr noch als Entsetzen, mehr noch als Trauer empfand ich Wut über das Ungeheuerliche, das man ihm angetan hatte. Da half auch nicht, dass ich Dryers falsches Spiel vorhergesehen hatte, dass ich den Hawthorne-Schwindel instinktiv als Trick, als Betrug innerhalb eines Betrugs durchschaut hatte und dass das Motiv für das alles von Anfang an Rache gewesen war. Was nützt Wissen, wenn man es nicht anwendet, um zu verhindern, dass ein Freund vernichtet wird? Ich hatte versucht, Harry zu warnen, aber längst nicht nachdrücklich genug – ich hatte zu wenig Zeit und Mühe aufgebracht, ihm begreiflich zu machen, warum er aus dem Geschäft hätte aussteigen müssen. Und jetzt war er tot – kaltblütig ermordet, ermordet obendrein auf eine Weise, dass seine Mörder niemals für ihr Verbrechen zur Verantwortung gezogen werden konnten.

Als Rufus mit seinem Bericht fertig war, hätte ich am liebsten gleich selbst einen Rachefeldzug gestartet. Tom hatte nur eine sehr verschwommene Vorstellung davon, worum es bei dem Streit mit Dryer und Trumbell gegangen war (er wusste, es hatte irgendwie mit dem von Harry eingefädelten Geschäft zu tun, mehr aber auch nicht), und Rufus und Nancy tappten vollständig im Dunkeln. Im Gegensatz zu Tom hatten sie von Gordon Dryer noch nie gehört, und auch von den Flecken auf Harrys Weste war ihnen nichts bekannt. Ich machte mir nicht die Mühe, sie über die Einzelheiten ins Bild zu setzen. Was hätte das nützen sollen? Für mich war jetzt nur wichtig, so schnell wie möglich ans Telefon zu kommen – und dafür zu sorgen, dass morgen kein Umzugswagen vor dem Laden auftauchte. Dryer und sein Freund mochten Harry getötet haben, aber ich würde nicht zulassen, dass sie ihn auch noch ausraubten.

Ich bat Tom um den Schlüssel für das Büro, und da er sich in diesem Augenblick in einem Zustand äußerster Verwirrtheit befand (Trauer um den unerwarteten Tod seines Chefs, Freude und Schrecken über die plötzliche Nähe zu Nancy, sein Bemühen, den schier untröstlichen Rufus zu trösten), langte er geistesabwesend in seine Tasche und gab ihn mir. Erst als ich zur Tür hinausging, kam er lange genug zur Besinnung, mich zu fragen, was ich vorhätte. «Nichts», sagte ich vage. «Ich muss nur mal was nachsehen. Bin gleich wieder da.»

Ich setzte mich an Harrys Schreibtisch und zog die mittlere Schublade auf. Wenn er Dryers Telefonnummer irgendwo aufbewahrt, dann vermutlich hier, dachte ich. Notfalls hätte ich auch Trumbell über die Auskunft aufgespürt, aber durch den Blick in die Schublade hoffte ich ein wenig Zeit zu sparen. Ausnahmsweise hatte ich einmal Glück. Ganz oben in der Schublade lag ein Briefumschlag, an dem eine grüne Haftnotiz befestigt war; darauf standen mit Tinte geschrieben zwei Worte: *Gordons Handy*, gefolgt von einer zehnstelligen Nummer, die mit der Vorwahl 917 anfing. Als ich den Zettel vom Umschlag abzog und neben das Telefon auf den Schreibtisch legte, sah ich, dass auch auf dem Umschlag etwas stand: *Im Falle meines Todes zu öffnen.*

Drinnen befanden sich zwölf mit Maschine geschriebene Seiten, ein von der Kanzlei Flynn, Bernstein & Vallaro in der Court Street aufgesetztes Testament, ordnungsgemäß unterschrieben, beglaubigt und ausgefertigt am 5. Juni 2000, also nur einen Tag bevor ich im Chowder Inn mit Harry telefoniert hatte. Ich überflog den Inhalt des Dokuments, und nach drei Minuten hatte ich begriffen, was er mit seinem *Riesending*, mit seinem *Coup schlechthin*, mit seinem *eleganten Kopfsprung zur ewigen Größe* gemeint hatte. Er hatte damit auf das Testament angespielt, das ich jetzt in Händen hielt und das in der Tat etwas Großartiges war, etwas vollkommen Überraschendes und Großartiges, der Beweis, dass ihm meine Warnungen sehr viel näher gegangen waren, als ich mir vorgestellt hatte. Mir gegenüber hatte er meinen Rat in den Wind geschlagen, für sich aber war er auf Nummer Sicher gegangen und hatte die Möglichkeit, dass Gordon ihn linken könnte, in Betracht gezogen: Er hatte geahnt, sollte es zu einem solchen Verrat kommen, wäre sein Leben vorbei – wenn auch nicht buchstäblich, so doch immerhin in dem Sinne, dass er eine so verheerende Enttäuschung nicht würde ertragen können. Das hatte er mir bei unserem Essen am ersten Juni ja selbst gesagt: *Wenn du mit Gordon Recht hast, ist mein Leben sowieso am Ende.* Der Gedanke, Gordon heuchle ihm was vor, um sich an ihm zu rächen, brachte ihn auf den Gedanken an seinen Tod. Der erste Gedanke führte naturgemäß zum zweiten, und am Ende waren die beiden Gedanken eins. Daher das Testament. Der Schritt mochte allzu drastisch sein, eine fast schon hysterische Reaktion auf die Seelenqual, die ihn bedrängte, aber wer konnte ihm einen Vorwurf daraus machen, dass er (mit seinen Worten) *einige*

Vorkehrungen treffen wollte? Im Lichte dessen, was sich an diesem Tag zugetragen hatte, erschien das nun als Akt ungemeiner Klugheit.

Die zwei in dem Testament als Begünstigte Genannten waren Tom Wood und Rufus Sprague. Sie sollten nicht nur das Gebäude an der Seventh Avenue erben, sondern auch das Antiquariat Brightman's Attic, einschließlich des gesamten zu diesem Unternehmen gehörenden Waren- und Geldbestandes. Daneben wurden andere, kleinere Vermächtnisse erwähnt – diverse Bücher, Gemälde und Schmuckstücke, die Leuten zugedacht waren, deren Namen mir nichts sagten –, aber die Hauptmasse von Harrys Besitz ging an Tom und Rufus, die die Einnahmen aus Brightman's Attic zu gleichen Teilen unter sich aufteilen sollten. Auf dem Gebäude lastete keine Hypothek, und die Bücher und Manuskripte in dem Zimmer, in dem ich jetzt saß, waren von beträchtlichem Wert, sodass sich die Erbschaft insgesamt auf ein kleines Vermögen belief, mehr Geld, als die beiden sich je hätten erträumen können. Im allerletzten Moment hatte Harry sein Riesending abgezogen, seinen Coup schlechthin. Er hatte für seine Jungs gesorgt.

Jetzt wurde mir klar, wie sehr ich ihn unterschätzt hatte. Der Mann mochte sich zu einem Schelm und Halunken entwickelt haben, aber ein Teil von ihm war der zehnjährige Junge geblieben, der davon geträumt hatte, Waisenkinder aus den zerbombten Städten Europas zu retten. Trotz all seiner witzelnden Respektlosigkeit, trotz all seiner Sünden und Lügen hatte er den Glauben an die Grundsätze des Hotels Existenz nie aufgegeben. Der gute alte Harry Brightman. Der komische alte Harry Brightman. Hätte auf seinem Schreibtisch eine Flasche gestanden, ich hätte mir ein Glas eingeschenkt und zu seinem Gedenken ausgetrunken. Stattdessen griff ich zum Telefon und wählte Gordons

Nummer. Das lief auf lange Sicht wahrscheinlich auf das Gleiche hinaus.

Er ging nicht ran, aber nach dem vierten Klingeln schaltete sich der Anrufbeantworter ein, und ich hörte zum ersten Mal seine Stimme – eine ungewöhnlich ruhige und wachsame Stimme, wie mir schien, emotionslos und ziemlich monoton. Zum Glück nannte er eine zweite Nummer, unter der er zu erreichen sei (die von Trumbell, nahm ich an), was mir die Mühe ersparte, selbst danach zu suchen. Ich wählte noch einmal, rechnete freilich damit, dass niemand abnehmen würde, denn ich vermutete, Dryer und Trumbell ließen jetzt sicher irgendwo in Brooklyn die Korken knallen und feierten ihren Triumph. Ich überlegte schon, ob ich eine Nachricht auf dem Anrufbeantworter hinterlassen sollte, als das Klingeln plötzlich abbrach und ich zum zweiten Mal innerhalb von dreißig Sekunden Dryers Stimme vernahm. Ich wusste zwar ganz genau, dass er das am anderen Ende der Leitung war, fragte aber sicherheitshalber trotzdem, ob ich Gordon Dryer sprechen könne.

«Am Apparat», sagte er. «Wer spricht da?»

«Nathan», antwortete ich. «Wir haben uns nie gesehen, aber ich glaube, Sie haben von mir gehört. Ein Freund von Harry Brightman. Der Wahrsager.»

«Keine Ahnung, wovon Sie reden.»

«Aber ja doch. Als Sie und Ihr Freund heute Harry besucht haben, hat jemand hinter der Tür gestanden und Ihr Gespräch belauscht. Einmal hat Harry meinen Namen genannt. ‹Ich hätte auf Nathan hören sollen›, hat er gesagt, und Sie haben gefragt: ‹Wer ist Nathan?› Darauf hat Harry mich als einen Wahrsager bezeichnet. Erinnern Sie sich jetzt? Wir reden hier nicht von der fernen Vergangenheit, Mr. Dryer. Sie haben das erst vor wenigen Stunden gehört.»

«Wer sind Sie?»

«Ich bin der Überbringer schlechter Neuigkeiten. Ich bin der Mann, der Drohungen und Warnungen ausspricht, der den Leuten sagt, was sie zu tun haben.»

«Ach? Und was habe ich Ihrer Meinung nach zu tun?»

«Ihr Sarkasmus gefällt mir, Gordon. Die Kälte in Ihrer Stimme entgeht mir nicht, und die bestätigt mir, dass ich Sie richtig eingeschätzt habe. Ich danke Ihnen. Danke, dass Sie mir die Aufgabe so leicht machen.»

«Ich brauche bloß aufzulegen, dann ist unser Gespräch beendet.»

«Aber Sie werden nicht auflegen, richtig? Sie machen sich vor Angst in die Hose, und Sie werden alles tun, um herauszufinden, was ich weiß. Habe ich Recht oder nicht?»

«Sie wissen überhaupt nichts.»

«Sie dürfen gern noch einmal raten, Gordon. Ich nenne Ihnen mal ein paar Namen, dann sehen wir ja, was ich weiß und was ich nicht weiß.»

«Namen?»

«Dunkel Frères. Alec Smith. Nathaniel Hawthorne. Ian Metropolis. Myron Trumbell. Und? Soll ich weitermachen?»

«Na schön, Sie wissen also, wer ich bin. Große Sache.»

«Ja, große Sache. Weil ich nämlich weiß, was ich weiß, und daher in der Lage bin, von Ihnen zu bekommen, was ich will.»

«Ah. Das ist es also. Sie wollen Geld. Sie wollen, dass wir Sie an dem Deal beteiligen.»

«Wieder falsch, Gordon. An Geld bin ich nicht interessiert. Sie brauchen nur eine Kleinigkeit für mich zu tun. Ein Kinderspiel. Das kostet Sie höchstens eine Minute.»

«Und?»

«Rufen Sie die Umzugsfirma an, die Sie für morgen bestellt haben, und annullieren Sie den Auftrag. Sagen Sie,

Sie haben es sich anders überlegt, Sie brauchen den Wagen nicht mehr.»

«Und wie käme ich dazu?»

«Weil Ihre Schurkerei nach hinten losgegangen ist, Gordon. Keine fünf Minuten nachdem Sie Harrys Laden verlassen haben, ist Ihnen die ganze Sache um die Ohren geflogen.»

«Was soll das denn heißen?»

«Harry ist tot.»

«Was?»

«Harry ist tot. Er ist Ihnen auf der Seventh Avenue nachgerannt, als Sie mit dem Taxi abgehauen sind. Die Anstrengung war zu groß für ihn. Herzversagen, er ist auf der Straße tot zusammengebrochen.»

«Ich glaube Ihnen kein Wort.»

«Das sollten Sie aber, Mann. Harry ist tot, und Sie haben ihn umgebracht. Armer dummer Harry. Er hat nie etwas anderes als Liebe für Sie empfunden, und zum Dank dafür haben Sie ihn in diese miese Falle gelockt. Gute Arbeit, Junge. Sie müssen sehr stolz auf sich sein.»

«Das ist nicht wahr. Harry lebt.»

«Dann rufen Sie im Leichenschauhaus des Brooklyner Methodistenhospitals an. Sie brauchen mir ja nicht zu glauben. Fragen Sie einfach die Burschen in den weißen Kitteln.»

«Das tue ich. Genau das werde ich tun.»

«Gut. Und vergessen Sie nicht, die Umzugsfirma anzurufen. Harrys Bücher bleiben in Harrys Laden. Wenn Sie morgen in Brightman's Attic auftauchen, breche ich Ihnen den Hals. Und dann übergebe ich Sie der Polizei. Haben Sie verstanden, Gordon? Ich lasse Sie davonkommen. Ich weiß alles über die gefälschte Manuskriptseite, den Zehntausend-Dollar-Scheck, alles. Ich will nur nicht, dass Harrys

Name da mit reingezogen wird. Der Mann ist tot, und ich habe nicht vor, irgendetwas zu tun, was seinem Ruf jetzt noch schaden könnte. Aber nur, wenn Sie meine Anweisungen befolgen. Wenn Sie nicht tun, was ich Ihnen sage, wechsle ich zu Plan B und setze alles daran, Sie zur Strecke zu bringen. Haben Sie gehört? Ich lasse Sie auffliegen und ins Gefängnis werfen. Ich mache Sie so fertig, dass Sie nicht mehr leben wollen.»

ADIEU

Rufus wollte weder von dem Gebäude noch von der Buchhandlung etwas wissen. Er wollte auch nichts von Brooklyn wissen, nichts von New York, nichts von Amerika. Für ihn kam nur ein Amerika in Frage, in dem ein Harry Brightman lebte, und nachdem Harry jetzt das Land verlassen hatte, hielt Rufus es für an der Zeit, nach Hause zurückzukehren.

«Ich gehe zu meiner Oma nach Kingston», sagte er. «Sie ist meine Freundin, der einzige Mensch auf der Welt, den ich habe.»

So seine verblüffende Reaktion, als er von Harrys Testament erfuhr. Tom hingegen wusste gar nicht, was er davon halten sollte, und schwieg.

Kurz nach zehn begab ich mich nach oben in die Wohnung zurück. Nancy war bereits nach Hause gegangen, um bei ihren Kindern zu sein; Lucy war vor dem Fernseher eingeschlafen und dann auf Harrys Bett getragen worden, wo sie noch vollständig bekleidet und mit offenem Mund auf den Decken lag und in der warmen New Yorker Nacht leise vor sich hin schnarchte; Tom und Rufus saßen im Wohnzimmer und rauchten. Tom zog nachdenklich an seiner Camel Filter. Rufus, der anscheinend an einem Joint paffte, wirkte ziemlich daneben. Ob high oder nicht, jedenfalls äußerte er sich mit großer Klarheit, nachdem ich ihnen Harrys Testament vorgelesen hatte. Er hatte sich längst entschieden, und Tom konnte sagen, was er wollte, er wich von seiner Position nicht ab. Das Einzige, worüber er reden wollte, war Harry, und das tat er dann auch ausführlich: Er begann mit einer weitschweifigen, emotionalen Schilderung ihrer ersten Begegnung – Rufus steht tränenüberströmt vor der Wohnung, aus der ihn sein Freund Tyrone soeben rausgeworfen hat, und plötzlich tritt Harry aus dem Dunkel auf ihn zu, legt ihm einen Arm um die Schulter und fragt, ob er ihm irgendwie helfen kann – und kam dann auf tausend selbstlose Wohltaten zu sprechen, die Harry ihm in den vergangenen drei Jahren erwiesen hatte, insbesondere, dass er ihm Arbeit angeboten hatte, aber auch, dass er ihm die Kostüme und den Schmuck gekauft hatte, die er für seine Auftritte als Tina Hott benötigte, ganz zu schweigen von Harrys nie nachlassender Großzügigkeit, wenn es um Arztrechnungen ging, und seiner Bereitschaft, die teuren Medikamente zu bezahlen, die Rufus am Leben erhielten. Gab es jemals einen besseren Menschen als Harry Brightman?, fragte er. Nicht dass er wüsste, beantwortete er seine Frage selbst und brach zum zigsten Mal an diesem Abend in Tränen aus.

«Du hast überhaupt keine Wahl», sagte Tom, indem er endlich aus seinem betäubten Schweigen erwachte. «Ob du hier bleibst oder nicht, das Geld gehört uns beiden. Wir sind Partner, und ich werde deinen Anteil auf gar keinen Fall für mich behalten. Halbe-halbe, Rufus. Wir teilen alles ganz genau auf.»

«Du brauchst mir nur das Geld für meine Medikamente zu schicken», flüsterte Rufus. «Mehr will ich nicht.»

«Wir verkaufen das Haus und den Laden», sagte Tom. «Wir versilbern alles und teilen uns den Ertrag.»

«Nein, Tommy», sagte Rufus. «Das kannst du alles behalten. Du bist so clever, Mann, du kannst reich werden, wenn du hier weitermachst. Für mich ist das nichts. Ich kenn mich mit Büchern nicht aus. Ich bin doch bloß ein

Freak, Mann, ein kleiner farbiger Freak, der hier nicht hingehört. Ein Mädchen im Körper eines Jungen. Ein sterbender Junge, der nur noch nach Hause will.»

«Du wirst nicht sterben», sagte Tom. «Du bist doch bei guter Gesundheit.»

«Wir alle sterben, mein Freund», sagte Rufus und zündete sich den nächsten Joint an. «Nimm das nicht so schwer. Ich seh das gelassen, Mann. Meine Oma wird gut für mich sorgen. Denk nur dran, mich ab und zu mal anzurufen, okay? Versprich mir das, Tommy. Wenn du meinen Geburtstag vergisst, verzeih ich dir das nie.»

Als ich dem Disput der beiden jungen Männer zuhörte, geriet ich selbst ein wenig aus der Fassung. Es war nicht meine Art, Gefühle offen zu zeigen, aber ich war immer noch aufgewühlt von dem Gespräch mit Dryer, das mir viel mehr abverlangt hatte als erwartet. Ich hatte für die Konfrontation die Rolle des harten Burschen angenommen und meine Stimme rau und böse gemacht, sodass ich mich angehört haben musste wie ein Ganove aus einem alten B-Movie. Natürlich hatte Dryer nichts anderes verdient, aber bis mir die Worte aus dem Mund gekommen waren, hatte ich gar nicht gewusst, dass ich zu solcher Grobheit, zu solcher Brutalität überhaupt fähig war. Und jetzt, nur wenige Minuten nach diesem Telefonat, saß ich wieder oben in der Wohnung und musste mitanhören, wie Rufus Sprague genau die Dinge von sich wies, die Dryer Harry hatte wegnehmen wollen. Der Kontrast war zu krass, zu überwältigend, als dass mich der Unterschied zwischen diesen beiden Männern nicht bewegen konnte. Und doch hatte Harry beide geliebt, hatte mit derselben hilflosen Leidenschaft, mit derselben bedingungslosen Hingabe jedem der beiden die Treue gehalten. Wie war so etwas möglich?, fragte ich mich. Wie konnte jemand bei der Beurteilung eines Menschen so vollkommen falsch liegen und gleichzeitig den wahren Charakter eines anderen so klar erkennen? Rufus war erst sechs- oder siebenundzwanzig Jahre alt. Äußerlich glich er einem exotischen Wesen von einem fremden Planeten; mit seinem kleinen, makellosen Kopf, seinem honigbraunen Gesicht und seinen langen, schlanken Gliedmaßen war er der Inbegriff des Schwächlings, des Weichlings, des Schwulen. Aber er hatte auch etwas Kämpferisches, einen ungewöhnlichen Idealismus, etwas, das sich den Eitelkeiten und Wünschen widersetzte, die uns andere für die Versuchungen der Welt so anfällig machen. In seinem Interesse hoffte ich, dass er sich die Sache mit der Erbschaft noch einmal überlegen würde. Ich hoffte, er würde doch noch anfangen, wie wir anderen zu denken, und das Vermögen annehmen, das man ihm vermacht hatte, aber als Tom auch nach zwei Stunden mit seinen Argumenten nicht zu ihm durchgedrungen war, stand für mich fest, dass es nie dazu kommen würde.

Am nächsten Tag erledigten wir die praktischen Dinge. Harrys Freunde mussten angerufen werden (das übernahm Rufus), Bette in Chicago und Buchhändlerkollegen in New York mussten angerufen werden (das übernahm Tom), Bestattungsunternehmen in Brooklyn mussten angerufen werden (das übernahm ich). In seinem Testament hatte Harry verfügt, dass sein Leichnam verbrannt werden sollte, aber was mit der Asche geschehen sollte, hatte er nicht gesagt. Nach langwieriger Diskussion einigten wir uns darauf, sie zwischen den Bäumen des Prospect Park zu verstreuen. In New York City ist es nicht erlaubt, die Asche von Toten an öffentlichen Orten auszubringen, aber wir nahmen an, wenn wir uns unauffällig an eine abgelegene, selten besuchte Stelle zurückzögen, würde uns schon niemand bemerken. Die Rechnung für die Einäscherung von Harrys sterblichen Überresten und den Metallbehälter für die

Asche belief sich auf etwas über fünfzehnhundert Dollar. Da sonst niemand etwas dazu beitragen konnte, beglich ich den Betrag vollständig aus meiner Tasche.

Am Nachmittag der kleinen Feier – Sonntag, der 11. Juni – ließ ich Lucy bei einem Babysitter und ging mit Tom in den Park; er trug den Kasten mit der Asche in einer grünen Einkaufstüte, die mit dem Logo von Brightman's Attic bedruckt war. Das Wetter war schon seit Beginn des Wochenendes furchtbar gewesen, schwül und drückend, sechsunddreißig Grad, hohe Luftfeuchtigkeit und erbarmungslose Sonne, aber am Sonntag war es am schlimmsten, das war einer dieser Tage, an denen man kaum Luft bekommt, an denen New York zum Vorposten tropischer Dschungel wird, zum heißesten, stinkendsten Ort der Welt. Jede Bewegung führte zu heftigen Schweißausbrüchen.

Wahrscheinlich lag es am Wetter, dass nur so wenige kamen. Harrys Manhattaner Freunde waren lieber in ihren klimatisierten Wohnungen geblieben, daher setzte sich unsere Schar nur aus einigen wenigen Getreuen aus seinem Viertel zusammen. Dazu zählten drei oder vier Ladeninhaber aus der Seventh Avenue, der Betreiber von Harrys Stammlokal und die Frau, die ihm die Haare geschnitten und gefärbt hatte. Nancy Mazzucchelli war natürlich da, ebenso ihr Mann, der falsche James Joyce, besser bekannt als Jim oder Jimmy. Ich sah ihn bei dieser Gelegenheit zum ersten Mal und muss leider vermelden, dass er keinen vorteilhaften Eindruck auf mich machte. Er war groß und attraktiv, wie Tom ihn angekündigt hatte, beschwerte sich aber unablässig über die Hitze und die Mückenschwärme im Park, was ich für ebenso kindisch wie egoistisch hielt, zumal er gekommen war, um einem Mann die letzte Ehre zu erweisen, der nicht mehr das Vergnügen hatte, sich über irgendetwas beschweren zu können.

Aber egal. An diesem Tag war nur eins wichtig, und das hatte weder mit Nancys Mann noch mit dem Wetter zu tun. Sondern einzig und allein mit Rufus, der mit zwanzig Minuten Verspätung – wir anderen hatten uns längst versammelt – in das von Mücken wimmelnde Gebüsch geschritten kam, als wir die Feier gerade ohne ihn beginnen wollten. Inzwischen war die vorherrschende Meinung die, dass er gekniffen hatte, dass die Aussicht, Harry als ein Häuflein Asche sehen zu müssen, zu viel für ihn gewesen und er dieser Prüfung nicht gewachsen war. Nichtsdestotrotz übten wir uns in Geduld, standen in der dicken, erstickenden Luft, wischten uns die Gesichter und sahen immer wieder auf unsere Armbanduhren in der Hoffnung, dass wir uns in ihm getäuscht hatten. Als er dann endlich kam, dauerte es einige Sekunden, bis wir ihn überhaupt erkannten. Nicht Rufus Sprague hatte sich uns zugesellt, sondern Tina Hott – und die Verwandlung war so radikal, so faszinierend, dass ich hinter mir wahrhaftig jemanden aufstöhnen hörte.

Er war eine der schönsten Frauen, die ich jemals gesehen hatte. Von Kopf bis Fuß wie eine Witwe gekleidet – enges schwarzes Kleid, schwarze Stöckelschuhe, schwarzer Pillboxhut mit feinem schwarzem Schleier –, war er zur Inkarnation absoluter Weiblichkeit geworden, zu einer Idee des Weiblichen, die alles übertraf, was im Reich natürlicher Fraulichkeit existierte. Die kastanienbraune Perücke sah aus wie echtes Haar; die Brüste sahen aus wie echte Brüste; das Make-up war mit Können und Präzision aufgetragen; und Tinas Beine waren so lang und so herrlich anzuschauen, dass man unmöglich glauben konnte, dass sie einem Mann gehörten.

Aber die Wirkung, die sie hervorrief, beruhte auf mehr als nur Äußerlichkeiten, mehr als nur Kleidern, Perücken oder Schminke. Das Weibliche leuchtete auch von innen aus ihr heraus, und Tinas würdevolle Trauerhaltung war die perfekte Verkörperung schmerzbewegter Witwenschaft, der Auftritt einer Schauspielerin von enormem Talent. Während der gesamten Feier sagte sie kein einziges Wort, stand schweigend unter uns, als einige kurze Reden über Harry gesprochen wurden und Tom den Kasten aufmachte und die Asche auf den Boden streute. Damit schien unser Unternehmen beendet, doch ehe wir uns zum Gehen wandten, schob sich ein dicker schwarzer Junge aus dem Gebüsch hervor und trat auf uns zu. Er hielt einen CD-Player in seinen ausgestreckten Armen, den er wie eine Krone auf einem Samtkissen vor sich her trug. Der Junge, der sich später als Rufus' Vetter entpuppte, stellte den Ghettoblaster vor Tina auf den Boden und drückte einen Knopf. Jetzt öffnete Tina den Mund, und als die ersten Takte Orchestermusik aus den Lautsprechern drangen, bewegte sie die Lippen zu dem nun anhebenden Gesang. Nach wenigen Sekunden erkannte ich die Stimme von Lena Horne, sie sang «Can't Help Lovin' That Man» aus *Show Boat*. So trat Tina Hott auch bei ihren samstagabendlichen Nachtclubvorstellungen auf: nicht als Sängerin, sondern als Playbacksängerin, die zu den Shownummern und Jazzstandards legendärer Sangeskünstlerinnen die Lippen bewegte. Das war ebenso großartig wie absurd. Lustig und herzzerreißend. Rührend und komisch. Es war alles, was es war, und alles, was es nicht war. Und dann Tina, wie sie die Arme bewegte, als schmettere sie tatsächlich dieses Lied. Ihre Miene drückte nichts als Zärtlichkeit und Liebe aus. In ihren Augen standen Tränen, und wir alle verharrten wie gebannt an Ort und Stelle und wussten nicht, ob wir mit ihr weinen oder lachen sollten. Für mich war das einer der seltsamsten, erhabensten Augenblicke meines Lebens.

Fish gotta swim and birds gotta fly
I gotta love one man 'til I die ...

Am Abend stieg Rufus in ein Flugzeug und flog nach Jamaika zurück. Nach allem, was ich weiß, ist er nie mehr nach New York gekommen.

WEITERE ENTWICKLUNGEN

Tom war ziemlich durcheinander. In einem so kurzen Zeitraum war so viel passiert, dass er mit der Fülle der Möglichkeiten, die sich ihm eröffnet hatten, zunächst gar nichts anzufangen wusste. Wollte er Harrys Geschäft übernehmen, den Rest seiner Tage in einem Laden in Park Slope sitzen und mit antiquarischen Büchern handeln? Oder sollte er, wie er am Abend von Harrys Tod vorgeschlagen hatte, das Ganze einfach verkaufen und den Erlös mit Rufus teilen? Dass Rufus seinen Verzicht auf das Geld erklärt hatte, spielte keine große Rolle. Das Gebäude war von beträchtlichem Wert, und wenn Rufus den ihm zustehenden Anteil partout nicht haben wollte, würde Tom dafür sorgen, dass seine Großmutter es für ihn annähm. Aus dem Verkauf war ein enormer Geldbetrag zu erwarten, mehrere hunderttausend Dollar für jeden der beiden, und mit seinem Anteil wäre Tom in der Lage, sein Leben von Grund auf neu zu gestalten und jede nur erdenkliche Richtung einzuschlagen. Aber was wollte er eigentlich? Das war die große Frage, und fürs Erste war es die einzige Frage, die unbeantwortet blieb. Wollte Tom vielleicht doch noch die Idee des Hotels Existenz verwirklichen? Oder würde er lieber auf seinen ursprünglichen Plan zurückkommen und sich nach einem Job als Englischlehrer an einer High School umsehen? Und wenn ja: wo? Wollte er in New York bleiben, oder wollte er mit allem Schluss machen und aufs Land ziehen? Immer wieder in den folgenden Tagen sprachen wir diese Angelegenheiten durch, aber abgesehen davon, dass er sein winziges Apartment aufgab und sich vorübergehend in Harrys Wohnung über dem Laden niederließ, blieb Tom bei seinem Zaudern, Grübeln und Hadern. Zum Glück stand er nicht unmittelbar unter Entscheidungsdruck. Harrys Testament befand sich erst am Anfang des mühsamen Wegs zur gerichtlichen Bestätigung, und bis den Erben die Besitzurkunde für das Gebäude ausgehändigt wurde, würden noch Monate vergehen. Auch Harrys andere Vermögenswerte – sein mageres Bankkonto, ein paar Aktien und Anleihen – waren vorläufig eingefroren. Tom saß auf einem Haufen Gold, aber solange die Anwälte der Kanzlei Flynn, Bernstein & Vallaro mit der Abwicklung von Harrys Vermächtnis beschäftigt waren, ging es ihm tatsächlich sogar schlechter als vorher. Die wöchentlichen Lohnzahlungen fielen jetzt weg, und nur wenn er Brightman's Attic am Laufen hielt, konnte er überhaupt mit irgendwelchen Einnahmen rechnen. Ich bot an, ihm Geld zu leihen, aber davon wollte er nichts wissen. Ebenso wenig sagte ihm mein Vorschlag zu, er solle den Laden den Sommer über schließen und mit mir und Lucy erst einmal ausgiebig Urlaub machen. Er sei es Harry schuldig, das Antiquariat am Leben zu erhalten, sagte er. Das sei eine moralische Schuld, er fühle sich verpflichtet, die Sache bis zum Ende durchzustehen. Gut, sagte ich. Aber wie willst du den Laden ganz allein halten? Rufus ist nicht mehr da, das heißt, du hast keinen Verkäufer. Und du kannst es dir nicht leisten, einen neuen einzustellen. Wovon willst du ihn bezahlen?

Zum ersten Mal in all den Jahren, die ich ihn kannte, geriet Tom in Zorn. «Scheiß drauf, Nathan», sagte er. «Ist doch völlig egal. Mir fällt schon was ein. Kümmere dich lieber um deine eigenen Angelegenheiten, okay?»

Aber Toms Angelegenheiten waren auch meine, und es schmerzte mich, ihn in solchen Schwierigkeiten zu sehen.

Daher bot ich ihm nun selbst meine Dienste an – zum symbolischen Lohn von einem Dollar im Monat. Ich könnte für Rufus einspringen, sagte ich, und meinen Ruhestand bis auf weiteres aussetzen, um die zeitraubende Arbeit eines Verkäufers in Brightman's Attic zu übernehmen. Wenn Tom daran gelegen sei, würde ich ihn auch gern mit Boss anreden.

Und so begann eine neue Epoche in unserem Leben. Ich meldete Lucy für ein Sommercamp der Berkeley Carroll School am Lincoln Place an, und jeden Morgen, nachdem ich sie die siebeneinhalb Blocks von meiner Wohnung zum Camp begleitet hatte, schlenderte ich zurück und nahm meinen Platz an der Ladenkasse ein. Die Arbeit an meinem *Buch menschlicher Torheiten* litt natürlich unter diesem veränderten Tagesablauf, dennoch machte ich weiter, so gut es ging, schrieb spätabends, wenn Lucy sich schlafen gelegt hatte, und wenn im Geschäft nichts los war, konnte ich auch die eine oder andere Viertelstunde zum Schreiben abzweigen. Zu meinem großen Bedauern fiel das tägliche Mittagessen mit Tom jetzt flach. Es war einfach keine Zeit mehr für ausgiebige Mahlzeiten im Sitzen, und so lebten wir fortan aus der Tüte, aßen unsere Sandwiches und tranken unseren Eiskaffee in der stickigen Enge des Antiquariats, verputzten das alles in wenigen Minuten. Um vier Uhr befreite mich Tom von meinen Pflichten hinter der Kasse, damit ich Lucy abholen konnte. Dann brachte ich sie in den Laden, und bis wir um sechs Uhr zumachten, vertrieb sie sich die Zeit mit der Lektüre irgendeines der viertausendzweihundert Bücher, die in den Regalen des Geschäfts zum Verkauf standen.

Lucy blieb mir ein Rätsel. In vieler Hinsicht war sie ein Musterkind, und je besser wir uns kennen lernten, desto mehr mochte ich sie, desto lieber hatte ich sie in meiner

Nähe. Von dem Rätsel, das ihre Mutter mir aufgab, einmal abgesehen, gab es über unser Mädchen tausend positive Dinge zu sagen. Vollkommen unbekannt mit dem Großstadtleben, passte sie sich der neuen Umgebung schnell an und fühlte sich nahezu im Handumdrehen in unserem Viertel zu Hause. Wo auch immer Carolina Carolina liegen mochte, die einzige Sprache, die dort gesprochen wurde, war Englisch. Jetzt aber drangen, wenn wir bei unseren Spaziergängen auf der Seventh Avenue an der chemischen Reinigung vorbeikamen, am Lebensmittelladen, an der Bäckerei, am Schönheitssalon, am Zeitungskiosk, am Coffeeshop, alle möglichen verschiedenen Sprachen auf sie ein. Sie hörte Spanisch und Koreanisch, Russisch und Chinesisch, Arabisch und Griechisch, Japanisch, Deutsch und Französisch, doch statt sich davon einschüchtern oder verwirren zu lassen, frohlockte sie über diese Vielfalt menschlicher Töne. «So möchte ich auch reden können», sagte sie eines Morgens, als wir an einer offenen Haustür vorbeigingen und Zeuge wurden, wie eine dicke kleine Frau einen alten Mann anschrie. «*Mira! Mira! Mira!*», äffte Lucy die Frau mit unheimlicher Treffsicherheit nach. «*Hombre! Gato! Sucio!*» Eine Minute später kopierte sie ganz ähnlich einen Mann, der jemandem auf der anderen Straßenseite etwas auf Arabisch zurief – Worte, die ich nicht hätte aussprechen können, und wenn es um mein Leben gegangen wäre. Die Kleine hatte ein feines Gehör, sie hatte Augen, mit denen sie sehen, einen Kopf, mit dem sie denken, und ein Herz, mit dem sie fühlen konnte. Im Camp hatte sie keine Schwierigkeiten, Freunde zu finden, und schon am Ende der ersten Woche war sie von drei verschiedenen Mädchen zum Spielen nach Hause eingeladen worden. Sie schreckte nicht vor meinen Gutenachtküssen und Umarmungen zurück; sie mäkelte nie am Essen herum; sie machte überhaupt fast nie große Umstände. Trotz ihrer oftmals grauenhaften Grammatik (die ich nicht zu korrigieren beschloss) und trotz der Verbohrtheit, mit der sie im Fernsehen nichts anderes als Zeichentrickfilme sehen wollte (hier sprach ich ein Machtwort und schränkte ihren Konsum auf eine Stunde pro Tag ein), bereute ich es keine Sekunde, dass ich sie bei mir aufgenommen hatte.

Dennoch blieb die beunruhigende Tatsache ihrer Weigerung, irgendetwas von ihrer Mutter zu erzählen. Aurora war das Gespenst, das über unseren kleinen Haushalt herrschte, und ganz gleich, wie oft ich Lucy fragte, ganz gleich, wie oft ich ihr die kleinste Information zu diesem Thema zu entlocken versuchte, es führte mich keinen Schritt weiter. Gewiss hatte eine solche Willensstärke bei einem so jungen Menschen etwas Bewundernswertes, mich aber regte es auf, und je länger sich dieses Patt hinzog, desto größer wurde meine Frustration.

«Deine Mutter fehlt dir bestimmt sehr, Lucy, oder?», fragte ich sie eines Abends.

«Sie fehlt mir ganz schrecklich», sagte sie. «Sie fehlt mir so sehr, dass mir das Herz wehtut.»

«Du möchtest sie gern wiedersehen?»

«O ja. Ich bete jeden Abend zu Gott, dass sie zu mir zurückkommt.»

«Das wird sie. Du brauchst mir nur zu sagen, wo wir sie finden können.»

«Das darf ich nicht, Onkel Nat. Das habe ich dir schon so oft gesagt, aber anscheinend hörst du mir nie richtig zu.»

«Ich höre dir zu. Ich will doch nur, dass du nicht mehr traurig bist.»

«Ich kann nicht darüber reden. Ich hab's versprochen, und wenn ich mein Versprechen breche, muss ich in der Hölle braten. Die Hölle ist für ewig, und ich bin noch ein kleines Mädchen. Ich bin noch nicht so weit, dass ich ewig braten will.»

«Es gibt keine Hölle, Lucy. Und du wirst nicht braten, nicht mal eine Minute lang. Alle haben deine Mutter gern, und wir wollen ihr nur helfen.»

«Falsch. So ist das nicht. Bitte, Onkel Nat. Frag mich nicht mehr nach Mama aus. Es geht ihr gut, und eines Tages kommt sie zurück zu mir. Das weiß ich genau, und mehr kann ich dir nicht sagen. Wenn du weiterfragst, werde ich wieder so wie damals, als ich hierher gekommen bin. Dann mache ich den Mund zu und sag kein Wort mehr zu dir. Und was würde uns das bringen? Es ist so schön, wenn wir uns unterhalten. Solange du mich nicht nach Mama fragst, kann ich mir nichts Schöneres vorstellen. Als mit dir zu reden, meine ich. Ich finde dich unheimlich nett. Müssen wir uns denn diese Freude verderben?»

Nach außen hin wirkte sie rundum glücklich und zufrieden, aber mich beunruhigte der Gedanke an die Qualen, die sie durchzustehen hatte, um ihr Geheimnis nicht zu verraten. Es war von einer Neuneinhalbjährigen zu viel verlangt, mit einer so schweren Verantwortung durch die Welt zu gehen. Das konnte ihr nur schaden, und ich fand einfach keine Möglichkeit, dem ein Ende zu machen. Ich sprach mit Tom darüber, ob wir sie zu einem Psychiater schicken sollten, aber das hielt er für reine Zeit- und Geldverschwendung. Wenn Lucy schon nicht mit uns reden wollte, würde sie erst recht nicht mit einem Fremden reden. «Wir müssen geduldig sein», sagte er. «Früher oder später wird es ihr zu viel, und dann kommt alles heraus. Aber sie wird erst reden, wenn sie wirklich bereit dazu ist.» Ich nahm mir Toms Rat zu Herzen und gab die Idee mit dem Arzt fürs Erste auf; das hieß aber nicht, dass ich seine Meinung teilte. Die Kleine würde niemals bereit sein. Sie war so zäh, so verstockt, so verdammt unnachgiebig, dass sie nach meiner Überzeugung ewig durchhalten würde.

Ich begann meine Arbeit für Tom am Vierzehnten, drei Tage nachdem wir Harrys Asche im Prospect Park verstreut hatten und Rufus zu seiner Großmutter nach Jamaika abgereist war. Am Tag danach kam meine Tochter aus England zurück. Seit der verhängnisvollen Unterredung mit der jetzt Unaussprechlichen, die meine Tochter geboren hatte, hatte ich unablässig an den Fünfzehnten gedacht, jedoch war ich im Strudel der Ereignisse nach unserer hastigen Abreise aus dem Chowder Inn so abgelenkt, dass ich kaum noch wusste, welches Datum wir gerade schrieben. Nun hatten wir also den fünfzehnten Juni, nur dass ich in meiner Konfusion nichts davon mitbekam. Um sechs machten wir den Laden zu; Tom, Lucy und ich nahmen im Second Street Café ein frühes Abendessen ein, und dann gingen Lucy und ich nach Hause, wo wir uns die Zeit bis zum Schlafengehen mit einer Partie Monopoly oder Clue vertreiben wollten. Bevor wir damit anfingen, hörte ich Rachels Nachricht auf dem Anrufbeantworter. Ihr Flugzeug war um eins gelandet; um drei war sie in ihrem Haus angekommen; um fünf hatte sie meinen Brief gelesen. Der Tonfall, mit dem sie das Wort *Brief* aussprach, sagte mir, dass sie mir alles verziehen hatte. «Danke, Dad», sagte sie. «Du ahnst ja nicht, wie wichtig mir das ist. In letzter Zeit ist so viel Schlimmes passiert, da habe ich genau so etwas dringend gebraucht. Wenn ich jetzt auf dich zählen kann, werde ich bestimmt mit allem fertig werden.»

Am nächsten Abend passte Tom auf Lucy auf, und ich traf mich mit Rachel zum Essen in Midtown Manhattan, nicht weit von meinem alten Büro bei der Mid-Atlantic Accident & Life. Wie schnell sich die Welt um uns ändert; wie schnell ein Problem ein anderes ersetzt, sodass wir uns kaum in unseren Siegen sonnen können. Fast einen Monat lang war ich wegen des Briefes an meine erboste, entfremdete Tochter in Unruhe gewesen und hatte gebetet, dass meine unterwürfige Entschuldigung dem jahrelangen Groll ein Ende machen und mir bei ihr eine zweite Chance geben möge. Und wie durch ein Wunder hatte der Brief alles zustande gebracht, was ich mir erhofft hatte. Wir befanden uns wieder auf festem Boden, und da die Feindseligkeiten der vergangenen Jahre nun sämtlich begraben waren, malte ich mir das Essen an diesem Abend als freudige Versöhnungsfeier aus, bei der wir viel scherzen und lachen und in komischen Erinnerungen schwelgen würden. Aber kaum war ich wieder als Rachels Vater etabliert, sollte ich ihr aus der schlimmsten Notlage ihres Lebens helfen. Meine Tochter hatte «großen Kummer». Sie machte eine schwere Krise durch, und an wen sollte sie sich wenden, wenn nicht an ihren Vater – mochte er sich auch als noch so unfähiger Trottel erwiesen haben?

Ich reservierte uns einen Tisch im Grenouille, dem unverschämt teuren, im alten New Yorker Stil schwülstig eingerichteten französischen Restaurant, in das *Name gestrichen* und ich sie zur Feier ihres achtzehnten Geburtstags eingeladen hatten. Sie erschien mit der Halskette, die ich ihr geschickt hatte, dem Gegenstück zu der, die im Cosmic Diner für so viel Kummer gesorgt hatte, und sosehr es mich freute, wie gut ihr die Kette stand, wie apart sie sich zu ihren dunklen Augen und Haaren machte, musste ich doch zugleich an jene andere Kette denken und empfand einige Gewissensbisse, als ich noch einmal die Katastrophe durchlebte, die ich auf Marina Gonzalez herabbeschworen hatte. So viele junge Frauen, Ende zwanzig, Anfang dreißig, sagte ich mir; so viel junges weibliches Leben umkreist mich. Marina. Honey Chowder. Nancy Mazzucchelli. Aurora. Rachel. Von all diesen Frauen schien mir meine Tochter die ausgeglichenste und erfolgreichste zu sein, die solideste, diejenige, die am wenigsten mit Schwierigkeiten zu kämpfen hatte, und doch saß sie jetzt mir gegenüber am Tisch und erzählte mir mit Tränen in den Augen vom Scheitern ihrer Ehe.

«Ich verstehe nicht», sagte ich. «Als ich dich das letzte Mal gesehen habe, war doch alles gut. Terrence war phantastisch. Du warst phantastisch. Ihr hattet gerade euren zweiten Hochzeitstag, und du hast mir erzählt, das seien die zwei glücklichsten Jahre deines Lebens gewesen. Wann war das? Ende März? Anfang April? So schnell zerbrechen Ehen nicht. Nicht, wenn die Leute verliebt sind.»

«Ich bin noch verliebt», antwortete Rachel. «Terrence macht mir Sorgen.»

«Der Mann ist dir um die halbe Welt nachgejagt, um dich zu überreden, ihn zu heiraten. Weißt du noch? Er war hinter dir her. Und du warst dir anfangs nicht mal sicher, ob er dir überhaupt gefiel.»

«Das war vor langer Zeit. Ich rede von heute.»

«Als wir das letzte Mal von heute geredet haben, hast du erzählt, dass ihr Kinder haben wolltet. Du hast gesagt, Terrence sehne sich danach, Vater zu werden. Nicht einfach nur Vater – sondern Vater deiner Kinder. So etwas sagen Männer, wenn sie die Frau, mit der sie zusammen sind, wirklich lieben.»

«Ich weiß. Das habe ich auch gedacht. Aber dann ist er nach England gegangen.»

«Amerika, England – wo ist der Unterschied? Man bleibt immer derselbe, egal wo man ist.»

«Kann schon sein. Aber Georgina lebt nicht in Amerika. Sondern in England.»

«Aha. Dahin läuft der Hase also. Warum hast du das nicht gleich gesagt?»

«Weil es mir schwer fällt. Mir dreht sich schon der Magen um, wenn ich nur ihren Namen ausspreche.»

«Falls es dich tröstet, ich finde den Namen lächerlich. Georgina. Da muss ich an ein ständig kicherndes viktorianisches Mädchen mit blonden Ringellocken und dicken roten Backen denken.»

«Sie ist eine verhuschte graue Maus mit fettigen braunen Haaren und schlechter Haut.»

«Klingt mir nicht nach einer echten Konkurrentin.»

«Sie und Terrence haben zusammen studiert. Sie war seine erste große Liebe. Dann hat sie sich in einen anderen verliebt und ihn sitzen lassen. Deshalb ist er nach Amerika gegangen. Er war vollkommen am Boden zerstört, Dad. Er hat mir erzählt, dass er sich umbringen wollte.»

«Und jetzt ist dieser andere weg vom Fenster.»

«Das weiß ich eben nicht. Fest steht nur, dass wir drei in London mal zusammen essen waren und Terrence sie die ganze Zeit angestarrt hat. Als ob ich gar nicht dabei gewesen wäre. Danach hat er nur noch von ihr geredet. Georgina ist so klug. Georgina ist so witzig. Georgina ist so ein guter Mensch. Zwei Tage später sind die beiden ohne mich essen gegangen. Dann haben wir seine Eltern in Cornwall besucht, aber nach drei oder vier Tagen ist er mit dem Zug nach London zurück, um mit seinem Verleger über das Buch zu sprechen, an dem er gerade arbeitete. Jedenfalls hat er das behauptet. Ich vermute, er ist da hin, um diese blöde Georgina Watson wiederzusehen, die Liebe seines Lebens. Das war furchtbar. Er hat mich einfach da draußen mit seinen rechtsradikalen, antisemitischen Eltern allein gelassen, und ich musste auch noch so tun, als fände ich das ganz großartig. Er hat mit ihr geschlafen. Das weiß ich. Er hat mit ihr geschlafen, und jetzt liebt er mich nicht mehr.»

«Hast du ihn gefragt?»

«Was glaubst du denn? Gleich, als er wieder zu seinen Eltern zurückkam. Es gab einen grässlichen Streit. Den schlimmsten Streit, seit wir uns kennen.»

«Und was hat er gesagt?»

«Er hat alles abgestritten. Hat gesagt, ich sei eifersüchtig und sehe Gespenster.»

«Das ist ein gutes Zeichen, Rachel.»

«Gut? Was soll das denn heißen? Er hat mich belogen, und jetzt werde ich nie mehr Vertrauen zu ihm haben können.»

«Nimm mal das Schlimmste an. Nimm an, er hat mit ihr geschlafen, ist zurückgekommen und hat dich belogen. Das ist immer noch ein gutes Zeichen.»

«Wie kannst du das nur sagen?»

«Weil es bedeutet, dass er dich nicht verlieren will. Dass er die Ehe mit dir fortsetzen will.»

«Was ist denn das für eine Ehe? Wenn man dem Mann, mit dem man verheiratet ist, nicht mehr trauen kann – das ist doch, als wäre man gar nicht verheiratet.»

«Schau, mein Küken, es liegt mir fern, dir gute Ratschläge zu geben. Wenn es um die Ehe geht, bin ich ein denkbar ungeeigneter Ratgeber. Du hast die ersten achtzehn Jahre deines Lebens mit mir in einem Haus gelebt, und ich brauche dich nicht daran zu erinnern, was für einen Mist ich in meiner Ehe gebaut habe. Es gab Zeiten, da hatte ich deine Mutter so satt, dass ich ihr tatsächlich den Tod gewünscht habe. Ein Autounfall, ein Zugunglück, ein tödlicher Sturz im Treppenhaus – an solches Zeug habe ich gedacht. Es ist entsetzlich, so etwas zu sagen, und glaub bitte nicht, dass ich stolz auf mich bin, aber es ist wichtig, dass du begreifst, was wirklich eine schlechte Ehe ist. Deine Mutter und ich haben eine schlechte Ehe geführt. Eine Zeit lang haben wir uns geliebt, und dann ist alles den Bach runtergegangen.

Trotzdem haben wir noch lange Zeit weitergemacht, und so schlecht es uns auch ging, wir haben immerhin noch dich zustande gebracht. Du bist das Happy End der ganzen tragischen Geschichte, und weil du bist, wer du bist, bedaure ich nichts, gar nichts. Verstehst du mich, Rachel? Ich kenne Terrence nicht gut genug, als dass ich mir eine Meinung zu ihm erlauben könnte. Aber eins weiß ich: Ihr führt keine schlechte Ehe. Menschen machen Fehler. Begehen Dummheiten. Nur befindet Georgina sich jetzt auf der anderen Seite des Ozeans, und falls du es nicht mit einem unheilbaren Schürzenjäger zu tun hast, dürfte diese kleine Episode damit vorbei sein. Du musst jetzt eine Weile durchhalten und abwarten, was passiert. Du darfst nichts überstürzen. Er hat dir seine Unschuld beteuert – wer weiß, vielleicht hat er ja die Wahrheit gesagt? Eine alte Liebe wird man nicht so einfach los. Mag sein, dass Terrence dir für kurze Zeit untreu geworden ist, aber jetzt ist er wieder mit dir in Amerika, und wenn du ihn so liebst, wie du sagst, stehen die Chancen nicht schlecht, dass alles gut wird. Solange er sich nicht zu so einem miesen Ehemann entwickelt, wie dein Vater einer war, gibt es Hoffnung. Große Hoffnung. Hoffnung auf eine glückliche gemeinsame Zukunft. Hoffnung auf Kinder. Hoffnung auf Katzen und Hunde. Hoffnung auf Bäume und Blumen. Hoffnung für Amerika. Hoffnung für England. Hoffnung für die Welt.»

Ich wusste selbst nicht, was ich da sagte. Die Worte sprudelten einfach so aus mir heraus, eine unaufhaltsame Flut von dummen Sprüchen und ausgeleierten Gefühlen, und als ich ans Ende meiner grotesken Rede kam, sah ich Rachel lächeln, zum ersten Mal lächeln, seit sie das Restaurant betreten hatte. Vielleicht hatte ich gar nichts anderes erreichen wollen. Sie wissen lassen, dass ich auf ihrer Seite stand, dass ich an sie glaubte, dass die Lage wahrscheinlich nicht so hoffnungslos war, wie sie dachte. Auf jeden Fall sagte mir ihr Lächeln, dass sie sich allmählich beruhigte, und nun versuchte ich das Gespräch vorsichtig auf andere Themen zu bringen, denn das war nach meiner Überzeugung die beste Medizin: Sie sollte Terrence jetzt erst einmal vergessen, nicht mehr an das Problem denken, das sie seit Wochen beschäftigte. Punkt für Punkt unterrichtete ich sie von dem, was geschehen war, seit wir uns das letzte Mal gesehen hatten. Im Prinzip war es eine Kurzfassung all dessen, was ich bis jetzt in diesem Buch erzählt habe. Nein, nicht ganz – denn ich ließ nicht nur die Sache mit Marina und der Halskette weg (zu traurig, zu demütigend), verschwieg nicht nur das hässliche Telefonat mit der Unaussprechlichen, sondern ersparte ihr auch die schmerzlichen Einzelheiten der Geschichte mit dem gefälschten Hawthorne-Manuskript. Aber sonst kam praktisch alles zur Sprache: *Das Buch menschlicher Torheiten*, Vetter Tom, Harry Brightman, die kleine Lucy, die Reise nach Vermont, Toms Abenteuer mit Honey Chowder, Harrys Testament, Tina Hotts Pantomime zu «*Can't Help Lovin' That Man*». Rachel hörte aufmerksam zu, und während sie aß und ihren Wein trank, gab sie sich alle Mühe, möglichst viel von diesen überraschenden Neuigkeiten aufzunehmen. Und mir selbst ging es, je länger ich redete, immer besser. Ich war in die Rolle eines alten Seebären geschlüpft und hätte mein Seemannsgarn den ganzen Abend so weiterspinnen können. Da Rachel viel daran lag, Lucy kennen zu lernen, verabredeten wir, dass sie uns am nächsten Sonntag besuchen sollte – mit oder ohne ihren Mann, ganz wie sie wollte. Sie freue sich auch auf Tom, sagte sie, und dann stellte sie die Vierundsechzigtausend-Dollar-Frage: «Und was ist mit Honey? Meinst du, da wird was draus?»

«Eher nicht», sagte ich. «Tom hat ihrem Vater seine Telefonnummer aufgeschrieben und ihn gebeten, sie ihr zu geben, aber sie hat sich nicht gemeldet. Und soweit ich weiß, hat auch Tom sie nicht angerufen. Wäre ich zum Wetten aufgelegt, würde ich sagen, wir sehen Honey nie wieder. Sehr schade, aber der Fall scheint abgeschlossen.»

Wie üblich lag ich falsch. Genau zwei Wochen nach dem Abendessen mit Rachel, am letzten Freitag des Monats, erschien, angetan mit einem weißen Sommerkleid und einem großen Strohhut, Honey Chowder in der Buchhandlung. Es war fünf Uhr nachmittags. Tom saß vorn im Laden an der Kasse und las eine alte Taschenbuchausgabe der *Federalist Papers*. Ich hatte Lucy bereits vom Camp abgeholt, und sie und ich ordneten hinten im Laden die Bücher im Geschichtsregal. Seit zwei Stunden hatten wir keinen einzigen Kunden gehabt, und vom gedämpften Surren eines Ventilators einmal abgesehen war es vollkommen still.

Lucys Gesicht leuchtete auf, als sie Honey hereinkommen sah. Sie wollte schon auf sie zulaufen, aber ich legte ihr eine Hand auf den Arm und flüsterte: «Noch nicht, Lucy. Lass erst mal die beiden miteinander reden.» Honey, die nur Augen für Tom hatte, hatte uns noch gar nicht bemerkt. Wie zwei Geheimagenten gingen unser Mädchen und meine Wenigkeit hinter einem Regal in Deckung und verfolgten den folgenden Wortwechsel.

«Hallo, Tom», sagte Honey und warf ihre Handtasche auf den Ladentisch. Dann nahm sie den Hut ab und schüttelte ihr üppiges langes Haar. «Wie geht's?»

Tom sah von seinem Buch auf und sagte: «Du liebe Zeit, Honey. Was machst du denn hier?»

«Dazu kommen wir später. Zuerst will ich wissen, wie es dir geht.»

«Nicht schlecht. Viel zu tun, bisschen gestresst, aber

nicht schlecht. Es ist einiges passiert, seit wir uns gesehen haben. Mein Chef ist gestorben, und wie es aussieht, habe ich diesen Laden geerbt. Ich bin mir noch nicht im Klaren, was ich damit anfangen soll.»

«Ich rede nicht vom Geschäft. Ich rede von dir. Was dein Herz macht.»

«Mein Herz? Das schlägt. Zweiundsiebzigmal pro Minute.»

«Das heißt also, du bist immer noch allein? Wärst du verliebt, würde es schneller schlagen.»

«Verliebt? Wovon redest du?»

«Du hast im vergangenen Monat keine Neue kennen gelernt?»

«Nein. Natürlich nicht. Ich hatte viel zu viel zu tun.»

«Erinnerst du dich an Vermont?»

«Wie könnte ich das vergessen?»

«Und deine letzte Nacht dort? Erinnerst du dich auch an die?»

«Ja. Ich erinnere mich an diese Nacht.»

«Und?»

«Und was?»

«Was siehst du, wenn du mich anschaust, Tom?»

«Ich weiß nicht, Honey. Ich sehe dich. Honey Chowder. Honey Fischsuppe. Eine Frau mit einem unmöglichen Namen. Eine unmögliche Frau mit einem unmöglichen Namen.»

«Weißt du, was ich sehe, wenn ich dich anschaue, Tom?»

«Das möchte ich lieber nicht wissen.»

«Ich sehe einen großartigen Mann. Das sehe ich. Ich sehe den besten Mann, den ich jemals kennen gelernt habe.»

«Ach?»

«Ja, *ach*. Und weil ich das sehe, wenn ich dich anschaue,

habe ich alles hingeschmissen und bin nach Brooklyn gekommen, um ein Teil deines Lebens zu werden.»

«Alles hingeschmissen?»

«Du hast richtig gehört. Das Schuljahr ist vor zwei Tagen zu Ende gegangen, und ich habe gekündigt. Ich bin frei.»

«Aber, Honey, ich liebe dich nicht. Ich kenne dich doch kaum.»

«Das kommt alles noch.»

«Was?»

«Erst wirst du mich kennen lernen. Und dann wirst du mich lieben.»

«Einfach so.»

«Ja. Einfach so.» Sie hielt kurz inne und lächelte. «Wie geht's übrigens Lucy?»

«Lucy geht es gut. Sie wohnt bei Nathan in der First Street.»

«Der arme Nathan. Der ist dem doch gar nicht gewachsen. Das Mädchen braucht eine Mutter. Von jetzt an wohnt sie bei uns.»

«Du bist dir deiner Sache ja verdammt sicher.»

«Das muss ich ja wohl sein, Tom. Wenn ich mir meiner Sache nicht sicher wäre, wäre ich nicht hier. Dann hätte ich nicht alle meine Koffer draußen im Auto. Dann wüsste ich nicht, dass du der Mann meines Lebens bist.»

Nun fand ich, die beiden hätten genug miteinander geredet, und ließ Lucy aus unserem Versteck. Sofort rannte sie los, direkt auf Honey zu.

«Da bist du ja, meine Kleine», sagte die Exlehrerin, schlang ihre Arme um unser Mädchen und hob sie vom Boden hoch. Als sie sie schließlich wieder auf die Füße stellte, fragte sie: «Hast du gehört, was Tom und ich gesprochen haben?»

Lucy nickte.

«Und was meinst du dazu?»

«Ich meine, das ist ein guter Plan», sagte Lucy. «Wenn ich bei dir und Onkel Tom wohne, brauche ich nicht mehr immer nur im Restaurant zu essen. Du kochst so leckere Sachen, und die esse ich dann. Und Onkel Nat kann bei uns mitessen, wenn er will. Und wenn du und Onkel Tom mal ausgehen wollt, kann er auf mich aufpassen.»

Honey grinste. «Und du wirst auch schön brav sein? Das netteste Mädchen der Welt?»

«Nein», sagte Lucy und sah sie mit ergründlich ausdrucksloser Miene an. «Ich werde schlecht sein. Das schlechteste, gemeinste, allerböseste kleine Mädchen auf Gottes Erdboden.»

HAWTHORN STREET ODER HAWTHORNE STREET

Monate vergingen. Mitte Oktober hatten die Anwälte ihre Arbeit an Harrys Nachlass abgeschlossen, und Tom und Rufus konnten sich als rechtmäßige Eigentümer von Brightman's Attic und dem zugehörigen Gebäude betrachten. Tom und Honey waren verheiratet, und Lucy, die sich zum Aufenthalt ihrer Mutter nach wie vor ausschwieg, ging jetzt in die fünfte Klasse der örtlichen Public School 321. Rachel war immer noch mit Terrence zusammen. Eine Woche nach der Wood-Chowder-Hochzeit rief sie mich an und erzählte, dass sie im zweiten Monat schwanger sei.

Ich blieb in der Buchhandlung beschäftigt, aber seit Honeys dramatischem Auftritt Ende Juni teilten wir uns den Job, sodass ich nur noch die Hälfte der Zeit anwesend zu sein brauchte. An freien Tagen schrieb ich weiter meine Anekdoten für das *Buch menschlicher Torheiten* nieder und half, wie Lucy selbst angeregt hatte, gelegentlich als Babysitter aus, wenn Tom und Honey abends einmal ausgehen wollten. In den ersten Monaten kam das naturgemäß häufiger vor. Honey war nach eigener Aussage in ihrem Provinznest schier verkümmert und wollte sich jetzt, da sie nach New York gekommen war, alle Vorteile zunutze machen, die die Stadt zu bieten hatte: Theater, Kino, Konzerte, Ballett, Dichterlesungen, Mondscheinfahrten auf der Staten-Island-Fähre. Ich beobachtete mit Vergnügen, wie der träge, schwerfällige Tom unter dem energischen Einfluss seiner neu gefundenen Frau aufblühte. Binnen Tagen nach Honeys Ankunft gab er sein Zaudern, was er mit der Erbschaft anfangen sollte, auf und entschloss sich, das Haus zu verkaufen. Mit ihrer Hälfte des Erlöses hätten die beiden mehr als genug, sich eine Zwei- oder Dreizimmerwohnung in der Gegend anzuschaffen, und danach bliebe auch noch etwas übrig, womit sie sich über Wasser halten konnten, bis sie einen festen Job gefunden hätten – sehr wahrscheinlich zu Beginn des nächsten Schuljahrs als Lehrer an einer Privatschule. Monate vergingen, und bis Mitte Oktober hatte Tom fast zwanzig Pfund abgenommen und sah halbwegs wieder so aus wie der junge Dr. Thumb von damals. Hausmacherkost war ihm offensichtlich zuträglich, und trotz seiner gegenteiligen Vorhersagen war nichts davon zu spüren, dass Honey ihn ermüdete, bedrückte oder entmutigte. Einen Tag um den andern machte sie ihn etwas mehr zu dem Mann, der er schon immer hatte werden sollen.

So viele positive Entwicklungen in der Abteilung Liebe könnten den Leser zu der Annahme verleiten, in unserem Fleckchen Brooklyn habe allgemeines Glück geherrscht. Doch leider sind nicht alle Ehen von Bestand. Jeder weiß das, aber wer von uns wäre darauf gekommen, dass in diesen Monaten die am wenigsten glückliche Person in unserem Viertel Toms ehemalige Flamme war, die Schöne Perfekte Mutter? Gewiss, ihr Mann hatte bei unserer Feier im Prospect Park einen schlechten Eindruck auf mich gemacht, aber nicht in hundert Jahren hätte ich mir träumen lassen, dass er so dumm sein konnte, eine solche Frau wie selbstverständlich als sein Eigentum zu betrachten. Die Nancy Mazzucchellis dieser Welt sind äußerst dünn gesät, und wenn ein Mann das Glück hat, das Herz einer Mazzucchelli zu erobern, hat er von da an nur noch die Aufgabe, mit allen Kräften dafür zu sorgen, dass er es nicht wieder verliert. Aber Männer sind (wie ich in früheren Kapiteln dieses Buches hinreichend gezeigt habe) dumme Geschöpfe, und der Schönling James Joyce erwies sich gar als noch dümmer als die meisten. Da Nancys Mutter und ich im Sommer Freundschaft geschlossen hatten (mehr davon später), war ich häufig Gast im Haus der Familie in der Carroll Street, und dort erfuhr ich von Jimmys Sünden der Vergangenheit und sah seine Ehe mit Nancy in die Brüche gehen. Angefangen hatte der Blödsinn schon vor langer Zeit, als es noch gar keine S. p. M. gegeben hatte – vor gut sechs Jahren, als Nancy mit ihrem ersten Kind, Devon, schwanger war. Da hatte ihr Mann eine Affäre mit einer Kellnerin aus Tribeca; sie kam dahinter und warf ihn vorübergehend hinaus, doch als das Kind dann geboren war, hatte sie nicht die Kraft, seinen tränenreichen Versprechungen, er werde so etwas nie wieder tun, weiteren Widerstand entgegenzusetzen. Aber Worte zählen in solchen Angelegenheiten nicht viel, und wer weiß, wie viele heimliche Liebschaften dieser ersten noch folgten? Nach Joyces Schätzung waren es nicht mehr als sieben oder acht, One-Night-Stands und Quickies bei der Arbeit mitgerechnet. Nancy, die Großmut und Nachsicht in Person, wollte den Gerüchten nicht glauben. Dann aber verknallte sich Jim in eine Kollegin, die Geräuschemacherin Martha Ives, und das war's dann. Er sagte, er sei verliebt, und am 11. August 2000, zwei Monate nachdem ich ihn beim Verstreuen von Harrys Asche zum ersten Mal gesehen hatte, packte er seine Sachen und ging.

Zwölf Tage später erfuhr ich von meinem Onkologen, dass meine Lungen immer noch sauber waren.

Vier Tage danach heckte Rachel gemeinsam mit Tom und Honey einen teuflischen Plan aus, der darauf hinauslief, mich glauben zu machen, mir stünde der Besuch eines Baseballspiels im Shea Stadium bevor – während mich in

Wirklichkeit eine Überraschungsparty zu meinem sechzigsten Geburtstag erwartete. Der Plan sah vor, dass ich Tom in seiner Wohnung abholen sollte, doch als ich zur Tür hereinkam, fiel ein Dutzend Leute mit Küsschen hier, Küsschen da und vielem Schulterklopfen über mich her, nicht zu reden von dem lautstarken Ständchen, das mir dann auch noch gebracht wurde. Ich war auf diese gutmütige Attacke und den Schock, der mir durch alle Glieder fuhr, so wenig vorbereitet, dass ich mich beinahe übergeben hätte. Die Feier ging bis tief in die Nacht, und irgendwann ließ ich mich breitschlagen, eine Rede zu halten. Der Champagner war mir ohnehin schon zu Kopf gestiegen, und ich muss reichlich geschwafelt und viel dummes Zeug und zusammenhanglose Witze vom Stapel gelassen haben, wirres Gerede, dem meine angeheiterten Zuhörer vergeblich zu folgen versuchten. So ziemlich das Einzige, was ich von diesem verrückten Vortrag im Gedächtnis behalten habe, ist eine kurze Nebenbemerkung zum linguistischen Scharfsinn Casey Stengels. Wenn ich mich recht erinnere, beschloss ich meine Ansprache sogar mit einem Zitat des Meisters persönlich. «Man hat ihn nicht umsonst den Alten Professor genannt», sagte ich. «Er war nicht nur der erste Trainer unserer geliebten Mets, sondern auch – und sehr zu Nutz und Frommen der Menschheit – der Erfinder zahlreicher Sentenzen, die unser Verständnis für die englische Sprache neu definiert haben. Bevor ich mich wieder setze, erlaubt mir, euch diese unbezahlbare, unvergessliche Perle aufzutischen, die meine eigenen Erfahrungen weitaus genauer formuliert als alles, was ich in den sechzig Jahren, die ich nun bereits in diesem Körper hause, jemals vernommen habe: ‹Im Leben jedes Mannes kommt einmal eine Zeit, und ich hatte mehr als genug davon.›»

Die Subway-Series kam und ging; es wurde Herbst und

kühl; Gore kandidierte gegen Bush. Wie das Rennen ausgehen würde, stand für mich außer Frage. Auch wenn Nader da noch hineinpfuschte, schien eine Niederlage der Demokraten ausgeschlossen, und nahezu jeder, mit dem ich bei mir im Viertel darüber sprach, war der gleichen Ansicht. Nur Tom, stets der größte Pessimist, wenn es um amerikanische Politik ging, machte ein besorgtes Gesicht. Er glaubte, der Ausgang stünde noch lange nicht fest, und falls Bush die Wahl gewinne, könnten wir das ganze Gewäsch von wegen «konservativ mit Herz» vergessen, sagte er. Der Mann sei nicht konservativ. Sondern ein Ideologe der extremen Rechten, und sobald er den Amtseid abgelegt habe, werde sich die Regierung in der Hand von Irren befinden.

Eine Woche vor der Wahl tauchte endlich Aurora auf – nur um binnen dreißig Sekunden wieder zu verschwinden. Der Kontakt kam in Form eines Anrufs bei Tom zustande, aber da an diesem Vormittag niemand in der Wohnung war, blieb uns nichts als eine verstümmelte Nachricht auf dem Anrufbeantworter davon. Ich weiß nicht, wie oft ich mir mit Tom und Honey diese Nachricht angehört habe, aber wir spulten das Band so oft zurück, dass ich heute noch jeden Satz auswendig weiß. Jedes Mal, wenn ich sie hörte, klang sie ein wenig verzweifelter, ein wenig gereizter, ein wenig ängstlicher. Sie sprach leise, hob ihre Stimme von Anfang bis Ende kaum über ein Flüstern, aber ihre Worte waren so tödlich, dass sie mit der Wucht eines Schreis einschlugen.

Tom. Ich bin's, Rory. Ich bin in einer Telefonzelle und habe nicht viel Zeit. Ich weiß, du hast wahrscheinlich die Nase voll von mir, aber Lucy fehlt mir so sehr, ich muss einfach wissen, wie es ihr geht. Glaub nicht, das hat mir Spaß gemacht, Tom. Ich habe ewig nachgedacht, aber du warst der Einzige, auf den ich mich verlassen konnte. Sie konnte hier nicht mehr bleiben. Alles geht kaputt. Schlechte Nachrichten. Ich habe selbst versucht, hier rauszukommen, aber es geht nicht, ich bin nie allein ... Schreib mir einen Brief, ja? Ich habe kein Telefon, aber du erreichst mich in der Hawthorn Street 87 in ... Scheiße. Ich muss weg. Entschuldige. Muss weg.

Der Hörer knallte auf die Gabel, und der lang erwartete Anruf kam zu einem jähen, ergebnislosen Ende. Unsere schlimmsten Befürchtungen hatten das Gewicht einer Tatsache angenommen, und immer noch hatten wir keine Ahnung, wo Aurora sich aufhielt. Tom hatte in der Vergangenheit schon Ähnliches mit seiner Schwester erlebt, und obwohl er sich gewiss nicht weniger Sorgen machte als ich, war seine Unruhe gedämpft von Erschöpfung und Überdruss, jahrelanger Enttäuschung und Trauer. «Sie ist der verantwortungsloseste Mensch, den ich kenne», sagte er. «Nun fängt Lucy endlich an, sich bei uns einzuleben, und da muss sie nach so vielen Monaten anrufen und sagen, dass sie ihr fehlt. Was ist das für eine Mutter? Sie will, dass ich ihr schreibe, und dann sagt sie uns nicht mal, in welcher Stadt sie lebt. Das ist nicht fair, Nathan. Honey und ich tun alles, um ihr zu helfen, und das Letzte, was wir jetzt brauchen, ist zusätzliche Verwirrung und noch mehr Durcheinander. Jetzt reicht's.»

«Sicher ist das nicht fair», sagte ich. «Aber Rory steckt in irgendwelchen Schwierigkeiten, und wir müssen sie finden. Uns bleibt keine Wahl. Heb dir deine Sprüche für später auf, okay?»

Danach änderte sich für mich alles, die ganze Welt. In wenigen Tagen sollte die katastrophale Wahl 2000 stattfinden, aber während Tom und Honey die nächsten fünf Wochen entsetzt vor dem Fernseher saßen und mitansehen mussten, wie die Republikanische Partei ihre Gangster losschickte, um die Auszählung in Florida anzufechten, und dann den Obersten Gerichtshof dazu brachte, zu ihren Gunsten einen juristischen Coup durchzuziehen – während also diese Verbrechen gegen das amerikanische Volk begangen wurden und mein Neffe und seine Frau an Demonstrationen teilnahmen, Briefe an ihren Kongressabgeordneten schickten und zahllose Proteste und Petitionen unterschrieben, hatte ich nur eins im Kopf: Rory aufzuspüren und nach New York zu holen.

Hawthorn Street 87. Oder auch Hawthorne Street, benannt nach einem Menschen statt nach einem Baum – womöglich gar nach Nathaniel Hawthorne, dem schon lange toten Schriftsteller, der unwissentlich den Tod unseres traurigen, glücklosen Freundes herbeigeführt hatte. Eine schmerzliche Duplizität, die wenig oder nichts zu bedeuten hatte, aber trotzdem unheimlich war, denn es schien, als stellte das gleiche, in zwei verschiedenen Zusammenhängen auftauchende Wort eine unterirdische Verbindung zwischen Harry und Aurora her: der eine für immer gegangen, die andere nur außer Reichweite, beide aber Bewohner des Unsichtbaren. Abgesehen von diesem einen Hinweis blieb alles andere reine Spekulation, aber da Lucy mit südlichem Akzent sprach und da sie ihre Mutter in das nicht existierende Land Carolina Carolina versetzt hatte, beschloss ich, meine Suche in den beiden realen Carolinas zu beginnen, North und South. Das Dumme war bloß, dass Aurora und ihr Mann kein Telefon besaßen. Hätten sie in irgendeinem Telefonbuch gestanden, wäre es möglich gewesen, die Auskunft in sämtlichen Städten und Ortschaften beider Bundesstaaten anzurufen und nach der Nummer von David Minor in der Hawthorn(e) Street 87 zu fragen. Ein mühsames Unterfangen, aber immerhin eins, das zu einem positiven Ergebnis führen musste. Da mir diese Möglichkeit nicht zur Verfügung stand, blieb mir nichts anderes übrig, als den umgekehrten Weg zu gehen. An einem Sonntag stieg ich in den Zug nach Princeton Junction und verbrachte zusammen mit meiner schwangeren Tochter und ihrem kleinlauten, ernüchterten Mann zwölf Stunden vor einem Computermonitor. Terrence mochte es an Charme mangeln, aber in technischen Dingen war er ein Ass, und als ich am nächsten Morgen nach Hause fuhr, hatte ich eine Liste in der Tasche, in der jede Hawthorn und Hawthorne Street in beiden Carolinas verzeichnet war. Zu meiner Bestürzung gab es mehrere hundert davon. Zu viele. Um jede Nummer 87 auf der Liste zu besuchen, hätte ich sechs Monate unterwegs sein müssen.

In dieser Situation wandte ich mich an Henry Peoples, meinen alten Kollegen von Mid-Atlantic Accident & Life. Er war einer der Top-Ermittler des Unternehmens gewesen, und wir hatten im Lauf der Jahre eine Reihe von Fällen gemeinsam bearbeitet – der spektakulärste davon die so genannte Affäre Dubinsky, durch deren Aufklärung Henry zur Legende geworden war. Arthur Dubinsky hatte im Alter von einundfünfzig Jahren seinen Tod vorgetäuscht, indem er einen New Yorker Obdachlosen getötet, die Leiche in sein eigenes Auto gesetzt und dieses in den Rockies brennend in eine Felsschlucht gestürzt hatte. Maureen, seine dritte Ehefrau, achtundzwanzig Jahre alt, kassierte seine Lebensversicherung in Höhe von 1,6 Millionen Dollar, verkaufte einen Monat später ihre Eigentumswohnung in Manhattan und machte sich aus dem Staub. Henry, dem Dubinsky von Anfang an verdächtig vorgekommen war, hatte Maureen im Auge behalten; als sie sich plötzlich aus New York absetzte, unterrichtete er seinen Abteilungsleiter davon, und der gab ihm die Erlaubnis, sich ihr an die Fersen zu heften. Nach neun Monaten zäher Kleinarbeit hatte er Mrs. Dubinsky aufgespürt – sie lebte mit ihrem quicklebendigen Gatten auf der Insel Saint Lucia. Wir konnten noch fünfundachtzig Prozent der ausgezahlten Versicherung wiedererlangen;

Arthur Dubinsky kam wegen Mordes ins Gefängnis; und Henry und ich wurden mit hohen Prämien belohnt.

Ich hatte über zwanzig Jahre lang mit Peoples gearbeitet, will aber gar nicht erst so tun, als sei er mir jemals sympathisch gewesen. Er war ein sonderbarer, unangenehmer Mensch, der streng vegetarisch lebte und so viel Charme besaß wie eine erloschene Straßenlaterne. Knittrige Polyesteranzüge (vornehmlich braun), dicke Hornbrille, Schuppen ohne Ende und eine aufreizende Aversion gegen jede Art von persönlichem Gespräch. Wenn jemand mit Gipsarm oder Augenklappe zur Arbeit erschien, verlor Henry kein Wort darüber. Er sah einen bloß kurz an, registrierte den Schaden und legte einem dann, ohne sich danach zu erkundigen, wie es zu der Verletzung gekommen sei oder ob man Schmerzen habe, kühl seinen Bericht auf den Schreibtisch.

Aber immerhin, er war ein gewiefter Schnüffler und verstand sich darauf, verschollene Personen aufzuspüren; inzwischen war er im Ruhestand, und ich dachte mir, vielleicht ist er ja bereit, den Job zu übernehmen. Zum Glück lebte er immer noch in seiner alten Wohnung in Queens, die er mit seiner verwitweten Schwester und vier Katzen teilte. Ich wählte seine Nummer, und beim zweiten Läuten nahm er ab.

«Sag mir nur den Preis», forderte ich ihn auf. «Ich zahle alles, was du verlangst.»

«Ich will dein Geld nicht, Nathan», antwortete er. «Zahl mir die Spesen, und die Sache ist abgemacht.»

«Das könnte Monate dauern. Es wäre mir sehr unangenehm, wenn du so viel Zeit aufwenden müsstest, und am Ende käme nichts dabei heraus.»

«Das ist schon in Ordnung. Ich kann nicht behaupten, dass ich gerade etwas Besseres zu tun hätte. Ich schwinge mich wieder in den Sattel und lasse die großen Zeiten nochmal aufleben.»

«Die großen Zeiten?»

«Ja, sicher. Die herrlichen Dinge, die wir gemeinsam erlebt haben, Nathan. Dubinsky. Williamson. O'Hara. Lupino. Du erinnerst dich doch noch an diese Fälle?»

«Natürlich erinnere ich mich daran. Ich wusste nur nicht, dass du so ein Gefühlsmensch bist, Henry.»

«Bin ich nicht. Jedenfalls habe ich mich nie für einen gehalten. Aber du kannst dich auf mich verlassen. In Erinnerung an alte Zeiten.»

«Ich gehe von North oder South Carolina aus. Das kann aber auch falsch sein.»

«Keine Sorge. Vorausgesetzt, Minor hatte überhaupt mal irgendwann ein Telefon, werde ich ihn finden. Garantiert.»

Sechs Wochen später rief Henry mitten in der Nacht an und murmelte mir vier Silben ins Ohr: «Winston-Salem.»

Am nächsten Morgen saß ich im Flugzeug und flog nach Süden ins Zentrum des Tabakanbaus.

DAS LACHENDE MÄDCHEN

Hawthorne Street 87 war ein schäbiges zweigeschossiges Haus an einer halb ländlichen, halb vorstädtischen Straße etwa drei Meilen vom Stadtzentrum. Ich verfuhr mich mehrmals, bis ich es gefunden hatte, und als ich meinen gemieteten Ford Escort in der unbefestigten Einfahrt parkte, fiel mir auf, dass alle Jalousien der vorderen Fenster zugezogen waren. Es war ein düsterer, bewölkter Sonntag Mitte Dezember. Ich musste vernünftigerweise annehmen, dass niemand zu Hause war – oder Rory und ihr Mann lebten in diesem Haus wie in einer Höhle, hielten das grelle Tageslicht von sich fern, verwahrten sich gegen die Zudringlichkeiten der Außenwelt und bildeten eine geschlossene Zweiergesellschaft. Es gab keine Klingel, also klopfte ich an die Tür. Als sich nichts tat, klopfte ich noch einmal. Seit Rorys Nachricht auf Toms Anrufbeantworter hatten wir ständig damit gerechnet, dass sie noch einmal anrufen würde. Aber danach war wieder Funkstille gewesen, und als ich jetzt vor diesem allem Anschein nach leeren Haus stand, kam mir allmählich der Verdacht, dass sie gar nicht mehr hier wohnte. Alle möglichen schauderhaften Gedanken schossen mir durch den Kopf, als ich zum dritten Mal klopfte. War sie womöglich weggelaufen, fragte ich mich, und Minor hatte sie wieder eingefangen? Hatte er sie in eine andere Stadt, in einen anderen Bundesstaat gebracht, und wir hatten ihre Spur für immer verloren? Hatte er sie im Affekt niedergeschlagen und getötet? War vielleicht schon alles aus, und ich kam zu spät, ihr zu helfen, zu spät, sie in die Welt zurückzubringen, in die sie gehörte?

Die Tür ging auf, und vor mir stand Minor, ein großer, gut aussehender Mann von etwa vierzig Jahren mit dunklem, ordentlich gekämmtem Haar und freundlichen blauen Augen. Ich hatte ihn mir in den vergangenen Monaten zu einem solchen Ungeheuer aufgebaut, dass ich geradezu schockiert bemerkte, wie wenig bedrohlich er aussah, wie *normal*. Wenn irgendetwas an ihm befremdlich wirkte, dann nur das langärmelige weiße Hemd und die blaue, straff geknotete Krawatte. Welcher Mann läuft denn zu Hause mit Schlips und weißem Hemd herum?, fragte ich mich. Es dauerte ein wenig, bis ich die Antwort hatte. Ein Mann, der gerade aus der Kirche kommt, dachte ich. Ein Mann, der den Sabbat ehrt und seine Religion ernst nimmt.

«Ja?», fragte er. «Was kann ich für Sie tun?»

«Ich bin Rorys Onkel», sagte ich. «Nathan Glass. Ich bin zufällig hier in der Gegend und dachte mir, ich könnte sie mal besuchen.»

«Ach? Sie erwartet Sie?»

«Nicht dass ich wüsste. Soweit ich weiß, haben Sie ja kein Telefon.»

«Das stimmt. Von so etwas halten wir nichts. Das führt nur zu Geschwätz und müßigem Gerede. Wir ziehen es vor, unsere Worte für wichtigere Dinge aufzusparen.»

«Höchst interessant … Mister … Mister …»

«Minor. David Minor. Ich bin Auroras Mann.»

«Das habe ich mir gedacht. Aber ich wollte nicht voreilig sein.»

«Treten Sie ein, Mr. Glass. Aurora befindet sich heute leider nicht wohl. Sie hat sich oben zum Schlafen hingelegt, aber ich heiße Sie herzlich willkommen. Wir sind hier alle sehr aufgeschlossen. Auch wenn andere unseren Glauben nicht teilen, geben wir uns alle Mühe, sie mit Würde und Respekt zu behandeln. Das ist eins von Gottes heiligen Geboten.»

Statt einer Antwort lächelte ich nur. Sein Auftreten mochte einigermaßen freundlich sein, aber schon redete er wie ein Fanatiker, und eine Debatte über theologische Themen war das Letzte, was ich jetzt brauchen konnte. Lass ihm seinen Gott und seine Kirche, sagte ich mir. Ich hatte kein anderes Anliegen, als herauszufinden, ob Rory in Gefahr war oder nicht – und, falls ja, sie so schnell wie möglich aus diesem Haus zu holen.

In Anbetracht des äußeren Zustands (der Anstrich blätterte ab, die Fensterläden waren morsch, aus Rissen in der Betontreppe wuchs Gras) war ich darauf gefasst, im Inneren des Hauses eine armselige Sammlung kaputter, zusammengewürfelter Möbel anzutreffen; tatsächlich erwies es sich aber als durchaus vorzeigbar. Rory hatte Junes Talent geerbt, aus wenig viel zu machen, und das Wohnzimmer zu einem schlichten, aber attraktiven Raum gestaltet, geschmückt mit Topfpflanzen, selbst genähten Ginganvorhängen und einem großen Poster an der Wand gegenüber, das für eine Giacometti-Ausstellung warb. Minor bedeutete mir, auf der Couch Platz zu nehmen, und setzte sich in einen Sessel auf der anderen Seite des Couchtischs. Dann schwiegen wir erst einmal. Ich war versucht, sofort zur Sache zu kommen – zu verlangen, dass ich nach oben gehen und mit Aurora sprechen durfte, ihn mit Fragen über Lucy in die Mangel zu nehmen, ihm eine Erklärung abzunötigen, warum seine Frau Angst hatte, ihren eigenen Bruder anzurufen –, erkannte aber, dass diese Vorgehensweise wahrscheinlich ins Auge gehen würde, und begann die Unterhaltung daher so taktvoll wie möglich.

«North Carolina», fing ich an. «Als wir das letzte Mal von

Ihnen gehört haben, haben Sie bei Ihrer Mutter in Philadelphia gelebt. Was hat Sie hierher geführt?»

«Verschiedenes», sagte Minor. «Meine Schwester und ihr Mann leben hier, und sie haben mir einen guten Job besorgt. Aus diesem Job hat sich ein noch besserer Job ergeben, und jetzt bin ich stellvertretender Geschäftsführer im True Value Hardware Store in der Camelback Mall. Für Sie mag das nichts Besonderes sein, aber es ist ehrliche Arbeit, und ich verdiene nicht schlecht. Wenn ich daran denke, wie ich vor sieben oder acht Jahren war, kommt es mir wie ein Wunder vor, dass ich es so weit gebracht habe. Ich war ein Sünder, Mr. Glass. Ich war drogensüchtig, ich war ein Wüstling, ein Lügner und Kleinkrimineller, und ich habe alle verraten, die mich liebten. Dann habe ich Frieden in Gott gefunden, und mein Leben war gerettet. Ich weiß, einem Juden wie Ihnen muss es schwer fallen, uns zu verstehen, aber wir sind nicht irgendeine Sekte bibelschwingender Christen, die Hölle und Verdammnis predigen. Wir glauben nicht an die Apokalypse und das Jüngste Gericht; wir glauben nicht an Entrückung oder das Ende der Welt. Wir bereiten uns auf das Leben im Himmel vor, indem wir auf Erden ein gutes Leben führen.»

«Wen meinen Sie, wenn Sie von *wir* reden?»

«Unsere Kirche. Den Tempel vom Heiligen Wort. Wir sind nur eine kleine Gruppe. Unsere Gemeinde hat sechzig Mitglieder, aber Reverend Bob ist ein glänzender Führer und hat uns vieles gelehrt. ‹Im Anfang war das Wort, und das Wort war bei Gott, und Gott war das Wort.›»

«Das Johannesevangelium. Kapitel eins, Vers eins.»

«Die Bibel ist Ihnen also vertraut.»

«Einigermaßen. Für einen Juden, der nicht an Gott glaubt, besser als den meisten.»

«Wollen Sie mir sagen, Sie sind Atheist?»

«Alle Juden sind Atheisten. Außer denen, die es nicht sind, natürlich. Aber mit denen habe ich nicht viel zu tun.»

«Sie machen sich doch nicht etwa über mich lustig, Mr. Glass?»

«Nein, Mr. Minor, ich mache mich nicht über Sie lustig. Das würde mir nicht im Traum einfallen.»

«Denn wenn Sie sich über mich lustig machen, muss ich Sie bitten, mein Haus zu verlassen.»

«Reverend Bob interessiert mich. Ich möchte wissen, was seine Kirche von den anderen unterscheidet.»

«Er versteht, was *opfern* bedeutet. Wenn Gott das Wort ist, bedeuten die Worte der Menschen nichts. Sie besagen nicht mehr als das Grunzen der Tiere oder die Schreie der Vögel. Damit wir Gott einatmen und Sein Wort aufnehmen können, lehrt der Reverend, dass wir uns der nichtigen Menschenrede zu enthalten haben. Das ist das Opfer. An jeweils einem von sieben Tagen hat jedes Mitglied der Gemeinde vierundzwanzig Stunden lang absolutes Stillschweigen zu bewahren.»

«Das stelle ich mir sehr schwierig vor.»

«Das ist es anfangs auch. Dann aber beginnt man sich darauf einzustellen, und die Schweigetage werden zu den schönsten und erfüllendsten Momenten der Woche. Da spürt man wahrhaftig die Anwesenheit Gottes in sich.»

«Und was passiert, wenn jemand das Schweigen bricht?»

«Dann muss er am nächsten Tag noch einmal von vorn anfangen.»

«Und wenn Ihr Kind krank ist und Sie müssen an Ihrem Schweigetag den Arzt rufen, was geschieht dann?»

«Ehepaare schweigen nie am selben Tag. Dann lässt man den Ehepartner den Anruf machen.»

«Aber wie kann man anrufen, wenn man kein Telefon hat?»

«Man geht zur nächsten Telefonzelle.»
«Und was ist mit Kindern? Müssen die auch Schweigetage einhalten?»
«Nein, Kinder sind davon befreit. Sie werden erst mit vierzehn in den Schoß der Gemeinde aufgenommen.»
«Ihr Reverend Bob ist schwer auf Draht, wie?»
«Er ist ein großer Denker, und seine Lehren machen uns das Leben besser und leichter. Wir sind eine glückliche Schar, Mr. Glass. Tag für Tag danke ich Jesus auf den Knien, dass er uns nach North Carolina geschickt hat. Wären wir nicht hierher gekommen, hätten wir nie erfahren, welche Freude es bringt, dem Tempel vom Heiligen Wort anzugehören.»
Als Minor so sprach, hatte ich den Eindruck, dass er ohne weiteres noch sechs oder zehn Stunden lang die Tugenden des Reverend Bob hätte preisen können, nur fand ich es merkwürdig, wie sorgfältig er jede Erwähnung der Namen seiner Frau und seiner Adoptivtochter zu vermeiden schien. Ich war nicht den weiten Weg aus New York gekommen, um mir leeres Geschwätz über True Value Hardware und irgendwelche hirnrissigen Tempel Gottes anzuhören. Nachdem wir nun eine Weile zusammengesessen hatten und er in meiner Gesellschaft nicht mehr ganz so nervös war, hielt ich den Augenblick für gekommen, das Thema zu wechseln.
«Ich bin überrascht, dass Sie mich noch nicht nach Lucy gefragt haben», sagte ich.
«Lucy?», wiederholte er und schien aufrichtig bestürzt. «Sie kennen sie?»
«Natürlich kenne ich sie. Sie lebt bei Auroras Bruder und seiner neuen Frau. Ich sehe sie fast täglich.»
«Ich dachte, Sie hätten keinen Kontakt mit der Familie. Aurora hat erzählt, Sie leben irgendwo in einer Vorstadt,

und Sie hätten sich seit Jahren bei keinem mehr blicken lassen.»

«Das hat sich vor ungefähr sechs Monaten geändert. Jetzt habe ich wieder Kontakt. Und zwar ständig.»

Minor schenkte mir ein kurzes wehmütiges Lächeln. «Wie geht's denn der Kleinen?»

«Als ob Sie das interessiert.»

«Natürlich interessiert mich das.»

«Warum haben Sie sie dann fortgeschickt?»

«Das war nicht meine Entscheidung. Aurora wollte sie nicht mehr, und ich habe sie nicht davon abbringen können.»

«Das glaube ich Ihnen nicht.»

«Sie kennen Aurora nicht, Mr. Glass. Sie ist nicht ganz richtig im Kopf. Ich tue, was ich kann, um ihr zu helfen und sie zu unterstützen, aber sie zeigt keinerlei Dankbarkeit. Ich habe sie aus den Tiefen der Hölle gezogen und ihr das Leben gerettet, aber sie will immer noch nicht einlenken. Sie will immer noch nicht glauben.»

«Gibt es irgendein Gesetz, das sagt, dass sie glauben muss, was Sie glauben?»

«Sie ist meine Frau. Eine Frau soll ihrem Mann folgen. Sie hat die Pflicht, ihrem Mann in allen Dingen zu folgen.»

Jetzt war kaum noch abzusehen, worauf das hinauslief. Unser Gespräch hatte sich in verschiedene Richtungen verzweigt, und mein Instinkt ließ mich im Stich. Minors ruhige, freundlich vorgetragene Frage nach Lucys Befinden schien aufrichtiges Interesse an ihrem Wohlergehen zu bekunden, und falls er nicht ein verdammt guter Lügner war, ein Mann, der nicht davor zurückschreckte, die Wahrheit zu verbiegen, wenn es seinen Zwecken diente, befand ich mich auf einmal in der misslichen Lage, ein wenig Mitleid mit ihm zu empfinden. Jedenfalls ging es mir einige Sekunden lang so, und diese jähe, unerwartete Anwandlung von Mitgefühl erwischte mich gänzlich unvorbereitet und machte, was ein purer Machtkampf hatte werden sollen, zu einer sehr viel komplexeren und menschlicheren Angelegenheit. Dann aber war er über Rory hergezogen, hatte sie beschuldigt, sich von ihrer Tochter abgewendet zu haben, hatte ihr geistige Labilität vorgeworfen und schließlich, noch schlimmer, dieses schwachsinnige reaktionäre Zeug über die Ehe vom Stapel gelassen. Dennoch ließen sich gewisse Tatsachen nicht bestreiten. Er hatte sie aus dem Drogensumpf geholt und sich in sie verliebt, und wer hätte angesichts ihrer Vorgeschichte behaupten können, dass sie nicht gelegentlich zu irrationalem Verhalten neigte, dass sie tatsächlich manchmal nicht ganz bei Trost war? Andererseits lief der ganze Konflikt womöglich auf ein einziges unlösbares Problem hinaus: Minor glaubte an die Lehren des Reverend Bob und Rory nicht. Und da sie nicht daran glauben wollte, war seine Liebe nach und nach zu Hass geworden.

Von meinem Platz auf der Couch hatte ich freie Sicht auf die Treppe, die ins Obergeschoss führte. Während ich noch überlegte, was ich als Nächstes sagen sollte, lenkte eine Bewegung, die ich aus den Augenwinkeln wahrnahm, meinen Blick an Minors Schulter vorbei in diese Richtung – ein kleines dunkles Etwas, das für weniger als eine Sekunde aufgetaucht und, ehe ich es identifizieren konnte, längst wieder verschwunden war. Minor sprach weiter, erläuterte noch einmal seine Vorstellungen von dem, was eine gute und anständige Ehe ausmachte, doch er besaß nicht mehr meine ungeteilte Aufmerksamkeit. Ich beobachtete die Treppe, denn inzwischen war ich mir fast sicher, dass es sich bei dem Etwas, das ich gesehen hatte, um einen Schuh gehandelt hatte – Auroras Schuh –, und wenn das stimmte, hatte sie, hoffte ich, vielleicht schon länger da gestanden und uns seit meinem Eintritt ins Haus belauscht. Minor war so mit seinem Vortrag beschäftigt, dass er noch nicht bemerkt hatte, dass mein Blick an ihm vorbeiging. Scheiß drauf, sagte ich mir. Jetzt reicht's mit dem Katz-und-Maus-Spiel. Genug um den heißen Brei herumgeredet. Zeit, den Vorhang zum zweiten Akt aufzuziehen.

«Komm runter, Rory», sagte ich. «Ich bin's, dein alter Onkel Nat, und ich werde dieses Haus erst wieder verlassen, wenn ich mit dir geredet habe.»

Ich sprang vom Sofa auf und schob mich an Minor vorbei zum Fuß der Treppe. Ich tat das sehr schnell, für den Fall, dass er versuchen sollte, mich aufzuhalten.

«Sie schläft», hörte ich seine Stimme hinter mir, gerade als ich am oberen Ende der Treppe einen Blick auf Auroras Beine erhaschte. «Sie hat seit Donnerstag Grippe und hohes Fieber. Kommen Sie Mitte der Woche noch einmal wieder. Dann können Sie mit ihr reden.»

«Nein, David», rief meine Nichte und kam die Treppe herunter. «Mir geht's schon besser.»

Sie trug schwarze Jeans und ein altes graues Sweatshirt, und sie sah tatsächlich mitgenommen aus, ganz und gar nicht auf der Höhe. Blass und dünn, dunkle Ringe unter den Augen, und als sie langsam auf mich zukam, musste sie sich am Geländer festhalten; aber trotz Grippe und Fieber lächelte sie, zeigte das breite, strahlende Lächeln des Lachenden Mädchens, das sie vor so vielen Jahren gewesen war.

«Onkel Nat», sagte sie und streckte mir die Arme entgegen. «Mein Ritter ohne Furcht und Tadel.» Sie warf sich an mich und umschlang mich mit aller Kraft. «Wie geht's meinem Baby?», flüsterte sie. «Wie geht's meiner kleinen Tochter?»

«Gut geht's ihr», sagte ich. «Sie sehnt sich sehr nach dir, aber sonst geht es ihr gut.»

Minor stand inzwischen neben uns und schien nicht sonderlich erfreut über diese familiäre Szene. «Schatz», sagte er. «Du solltest dich wirklich wieder hinlegen. Vor einer halben Stunde hattest du achtunddreißig Komma drei; mit so einem Fieber darfst du nicht im Haus herumlaufen.»

«Das ist mein Onkel Nat», sagte sie, immer noch verzweifelt an mich geklammert. «Der einzige Bruder meiner Mutter. Ich habe ihn seit sehr langer Zeit nicht mehr gesehen.»

«Das weiß ich», sagte Minor. «Aber er soll in ein paar Tagen wiederkommen – wenn es dir besser geht.»

«Du bist ja so ungeheuer klug, David», sagte Rory. «Du weißt immer, was das Beste ist. Wie dumm von mir, dass ich ohne deine Erlaubnis nach unten gekommen bin.»

«Geh nicht, wenn du nicht willst», sagte ich zu ihr. «Du stirbst schon nicht gleich, wenn du ein paar Minuten hier bleibst.»

«O doch, das werde ich», sagte sie und gab sich keine Mühe, ihren Sarkasmus zu verbergen. «David meint, wenn ich nicht alles tue, was er sagt, werde ich sterben. Stimmt doch, David, oder?»

«Beruhige dich, Aurora», sagte ihr Mann. «Sprich nicht so vor deinem Onkel.»

«Warum denn nicht?», gab sie zurück. «Scheiße nochmal, warum denn nicht?»

«Hüte deine Zunge», fuhr Minor sie an. «So reden wir nicht in diesem Haus.»

«Ach, tun wir das nicht, ja?», sagte sie. «Dann wird es wohl Zeit, dass ich dieses gottverdammte Haus verlasse. Dann wird es wohl Zeit, dass das Ungeziefer sich verzieht, damit du allein sein kannst mit deinen reinen Gedanken und deiner reinen Zunge und deinem beschissenen schweigenden Gott. Ich hab die Schnauze voll, du Heiliger. Das ist die Stunde der Wahrheit. Das ist mein Glückstag, endlich. Onkel Nat wird mich hier rausholen. Stimmt's, Onkel Nat? Wir fahren in deinem Auto weg von hier, und ehe morgen die Sonne aufgeht, bin ich wieder bei meiner Lucy.»

«Du brauchst es nur zu sagen», antwortete ich, «und ich bringe dich, wohin du willst.»

«Ich sage es, Onkel Nat. Nimm mich mit.»

Minor war so verblüfft, er wirkte wie gelähmt. Ich machte mich darauf gefasst, dass er sich auf sie stürzen und alles tun würde, um uns aufzuhalten, aber die Konfrontation war so plötzlich ausgebrochen, mit solcher Urgewalt, dass er kein einziges Wort herausbekam. Ich legte ihr einen Arm um die Schulter, und bevor ihr Mann begriff, wie ihm geschah, saßen wir bereits in meinem Auto, setzten aus der Einfahrt zurück und ließen die Hawthorne Street für immer hinter uns.

FLUG NACH NORDEN

Aurora hätte in diesem Zustand nicht reisen dürfen, aber als ich vorschlug, irgendwo ins Hotel zu gehen und zu warten, bis ihr Fieber sich gesenkt habe, schüttelte sie den Kopf und bestand darauf, das nächste Flugzeug nach New York zu nehmen.

«David ist clever», sagte sie. «Er findet uns garantiert, auch wenn wir nur ein paar Stunden hier in der Gegend bleiben. Pump mich einfach mit Advil oder so was voll, dann wird's schon gehen.»

Also kaufte ich ihr die Tabletten, wickelte sie in meinen Mantel, drehte die Heizung im Wagen auf und fuhr geradewegs zum Flughafen. Ich war am Morgen in Greensboro gelandet, aber da Minor uns dort mit Sicherheit suchen würde, hielt Rory es für das Beste, von Raleigh-Durham aus abzufliegen. Das war ein Weg von hundert Meilen, und sie schlief die ganzen zwei Stunden, die wir dafür brauchten. Nach vier Advil und dem ausgiebigen Nickerchen ging es ihr schon besser. Immer noch blass, immer noch ziemlich erschöpft, aber das Fieber war offenbar gesunken, und nach einigen weiteren Tabletten und zwei Gläsern Orangensaft am Flughafen hatte sie immerhin Kraft genug zum Reden – und nichts anderes taten wir in den nächsten Stunden: Wir fingen an, als wir in der Abflughalle Platz genommen hatten, und hörten erst wieder auf, als wir am Abend vor meinem Haus in Brooklyn aus dem Taxi stiegen.

«Das ist alles meine Schuld», sagte sie. «Ich hatte es schon lange kommen sehen, aber ich war zu schwach, meine Interessen zu vertreten, zu ängstlich, mich zur Wehr zu setzen. So geht das, wenn man denkt, der andere ist besser als man selbst. Man hört auf, selbst zu denken, und dann hat man bald keine Kontrolle mehr über sein eigenes Leben. Man bekommt das gar nicht mit, Onkel Nat, aber man ist geliefert. Absolut am Arsch ...

Mein erster Fehler war, mich von Tom abzuwenden. Als ich aus der Entzugsklinik kam, sind David und ich mit Lucy aus Kalifornien weg und in den Osten gegangen. Sechs Monate haben wir bei seiner Mutter in Philadelphia gewohnt, und das ging ganz gut, sogar ziemlich gut. Ich war total verliebt. Noch nie war ein Mann so nett zu mir gewesen, und ich hatte das unglaubliche Gefühl, dieser Mann beschützt mich, dieser kluge, anständige Mann weiß tatsächlich, wer ich bin. Wir hatten beide eine Menge hinter uns. Wir hatten so viel durchgemacht, und nach all diesem Hin und Her hatten wir plötzlich gemeinsam Boden unter den Füßen gefunden und wollten heiraten ...

Einmal habe ich Tom in New York besucht, und ich muss zugeben, das hat mich ein wenig deprimiert. Er hatte so viel zugenommen, er hatte sein Studium abgebrochen und arbeitete als Taxifahrer, und er war ziemlich unwirsch zu mir, jedenfalls am Anfang. Nicht dass ich ihm deswegen Vorwürfe gemacht habe. Ich hatte mich so lange nicht gemeldet – warum hätte er mir das nicht übel nehmen sollen? Es gab dafür keine Entschuldigung. Ich hatte mich in diesen Jahren in Kalifornien rumgetrieben, und während ich langsam vor die Hunde gegangen war, hatte ich mich einfach nicht aufraffen können, ihn mal anzurufen. Ich hab versucht, ihm das zu erklären, aber viel genützt hat es nicht. Trotzdem, Tom war immer noch mein großer Bruder, und jetzt, wo es ans Heiraten ging, wollte ich, dass er mich an den Altar führte – so wie du es mit Mom getan hast, als sie geheiratet hat. Er sagte, das wolle er mit Vergnügen tun, und plötzlich war alles wieder wie in alten Zeiten, und ich fing wirklich an, so etwas wie Glück zu empfinden. Ich hatte meinen Bruder wieder. Ich würde David heiraten, und Lucy, meine herrliche kleine Lucy, konnte wieder bei ihrer Mutter leben – bei ihrer dummen kindischen Mutter, die nun endlich erwachsen wurde. Was konnte ich mehr verlangen? Ich hatte alles, was ich wollte, Onkel Nat. Alles ...

Dann fuhr ich mit dem Bus nach Philadelphia zurück, und als ich David erzählte, wir würden Tom zur Hochzeit einladen, sagte er, das sei ausgeschlossen, das komme nicht in Frage. Während ich in New York gewesen sei, habe er die ganze Zeit darüber nachgedacht und sei zu dem Schluss gekommen, dass mein Bruder einen schlechten Einfluss auf mich ausübe. Wenn ich ihn, David, wirklich heiraten wolle, müsse ich mich vollständig von meiner Vergangenheit lösen. Nicht nur von den Freunden, sondern auch von meiner ganzen Familie. Was redest du da?, fragte ich. Ich habe meinen Bruder sehr gern. Er ist der beste Mensch der Welt. Aber David ließ sich auf keine Debatte ein. Er wolle mit mir gemeinsam ein neues Leben anfangen, sagte er, und wenn ich nicht mit allen verderblichen Einflüssen meiner Vergangenheit bräche, würde ich am Ende doch wieder in meine alten Gewohnheiten zurückfallen. Ich müsse mich entscheiden. Alles oder nichts, sagte er. Ein Akt des Glaubens oder ein Akt der Rebellion. Leben mit Gott oder Leben ohne Gott. Heiraten oder nicht heiraten. Ehemann oder Bruder. David oder Tom. Eine hoffnungsvolle Zukunft oder eine elende Rückkehr in die Vergangenheit ...

Ich hätte gleich mit der Faust auf den Tisch schlagen sollen. Ich hätte ihm sagen sollen, er kann sich diesen Mist an den Hut stecken, und wenn er glaubt, er kann mich heiraten, ohne Tom zur Hochzeit einzuladen, dann wird aus der Hochzeit eben nichts – Punkt. Aber das habe ich nicht getan. Ich habe mich nicht gewehrt, und dass ich ihm an dieser Stelle seinen Willen ließ, war schon der Anfang vom Ende. Man darf die Macht über sich selbst nicht aus den Händen geben, nicht einmal, wenn man an den anderen glaubt, nicht einmal, wenn man meint, der andere wisse, was am besten für einen sei. Von da an war ich erledigt. Es war mehr als nur die Angst, David zu verlieren. Das wirklich Beängstigende war, dass ich dachte, er könnte Recht haben. Ich habe Tommy geliebt, aber was hatte er je von mir gehabt – außer jede Menge Kummer und Verdruss? Ich dachte, vielleicht ist es besser, wenn ich den Kontakt abbreche und ihn in Ruhe lasse. Vielleicht ist er besser dran, wenn er mich nie wiedersieht ...

Nein, David hat mich nie geschlagen. Er hat Lucy nie geschlagen und mich auch nicht. Er ist kein gewalttätiger Mensch. Er hat's mit Reden. Er redet und redet und redet. Und dann redet er noch mehr. Er zermürbt einen mit seinen Erörterungen, und weil er eine so freundliche und vernünftige Stimme hat und weil er sich so gut auszudrücken vermag, nimmt er einen sozusagen gefangen – das wirkte beinahe wie Hypnose. In der Entzugsklinik in Berkeley war das meine Rettung. Wie er da mit seiner sanften, festen Stimme auf mich eingeredet hat, wie er mir mit dieser barmherzigen Miene in die Augen gesehen hat. Man kann sich ihm nur schwer widersetzen, Onkel Nat. Er nistet sich in deinem Kopf ein, und nach einer Weile denkst du, dieser Mann irrt sich überhaupt nie ...

Ich weiß, dass Tom sich Sorgen gemacht hat. Er hatte Angst, ich würde auch so ein religiöser Fanatiker werden, aber dafür bin ich einfach nicht der Typ. David hat mich zwar die ganze Zeit bearbeitet, aber ich habe nur so getan, als ob ich mitmache. Wenn er an diesen Mist glauben will – bitte sehr, mich stört das nicht. Ihn macht das glücklich, und wie käme ich dazu, etwas zu kritisieren, was einen Menschen glücklich macht. Ich habe gehört, was er im Haus zu dir gesagt hat, und das war nicht gelogen. Mit fundamentalistischem Gefasel hat er nichts am Hut. Er glaubt an Jesus und ein Leben nach dem Tod, aber verglichen mit manchem, woran andere Leute glauben, ist das doch gar nichts. Er hat bloß das Problem, dass er sich einbildet, er könnte ein Heiliger werden. Er strebt nach Vollkommenheit …

Okay, ich bin jeden Sonntag mit ihm zur Kirche gegangen. Blieb mir ja wohl nicht viel anderes übrig, oder? Aber auch daran war nicht alles schlimm, jedenfalls nicht, solange wir noch in Philadelphia gelebt haben. Ich habe dort im Chor gesungen, und du weißt ja, wie gern ich singe. Manche von diesen Kirchenliedern mögen zu den bescheuertsten Songs aller Zeiten gehören, aber immerhin konnte ich so einmal die Woche meine Lungen trainieren, und solange David mir mit seinem Jesus nicht allzu schwer auf die Pelle rückte, war ich wirklich nicht besonders unglücklich. Manchmal denke ich, wenn wir nicht aus Philadelphia weggegangen wären, hätte sich das alles noch irgendwie eingerenkt. Aber wir hatten beide Schwierigkeiten, eine anständige Arbeit zu finden. Ich hatte einen Teilzeitjob als Kellnerin in einer schmierigen Imbissbude, und David hat nach monatelanger Suche auch bloß was als Nachtwächter in einem Bürogebäude an der Market Street gefunden. Wir haben regelmäßig die Treffen der Anonymen Drogensüchtigen besucht; wir sind nüchtern geblieben; Lucy hat es auf ihrer Schule gefallen; Davids Mom war ein bisschen verrückt, aber sonst ganz in Ordnung. Nur konnten wir in dieser Stadt einfach nicht genug Geld verdienen. Dann hat sich was in North Carolina ergeben, und David hat sofort zugegriffen. True Value Hardware. Danach ging es uns besser, bis David vor ungefähr anderthalb Jahren Reverend Bob kennen gelernt hat, und von da an ist alles den Bach runter ...

David hat schon mit sieben seinen Vater verloren. Ich sage nicht, es ist seine Schuld, aber ich denke, er hat sein ganzes Leben lang einen Ersatzvater gesucht. Eine Autorität. Einen, der stark genug war, ihn unter seine Fittiche zu nehmen und durchs Leben zu führen. Das erklärt wahrscheinlich, warum er nach der High School nicht aufs College, sondern zu den Marines gegangen ist. Du weißt schon: Big Daddy Amerika sagt dir, wo's langgeht, Big Daddy kümmert sich um dich. Und wie Big Daddy sich um ihn gekümmert hat. Hat ihn in die Operation Wüstensturm geschickt und total aus der Bahn geworfen. Das hat ihn zerstört. Danach ging es jahrelang bergab mit ihm, und am Ende war er heroinsüchtig. Aber das weißt du ja schon. Ich habe gehört, wie er dir das vorhin erzählt hat, aber für mich ist das Interessante daran, wie er schließlich davon losgekommen ist. Nicht mit esoterischen Sprüchen von wegen Vertrauen auf eine höhere Macht oder so – sondern mit echter Religiosität. Er geht gleich aufs Ganze und wendet sich an den größten Vater von allen. Gott. Er wendet sich an den gottverdammten Gott, den Herrscher des Universums. Aber auch das reicht ja vielleicht noch nicht. Du kannst mit deinem Gott reden und hoffen, dass er dir zuhört, aber wenn dein Gehirn nicht auf den Vierundzwanzigstundensender Radio Schizophrenia eingestellt ist, wird er dir nie antworten. Du kannst beten, soviel du willst, aber du wirst nie einen Pieps von Dad zu hören bekommen. Du kannst seine Worte in der Bibel lesen, aber die Bibel ist auch nur ein Buch, und Bücher reden nicht. Aber Reverend Bob redet, und wenn du einmal angefangen hast, ihm zuzuhören, weißt du, du hast deinen Mann gefunden. Er ist der Vater, den du gesucht hast, ein echter leibhaftiger Vater aus Fleisch und Blut, und jedes

Mal, wenn er den Mund aufmacht, bist du überzeugt, dass er seine Sprüche allesamt vom großen Boss persönlich empfängt. Gott spricht durch diesen Mann, und wenn er dir was sagt, solltest du dich besser dran halten, sonst ...

Ich schätze, er ist etwas über fünfzig. Groß und dürr, lange Nase. Seine Frau, Darlene, ist eine fette Kuh. Keine Ahnung, wann er den Tempel vom Heiligen Wort gegründet hat, aber jedenfalls ist das keine normale Kirche wie die, in die wir in Philadelphia gegangen sind. Der Reverend bezeichnet sich als Christen, aber er sagt nie, was für einer er ist, und ich bin mir nicht mal sicher, ob er mit Religion überhaupt was am Hut hat. Ihm geht es darum, Leute zu beherrschen, er will sie dazu bringen, verrückte, selbstzerstörerische Dinge zu tun, und sie sollen glauben, sie täten das im Auftrag Gottes. Ich halte ihn für einen Schwindler, er ist ein Scharlatan, aber seine Anhänger fressen ihm aus der Hand, sie lieben ihn, sie alle lieben ihn, und David liebt ihn mehr als alle anderen. Vor allem begeistert sie an ihm, dass er dauernd mit neuen Ideen ankommt und seine Botschaft ständig abändert. An einem Sonntag geht es um die Übel des Materialismus und dass wir auf weltlichen Besitz verzichten und wie der Sohn unseres lieben Gottes in heiliger Armut leben sollen. Am nächsten Sonntag geht es um harte Arbeit und dass wir so viel Geld verdienen sollen wie nur irgend möglich. Ich habe David gesagt, ich halte diesen Mann für einen Spinner und will Lucy diesem Gewäsch nicht mehr aussetzen. Aber David war inzwischen ganz auf den neuen Glauben eingeschwenkt und hörte mir gar nicht mehr zu. Zwei oder drei Monate später verkündet Reverend Bob plötzlich, dass beim sonntäglichen Gottesdienst nicht mehr gesungen werden soll. Das ist eine Beleidigung für Gottes Ohren, sagt er, von jetzt an sollen wir ihn nur noch schweigend verehren. Für mich hat das das Fass zum

Überlaufen gebracht. Ich habe David erklärt, Lucy und ich treten aus der Kirche aus. Er könne so lange weitermachen, wie er wolle, aber wir würden keinen Fuß mehr in dieses Haus setzen. Es war das erste Mal seit unserer Hochzeit, dass ich ihm deutlich die Meinung gesagt hatte – und es hat mir kein bisschen geholfen. Er heuchelte Verständnis, erklärte aber, die Vorschriften verlangten, dass alle Familien der Gemeinde jeden Sonntag gemeinsam den Gottesdienst zu besuchen hätten. Wenn ich aussteige, würde er exkommuniziert. Wenn das so ist, sagte ich, erzähl ihnen einfach, Lucy und ich seien krank, wir hätten eine tödliche Krankheit und müssten im Bett bleiben. David lächelte bloß, traurig und gönnerhaft. Unaufrichtigkeit ist eine Sünde, sagte er. Wenn wir nicht immer die Wahrheit sagen, werden unsere Seelen an den Pforten des Himmels abgewiesen und in den Rachen der Hölle geschleudert ...

Also gingen wir weiter jede Woche hin, und einen Monat später hatte Reverend Bob seine nächste tolle Idee. Die weltliche Kultur zerstöre Amerika, sagte er, und weiteren Schaden könnten wir nur abwenden, wenn wir alles verweigerten, was sie uns anbiete. An dem Tag ging das mit seinen so genannten Sonntagserlassen los. Als Erstes mussten alle ihre Fernseher weggeben. Dann die Radios. Dann die Bücher – alle Bücher im Haus außer der Bibel. Dann das Telefon. Dann den Computer. Dann CDs, Kassetten und Schallplatten. Kannst du dir das vorstellen? Keine Musik mehr, Onkel Nat, keine Romane, keine Gedichte. Dann mussten wir unsere Zeitschriftenabos kündigen. Dann die Tageszeitungen. Dann durften wir nicht mehr ins Kino gehen. Der Idiot ist völlig durchgedreht, aber je mehr Opfer er von der Gemeinde verlangte, desto mehr schien es ihnen zu gefallen. Soviel ich weiß, ist keine einzige Familie ausgestiegen ...

Am Ende war nichts mehr übrig, was man noch hätte weggeben können. Der Reverend stellte seine Attacken auf die Kultur und die Medien ein und wandte sich den «wesentlichen Dingen» zu, wie er das nannte. Immer wenn wir sprechen, übertönen wir die Stimme Gottes. Immer wenn wir andere Menschen reden hören, missachten wir die Worte Gottes. Von jetzt an, sagte er, muss jedes Mitglied der Kirche, das älter als vierzehn Jahre ist, einen Tag in der Woche in vollständigem Schweigen verbringen. Auf diese Weise könnten wir die Verbindung zu Gott wiederherstellen und ihn in unserer Seele sprechen hören. Nach all den anderen Nummern, die er mit uns abgezogen hatte, schien mir das eine ziemlich milde Forderung …

Da David von Montag bis Freitag arbeitet, nahm er sich den Samstag als seinen Schweigetag. Meiner war Donnerstag, aber da niemand in meiner Nähe war, bis Lucy aus der Schule kam, konnte ich sowieso machen, was ich wollte. Ich sang, ich redete mit mir selber, ich fluchte lauthals über den allmächtigen Reverend Bob. Aber sobald Lucy oder David zur Tür hereinkamen, musste ich ihnen was vorspielen. Ich stellte ihnen schweigend das Essen hin, schweigend brachte ich Lucy zu Bett, schweigend gab ich David den Gutenachtkuss. Kein Problem. Aber nachdem ich das ungefähr einen Monat durchgehalten hatte, kam Lucy auf die Idee, meinem Beispiel zu folgen. Sie war erst neun Jahre alt. Nicht mal Reverend Bob verlangte, dass die Kinder mitmachten, aber meine Kleine liebte mich so sehr, dass sie mir alles nachmachen musste. Drei Samstage hintereinander sprach sie kein einziges Wort. Ich habe sie angefleht, das zu lassen, aber sie hat nicht nachgegeben. Sie ist ein sehr kluges Kind, Onkel Nat, aber du weißt ja selbst, wie störrisch sie sein kann; hat sie sich einmal etwas in den Kopf gesetzt, rennt man gegen eine Wand, wenn man sie davon abbringen will.

Kaum zu glauben, dass David sich auf meine Seite gestellt hat, aber offenbar war er auch ein bisschen stolz auf sie, weil sie sich wie eine Erwachsene benahm, und gab sich keine große Mühe, ihr das auszureden. Egal, es hatte ja nichts mit ihm zu tun. Sondern mit mir. Mit mir und ihr. Ich sagte David, ich müsse mit Reverend Bob reden. Wenn er mir erlassen würde, donnerstags zu schweigen, würde das die Last von Lucy nehmen, und sie könnte wieder zur Normalität zurückfinden …

David wollte mich zu dem Treffen begleiten, aber ich habe nein gesagt, ich musste allein mit dem Reverend reden. Damit er sich nicht doch noch einmischen konnte, legte ich den Termin auf einen Samstag, auf den Tag also, an dem David nicht sprechen durfte. Fahr mich dorthin, sagte ich, und warte draußen im Auto. Wird nicht sehr lange dauern …

Reverend Bob saß in seinem Büro am Schreibtisch und arbeitete die Predigt für den Gottesdienst am nächsten Morgen aus. Nimm Platz, mein Kind, sagte er, und erzähl mir, was dich bedrückt. Ich erzählte ihm von Lucy und sagte, er könne uns einen großen Dienst erweisen, wenn er mich von meinem donnerstäglichen Schweigen entbinden würde. Hmmm, sagte er. Hmmm. Darüber muss ich nachdenken. Ende nächster Woche gebe ich dir meine Entscheidung bekannt. Er sah mich offen an, und immer, wenn er sprach, zuckten seine buschigen Augenbrauen so komisch. Danke, sagte ich. Ich halte Sie für einen klugen Mann, und ich weiß, Sie besitzen die Güte und können ein Auge zudrücken, wenn es einem kleinen Kind zu helfen gilt. Was ich wirklich dachte, sagte ich ihm lieber nicht. Es half ja alles nichts, ich war ein Mitglied seiner beschissenen Gemeinde und musste einfach so tun, als sei es mir ernst mit dem, was ich sagte. Ich dachte, das war's, erledigt, aber als ich aufstehen wollte, streckte er den rechten Arm aus und winkte mich auf den Stuhl zurück. Ich habe dich beobachtet, Frau, sagte er, und du sollst wissen, dass du auf allen Gebieten gute Noten bekommst. Du und Bruder Minor, ihr zählt zu den Stützen unserer Gemeinschaft, und ich vertraue zuversichtlich darauf, dass ihr bereit seid, mir in allen Dingen zu folgen, in kirchlichen wie in weltlichen. In weltlichen?, fragte ich. Was verstehen Sie unter *weltlich*? Wie du wahrscheinlich weißt, sagte der Reverend, konnte meine Frau Darlene keine Kinder bekommen. Jetzt habe ich ein gewisses Alter erreicht, und wenn ich über mein Vermächtnis nachdenke, stimmt es mich traurig, diese Welt verlassen zu müssen, ohne einen Erben gezeugt zu haben. Sie können doch jederzeit ein Kind adoptieren, sagte ich. Nein, sagte er, das reicht mir nicht. Ich möchte ein Kind von meinem eigenen Fleisch und Blut, einen leiblichen Nachkommen, der das von mir begonnene Werk fortsetzen soll. Ich habe dich beobachtet, Frau, und von allen Seelen meiner Herde bist du die Einzige, die es wert ist, meine Saat auszutragen. Wovon reden Sie?, fragte ich. Ich bin verheiratet. Ich liebe meinen Mann. Ja, ich weiß, sagte er, aber ich bitte dich, lass dich von ihm scheiden und heirate mich, tu es für den Tempel vom Heiligen Wort. Aber Sie haben doch eine Frau, sagte ich. Niemand darf zwei Frauen haben, Reverend Bob, nicht einmal Sie. Nein, natürlich nicht, sagte er. Ich werde selbstverständlich ebenfalls die Scheidung einreichen. Darüber muss ich erst nachdenken, sagte ich. Das kommt mir etwas plötzlich, ich weiß nicht, was ich dazu sagen soll. Mir schwirrt der Kopf, meine Hände zittern, ich bin völlig verwirrt. Sei unbesorgt, mein Kind, sagte der Reverend. Lass dir Zeit. Aber du sollst jetzt schon wissen, welche Freuden dich erwarten, und deshalb möchte ich dir etwas zeigen. Der Reverend erhob sich von seinem Stuhl, kam um den

Schreibtisch nach vorn und zog den Reißverschluss seiner Hose auf. Er stand direkt vor mir, und sein offener Hosenstall befand sich keinen halben Meter vor meinem Gesicht. Sieh dir das an, sagte er, und dann holte er seinen Schwanz heraus und hielt ihn mir hin. Wenn ich ehrlich sein soll, er hatte einen ziemlich großen – viel größer, als man zwischen den Beinen eines so mickrigen Burschen erwarten würde. Ich habe in meinem Leben schon viele nackte Männer gesehen, und wenn es bloß um Länge und Umfang ginge, müsste ich seinen Apparat in die oberen zehn Prozent einstufen. Ein Schwanz in Pornoformat, falls dir das was sagt, aber für meinen Geschmack ganz und gar nicht attraktiv. Steif und dunkelrot, aber in diesem ausgefahrenen Zustand mit dicken geschwollenen Adern bedeckt und obendrein nach links gekrümmt. Groß war er, der Schwanz, aber auch abstoßend, und der Mann, der dazugehörte, wirkte auf mich sogar noch abstoßender. Ich hätte jetzt einfach aufspringen und aus dem Haus laufen können, aber irgendwo im Hinterkopf kam mir der Gedanke, dass dieses Arschloch mir eine unbezahlbare Gelegenheit bot und dass es mich nur ein paar unangenehme Augenblicke kosten würde, uns alle von den Irren dieser Kirche zu befreien …

Das ist der heilige Knochen, sagte der Reverend und wedelte mir mit seinem Ständer vor der Nase herum. Gott hat mir diese herrliche Gabe verliehen, und der Samen, der dort hervorschießt, vermag Engel zu zeugen. Nimm ihn in die Hand, Schwester Aurora, und spüre das Feuer, das durch seine Adern rinnt. Nimm ihn in den Mund und schmecke das Fleisch, mit dem unser Herrgott mich in seiner Güte ausgestattet hat …

Ich habe getan, was er wollte, Onkel Nat. Ich habe die Augen zugemacht und mir diesen borstigen dicken Maiskolben in den Mund geschoben und Stück für Stück abgelutscht. Es war ekelhaft. Meine Nase an seinem muffigen Bauch, mir hat sich der Magen umgedreht, aber ich wusste, was ich tat, und ich war froh. Kurz bevor er kam, habe ich ihn aus dem Mund genommen und die Sache mit der Hand beendet; ich habe dafür gesorgt, dass mir sein kostbarer Samen mitten auf die Bluse spritzte. Das brauchte ich als Beweis, mehr hatte ich nicht nötig, um diesen Mistkerl fertig zu machen. Weißt du noch – Monica und Bill? Das mit ihrem Kleid? Tja, und ich hatte jetzt meine Bluse, und die war so gut wie eine Waffe, so gut wie eine geladene Pistole ...

Draußen bin ich weinend ins Auto gestiegen. Ich weiß nicht, ob das echte oder falsche Tränen waren, aber jedenfalls waren es Tränen. Ich habe David gesagt, er soll den Motor anlassen und nach Hause fahren. Er sah beunruhigt aus, aber da er erst am nächsten Morgen wieder sprechen durfte, konnte er mir keine Fragen stellen. In dem Augenblick wurde mir klar, dass das Ganze so oder so ausgehen konnte. Ich war drauf und dran, ihm zu erzählen, Reverend Bob habe mich vergewaltigt. Wenn David dann etwas sagte, hätte das bedeutet, dass ich ihm wichtiger war als der gottverdammte Tempel vom Heiligen Wort. Wir könnten die Bluse zur Polizei bringen, die DNA bestimmen lassen, und der Reverend würde in siedendem Öl gesotten. Was aber, wenn David nichts dazu sagte? Das hätte bedeutet, dass ich ihm absolut gleichgültig war, dass er bis zum bitteren Ende an seinem Bob-Vater festhalten würde. Zum Handeln blieb mir nicht viel Zeit. Wenn David mich im Stich ließ, durfte ich nicht mehr nur an mich selber denken. Dann musste nur noch Lucy gerettet werden, und die einzige Lösung war, sie aus North Carolina fortzuschaffen. Nicht morgen oder nächste Woche, sondern jetzt, auf der Stelle, mit dem ersten Bus, der nach New York fuhr ...

Nachdem wir etwa hundert Meter gefahren waren, sagte ich es ihm. Das Schwein hat mich vergewaltigt, sagte ich. Sieh dir meine Bluse an, David. Das Sperma stammt von Reverend Bob. Er hat mich festgehalten und nicht losgelassen. Er hat Gewalt gebraucht, und ich war nicht stark genug, ihn wegzustoßen. David fuhr an den Straßenrand und hielt an. Kurz dachte ich, er nehme Anteil an mir, und bekam ein schlechtes Gewissen, weil ich an ihm gezweifelt hatte, schämte mich, dass ich nicht bereit gewesen war, ihm zu vertrauen. Er streckte die Hand aus und berührte mein Gesicht, und in seinen Augen lag so ein sanfter, gefühlvoller Ausdruck, dieser zärtliche Blick, in den ich mich in Kalifornien verliebt hatte. Das ist der Mann, den ich geheiratet habe, sagte ich mir, und er liebt mich immer noch. Aber von wegen. Mag sein, dass ich ihm Leid getan habe, aber er dachte gar nicht daran, sein Schweigen zu brechen und gegen Reverend Bobs heiligen Befehl zu verstoßen. Sprich mit mir, sagte ich. Bitte, David, mach den Mund auf und sprich mit mir. Er schüttelte den Kopf. Er schüttelte den Kopf, und ich brach wieder in Tränen aus, und diesmal waren es echte …

Wir fuhren weiter, und nach ein paar Minuten hatte ich mich wieder so weit im Griff, dass ich ihm sagen konnte, wir schicken Lucy jetzt zu meinem Bruder nach Brooklyn. Wenn er nicht genau das täte, was ich von ihm verlange, würde ich mit der Bluse zur Polizei gehen und gegen Reverend Bob Anzeige erstatten, und unsere Ehe wäre beendet. Du willst doch weiter mit mir verheiratet sein?, fragte ich. David nickte. Na schön, sagte ich, dann machen wir Folgendes. Als Erstes holen wir Lucy zu Hause ab. Dann fahren wir zum Geldautomaten bei der City Federal und heben zweihundert Dollar ab. Dann fahren wir zum Busbahnhof, und du kaufst ihr mit deiner MasterCard eine Hinfahrkarte nach New York. Dann geben wir ihr das Geld, setzen sie in den Bus und nehmen Abschied von ihr. Das wirst du für mich tun. Im Gegenzug tue ich auch etwas für dich: Sobald der Bus abgefahren ist, überlasse ich dir die Bluse mit den Spermaflecken deines Helden, und du kannst das Beweisstück vernichten, um seinen Arsch zu retten. Ich verspreche dir auch, bei dir zu bleiben; aber nur unter einer Bedingung: dass ich nie mehr in diese Kirche gehen muss, nicht mal in die Nähe. Wenn du versuchst, mich wieder da hinzuschleppen, verschwinde ich aus deinem Leben, und zwar endgültig und für immer ...

Ich möchte nicht davon reden, wie ich von Lucy Abschied genommen habe. Das tut mir zu weh. Ich hatte schon einmal Abschied von ihr genommen, als ich in die Entzugsklinik ging, aber das hier war etwas anderes. Das war das Ende der Welt, und ich konnte sie nur in den Armen halten, versuchen, nicht zusammenzubrechen, und ihr einschärfen, allen zu erzählen, dass es mir gut geht. Sehr schade, dass sie meinen Brief für Tom verloren hat. Darin hatte ich vieles erklärt, und es muss schon einen ziemlich sonderbaren Eindruck gemacht haben, als sie so mit leeren Händen bei ihm aufgetaucht ist. Ich habe auch versucht, Tom vom Busbahnhof aus anzurufen, aber das ging alles so überstürzt, und da ich nicht genug Kleingeld bei mir hatte, musste ich es per R-Gespräch versuchen. Er war nicht zu Hause, aber immerhin wusste ich jetzt, dass er noch dieselbe Adresse hatte wie früher. Möglich, dass ich mich an diesem Tag wie eine Verrückte benommen habe, aber nicht verrückt genug, Lucy nach New York zu schicken, ohne genau zu wissen, wo Tom wohnte ...

Das mit Carolina Carolina verstehe ich nicht. Ich habe ihr nie gesagt, dass sie keinem verraten soll, wo ich lebe. Wie käme ich dazu? Ich habe sie zu Tom geschickt – und ich bin nie auf die Idee gekommen, dass sie ihm nichts von Winston-Salem erzählen würde. Das arme Kind. Ich habe zu ihr gesagt: Sag ihm nur, dass es mir gut geht, dass bei mir alles in Ordnung ist. Das war anscheinend ein Fehler. Lucy nimmt alles so wörtlich, wahrscheinlich hat sie gedacht, wenn ich das Wort *nur* benutze, meine ich damit, dass sie nichts sagen soll, was darüber hinausgeht. So war sie schon immer. Als sie drei war, habe ich sie jeden Vormittag für ein paar Stunden in den Kindergarten gegeben. Nach ein paar Wochen ruft die Betreuerin mich an und sagt, Lucy mache ihr Sorgen. Wenn die Kinder ihre Milch bekämen, halte Lucy sich immer zurück, bis alle anderen sich eine Tüte geholt hätten, erst dann nehme sie sich auch eine. Die Betreuerin verstand das nicht. Hol dir deine Milch, sagte sie zu Lucy, aber Lucy wartete jedes Mal so lange, bis nur noch eine Tüte übrig war. Es hat eine Weile gedauert, bis ich dahinter gekommen bin. Lucy wusste einfach nicht, welche Tüte *ihre Milch* sein sollte. Sie dachte, alle anderen Kinder wissen, welche ihre ist, und wenn sie wartete, bis nur noch eine Tüte übrig war, musste diese letzte ihre sein. Verstehst du, was ich meine, Onkel Nat? Sie ist ein bisschen seltsam – aber intelligent seltsam, falls dir das was sagt. Nicht wie alle anderen. Wenn ich nicht *nur* gesagt hätte, hättet ihr von Anfang gewusst, wo ich wohne …

Warum ich nicht noch einmal angerufen habe? Weil ich nicht konnte. Nein, nicht weil wir kein Telefon im Haus hatten – sondern weil ich in der Falle saß. Ich hatte David versprochen, dass ich ihn nicht verlassen würde, aber er traute mir nicht mehr. Sobald wir vom Busbahnhof nach Hause kamen, brachte er mich nach oben in Lucys Zimmer und schloss mich ein. Ja, Onkel Nat, er hat mich eingeschlossen, den ganzen Tag und die ganze Nacht. Als er am nächsten Morgen wieder reden durfte, erklärte er mir, was ich über

Reverend Bob behauptet habe, sei gelogen, und dafür müsse ich bestraft werden. Gelogen?, sagte ich. Was zum Teufel solle das denn heißen? Es habe keine Vergewaltigung stattgefunden, sagte er. Mein Besuch bei ihm habe einzig und allein dem Zweck gedient, ihn zu verführen – und der arme Mann habe nicht die Kraft gehabt, meinen Reizen zu widerstehen. Vielen Dank, David, sagte ich. Danke, dass du an mich glaubst und dass du endlich begreifst, was für eine gute Frau ich dir gewesen bin …

Einige Stunden später nagelte er Bretter vor die Fenster in dem Zimmer. Klar, was nützt ein Gefängnis, wenn der Gefangene aus dem Fenster klettern kann? Dann trug mein lieber Ehemann äußerst zuvorkommend die ganzen Sachen herauf, die wir nach Reverend Bobs Sonntagserlassen in den Keller gebracht hatten. Den Fernseher, das Radio, den CD-Player, die Bücher. Verstößt das nicht gegen die Vorschriften?, fragte ich. Ja, sagte David, aber ich habe heute Morgen nach dem Gottesdienst mit dem Reverend gesprochen, und er hat mir einen besonderen Dispens erteilt. Ich möchte es dir so angenehm wie möglich machen, Aurora. Na so was, sagte ich, was bist du denn auf einmal so nett zu mir? Weil ich dich liebe, sagte David. Du hast gestern etwas Böses getan, aber das ändert nichts an meiner Liebe. Um die Reinheit seiner Liebe zu beweisen, schleppte er als Nächstes einen großen Kochtopf an, damit ich mich zum Pinkeln und Scheißen nicht auf den Fußboden hocken musste. Übrigens, sagte er, freut es dich bestimmt zu erfahren, dass du vom Tempel exkommuniziert worden bist. Du bist draußen, aber ich bin noch drin. O wie furchtbar, sagte ich. Das ist der traurigste Tag meines Lebens …

Keine Ahnung, was ich da hatte, aber das Ganze kam mir vor wie ein Witz, ich konnte es einfach nicht ernst nehmen. Ich dachte, das geht nur ein paar Tage so, und dann haue ich ab. Versprochen oder nicht, ich hatte nicht vor, auch nur eine Minute länger dazubleiben als nötig ...

Aber aus den Tagen wurden Wochen, und aus den Wochen wurden Monate. David wusste genau, was ich dachte, und er hatte nicht vor, mich gehen zu lassen. Wenn er von der Arbeit kam, ließ er mich zwar aus dem Zimmer, aber ich hatte ja keine Chance, von ihm wegzulaufen. Er behielt mich ständig im Auge. Ich wäre nicht mal bis zur Tür gekommen. Höchstens zwei Schritte vielleicht. Er ist größer und stärker als ich, er brauchte mir nur nachzulaufen und mich zurückzuschleppen. Die Autoschlüssel hatte er immer in der Tasche, und das einzige Geld, das ich besaß, waren ein paar Münzen, die ich bei Lucy in einer Schublade gefunden hatte. Mir blieb nichts anderes als abwarten und hoffen, und nur ein einziges Mal ist es mir gelungen, aus dem Haus zu schleichen. Da habe ich versucht, Tom anzurufen. Daran erinnerst du dich doch? Es kam mir vor wie ein Wunder, aber jedenfalls schlief David nach dem Abendessen im Wohnzimmer ein. In anderthalb Meilen Entfernung gab es eine Telefonzelle, und da bin ich hingelaufen, so schnell ich konnte. Wenn ich nur den Mut gehabt hätte, ihm in die Tasche zu greifen und mir den Autoschlüssel zu nehmen! Aber ich konnte nicht riskieren, ihn zu wecken, also bin ich zu Fuß gegangen. Ich war vielleicht zehn Minuten weg, da ist er aufgewacht, und natürlich hat er sich ins Auto gesetzt und ist mir nach. Ein Fiasko. Ich hatte keine Zeit mehr, meinen verdammten Text zu Ende zu sprechen ...

Jetzt weißt du, warum ich so blass und kaputt aussehe. Ich war sechs Monate lang in diesem Zimmer eingeschlossen, Onkel Nat. Ein halbes Jahr lang wie ein Tier eingesperrt in meinem eigenen Haus. Ich habe ferngesehen, Bücher gelesen, Musik gehört, aber hauptsächlich habe ich darüber nachgedacht, wie ich mich umbringen könnte. Am

Ende habe ich mich nur deswegen nicht umgebracht, weil ich Lucy versprochen hatte, dass ich sie eines Tages wieder abholen würde, dass wir eines Tages wieder zusammenleben würden. Aber, Gott, einfach war das nicht, ganz und gar nicht einfach. Wenn du mich heute nicht da rausgeholt hättest, ich weiß nicht, wie lange ich es noch ausgehalten hätte. Wahrscheinlich wäre ich in diesem Haus gestorben. So sieht das aus, Onkel Nat. Ich wäre in diesem Haus gestorben, und mein Mann und der gute Reverend Bob hätten meine Leiche im Schutz der Nacht in ein namenloses Grab geworfen.»

EIN NEUES LEBEN

Dank meiner Freundschaft mit Joyce Mazzucchelli, der das Haus in der Carroll Street gehörte, in dem sie mit ihrer Tochter Nancy und den zwei Enkeln lebte, gelang es mir, für Lucy und Aurora eine neue Bleibe zu finden. Im zweiten Stock dieses Hauses war noch ein Zimmer frei. In früheren Zeiten hatte es Jimmy Joyce als Werkstatt und Studio gedient, aber nachdem der Geräuschemacher aus Nancys Leben verschwunden war, könnten die beiden doch dort einziehen, schlug ich vor. Rory hatte kein Geld und keinen Job, aber ich war bereit, die Miete zu bezahlen, bis sie sich wieder aufgerappelt hätte, und da Lucy inzwischen alt genug war, Nancy gelegentlich bei den Kleinen auszuhelfen, hätten am Ende alle einen Vorteil davon.

«Vergiss die Miete, Nathan», sagte Joyce. «Nancy braucht Unterstützung in ihrer Schmuckwerkstatt, und wenn es Aurora nichts ausmacht, beim Putzen und Kochen ein wenig auszuhelfen, kann sie das Zimmer umsonst haben.»

Die gute Joyce. Wir hatten inzwischen seit fast sechs Monaten was miteinander, und auch wenn wir keine direkten Nachbarn waren, ging selten eine Woche ins Land, in der wir nicht mindestens zwei oder drei Nächte im selben Bett verbrachten – bei ihr oder bei mir, je nach Stimmung und äußeren Umständen. Sie war nur ein paar Jahre jünger als ich und also auch nicht mehr ganz taufrisch, aber mit achtundfünfzig, neunundfünfzig hatte sie immer noch genug drauf, dass es nie langweilig mit ihr wurde.

Sex unter älteren Menschen kann seine peinlichen Momente und komischen Längen haben, ist aber auch von einer Zärtlichkeit geprägt, die den Jungen oft abgeht. Die Brüste mögen hängen, der Schwanz mag welken, aber Haut ist immer noch Haut, und wenn jemand, den du gern hast, die Hand nach dir ausstreckt, dich streichelt, in die Arme nimmt oder auf den Mund küsst, schmilzt du noch immer so dahin wie damals, als du dir eingebildet hast, du würdest ewig leben. Joyce und ich hatten noch nicht den Dezember unseres Lebens erreicht, aber den Mai hatten wir zweifellos längst hinter uns. Wir erlebten einen Nachmittag Mitte bis Ende Oktober, einen dieser strahlenden Herbsttage mit klarem blauem Himmel, einer frischen Brise in der Luft und Millionen Blättern an den Zweigen – die meisten davon schon braun, dazwischen aber noch so viel goldene, rote und gelbe, dass man sich so lange wie möglich im Freien aufhalten will.

Nein, sie war keine solche Schönheit wie ihre Tochter, und nach den frühen Fotos, die ich von ihr gesehen hatte, war sie das auch nie gewesen. Joyce schrieb Nancys Aussehen ihrem Mann Tony zu, einem Bauunternehmer, der 1993 an einem Herzinfarkt gestorben war. «Ich habe nie einen schöneren Mann gekannt», erzählte sie mir einmal. «Er hatte eine unglaubliche Ähnlichkeit mit Victor Mature.» Bei ihrem starken Brooklyner Akzent klang der Name des Schauspielers aus ihrem Mund etwa wie *Victa Machuah* – der Buchstabe *r* so sehr verkümmert, dass er aus dem Alphabet gefallen zu sein schien. Ich liebte diese derbe, proletarische Stimme. Sie gab mir das Gefühl, bei Joyce auf sicherem Terrain zu sein, und nicht anders als ihre anderen Qualitäten sagte mir ihre Stimme, dies war eine Frau, die keine Anmaßung kannte, eine Frau, die an sich glaubte und wusste, wer und was sie war. Immerhin war sie die Mutter der

Schönen perfekten Mutter, und wie hätte sie ein Mädchen wie Nancy großziehen können, wenn ihr nicht bewusst gewesen wäre, wer sie war?

Oberflächlich betrachtet hatten wir kaum etwas gemeinsam. Wir stammten aus vollkommen unterschiedlichen Familien (großstädtisch katholisch, vorstädtisch jüdisch), und unsere Interessen wichen in nahezu allen Punkten voneinander ab. Joyce hatte keine Geduld für Bücher und las überhaupt gar nichts, während ich jeder körperlichen Anstrengung aus dem Weg ging und Unbeweglichkeit für das Nonplusultra eines guten Lebens hielt. Für Joyce war Bewegung mehr als nur Pflicht, sie war ihr ein Vergnügen, und am Wochenende stand sie sonntags am liebsten um sechs Uhr auf, um mit dem Rad durch den Prospect Park zu fahren. Sie arbeitete noch, ich war im Ruhestand. Sie war Optimistin, ich war Zyniker. Sie war glücklich verheiratet gewesen, und meine Ehe – aber genug davon. Sie interessierte sich wenig oder gar nicht für die Nachrichten, während ich tagtäglich sorgfältig die Zeitung las. Als Kind hatte sie für die Dodgers geschwärmt, ich für die Giants. Sie aß gern Fisch und Pasta, ich Fleisch und Kartoffeln. Und doch – und was ist rätselhafter am Menschenleben als dieses *doch*? – kamen wir ganz prächtig miteinander aus. Ich hatte mich schon an dem Morgen, als wir (auf der Seventh Avenue mit Nancy) einander vorgestellt wurden, zu ihr hingezogen gefühlt, aber erst bei unserem ersten längeren Gespräch bei der Abschiedsfeier für Harry begriff ich, dass es womöglich zwischen uns funken könnte. In einer Anwandlung von Schüchternheit hatte ich gezögert, sie danach anzurufen, aber eine Woche später lud sie mich zum Essen bei sich zu Hause ein, und damit ging der Flirt los.

Habe ich sie geliebt? Ja, wahrscheinlich habe ich sie geliebt. Soweit ich überhaupt jemanden lieben konnte, war

Joyce *die* Frau für mich, die einzige Kandidatin auf meiner Liste. Es mochte nicht die totale, hundertprozentige Leidenschaft gewesen sein, die angeblich das Wort *Liebe* definiert, kam dem aber sehr nahe – so nahe, dass es praktisch keinen Unterschied mehr machte. Sie brachte mich oft zum Lachen, was nach Ansicht von Fachleuten die beste Medizin für Geist und Körper ist. Sie tolerierte meine Schwächen und Widersprüche, ertrug meine depressiven Phasen, blieb gelassen, wenn ich meine wütenden Tiraden gegen die Republikaner, die CIA und Rudolph Giuliani vom Stapel ließ. Sie amüsierte mich mit ihrer fanatischen Begeisterung für die Mets. Sie verblüffte mich mit ihrem enzyklopädischen Wissen über alte Hollywoodfilme und ihrer Fähigkeit, jeden unbedeutenden und längst vergessenen Schauspieler zu benennen, der nur einmal kurz über die Leinwand huschte. *(Sieh mal, Nathan, das ist Franklin Pangborn ... da, Una Merkle ... da, C. Aubrey Smith.)* Ich bewunderte sie für die Tapferkeit, mit der sie sich von mir aus dem *Buch menschlicher Torheiten* vorlesen ließ und wie sie dann in ihrer gutmütigen Ahnungslosigkeit meine lumpigen Geschichten als Literatur ersten Ranges behandelte. Ja, ich habe sie so sehr geliebt, wie das Gesetz (das Gesetz meiner Natur) es zuließ – aber war ich bereit, mit ihr den Rest meines Lebens zu verbringen? Wollte ich sie an jedem Tag der Woche sehen? War ich verrückt genug nach ihr, ihr die große Frage zu stellen? Ich war mir nicht sicher. Nach der langjährigen Katastrophe mit *Name gestrichen* zögerte ich verständlicherweise, es noch einmal mit der Ehe zu versuchen. Aber Joyce war eine Frau, und da die überwältigende Mehrheit der Frauen die Zweisamkeit der Einsamkeit vorzuziehen scheint, glaubte ich ihr den Beweis schuldig zu sein, dass ich es ernst meinte. In einem der dunkelsten Augenblicke dieses Herbstes – zwei Tage nachdem Rachel eine Fehlgeburt erlitten hatte, vier Tage nachdem Bush unrechtmäßig die Wahl gewonnen hatte und zwölf Tage bevor es Henry Peoples gelang, die verschollene Aurora aufzuspüren – gab ich meinen Widerstand auf und tat es. Zu meiner ungeheuren Überraschung reagierte Joyce auf meinen Heiratsantrag mit johlendem Gelächter. «O Nathan», sagte sie, «lass den Quatsch. Wir haben's doch gut so. Wozu daran rühren und uns womöglich in Schwierigkeiten bringen? Die Ehe ist was für junge Leute, die Kinder haben wollen. Das haben wir längst hinter uns. Wir sind frei. Wir können vögeln wie die Weltmeister und werden nie mehr schwanger werden. Du brauchst nur zu pfeifen, Mann, und mein dicker italienischer Arsch steht dir zur Verfügung, okay? Du kriegst meinen Arsch, und ich kriege deinen hübschen jüdischen Duweißtschon. Du bist mein erster Jude, Nathan, und da du jetzt mal vor meiner Haustür geparkt hast, lass ich dich nicht wieder laufen. Du kannst mich haben, Baby. Aber das mit dem Heiraten schlag dir aus dem Kopf. Ich will keine Ehefrau mehr sein, und ich sag dir was, mein Süßer, mein kleiner Scherzbold, du taugst nicht zum Ehemann.»

Trotz dieser harten Worte brach sie gleich darauf in Tränen aus – plötzlich überwältigt, verlor sie zum ersten Mal, seit ich sie kannte, die Kontrolle über sich. Ich nahm an, dass sie an ihren verstorbenen Tony dachte, sich an den Mann erinnerte, zu dem sie Ja gesagt hatte, als sie fast noch ein Mädchen gewesen war, den Ehemann, der ihr mit einundfünfzig Jahren gestorben war, die Liebe ihres Lebens. Das mochte auch so sein, aber was sie dann zu mir sagte, war etwas vollkommen anderes. «Denk nicht, dass ich das nicht zu schätzen weiß, Nathan. Du bist das Beste, was mir seit langer Zeit passiert ist. Und jetzt das, jetzt gibst du mir das. Das werde ich dir nie vergessen, mein Engel. Ein altes Weib wie ich – und kriege einen Heiratsantrag. Ich will nicht heulen, aber Mann, Mannomann, dass du mich so gern hast, haut mich wirklich um.»

Ich war erleichtert, dass sie über meinen Antrag Tränen der Rührung vergoss. Denn das bedeutete, unsere Verbindung war etwas Solides, das nicht so bald in Stücke gehen würde. Aber ich muss zugeben, ebenso erleichtert war ich, dass Joyce mir einen Korb gegeben hatte. Ich hatte eine große Geste gemacht, aber ehrlich gesagt war ich da mit mir selbst nicht einig gewesen, und sie kannte mich gut genug, um zu wissen, dass ich in der Tat nicht zum Ehemann taugte. Überhaupt hatten wir beide keinen Grund, zu heiraten. Und so stand denn, um den unsterblichen Magister Pangloss zu zitieren, alles zum Besten – zum ersten Mal in meinem Leben konnte ich den Kuchen essen und doch behalten.

Joyce trocknete ihre Tränen, und zwei Wochen später wohnten Aurora und Lucy in ihrem Haus. Das war für alle Beteiligten eine vernünftige Lösung, aber so logisch es sein mochte, dass Mutter und Tochter wieder zusammenlebten, darf man nicht vergessen, wie schwer es Tom und Honey fiel, ihr junges Mündel ziehen zu lassen. Sie hatten sich seit Monaten um Lucy gekümmert, und im Lauf der Zeit waren die drei zu einer soliden kleinen Familie geworden. Im Sommer, als ich sie in die Obhut der beiden gab, hatte ich selbst einen ähnlichen Schmerz empfunden, und dabei war sie nur wenige Wochen bei mir gewesen. Wenn ich an die fünfeinhalb Monate dachte, die sie mit ihr verbracht hatten, konnte ich nur mit ihnen mitfühlen – ganz gleich, wie glücklich wir alle waren, dass Aurora wohlbehalten in Brooklyn gelandet war. «Sie muss bei ihrer Mutter leben», sagte ich zu Tom und versuchte mich in Lebensklugheit. «Aber ein Teil von Lucy bleibt bei uns, bei jedem Einzelnen von uns. Sie ist auch unser Mädchen, und daran wird sich nie etwas ändern.»

So hart es sie ankam, Lucy zu verlieren, hatte die kurze Zeit ihrer Ersatzelternschaft Tom und Honey immerhin davon überzeugt, dass sie eigene Kinder haben wollten. Vorläufig standen noch eine Menge praktischer Aufgaben an – sie mussten Harrys Haus verkaufen, sich eine neue Wohnung suchen, Bewerbungen für Lehrerjobs in der Stadt verschicken –, aber als das alles erledigt war, warf Honey ihr Diaphragma weg, und die beiden machten sich ans Werk, in nächtlicher Kleinarbeit den Grundstein für eine Familie zu legen. Im März 2001 bezogen sie eine Eigentumswohnung in der Third Street zwischen Sixth und Seventh Avenue: luftige, lichtdurchflutete Räumlichkeiten im dritten Stock, mit einem großen Wohnzimmer nach vorne raus, einer bescheidenen Küche samt Esszimmer in der Mitte und einem schmalen Flur, der zu drei kleinen Schlafzimmern im hinteren Teil führte (von denen Tom eins zum Arbeitszimmer umbaute). Als sie sich in dieser Wohnung niederließen, gab es Brightman's Attic nicht mehr. Da der Käufer des Gebäudes unter anderem die Bedingung gestellt hatte, dass die Bücher aus den Geschäftsräumen entfernt werden sollten, hatte Tom zu Beginn des Jahres in hektischer Eile den gesamten Warenbestand von Harrys Laden veräußern müssen. Taschenbücher wurden zu fünf oder zehn Cent, gebundene Bücher zu drei Stück für einen Dollar verschleudert, und was bis zum ersten Februar nicht verkauft war, wurde Krankenhäusern, Wohltätigkeitsorganisationen und Seemannsmissionen gespendet. Ich half bei dieser kummervollen Arbeit, und auch wenn wenigstens die seltenen Bücher und Erstausgaben aus der zweiten Etage einen erheblichen Betrag einbrachten (selbst zu den Spottpreisen, die Tom akzeptierte, um die komplette Sammlung an einen einzigen Händler in Great Barrington, Massachusetts, loszuwerden), machte es wahrlich keinen Spaß, an der Zerschlagung von Harrys Reich mitzuwirken – vor allem, als ich erfuhr, was der neue Besitzer mit den aufgelösten Geschäftsräumen vorhatte. Die Bücher machten Platz für Damenschuhe und Handtaschen, und die oberen drei Etagen des Gebäudes wurden zu teuren Eigentumswohnungen umgestaltet. Grundbesitz ist die offizielle Religion von New York, und ihr Gott trägt einen grauen Nadelstreifenanzug und hört auf den Namen Geld, Mister Immermehr Geld. Wenn diese bittere Wendung der Ereignisse überhaupt etwas Tröstliches für mich hatte, dann war es das Wissen, dass Tom und Rufus nie mehr in finanzielle Schwierigkeiten geraten konnten. Zum zweihundertsten Mal seit seinem Tod musste ich an Harry denken – an seinen eleganten Kopfsprung zu ewiger Größe.

An einem Donnerstagabend Anfang Juni verkündete Honey, dass sie schwanger sei. Tom legte ihr einen Arm um die Schulter, beugte sich über den Esstisch und fragte mich, ob ich der Pate des Kindes sein wolle. «Jemand anders kommt für uns nicht in Frage», sagte er. «Für geleistete Dienste, Nathan, die weit über jede familiäre Pflicht hinausgegangen sind. Für außerordentlichen Mut im heftigsten Kampfgetümmel. Dafür, dass du Leib und Leben riskiert hast, deinen verwundeten Kameraden unter schwerem Beschuss zu retten. Dafür, dass du diesen Kameraden wieder auf die Beine gestellt und zu dieser ehelichen Verbindung gedrängt hast. In Anerkennung dieser Heldentaten und zu Nutz und Frommen unserer künftigen Nachkommen verdienst du, einen Titel zu tragen, der deiner Rolle weitaus angemessener ist als der des Großonkels. Daher benenne ich dich zum Paten – falls du unserer demütigen Bitte entsprichst und diese Last auf dich zu nehmen geruhst. Wie lautet die Antwort, werter Herr? Wir erwarten sie mit pochendem Herzen.» Die Antwort lautete ja. Ja, und daran anschließend ein langwieriges Gemurmel, an dessen Inhalt ich mich nicht mehr erinnern kann. Dann hob ich mein Glas, trank ihnen zu und spürte verwundert, wie meine Augen sich mit Tränen füllten.

Drei Tage später kamen Rachel und Terrence von New Jersey herüber zum Sonntagsbrunch in meiner Wohnung. Joyce half mir beim Belegen der Brote, und als wir vier dann im Garten saßen und unsere Bagels mit Lachs verzehrten, fiel mir auf, dass meine Tochter so reizend und glücklich aussah wie nie in den vergangenen Monaten. Die Fehlgeburt im Herbst war eine grausame Enttäuschung gewesen, und danach hatte sie ziemlich den Boden unter den Füßen verloren – hatte ihre Trauer überspielt, indem sie sich in die Arbeit stürzte, komplizierte Gourmetspeisen für Terrence zubereitete, um zu beweisen, dass sie trotz ihrer Unfähigkeit, ein Kind auszutragen, eine gute Ehefrau sein konnte, und sich bis zur Erschöpfung verausgabte. Aber an diesem Tag bei mir im Garten funkelte wieder das alte Feuer in ihren Augen, und obwohl sie in Gesellschaft normalerweise eher zurückhaltend war, nahm sie an unserem Gespräch lebhaft teil und redete mindestens ebenso viel wie wir anderen. Einmal entschuldigte sich Terrence und ging ins Haus, um die Toilette aufzusuchen, und gleich darauf lief Joyce in die Küche, um eine frische Kanne Kaffee zu holen. Rachel und ich blieben allein zurück. Ich gab ihr einen Kuss auf die Wange und sagte ihr, wie schön sie sei, und sie beantwortete das Kompliment, indem sie den Kuss erwiderte und dann ihren Kopf an meine Schulter legte. «Ich bin wieder schwanger», sagte sie. «Heute früh habe ich den Test gemacht, und das Ergebnis war positiv. In mir wächst ein Baby, Dad, und diesmal wird es nicht sterben. Ich verspreche es dir. Ich mache dich zum Großvater, und wenn ich die nächsten sieben Monate im Bett bleiben muss.»

Zum zweiten Mal in weniger als zweiundsiebzig Stunden traten mir unerwartet Tränen in die Augen.

Überall um mich her schossen Schwangere wie Pilze aus dem Boden, und so langsam fühlte ich mich selbst fast wie eine Frau: ein Mensch, der bei der bloßen Erwähnung von Babys zu weinen anfing, ein gefühlsduseliger Trottel, der immer eine Packung Papiertaschentücher dabeihaben musste, um in der Öffentlichkeit nicht peinlich aufzufallen. Das Haus in der Carroll Street mochte mit schuld sein an diesem Schwinden meiner männlichen Würde. Ich verbrachte dort sehr viel Zeit, und seitdem Nancys Mann aus- und Aurora und Lucy eingezogen waren, schwangen in diesem Haushalt ausschließlich Frauen das Zepter. Der einzige männliche Bewohner war Sam, Nancys drei Jahre alter Sohn, aber da er noch kaum sprechen konnte, war sein Einfluss auf das Geschehen dort arg beschränkt. Ansonsten lebten dort nur Frauen, drei Generationen weiblicher Wesen: Joyce an der Spitze, Nancy und Aurora in der Mitte und die zehnjährige Lucy und die fünfjährige Devon am unteren Ende. Die Räume des Hauses bildeten ein lebendiges Museum weiblicher Gebrauchsgegenstände; ausgestellt waren BHs und Höschen, Haartrockner und Tampons, Schminkdosen und Lippenstifte, Puppen und Springseile, Nachthemdchen und Haarklemmen, Brennscheren und Gesichtscremes und endlose, endlose Reihen von Schuhen. Man kam sich dort vor wie zu Besuch in einem fremden Land, aber da ich jede Person, die dort lebte, verehrte und bewunderte, zog ich diesen Ort jedem anderen auf der Welt vor.

In den Monaten nach Auroras Flucht aus North Carolina

ereigneten sich bei Joyce einige merkwürdige Dinge. Da mir das Haus immer offen stand, war ich in der Lage, diese Dramen aus nächster Nähe mitzuerleben, und erlebte eine Überraschung nach der anderen. Bei Lucy zum Beispiel war plötzlich mit allem zu rechnen. Während ihrer Zeit bei Tom und Honey war ich ständig auf Schwierigkeiten gefasst und entsprechend besorgt gewesen. Sie hatte nicht nur damit gedroht, das «schlechteste, gemeinste, allerböseste kleine Mädchen auf Gottes Erdboden» zu werden, sondern es schien mir auch unausweichlich, dass die fortgesetzte Abwesenheit ihrer Mutter sie doch irgendwann zermürben und zu einem griesgrämigen, finsteren, immer schlecht gelaunten Kind machen musste. Aber nein. Sie war in der Wohnung über Harrys ehemaligem Laden geradezu aufgeblüht und hatte sich mit bemerkenswertem Tempo immer besser auf ihre neue Umgebung eingestellt. Als ich Rory nach Brooklyn brachte, hatte Lucy ihren Südstaatenakzent abgelegt, war mindestens zehn Zentimeter gewachsen und eine der Besten in ihrer Klasse. Gewiss, sie hatte nachts oft nach ihrer Mutter gerufen, und jetzt, da ihre Mutter wieder bei ihr war, hätte man meinen können, unser Mädchen habe keine Wünsche mehr offen. Wiederum nein. Unmittelbar nach dem Wiedersehen war die Kleine vor Glück schier aus dem Häuschen, aber nach einer Weile traten alte Verstimmungen und Feindseligkeiten zutage, und schon nach einem Monat war unsere kluge, energische, witzige Kleine zu einer unausstehlichen Nervensäge geworden. Türen knallten; höfliche Bitten stießen auf beißenden Hohn; aggressives Geschrei schallte aus der zweiten Etage; Genörgel wurde zu Schmollen, Schmollen zu Wutausbrüchen, Wutausbrüche wurden zu Tränen; die Worte *Nein, doof, sei endlich still* und *Kümmer dich um deinen eigenen Mist* wurden zum wesentlichen Bestandteil des täglichen Gesprächs. Allen anderen gegenüber blieb Lucys Verhalten unverändert. Nur ihre Mutter war diesen Attacken ausgesetzt, und mit der Zeit wurden sie immer unerbittlicher.

So demoralisierend das für die zartbesaitete Aurora auch sein mochte, sah ich in diesem Verhalten einen notwendigen Reinigungsprozess, einen Hinweis darauf, dass Lucy um ihr Leben kämpfte. Liebe war dabei kein Thema. Lucy liebte ihre Mutter, und doch hatte diese geliebte Mutter sie eines hektischen, verrückten Nachmittags in einen Bus gesetzt und nach New York verfrachtet, und danach war das Kind sechs Monate lang sich selbst überlassen gewesen. Wie kann ein so junger Mensch eine so verwirrende Wendung hinnehmen, ohne sich nicht zumindest teilweise daran mitschuldig zu fühlen? Warum sollte die Mutter das Kind abschieben, wenn es nicht schlecht war, ein Geschöpf, das die Liebe seiner Mutter nicht verdient hatte? Ohne eigenes Verschulden hatte die Mutter der Seele ihrer Tochter eine klaffende Wunde zugefügt, und wie kann diese Wunde jemals heilen, wenn die Tochter nicht aus Leibeskräften in alle Welt hinausschreit: Ich habe Schmerzen; ich halte das nicht mehr aus; hilf mir? In dem Haus wäre es gewiss friedlicher zugegangen, wenn Lucy den Mund gehalten hätte, aber diesen Schrei in sich zu verschließen würde ihr auf Dauer unendlich geschadet haben. Sie musste das rauslassen. Nur so konnte die Blutung gestillt werden.

Ich bemühte mich, Aurora so oft zu sehen wie möglich, vor allem in diesen schwierigen ersten Monaten, als sie mühsam wieder Tritt zu fassen suchte. Die Schrecken von North Carolina hatten sie fürs Leben gezeichnet, und uns beiden war klar, dass sie sich nie mehr ganz davon erholen würde, dass die Vergangenheit immer bei ihr bleiben würde, ganz gleich, wie gut es ihr gelingen mochte, künftig mit ihrem Leben zurechtzukommen. Ich bot ihr an, ihr regelmäßige Sitzungen bei einem Therapeuten zu bezahlen, falls sie glaube, dass ihr das helfen könne, aber sie lehnte ab und sagte, ihr liege mehr daran, mit mir zu reden. Mit mir. Ich, der verbitterte Einzelgänger, der vor nicht einmal einem Jahr nach Brooklyn zurückgekrochen war; der Ausgebrannte, der sich davon überzeugt hatte, dass es nichts mehr gab, für das er noch leben wollte – ich, der Schwachkopf, Nathan der Unweise, dem nichts Besseres mehr einfiel, als still auf den Tod zu warten, war plötzlich ein Vertrauter und Berater geworden, ein Liebhaber lustiger Witwen und ein fahrender Ritter, der bedrängten Jungfern zu Hilfe kam. Aurora wollte mit mir sprechen, weil ich nach North Carolina gekommen war und sie gerettet hatte, und obwohl wir bis zu jenem Nachmittag jahrelang keinen Kontakt miteinander gehabt hatten, war ich doch immerhin ihr Onkel, der einzige Bruder ihrer Mutter, und sie wusste, dass sie mir vertrauen konnte. Also trafen wir uns mehrmals die Woche zum Essen; zu zweit saßen wir an einem der hinteren Tische im New Purity Diner an der Seventh Avenue und wurden bei diesen Gesprächen nach und nach Freunde, genau so, wie ihr Bruder und ich Freunde geworden waren, und nun, da ich beide Kinder Junes wieder um mich hatte, war es für mich, als sei meine kleine Schwester in mir wieder zum Leben erwacht, und da sie das Gespenst war, das mich immerzu verfolgte, waren ihre Kinder jetzt meine Kinder geworden.

Das Einzige, was Aurora weder ihrer Mutter noch ihrem Bruder noch sonst jemandem in der Familie jemals anvertraut hatte, war der Name von Lucys Vater. Inzwischen hatte sie das Geheimnis so viele Jahre lang gehütet, dass es sinnlos schien, die Frage überhaupt noch anzuschneiden, aber dann, es war Anfang April und wir saßen mal wieder beim Essen, rutschte ihr die Antwort, ohne dass ich sie dazu aufgefordert hätte, einfach so heraus.

Es begann damit, dass ich sie fragte, ob sie ihr Tattoo noch habe. Auf Rorys Gesicht erschien ein breites Lächeln; sie legte ihre Gabel hin und sagte: «Woher weißt du davon?»

«Das hat mir Tom erzählt. Ein großer Adler auf deiner Schulter, stimmt's? Wir haben uns gefragt, ob du es vielleicht hast entfernen lassen, aber Lucy wollte es uns nicht sagen.»

«Es ist noch da. So groß und schön wie eh und je.»

«Und David hatte nichts dagegen?»

«Nicht direkt. Er sah es als Symbol meiner verpfuschten Vergangenheit und wollte, dass ich es wegmachen lasse. Ich war bereit, ihm den Gefallen zu tun, aber dann erfuhren wir, was so etwas kosten würde. Als David merkte, dass wir uns das nicht leisten konnten, machte er eine Kehrtwendung von hundertachtzig Grad. Das gibt dir eine gute Vorstellung davon, wie er denkt und warum ich aus einem Streit mit ihm nie als Sieger hervorgegangen bin. Vielleicht ist es ja gar nicht so schlecht, sagte er. Wir lassen das Tattoo, wo es ist, und wenn wir es sehen, erinnert es uns jedes Mal daran, wie weit du dich von den dunklen Tagen deiner Jugend entfernt hast. So was ist ganz typisch für David: *die dunklen Tage meiner Jugend.* Er sagte, ich solle das als ein Amulett betrachten, das ich auf der Haut trage, es werde mich vor weiterem Schaden und Leid beschützen. Ein Amulett. Ich hatte das Wort noch nie gehört und musste erst mal im Lexikon nachsehen, was es bedeutet. Ein Talisman, der böse Geister abwehrt. Okay, damit kann ich leben. Als ich mit David zusammen war, hat es mir nicht viel geholfen, aber vielleicht hilft es mir ja jetzt.»

«Freut mich, dass du es noch hast. Keine Ahnung, warum mich das freut, aber so ist es.»

«Mich freut es auch. Irgendwie hänge ich an diesem dummen Ding. Ich habe es mir vor elf Jahren machen lassen, im East Village. Zur Feier, dass ich mit Lucy schwanger war. An dem Morgen, als mir die Schwester in der Klinik sagte, der Test sei positiv ausgefallen, bin ich losgerannt und hab mir das Tattoo machen lassen.»

«Seltsame Art, so etwas zu feiern, oder?»

«Ich bin eben seltsam, Onkel Nat. Und das war wohl sowieso die seltsamste Zeit meines Lebens. Damals habe ich mit zwei Jungen, Billy und Greg, in einer Bruchbude in der Nähe der Avenue C gewohnt. Billy hat Gitarre gespielt, Greg Geige, und ich hab dazu gesungen. Und gar nicht mal so übel, wenn man bedenkt, wie jung wir da waren. Aufgetreten sind wir meistens im Washington Square Park. Oder in der U-Bahn-Station Times Square. Der Hall in diesen unterirdischen Gängen hatte es mir angetan, ich schmetterte meine Lieder, und die Leute warfen ihre Münzen und Dollars in Gregs Geigenkasten. Manchmal war ich stoned bei unseren Auftritten, und Billy nannte mich die blaue Nachtigall. Manchmal sang ich nüchtern, und Greg nannte mich die Königin des Planeten X. Meine Güte. Das waren schöne Zeiten, Onkel Nat. Wenn unsere Musik nicht genug einbrachte, hab ich in Läden geklaut. Die Braut, die sich was traut, haben sie mich genannt. Hab mir in Supermärkten Steaks und Hähnchen unter den Mantel geschoben. Nichts habe ich damals ernst genommen. Diese Woche war ich in Greg verliebt. Nächste Woche war ich in Billy verliebt. Geschlafen habe ich jedenfalls mit beiden, und irgendwann wurde ich schwanger. Ich hab nie herausgefunden, wer von ihnen der Vater war, und da auch keiner von ihnen der Vater sein *wollte*, habe ich sie beide rausgeschmissen.»

«Ach, deshalb hast du es June nie gesagt. Weil du es selbst nicht gewusst hast.»

«Mist. Wie kann ich plötzlich nur so dumm sein? Mist, Mist, Mist. Ich hab mir geschworen, das niemals zu erzählen, und nun habe ich es doch getan.»

«Das macht gar nichts, Rory. Greg und Billy, das sind für mich bloß Namen. Red einfach nicht weiter, wenn du nicht willst.»

«Greg ist zwei Jahre nach Lucys Geburt an einer Überdosis gestorben. Und Billy ist einfach verschwunden. Keine Ahnung, was aus ihm geworden ist. Jemand hat mir mal erzählt, er sei nach Hause zurückgegangen, habe das College abgeschlossen und arbeite jetzt als Musiklehrer an irgendeiner High School im Mittleren Westen. Aber wer weiß, ob das derselbe Billy Finch ist? Könnte auch jemand anders sein.»

Aurora lebte zwar jetzt in Brooklyn, aber das hieß noch lange nicht, dass David Minor nicht jederzeit bei ihr auftauchen konnte. Ich stand mit Namen und Anschrift im Telefonbuch, und es wäre ihm ein Leichtes gewesen, sie über mich ausfindig zu machen. Mir grauste bei dem Gedanken, es noch einmal mit diesem selbstgerechten Arschloch zu tun zu bekommen, aber ich behielt meine Befürchtungen für mich und sagte Rory nichts davon. Minor war ein so schmerzliches Thema für sie, dass sie sich kaum dazu bringen konnte, selbst von ihm zu reden, und ich wollte nicht zu all den Problemen, mit denen sie ohnehin schon zu kämpfen hatte, noch irgendwelche zusätzlichen Ängste schüren. Als einige Monate ins Land gegangen waren, wurde ich allmählich optimistischer, aber erst Ende Juni konnte ich endlich aufhören, mir Sorgen zu machen, und die Angelegenheit ad acta legen. Eines Morgens lag ein dicker weißer Umschlag in meinem Briefkasten, und da ich übersah, dass der Brief nicht an Nathan Glass, sondern an Aurora Wood c/o Nathan Glass adressiert war, hatte ich ihn bereits aufgerissen, ehe ich meinen Irrtum bemerkte. Das kurze handschriftliche Begleitschreiben lautete:

> Liebes,
>   es ist besser so.
>   Viel Glück – und möge Gott
>   dir immer gnädig sein.
>   David

Beigelegt war ein siebenseitiges Dokument, ein Scheidungsurteil, ausgestellt in Saint Clair County im Bundesstaat Alabama: Darin wurde die Ehe zwischen David Wilcox Minor und Aurora Wood Minor wegen böswilligen Verlassens für aufgelöst erklärt.

Als wir uns an diesem Tag zum Essen trafen, entschuldigte ich mich bei Rory, dass ich ihre Post geöffnet hatte, und gab ihr den Brief.

«Was ist das?», fragte sie.

«Ein Brief von deinem Ex», sagte ich. «Und eine amtliche Mitteilung.»

«Von meinem Ex? Was soll das heißen?»

«Mach's auf und sieh selbst.»

Sie las den Brief und überflog das Scheidungsurteil, und mir fiel auf, wie unbewegt ihre Miene dabei blieb. Ich hatte erwartet, dass sie lächeln oder vielleicht sogar laut lachen würde, aber ihr Gesicht blieb nahezu ausdruckslos. Allenfalls ein leichtes Aufflackern irgendeines verborgenen, dunklen Gefühls, aber was für ein Gefühl das war, ließ sich nicht erkennen.

«Na ja», sagte sie schließlich. «Das war's dann wohl.»

«Du bist frei, Rory. Wenn du wolltest, könntest du morgen jemand anderen heiraten.»

«Ich werde mich nie mehr im Leben von einem Mann anfassen lassen.»

«Das sagst du heute. Aber irgendwann taucht jemand auf, und dann wirst du wieder ans Heiraten denken.»

«Nein, ich meine das ganz ernst, Nathan. Dieser Teil meines Lebens ist endgültig abgeschlossen. Als David mich in dieses Zimmer eingesperrt hat, habe ich mir gesagt: Das war's, ich fall auf keinen Mann mehr rein. Daraus ist nie was Gutes entstanden. Und das wird es auch nie.»

«Du vergisst Lucy.»

«Okay, du hast Recht. Aber ich habe jetzt mein Kind, und noch eins will ich nicht.»

«Alles in Ordnung mit dir? Du hörst dich niedergeschlagen an.»

«Mir geht's prächtig. Hab mich noch nie besser gefühlt.»

«Du bist jetzt seit sechs Monaten hier. Du wohnst bei Joyce im Haus, du arbeitest für Nancy, du sorgst für dein Mädchen, aber vielleicht ist es Zeit, an den nächsten Schritt zu denken. Vielleicht solltest du anfangen, wieder Pläne zu machen.»

«Was denn für Pläne?»

«Das kann ich nicht sagen. Das solltest du selber wissen.»

«Aber es gefällt mir so, wie es ist.»

«Was ist mit dem Singen? Hast du nicht Lust, da wieder einzusteigen?»

«Manchmal schon. Aber Karriere will ich damit nicht mehr machen. Ab und zu mal am Wochenende hier im Viertel einen Auftritt, dagegen hätte ich nichts, aber keine Reisen mehr, keine großen Ambitionen. Das ist es nicht wert.»

«Es reicht dir, Schmuck zu machen? Damit bist du zufrieden?»

«Mehr als zufrieden. Ich bin täglich mit Nancy zusammen, und was kann ich mir Besseres wünschen? Eine wie sie gibt es nicht noch einmal. Ich liebe sie wie verrückt.»

«Wir alle lieben sie.»

«Nein, du verstehst nicht. Ich meine: Ich liebe sie *wirklich*. Und sie liebt mich auch.»

«Natürlich tut sie das. Nancy ist einer der liebevollsten Menschen, die ich kenne.»

«Du kapierst immer noch nicht. Ich versuche zu sagen, dass wir *verliebt* sind. Nancy und ich sind ein Liebespaar.»

«...»

«Du solltest mal dein Gesicht sehen, Onkel Nat. Du siehst aus, als hättest du eine Schreibmaschine verschluckt.»

«Entschuldige. Aber das habe ich nicht geahnt. Natürlich habe ich gesehen, dass ihr zwei gut miteinander auskommt. Dass ihr euch mögt, aber ... aber ich habe nicht erkannt, dass es so eine große Sache geworden ist. Wie lange ist das schon so?»

«Seit März. Ungefähr drei Monate nach meinem Einzug hat es angefangen.»

«Warum hast du mir nicht schon früher davon erzählt?»

«Ich hatte Angst, du würdest es Joyce erzählen. Und Nancy möchte nicht, dass sie es erfährt. Sie meint, ihre Mutter würde ausflippen.»

«Und warum erzählst du es mir jetzt?»

«Weil ich inzwischen glaube, dass du ein Geheimnis für dich behalten kannst. Du wirst mich doch nicht enttäuschen?»

«Nein, ich werde dich nicht enttäuschen. Wenn du nicht willst, dass Joyce davon erfährt, werde ich ihr nichts sagen.»

«Und du bist nicht enttäuscht von mir?»

«Aber nein. Wenn du mit Nancy glücklich bist, umso besser für dich.»

«Wir haben sehr viel gemeinsam. Wir sind fast wie Schwestern, wir funken auf derselben Wellenlänge. Wir wissen immer, was die andere gerade denkt oder fühlt. Die Männer, mit denen ich zusammen war – bei denen ging alles nur um Worte: Ständig mussten sie reden, erklären, streiten, ein ewiges Gequassel. Und wir, ich brauche sie nur anzusehen, und schon weiß ich, was in ihr vorgeht. So etwas habe ich noch mit keinem Menschen erlebt. Nancy nennt das Magie, aber ich nenne es einfach nur Liebe, schlicht und einfach. Wahre Liebe.»

«GENAU WIE TONY»

Ich hielt mein Versprechen und erzählte Joyce nichts, aber ich wahrte das Geheimnis nicht nur, um den Mädchen einen Gefallen zu tun, sondern auch, um mich selbst zu schützen. Ich hatte keine Ahnung, wie Joyce reagieren würde, wenn sie die Wahrheit erführe. Jedenfalls nicht gelassen, fürchtete ich, und dann könnte sie in ihrem Zorn einen Schuldigen suchen. Und wer eignete sich besser für die Rolle des Sündenbocks als Auroras Onkel, dieser elende Strolch, der seine nichtsnutzige, labile Nichte ins Zentrum der Familie Mazzucchelli manövriert hatte, damit sie die unschuldige Nancy zu einer leidenschaftlichen Lesbe machen konnte? Ich stellte mir vor, Joyce würde Rory und Lucy aus dem Haus werfen, und in dem sich daran anschließenden familiären Chaos würde ich zwangsläufig die Tochter meiner Schwester verteidigen müssen, und das wiederum würde Joyce so von mir entfremden, dass sie auch mich zum Teufel jagen würde. Wir waren inzwischen ein Jahr lang zusammen, und das war weiß Gott das Letzte, was ich mir wünschte.

Es war ein ruhiger warmer Sonntagabend kurz nach dem Ende der Sommerferien. Joyce kam zu mir in die Wohnung, wir wollten uns Filme anschauen und uns aus einem Thai-Restaurant etwas zu essen kommen lassen. Nachdem wir die telefonische Bestellung aufgegeben hatten, sagte sie zu mir: «Du wirst nicht glauben, was die machen.»

«Von wem reden wir?», fragte ich.

«Nancy und Aurora.»

«Was wohl. Schmuck herstellen und verkaufen. Sich um die Kinder kümmern. Die übliche Schinderei.»

«Sie schlafen zusammen. Sie haben eine Affäre.»

«Wie kommst du darauf?»

«Ich habe sie erwischt. Du weißt doch, als ich Donnerstag hier übernachtet habe, bin ich früh aufgestanden, und statt gleich zur Arbeit zu fahren, bin ich erst nach Hause, um mich umzuziehen. Und weil am Nachmittag der Klempner kommen sollte, bin ich zu Nancy raufgegangen, um sie an den Termin zu erinnern. Als ich die Tür zu ihrem Schlafzimmer aufmache, seh ich die beiden nackt auf dem Bett liegen, eng umschlungen.»

«Sind sie aufgewacht?»

«Nein. Ich habe die Tür so leise wie möglich wieder zugemacht und bin auf Zehenspitzen die Treppe runter. Was soll ich nur machen? Das nimmt mich so mit, am liebsten würde ich mir die Pulsadern aufschneiden. Der arme Tony. Zum ersten Mal, seit er von mir gegangen ist, bin ich froh, dass er tot ist. Froh, dass er das nicht erleben muss ... diese *schreckliche Sache*. Das hätte ihm das Herz gebrochen. Seine eigene Tochter schläft mit einer Frau. Wenn ich nur daran denke, kommt's mir hoch.»

«Viel wirst du da nicht machen können, Joyce. Nancy ist eine erwachsene Frau, sie kann schlafen, mit wem sie will. Für Aurora gilt dasselbe. Die beiden haben schlimme Zeiten hinter sich. Ihre Ehen sind gescheitert, und wahrscheinlich haben sie von Männern fürs Erste genug. Das heißt nicht, dass sie lesbisch sind, und das heißt auch nicht, dass es so bleiben wird. Wenn sie sich gegenseitig ein bisschen trösten können – was ist schon dabei?»

«Es ist widerlich, es ist gegen die Natur. Ich begreife nicht, wie du das so gelassen sehen kannst, Nathan, wirklich nicht. Als ob dir das gar nichts ausmacht.»

«Jeder Mensch hat seine Gefühle. Ich kann mir doch kein Urteil darüber anmaßen, was falsch und richtig ist.»

«Du redest wie ein Kämpfer für die Rechte der Schwulen. Als Nächstes wirst du mir erzählen, dass du auch schon mit Männern geschlafen hast.»

«Eher schneide ich mir den rechten Arm ab, als dass ich mit einem Mann ins Bett gehe.»

«Und warum verteidigst du dann Nancy und Aurora?»

«Erstens, weil sie nicht ich sind. Und zweitens, weil sie Frauen sind.»

«Wie soll ich das verstehen?»

«Ich weiß auch nicht so genau. Da ich mich selbst zu Frauen hingezogen fühle, kann ich vielleicht verstehen, warum eine Frau sich zu einer anderen hingezogen fühlt.»

«Du bist ein Schwein, Nathan. Das erregt dich wohl auch noch?»

«Das habe ich nicht gesagt.»

«Tust du so was, wenn du allein zu Hause bist? Siehst du dir lesbische Pornofilme an?»

«Hmmm. Daran habe ich noch gar nicht gedacht. Könnte unterhaltsamer sein, als an meinem blöden Buch herumzuschreiben.»

«Lass den Unsinn. Ich bin am Rande eines Nervenzusammenbruchs, und du musst Witze reißen.»

«Weil uns das nichts angeht, darum.»

«Nancy ist meine Tochter ...»

«Und Rory ist meine Nichte. Na und? Die beiden gehören uns nicht. Wir haben sie nur geliehen.»

«Was soll ich bloß machen, Nathan?»

«Du könntest so tun, als wüsstest du von nichts, und die beiden in Frieden lassen. Du könnntest ihnen aber auch deinen Segen geben. Es muss dir ja nicht gefallen, aber du hast nur diese beiden Möglichkeiten.»

«Ich könnte sie auch aus dem Haus werfen.»

«Sicher, das könntest du. Und dann würdest du es jeden Tag bis ans Ende deines Lebens bereuen. Tu das nicht, Joyce. Du musst dich arrangieren. Halt die Ohren steif. Lass dich nicht abspeisen. Wähle immer brav die Demokraten. Fahr mit dem Rad im Park spazieren. Träum von meinem perfekten Körper. Nimm deine Vitamine. Trink täglich acht Gläser Wasser. Drück den Mets die Daumen. Sieh dir jede Menge Filme an. Überanstreng dich nicht bei der Arbeit. Fahr mit mir nach Paris. Geh ins Krankenhaus, wenn Rachel ihr Kind bekommt, und halte meinen Enkel in den Armen. Putz dir nach jeder Mahlzeit die Zähne. Geh nicht bei Rot über die Straße. Verteidige den Kleinen. Sei selbstbewusst. Denk dran, wie schön du bist. Denk dran, wie sehr ich dich liebe. Trink täglich einen Scotch on the rocks. Atme tief durch. Halte immer die Augen offen. Meide fettiges Essen. Schlafe den Schlaf der Gerechten. Denk dran, wie sehr ich dich liebe.»

Ihre Reaktion auf diese Neuigkeit war ungefähr so, wie ich erwartet hatte, aber immerhin hatte sie nicht mir die Schuld an Rorys Verhalten gegeben, und das war zu der Zeit für mich das Wichtigste. Ich bedauerte, dass sie diese Tür aufgemacht hatte, bedauerte, dass sie die Tatsachen auf so schockierende, unauslöschliche Weise erfahren hatte, aber irgendwann würde sie sich mit der Situation abfinden müssen, ob sie wollte oder nicht. Das Essen wurde gebracht, und solange wir uns dann darauf konzentrierten, waren Nancy und Aurora kein Thema mehr. Ich weiß noch, ich hatte an diesem Abend ungewöhnlich großen Hunger und schlang die Vorspeisen und die scharfen Shrimps mit Thaibasilikum in wenigen Minuten in mich hinein. Dann schalteten wir den Fernseher ein und sahen uns einen Western von 1950 an, *Blutiger Staub*, mit Joel McCrea in der Hauptrolle. In einer Szene saßen die Cowboys plaudernd am Lagerfeuer, und der komische Alte der Gruppe (gespielt von James Whitmore, glaube ich) sagte einen Satz, über den ich laut lachen musste. «Ich genieße es, alt zu werden», sagte er, «das macht einem das Leben leichter.» Ich gab Joyce einen Kuss auf die Wange und flüsterte: «Der Blödmann hat keine Ahnung, wovon er redet», und zum ersten Mal an diesem Abend lachte auch mein immer noch aufgewühlter, unglücklicher Liebling.

Zehn Minuten nachdem Joyce dieses Lachen ausgestoßen hatte, ging es mit meinem Leben zu Ende. Wir saßen auf dem Sofa und sahen uns den Film an, und plötzlich schoss mir ein Schmerz in die Brust. Zuerst hielt ich es für Sodbrennen, eine Magenverstimmung von dem hastig verzehrten Essen, aber der Schmerz nahm immer mehr zu und breitete sich in meinem Oberkörper aus, als sei mein Inneres in Brand geraten, als hätte ich ein Fass geschmolzenes Blei verschluckt, und bald war mein linker Arm vollkommen taub, und in meinem Mund juckte es wie von tausend Nadelstichen. Ich hatte genug über Herzinfarkte gelesen und wusste daher, das waren die klassischen Symptome, und da der Schmerz immer intensiver wurde und sich in immer unerträglichere Wut hineinsteigerte, dachte ich, nun sei es also so weit. Ich versuchte aufzustehen, aber nach zwei Schritten kippte ich um und wälzte mich auf dem Fußboden. Mit beiden Händen meine Brust umklammernd, rang ich um Atem, und Joyce hielt mich in den Armen, schaute mir ins Gesicht und sagte, ich solle bloß nicht schlapp machen. Aus weiter Ferne hörte ich sie sagen: «O mein Gott. O mein Gott, genau wie Tony», und dann war sie nicht mehr da, und ich hörte sie schreien, sie schrie, jemand solle einen Krankenwagen in die First Street schicken. Erstaunlicherweise hatte ich keine Angst. Der Anfall hatte mich in ein anderes Universum katapultiert, und dort waren Fragen von Leben und Tod bedeutungslos. Man nahm es einfach hin. Man nahm einfach hin, was einem gegeben wurde, und wenn man mir für diesen Abend den Tod zugedacht hatte, war ich bereit, ihn zu akzeptieren. Als die Sanitäter mich in den Krankenwagen hoben, sah ich Joyce wieder neben mir; Tränen liefen ihr übers Gesicht. Wenn ich mich recht erinnere, gelang es mir, ihr zuzulächeln. «Stirb mir nicht, Baby», sagte sie. «Bitte, Nathan, stirb mir nicht.» Dann schlossen sich die Türen, und gleich darauf war ich weg.

INSPIRATION

Ich bin nicht gestorben. Wie sich herausstellte, hatte ich nicht einmal einen Herzinfarkt. Eine Entzündung der Speiseröhre war die Ursache meiner Pein, aber das wusste zu dem Zeitpunkt niemand, und für den Rest der Nacht und den Großteil des folgenden Tages war ich überzeugt davon, dass mein Leben zu Ende war.

Der Krankenwagen brachte mich zum Methodistenhospital an der Kreuzung Sixth Street und Seventh Avenue, und da in den oberen Stockwerken alle Betten belegt waren, kam ich in eine der kleinen Kabinen, die unten in der Notaufnahme für Herzpatienten reserviert sind. Ein dünner grüner Vorhang trennte mich vom Empfangsschalter (falls die Schwestern daran dachten, ihn zuzuziehen), und von einem frühen Besuch im Röntgenraum am Ende des Flurs abgesehen, lag ich die ganze Zeit nur auf meinem schmalen Bett herum. Mein Körper war an einen Herzmonitor angeschlossen, und mit der Tropfnadel im Arm und Sauerstoffschläuchen in den Nasenlöchern blieb mir auch gar nichts anderes übrig, als auf dem Rücken liegen zu bleiben. Alle vier Stunden wurde mir Blut abgenommen. Bei einem Infarkt lösen sich kleine Gewebeteilchen vom Herzen und geraten in den Blutkreislauf, und diese Teilchen können mittels bestimmter Tests nachgewiesen werden. Eine Schwester erklärte mir, sie könnten erst nach vierundzwanzig Stunden etwas Genaues sagen. Und so lange musste ich liegen und warten, allein mit meiner Angst und meiner morbiden Phantasie, während mein Blut zögernd mit der Sprache herausrückte, was mit mir passiert war oder nicht.

Sanitäter schoben ständig neue Patienten herein, und einer nach dem anderen rollten sie an mir vorbei mit ihren epileptischen Anfällen und Darmverschlüssen, ihren Messerwunden und Heroinüberdosen, ihren gebrochenen Armen und blutigen Köpfen. Stimmen schallten, Telefone klingelten, Essenswagen ratterten. Das alles geschah keine Körperlänge von meinen Füßen entfernt, und doch hätte es, was seine Wirkung auf mich betraf, auf einem anderen Planeten geschehen können. Ich glaube nicht, dass ich jemals unempfänglicher für meine Umgebung, mehr in mich selbst verschlossen war als in dieser Nacht. Nichts schien mir real außer meinem eigenen Körper, und als ich dort lag und mich in meiner Gebrechlichkeit suhlte, entwickelte ich die fixe Idee, das Gewirr der Venen und Arterien in meiner Brust, das dichte Netzwerk aus Schleim und Blut als Ganzes vor meinem inneren Auge sichtbar werden zu lassen. Ich befand mich in meinem Körper, wühlte mit einer Art konfuser Verzweiflung in mir herum, war aber zugleich auch weit weg, schwebte über dem Bett, über der Decke, über dem Dach des Krankenhauses. Ich weiß, das klingt ziemlich wirr, aber in diesem engen Raum mit den piependen Apparaten und den Kabeln an meiner Haut war ich so nah am Nirgendwo wie nie zuvor, gleichzeitig in und außer mir.

So geht es dir, wenn du im Krankenhaus landest. Sie ziehen dir die Kleider aus, stecken dich in einen dieser demütigenden Kittel, und plötzlich bist du nicht mehr du selbst. Du wirst die Person, die in deinem Körper wohnt, du bist jetzt nur noch die Summe der Defekte dieses Körpers. Derart reduziert, verlierst du jedes Recht auf Privatleben. Wenn die Ärzte und Schwestern reinkommen und dir Fragen stellen, musst du sie beantworten. Sie wollen dich am Leben erhalten, und nur ein Mensch, der nicht mehr leben will, würde ihnen falsche Antworten geben. Wenn du zufällig in so einer winzigen Kabine liegst und nur einen Meter rechts von dir wird ein anderer von einem Arzt oder einer Schwester befragt, kommst du nicht daran vorbei, die Antworten dieses anderen mitzuhören. Nicht dass du das unbedingt hören willst, aber du befindest dich in einer Lage, die es dir unmöglich macht, es nicht zu hören. Auf diese Weise lernte ich Omar Hassim-Ali kennen, einen dreiundfünfzigjährigen, in Ägypten geborenen Geldtransportfahrer, verheiratet, vier Kinder, sechs Enkel. Er wurde kurz nach ein Uhr morgens eingeliefert, nachdem bei ihm Brustschmerzen aufgetreten waren, als er gerade mit einer Ladung über die Brooklyn Bridge fuhr. Innerhalb weniger Minuten erfuhr ich, dass er Tabletten gegen seinen hohen Blutdruck nahm, dass er immer noch täglich ein Päckchen rauchte, sich aber Mühe gab, seinen Konsum einzuschränken, dass er Hämorrhoiden hatte und sich gelegentlich benommen fühlte und dass er seit 1980 in Amerika lebte. Als der Arzt gegangen war, unterhielten Omar Hassim-Ali und ich uns fast eine Stunde lang. Es spielte keine Rolle, dass wir uns nicht kannten. Wenn ein Mann glaubt, dass er bald sterben wird, redet er mit jedem, der ihm zuhört.

Ich schlief in dieser Nacht sehr wenig – ein paar Nickerchen von jeweils zehn bis fünfzehn Minuten –, und erst ungefähr eine Stunde nach Sonnenaufgang döste ich einmal richtig ein. Um acht kam eine Schwester, um meine Temperatur zu messen, und als ich den Blick nach rechts wandte, war das Bett meines Nachbarn leer. Ich fragte sie, was aus Mr. Hassim-Ali geworden sei, aber sie konnte mir keine Auskunft geben. Ihre Schicht habe gerade erst angefangen, sagte sie, sie wisse nicht Bescheid.

Alle vier Stunden kamen die negativen Ergebnisse der Blutuntersuchung. Am Vormittag besuchten mich Joyce, Tom und Honey, Aurora und Nancy – aber sie durften alle nur wenige Minuten bleiben. Am frühen Nachmittag kam auch noch Rachel. Alle begannen mit derselben Frage, wie es mir gehe?, und allen gab ich dieselbe Antwort: Gut, gut, gut, macht euch keine Sorgen um mich. Der Schmerz hatte sich inzwischen verzogen, und allmählich wuchs meine Zuversicht, noch einmal mit heiler Haut davonzukommen. Ich sagte: Ich habe nicht den Krebs überlebt, um jetzt an einem idiotischen Herzinfarkt zu sterben. Eine absurde Behauptung, aber als im Lauf des Tages weiter nur negative Testergebnisse gemeldet wurden, sah ich darin den logischen Beweis dafür, dass die Götter mich verschonen wollten, dass sie mit der Attacke am Abend zuvor lediglich ihre Macht über mein Schicksal demonstriert hatten. Ja, ich konnte jeden Augenblick sterben – und, ja, als ich im Wohnzimmer auf dem Boden in Joyces Armen lag, hatte ich wirklich geglaubt, sterben zu müssen. Wenn aus dieser kurzen Begegnung mit der Sterblichkeit etwas zu lernen war, dann nur, dass mein Leben in der engsten Bedeutung des Wortes nicht mehr mir selbst gehörte. Ich brauchte mich nur an den Schmerz zu erinnern, der mich in diesem furchtbaren Augenblick zerrissen hatte, um zu begreifen, dass jeder Atemzug, der jetzt noch meine Lungen füllte, ein Geschenk jener launenhaften Götter war und dass mir von nun an jedes Ticken meines Herzens durch einen willkürlichen Gnadenakt gewährt wurde.

Um halb elf kam Rodney Grant in das leere Bett neben mir, ein neununddreißigjähriger Dachdecker, der am Morgen beim Ersteigen einer Treppe plötzlich ohnmächtig geworden war. Seine Kollegen hatten den Krankenwagen gerufen, und jetzt lag er da, ein kräftiger, muskelbepackter Schwarzer mit dem Gesicht eines kleinen Jungen, und schaute vollkommen verängstigt aus seiner armseligen Krankenhauswäsche. Nachdem der Arzt mit ihm gesprochen hatte, drehte er sich zu mir um und sagte, er müsse unbedingt eine rauchen. Ob er wohl Ärger bekäme, wenn er sich auf der Toilette eine Zigarette anmachen würde? Das müssen Sie schon selbst herausfinden, sagte ich, und schon stand er auf, machte sich von dem Herzmonitor los und verschwand, das Tropfgestell neben sich herschiebend, den Gang hinunter. Als er wenige Minuten später zurückkam, lächelte er mich an und sagte: «Mission erfüllt.» Um zwei zog eine Schwester den Vorhang auf und teilte ihm mit, er müsse nach oben auf die Kardiologie verlegt werden. Der junge Mann, der noch nie in Ohnmacht gefallen war, der noch nie etwas Schlimmeres als Windpocken und einen harmlosen Heuschnupfen gehabt hatte, war verwirrt. «Es sieht ziemlich ernst aus, Mr. Grant», sagte die Schwester. «Ich weiß, Sie fühlen sich jetzt besser, aber der Arzt muss noch ein paar Tests durchführen.»

Ich wünschte ihm alles Gute, und dann lag ich wieder allein in meiner Kabine. Ich dachte an Omar Hassim-Ali, versuchte mich an die Namen seiner Kinder zu erinnern und fragte mich, ob womöglich auch er nach oben auf die Kardiologie verlegt worden war. Das war eine vernünftige Annahme, doch beim Anblick der leeren Pritsche rechts von mir ließ mich der Gedanke nicht los, dass er gestorben war. Ich hatte nicht den kleinsten Beweis, der diese Vermutung hätte stützen können, aber nachdem man jetzt Rodney Grant in eine ungewisse Zukunft abgeschoben hatte, schien mir das leere Bett unter dem Bann einer geheimnisvollen Macht zu stehen, die jeden, der darin lag, verschwinden ließ und ins Reich der Finsternis und Vergessenheit entführte. Das leere Bett bedeutete Tod, ganz gleich, ob dieser

Tod wirklich eingetreten oder nur eingebildet war, und als ich noch über die Weiterungen dieser Idee nachsann, ergriff eine weitere Idee Besitz von mir, die jeden Gedanken an alles andere mit sich fortriss. Als mir bewusst wurde, wohin mich das führte, erkannte ich, das war die allerwichtigste Idee, die ich jemals gehabt hatte, eine Idee von so gewaltigem Ausmaß, dass sie mich jede Stunde jedes Tages bis ans Ende meines Lebens beschäftigen würde.

Ich selbst war niemand. Rodney Grant war niemand. Omar Hassim-Ali war niemand. Javier Rodriguez – der achtundsiebzigjährige ehemalige Zimmermann, der um vier in das Bett gelegt wurde – war niemand. Am Ende würden wir alle sterben, und wenn man unsere Leichen wegbrachte und in die Erde bettete, würden nur unsere Freunde und Angehörigen wissen, dass wir nicht mehr da waren. Radio und Fernsehen würden nicht über unseren Tod berichten. Die *New York Times* würde keinen Nachruf bringen. Man würde keine Bücher über uns schreiben. Eine solche Ehre bleibt den Mächtigen und Berühmten vorbehalten, den außerordentlich Talentierten. Wer aber macht sich die Mühe, Biographien gewöhnlicher, unbesungener, alltäglicher Menschen zu veröffentlichen, von denen wir doch kaum Notiz nehmen, wenn sie auf der Straße an uns vorübergehen?

Die meisten verschwinden einfach. Ein Mensch stirbt, und nach und nach verlieren sich alle Spuren seines Lebens. Ein Erfinder lebt in seinen Erfindungen weiter, ein Architekt in seinen Bauwerken, aber die meisten Menschen hinterlassen weder Monumente noch dauerhafte Leistungen: ein Regal mit Fotoalben, ein Zeugnis aus dem fünften Schuljahr, einen Bowling-Pokal, einen Aschenbecher, geklaut aus einem Hotelzimmer in Florida am letzten Morgen eines inzwischen fast schon vergessenen Urlaubs. Ein paar Gegenstände, ein paar Dokumente, ein paar Eindrücke, die man bei anderen Leuten hinterlassen hat. Diese Leute erzählen zwar ständig Geschichten über den Verstorbenen, verwechseln dabei aber häufig Daten oder lassen Fakten einfach weg, sodass die Wahrheit zunehmend verzerrt wird, und wenn dann wiederum diese Leute sterben, ist es auch um die meisten ihrer Geschichten geschehen.

Meine Idee war folgende: Ich wollte eine Gesellschaft gründen, die Bücher über die Vergessenen herausbringen sollte; ich wollte ihre Geschichten, Fakten und Dokumente sichern, ehe sie verschwinden konnten, und sie zu einer zusammenhängenden Erzählung bündeln, zur Darstellung eines Lebens.

Freunde und Verwandte des Betroffenen gäben die Biographien in Auftrag, und die Bücher erschienen in kleinen privaten Auflagen von fünfzig bis drei- oder vierhundert Exemplaren. Ich stellte mir vor, diese Bücher selbst zu schreiben, aber falls die Nachfrage zu stark werden sollte, konnte ich immer noch zusätzliche Mitarbeiter anheuern: erfolglose Dichter und Schriftsteller, ehemalige Journalisten, arbeitslose Akademiker, vielleicht sogar Tom. Es würde einiges kosten, diese Bücher zu schreiben und drucken zu lassen, aber meine Biographien sollten nicht nur für die Reichen erschwinglich sein. Für weniger bemittelte Familien ersann ich eine neue Art von Versicherung, in die jeden Monat oder jedes Quartal ein bestimmter geringfügiger Betrag einzuzahlen war, sodass sie am Ende die Kosten des Buches tragen würde. Keine Hausrat- oder Lebensversicherung – sondern eine Biographieversicherung.

War ich verrückt, davon zu träumen, dass aus einem solchen, an den Haaren herbeigezogenen Projekt etwas werden könnte? Ich glaube nicht. Welche junge Frau würde nicht gern die definitive Biographie ihres Vaters lesen – selbst wenn dieser Vater bloß Fabrikarbeiter oder stellvertretender Direktor einer Bankfiliale auf dem Land gewesen war? Welche Mutter würde nicht gern die Lebensgeschichte ihres Sohnes lesen, der als Polizist mit vierunddreißig Jahren im Dienst erschossen wurde? In jedem Fall würde es um Liebe gehen. Eine Ehefrau oder ein Ehemann, ein Sohn oder eine Tochter, Vater, Mutter, Bruder oder Schwester – nur die stärksten Bindungen kämen in Frage. Sechs Monate oder ein Jahr nach dem Tod des geliebten Menschen würden sie zu mir kommen. Inzwischen hätten sie den Verlust verarbeitet, wären aber noch nicht ganz darüber hinweg, und nun, da für sie wieder der Alltag eingekehrt wäre, gelangten sie zu der Erkenntnis, dass sie niemals darüber hinwegkommen würden. Sie würden den geliebten Menschen ins Leben zurückholen wollen, und ich würde mir jede erdenkliche Mühe geben, ihnen diesen Wunsch zu erfüllen. Ich würde diese Person in Worten wiederauferstehen lassen, und wenn das Buch gedruckt und die Geschichte in einen festen Einband gebunden wäre, hätten sie etwas in der Hand, woran sie ihr Leben lang festhalten konnten. Und nicht nur das, sondern auch etwas, das sie überleben würde, das uns alle überleben würde.

Man sollte die Macht von Büchern nie unterschätzen.

EX IST DAS ENTSCHEIDENDE

Die Ergebnisse der abschließenden Blutuntersuchung kamen kurz nach Mitternacht. Da es zu spät war, mich aus dem Krankenhaus zu entlassen, blieb ich bis zum nächsten Morgen und beschäftigte mich, während ich den vor Erschöpfung im Bett neben mir eingeschlafenen Javier Rodriguez beobachtete, fieberhaft mit Detailplanungen für mein neues Unternehmen. Ich wälzte verschiedene Namen hin und her, die den Geist der vor mir liegenden Arbeit ausdrücken sollten, und entschied mich am Ende für das neutrale, aber anschauliche *Bios*. Etwa eine Stunde später stand mein Entschluss fest, als Erstes mit Bette Dombrowski in Chicago Kontakt aufzunehmen und sie zu fragen, ob sie mir nicht den Auftrag erteilen wolle, die Biographie ihres Exmannes zu schreiben. Es schien mir angemessen, dass das erste Buch der Sammlung von Harry handeln sollte.

Dann ließen sie mich gehen. Als ich in die kühle Morgenluft hinaustrat, war ich so froh, am Leben zu sein, dass ich hätte schreien mögen. Der Himmel über mir war vom allerreinsten, tiefsten Blau. Wenn ich schnell genug ging, würde ich es zur Carroll Street schaffen, ehe Joyce zur Arbeit musste. Wir würden uns in die Küche setzen, zusammen eine Tasse Kaffee trinken und zusehen, wie die Kinder umherwuselten, während ihre Mütter sie für die Schule zurechtmachten. Dann würde ich Joyce zur U-Bahn begleiten, sie in die Arme nehmen und mich mit einem Kuss von ihr verabschieden.

Es war acht Uhr, als ich auf die Straße trat, acht Uhr am Morgen des 11. September 2001 – sechsundvierzig Minuten bevor das erste Flugzeug in den Nordturm des World Trade Center raste. Nur zwei Stunden später trieb der Rauch von dreitausend verbrannten Leibern auf Brooklyn zu und regnete als weiße Wolke aus Asche und Tod auf uns hernieder.

Aber noch war es erst acht Uhr, und als ich unter dem strahlend blauen Himmel die Straße entlangspazierte, war ich glücklich, mein Freund, so glücklich wie nur je ein Mensch auf dieser Erde.

(2003–2004)